アラサーがVTuberになった話。

Around
30 years old
became VTuber.

3

とくめい

[Illustration]
カラスBTK

【Illustration】カラスBTK

Contents

Around 30 years old became VTuber.

1話 おねがい

【8月×日】

皆さんこんにちは。ごきげんよう。いかがお過ごしでしょうか？　私は元気です。今日もまるで燃えるように暑いので水分塩分補給はしっかりしましょうね。燃えるようにと言うか、まあ実際燃えてはいるのだから当然と言えば当然ではあるが。

つい先日私のガワを担当したイラストレーターさんであるｍｉｋｕｒｉママのお誕生日会があったのだが、プレゼントと言うには少々おこがましいのかもしれないが、愛《いと》しのマイシスター雫《しずく》ちゃんと収録しておいたちょっとしたボイスメッセージを贈ったのだ。それに感動してｍｉｋｕｒｉママが泣いちゃったという旨が何故《なぜ》かその場に当たり前みたいに同席していた酢《す》昆《こん》布《ぶ》ネキによって拡散される。この一件の数日前には同じあんだーらいぶ所属のルナ・ブラン嬢の凸待ち配信でも彼女が涙を見せる場面があり、「また女の子泣かせてる」とか「ここ数日で女性を泣かせている」だとか言われて叩《たた》かれた。まあ、事実ではあるのだけれども……字面が酷《ひど》い。まるで私が滅茶苦茶《めちゃくちゃ》苦手なタイプの男性みたいじゃあないか。

プレゼントを喜んで頂けたのは光栄なのだが、まさかこんな形でいつもの流れになるなんて思わなんだ。もう一部のファンの人なんかは「炎上芸」みたいな扱いしているんだけれども、私としては好きでやっているわけではないんだ……その辺だけは理解頂きたいところである。

ｍｉｋｕｒｉママは若い女性絵師さんで、即売会などで直接会ったファンからはその容姿含めて『美人絵師』みたいな風にして言われることもある。イラストだけでなく彼女自身にもファンがいるわけで。甘んじて受け入れておくとしよう。半分ネタにしている人が大半なのが幸いではあるが。ガチの苦情もないわけではないという点だけここで伝えておこう。

「おや、朝比奈《あさひな》先輩から……？　私と、柊《ひいらぎ》先輩宛《あて》……？　って、これは何だか只事《ただごと》ではなさそうだな…………」

てっきりコラボのお誘いとかそういう類《たぐ》いのものかと思ったのだが、そういうわけではないらしい。

#あんだーらいぶ男子部
朝比奈あさひ：皆さん、２週間程時間空いていたりしますか？　少々困った事態になってしまって……
神坂怜《かんざかれい》：大丈夫です。幾らでも空けられます
柊冬夜《とうや》：だいじょーぶ。どんだけでも空けれるから
朝比奈あさひ：ありがとう！^(_ _*)>
朝比奈あさひ：https://vertex-matomeblog.vcom
朝比奈あさひ：今月末開催のＶｅｒｔｅｘ大会の代打依頼あって……急な話で相談出来るのがふたりしかいなくて……力貸して下さい

神坂怜：大丈夫です
柊冬夜：おっけーおっけー、コラボ出来なかったし丁度良かったわ。リスナーからもさっさと野郎チームで配信しろって言われてんだ
朝比奈あさひ：ありがとー、ふたりとも大好きだぜ！
柊冬夜：はいはい、だいすきだいすき
神坂怜：光栄です
獅堂《しどう》エリカ：これが『てえてえ』ってやつですか？
宵闇忍《よいやみしのぶ》：買い物リストじゃなくて珍しく有効活用されている……!?
羽澄咲《はすみさく》：見ましたか？　大好きだって、薄い本が厚くなるな
獅堂エリカ：とう×あさ助かる
ルナ・ブラン：逆だと思います
日野灯《ひのあかり》：えっ、なに??
柊冬夜：何しれっと会話に参加してんだ、この人たち

というようなやり取りが昨晩あった。皆楽しそう。私もこういう雰囲気は嫌いじゃあない。男子メンバーが自分たちの予定表を書き込むだけだった『#あんだーらいぶ男子部』チャンネルが初めて役立っている場面を見た気がする。

朝比奈先輩からの頼み事を断る理由などはない。確かに大会もすぐ間近に控え、１０日前後時間を空けるとなると頼める人間は限られてくる。そういった条件下であったとしても、真っ

先に頼ってくれたのは凄《すご》い嬉《うれ》しい。ほんとうにすごく……嬉しい。あんだーらいぶのメンバーとして少し認められた気がして尚更《なおさら》に。頼られたからには、その信頼に応《こた》えねば男が廃るというもの。もうとっくに廃れた結果が今の有様とか言われちゃいそうだけれども。

さて、まず事の発端は2日程前に遡《さかのぼ》る。配信者、プロゲーマーなどの有名どころを揃《そろ》えたＶｅｒｔｅｘの大会が企画されていたわけだ。賞金が出るようなガッチガチの大会ではなく、あくまでこのゲームの知名度向上、参加者同士の親交を深める事を目的とした親善試合的な側面が強い。プロゲーマーが率いるチームは他メンバーに初心者を入れるか、装備の制限いずれかが課せられるといった内容であり、『勝利』よりも全員が『楽しむこと』を主眼に置かれている。

そんな大会に参加予定したあるチームに問題が発覚したのだ。『代行』行為である。このゲームはランクや特定の条件を満たすことで獲得する事が出来る称号――バッジが獲得出来る。それらはそのプレイヤーの力量を大雑把《おおざっぱ》ではあるが推し量ることを可能とする。プレイヤーからは尊敬の眼差《まなざ》し、ネット上でのやり取りでちょっとした自慢にもなる。人間ってのは中々度し難いもので、ついつい見栄を張ってしまいたくなる生き物なのだ。ゲームはそこまで上手《うま》くはないけれども、他プレイヤーより上手いって自慢したい、上手なプレイヤーとして認知され人気者になりたい……そんな人が手を出すのが『代行』である。依頼人であるプレイヤーのアカウントを借りて代わりにゲームをプレイし、目標としたランクやバッジを金銭などと引き換えに提供する行為である。

そういうのって自分でプレイしてこそ、なんて私は思ってしまうのだけれども……既にコミュニケーションツールとしてのゲームの存在も中々馬鹿に出来ない規模にまで大きくなっているし、影響力もある。ついつい手を出したくなる人もいるのだろう。ゲームの運営サイドは金銭の授受にかかわらず、そういった行為を全面的に禁止しており、過去にはアカウント消去などの措置を取った例もある。それでもＳＮＳで『Ｖｅｒｔｅｘ代行』と検索するだけで出るわ出るわ。不正ツールを使った業者がこういうのを大々的にやっていたりという噂《うわさ》もあるが、真偽の程は不明。

まあ、そんな行為を行っていたプレイヤーが大会に出場というのは到底認められるはずもなく、主催者の判断で大会出場資格剝奪を言い渡され、残りのチームメイトも過去にそういった行為をやっていたことを示唆《しさ》する裏垢《うらあか》やツイートが掘り出されたりと、ＦＰＳ界隈《かいわい》では割と盛り上がっていたらしい。対岸の火事を眺めるなんてのは中々経験がないだけに、少々新鮮な気分である。いや、人の不幸を喜んだりとかはしていないんだけれど。純粋に自分が火中じゃないのが逆に不安になってくる。だいじょうぶ？

大会主催者側は１チーム欠けた状態で開催する事も出来たが、今回の一件によるマイナスイメージを重く受け止め、昨今人気ジャンルとして急激な成長を始めたＶＴｕｂｅｒを招待チームとして引き入れる事を考え、朝比奈先輩にお声が掛かったのだと言う。以前からプロゲーマーとも付き合いがある上、Ｖｅｒｔｅｘ配信をメインに据えている彼だからこそお声が掛かったのだ。日頃の努力の賜物《たまもの》だ。

ただ、快諾したもののネット上の反応を見ると、『客寄せパンダ』、『絵畜生』、『歩くキルポイント』等々あまり好意的でないものもそれなりに散見される。急伸している分野とは言え、興味を持っていない層からすると「ＶＴｕｂｅｒってなに？」「有名なの？」みたいな感想を抱く人はまだまだ多い。そもそも大会の面子を見るに、ゲーマーや普通の配信者界隈の事情に詳しい人ばかりで、Ｖ界隈は未履修っていう人が大多数なのだろう。『お前、誰やねん』状態であり、更に朝比奈先輩は兎《と》も角《かく》……私や柊先輩は大会出場者中ではお世辞にも上手とは言えないランク帯なのだ。実力もなく、一部層の知名度や主催者のコネで代理出場というのは余り良い顔をされるものではないのも、まあ理解は出来る。寧《むし》ろ普段のあれのせいで、こんなの叩かれている内に入らないだろうと思ったりもする。

とは言え、あくまで欠員補充という点で、大多数が『仕方ない』という意見であるという点だけはしっかり伝えておく。ハードルが低い分には逆にありがたいくらいだが、ひとりならいざ知らずチーム戦なので先輩たちの足を引っ張るわけにはいかない。それこそ大失敗なんてしたら炎上必至だ。私、好きで炎上してるんじゃないんだ。それにそんな真似《まね》は朝比奈先輩、柊先輩の顔に泥を塗るような真似だ。そんなのあってたまるか。まだ何も……何ひとつ返せていないいんだ。早速練習あるのみだ。

「大会に誘って頂いたので気合入れて練習するぞー！」

[マジで訓練場以外いかないのな]
[えらい急な話やな]
[練習会は流石《さすが》に参加するんやろ？]

「練習会……ああ、本番前の予行演習というか調整用のカスタムマッチのことですよね？　勿《もち》論《ろん》参加しますよ。なので今日は実戦に向けてのおさらいですね」

［初期キャラ＋初期スキン＋バッジなし＋当て感だけエグい］
［チートかな？］
［通報されそう（小並感）］
［野良《のら》で当たったら絶対チート疑うわ］
［チーターで通報されそう］
［パッと見確かにチートくさいｗｗ］
［チートに間違えられて炎上するまでは読めた］
［キャ、キャラコンもまあそこそこ練習してっから……大丈夫やろ？　大丈夫だよな？］
［てか、キャラクター未解放で初期キャラしかおらんが大丈夫か？］

「確かに……どうしよ、ゲームを遊ぶとポイントが溜《た》まって、それを使ってキャラクターを解放する仕組みなんですよね？　なんで訓練場で数百時間遊んでる私の所持ポイントは０なんですか？　不具合だったりしますか、これ」

［それはな、『遊んで』ないからや］
［訓練所引きこもり生活を一般には『遊んでる』って言わないんやで……？］

「キャラ解放分まで稼ぐのも最初は結構辛いけどな、数も増えてきてっし」

「課金すりゃあ解決じゃん」

「なるほど、課金。柊先輩がいつもやってるやつ。えーっとクレカクレカ」

「財布のファスナーの音生々しいからやめて！」

「ファスナーの音から財布特定はよ」

「マジックテープのバリバリ財布じゃないんですか!?　ファン辞めます！」

「支払いはまかせろー！（バリバリ）」

「最近の子、そのネタ分かんないと思うの……」

「マジックテープって登録商標なので他社では面ファスナーとか呼ばれてるらしいですよ、あれ。最近の若い子も中学生くらいの頃はあの手の財布使うのかな？　あの頃は格好《かっこ》良く見えちゃうんですよねぇ。マジックテープにチェーン付きとか」

「分かる」

「未だに小学校の習字セットや裁縫箱にドラゴンの絵柄入ったやつとかあるからな」

「あったあった！」

「無駄にカッコいいよな、あのドラゴン」

［分かる、今見ても割とええやんってなる］
「まだあるんだ、あれ！　私の頃もありました。いや懐かしいなぁ。修学旅行だとドラゴンと剣が一緒になった謎キーホルダー買うよね。木刀買ったりもしてたけど」
［あるある］
［厨二《ちゅう》は年代違えど誰もが通る道だと思うわ］
［黒　歴　史　ノ　ー　ト］
［や　め　ろ］
「最近の子だとノートじゃなくてＳＮＳやＷｅｂコンテンツとして出してそうですよね。ちょっと前だとブログとか」
［ブログに俺ＴＵＥＥＥハーレム二次創作書いててＩＤとパス分からなくなった俺の話してええの？］
［ワイも黒歴史ブログあったけど今年ブログサービス停止で抹消されるからありがてぇ……］
［あー、某検索サイトんとこのブログか］
［あ!?　夢小説サイト……うっ、頭が……ッ！］

「うおっと、危うく全世界にリアルタイムで私のクレカ番号が流れてしまうところだった」
慌てて画面を配信上に映らないように変更。配信上で課金とかするの初めてだったから……。
慣れない事はやるもんじゃあないな。これを考えると今後はｗｅｂマネーカードとかのが個人情報出る心配はなさそうではある。そもそも配信前に事前に課金しておけばいい話ではあるが。

［マジで気をつけろよ］
［リアルタイムで黒歴史作ろうとするな］
［そういえば普通に晒《さら》してたVがいたような、いたような……？］
［おいおい誰だよ、それぇ〈アーレンス〉］
［お前だよね？〈酢昆布〉］
［お前やろがい！］
［つ鏡］
［草］

「皆仲良しでいいね。そう言えば、さっきの話で不具合って単語で思い出したんですけど」

［おう］
［ん？］
［どうした？］

「あのですね。ほら、ここの訓練場の壁の隅っこあるじゃないですか」

先日配信外で練習していたときに偶然発見したのだが、少し調べた限りだと同様の事態になったという報告がないんだよね。プレイヤーの人の間では有名な症状というか、状態なのかもしれないので詳しい人も多い配信上で聞いておくことにしよう。

「えっと――まずここでグレネードを地面に転がして。そしてこれが爆発するタイミングで使用キャラクターチェンジ画面に切り替えて、その後すぐにジャンプボタン連打すると――」

壁の中にキャラクターが入り込んでしまい、抜け出せなくなってしまう。この状態になると一度ゲームのオプションから訓練場から退出するって言う選択をしなくてはならない。

[草]
[壁ｗｗ抜ｗｗけｗｗ]
[壁の中に入りやがった‼]

「ちなみに再現性はきちんと確認しています。結構タイミングはシビアなんですけれども」

再現性の確認は大事。大学生の頃論文書いてた時に再現性はあるのか？　って言うのが当時の研究室担当教授の口癖《くちぐせ》だった。実際その後色々社会経験を積んでもそれが大事っていうのは嫌でも分かった。

[デバッガー始めたんか、ワレ?]
[またなんかVTuberっぽくない変な事してる]
[お前はどこへ向かっているんだ……?]
[あー、なんか海外のコミュニティで同じ症状が報告されているっぽい……]

「じゃあ運営さんの連絡フォームから送っておこうかな。実はもう文面考えてあるんですよ」

[パワポじゃない……だと]
[いや、ビジネスで嫌でもよく見る文章作成ツールやん]
[およそ個人が書く文面じゃない件]
[なんで発生時刻にJSTとか詳しく書いてあるんや(困惑)]

ちなみに翌日この状態は正式にバグとして修正された。仕事早い。この前まで批判していたごく一部のFPSプレイヤーさんから何故か「やるじゃん」と褒められているツイートを発見した。なんか思ってた反応と違うけど、まあいいか。うん。

【8月×日】
この秋新人がデビューするらしい。

428 名無しのライバー ID:+mMA9ATzJ
Vertex大会優勝チームは賞金とかじゃなくて、ゲーミングPC貰えるんやな

429 名無しのライバー ID:mDhleEY+d
結構なお値段するやつやな
ただ3人チームで1個って……

430 名無しのライバー ID:YDEcS5A3G
まあ一応はカジュアル大会みたいなもんだし
（なお元世界ランカーもいる模様）

431 名無しのライバー ID:BjAoLYkry
2位がゲーミングマウス、キーボード
3位が密林ギフト券
特別賞が松阪牛ギフト券……
一応受注生産でPC作ってるとこがスポンサーに付いてんのか？

432 名無しのライバー ID:4OFxSUmoM
所謂BOTパソコンメーカーってやつやな

433 名無しのライバー ID:zdQRL7dot
肉の匂いを嗅ぎ付けアレ、動きます

アレイナ・アーレンス@清楚系VTuber@seiso_vtuber_Alaina
Vertex大会で未来の旦那が出るらしい
松阪牛に誘われるのでは？
期待して待ってるね（はぁと
お持ち帰りもおっけぃだよ

---

434 名無しのライバー ID:c9WZ/7XZn
>>433
お前は動くな

435 名無しのライバー ID:0ODsRr5l/
>>433
アレ、ステイ！

436 名無しのライバー ID:Q1ZerjyNv
>>433
お前普通に結構稼いでるだろうが！

437 名無しのライバー ID:w8c2j+8y7
界隈民焼肉に色めき立つ

獅堂エリカ@私のコスしたAVを見つけた@erika_underlive
人の金で焼肉が食べたい
男子連中だけが松阪牛とか絶許
断固として反対します

羽澄咲@8月×日メン限ASMR配信@hasusaku_underlive
行くなら私も行きたいから、誘って

ルナ・ブラン@luna_underlive
わたしも行きたいです！

日野灯@akari_underlive
可愛い後輩を誘わないわけはないんだよなぁ！

宵闇忍@何故かゲーミング案件が来た@shinobu_underlive

やきにく！

---

438 名無しのライバー ID:W79lsY8Zk
>>437
草

439 名無しのライバー ID:L34duGqOo
>>437
なんなんだよ、こいつら
約半数は今月スパチャだけで数十万稼いでたやんけ！

440 名無しのライバー ID:TrYQL4GAi
>>437
ただメンバーで飲み食いしたいだけなのでは……？

441 名無しのライバー ID:FWNlCCmBf
>>437
まあこれはこれで気を遣ってんじゃねぇの？
優勝じゃなくて特別賞言及する辺り、エンタメして来いって背中押してるんだろ

442 名無しのライバー ID:rEluqFOsL
だろうな

443 名無しのライバー ID:wTVI1hyyl
やたらと外野が五月蠅く言うよりは身内でネタにしちゃう方がええわな

444 名無しのライバー ID:y8YzzDrlX
アンチはオフで会う口実云々とかアホ言ってる模様

445 名無しのライバー ID:xWBM2G1QL
焼肉オフ会配信ですればよくない？

446 名無しのライバー ID:jbT8c6L9m
去年女帝とか鍋パとか、たこパやってたしな

447 名無しのライバー ID:DcsXASPGn
オフでそういうのやると騒ぐ輩もおるからなぁ……
同性ならあれだが、特に異性が絡むとね

448 名無しのライバー ID:QNOsyL4rB
出会い厨判定とか意味不だよな
お前らは普通に異性の友人や仕事仲間と食事に行ったことないのか

449 名無しのライバー ID:RnrTOZdiN
(´・ω・`)

450 名無しのライバー ID:E2Xlb8SnL
ω・`)

451 名無しのライバー ID:PwUXPnLKz
お　い　や　め　ろ　！

452 名無しのライバー ID:xHr31jrgG
止めてくれカカシ
その術はオレに効く

453 名無しのライバー ID:g6pNqoAYa
ここスレ民にも刺さるから止めて！

454 名無しのライバー ID:3CDoyf2Bo
でも職場の飲み会程憂鬱なものはないよね

455 名無しのライバー ID:OIYW+7HcD
実際やるとしても叩かれるのは脱サラなだけな気がする

456 名無しのライバー ID:muV84sN5h
まあ槍玉に上がるのはアイツだろうなぁ

457 名無しのライバー ID:YHIDxYKRb
ユニコーンとアンチブチギレすんの見たいからやってくんねぇかなぁ……

458 名無しのライバー ID:9Bd7Fra7r
というか配信に乗せてないだけで、畳3Dイベントの打ち上げはやってんだよな
スタッフ含めたやつだけどさ

459 名無しのライバー ID:nt1ljasf1
なお打ち上げ中ずっと借金のカタの件でイジられていた社長

460 名無しのライバー ID:2Byq0Gk9q
金貸した友人は未だ音信不通の模様

461 名無しのライバー ID:MoBthread
VTuber事務所を起業
↓
それなりに軌道に乗り始める
↓
友人に金を貸す
↓
茶碗を借金のカタとして譲り受け、その後音信不通
↓
畳3Dイベで公になる
（格付けチェックでは脱サラの茶碗に敗北）
↓
女帝、脱サラに茶碗を作らせ一儲けしようと画策するも却下される
↓
新たに金を貸してくれと言う
小学時代の同級生出現で更なる人間不信気味になる←今ここ

462 名無しのライバー ID:DRxIpaFFv
>>461
金持ってても碌な事にならんなぁ
じゃけん、推しにスパチャしましょうね～

463 名無しのライバー ID:aF4VOP9lw
>>461
こ　れ　は　ひ　ど　い

464 名無しのライバー ID:tjUs7Va54
>>461
おいおい、脱サラ仕事だぞ
お前の仕事だろ、ヒーラー

465 名無しのライバー ID:rm/Y8dUCv
事務所で焼肉とか匂いめっちゃ残りそう

466 名無しのライバー ID:UjE5Z8KZg
無煙のやつとかもあるからまぁ多少はね？

467 名無しのライバー ID:H84OCrcMs

475 名無しのライバー ID:MoBthread
・晴天画廊（画像検索サイト）
これ忘れてるだろ

476 名無しのライバー ID:n3Ilkc84w
いきなり大会じゃなくて練習期間？
みたいな予行演習的なのがそこそこあんのな

477 名無しのライバー ID:fpslovers
せやで
沼るチームはお通夜になったりとかするからそこだけ心配やわ
全く関係ないけど脱サラが訓練場の壁抜けバグ発見してた

478 名無しのライバー ID:CL33PB0vg
なにやってんだよww

479 名無しのライバー ID:SisterChan
えぇ……（困惑）

480 名無しのライバー ID:pqkm9egHe
遂にゲームのデバッカーまではじめたのか……

481 名無しのライバー ID:xMJDkCYQJ
いや、まあ脱サラだし

482 名無しのライバー ID:p9rVgACVj
それもそうか

女帝：タッパー持参しそう
畳：肉ばっかりで野菜食わなそう
ニート：呼んでもないのに来そう
脱サラ：延々と肉焼きマシーンと化しそう

468 名無しのライバー ID:6O6YtlbW4
構って欲しい月太陽コンビvs炎上回避したい脱サラvsダーク○イ
の構図が容易に想像出来る

469 名無しのライバー ID:fACmtWXH6
ダーク○イ＝女の子とイチャコラしたいハッス説

470 名無しのライバー ID:vn9sendic
雑談もええけどVertex練習会はじまるから
皆複窓して応援するやで

471 名無しのライバー ID:fH5lhRJXJ
最近は有志による便利ツールあって便利よね

472 名無しのライバー ID:JQN19Er0D
・複窓ツール
・コメント検索サイト
この辺りあるとめっちゃ捗るわ

473 名無しのライバー ID:gckineki/
推しの名前コメ検索すると話題にあがったシーンが見られるしええよね

474 名無しのライバー ID:tnZ/MNhfm
あれほんと有能

【8月×日】

Ｖｅｒｔｅｘ大会の本番と同様の形式での練習会があり、２０チーム中１８チームが参加。大会の練習カスタムマッチを単に『カスタム』や『練習カスタム』と呼称する人も多いらしい。当日までに何度かこういう催しがある。主催者サイドとしては事前にこうした枠を設けることで、各々のチームでの結束を図りドラマ性を演出するようだ。このイベントの盛り上げを見越しての事だろう。勿論《もちろん》参加者サイドである我々も同様の恩恵があるわけで、ｗｉｎ－ｗｉｎというやつだ。

一部のメンバーの都合が付かず、代役を立てたりするチームもあった。各チーム３人一組《スリーマンセル》で２０チーム――つまり合計６０名が参加予定なのだ。そりゃあ本番当日以外は都合が付かない人も当然いるだろう。

ちなみにこのゲーム、大会のようなカスタムマッチを開催する権限を持つ人が兎《と》に角《かく》少ない。似た類《たぐ》いのＦＰＳゲームの場合はＳＮＳのフォロワーが一定数以上で申請すれば権限を貰《もら》えたりするのに対し、こちらはスポンサー企業や有名プレイヤーが期間限定でそれらの権限を渡される程度らしい。サーバーへの負担とか色々あって全員が使えたりはしないんだろう、多分。

そういう技術的なお話は前職では無縁だったから正直サッパリなんだよなぁ……。

さて肝心の結果であるが……一言で言えば、散々な結果だった。一番良くて20チーム中の15位。全5試合の総合結果最下位。急造チーム、私《わたし》と柊《ひいらぎ》先輩のほぼ初心者ふたりを抱えてのチームなので当然と言えば当然なのだが。それでも朝比奈《あさひな》先輩の顔に泥を塗るわけにはいかない。それに『あんだーらいぶ』の面子で固めた以上、傍《はた》から見れば箱の代表として出ているようなもの。不甲斐無《ふがいな》い姿を晒《さら》してしまえば会社のイメージ低下にも繋《つな》がりかねない。そりゃ出場経緯が経緯だし、結果残せなくても仕方がない——と言ってしまえばそれまでだが……結果は振るわずとも印象に残るプレイは残したいところである。我々は配信を生業《なりわい》としているのだから。

正直数字的な話であれば柊先輩がいる時点で、相当プラスにはなっている。朝比奈先輩だって出場者の中ではかなりの上位層と言ってもいい。私は……まあお察しというか、言わずもがなだけれども。『こういう大会にこいつら呼べば——VTuber呼べば盛り上がるんだ』そんな印象を持ってもらうことこそが事務所やこの界隈《かいわい》の利益に繋がるんじゃないだろうか。今後こういった大会に顔出す機会が増えれば、FPSプレイヤー層という新規層の開拓にも繋がるわけで。

ごちゃごちゃそれらしい理由を並べてはみたものの、結局のところこの3人で楽しくプレイするのが一番だと思う。それが私たち当事者、並びにファンも含めた想《おも》いだろうし。

負けが込んでも暗い雰囲気になどならない。変に高いハードルが設けられていないので逆に好き勝手にワイワイやれているような感覚すらある。エンタメとして昇華出来る辺りは流石《さすが》は先輩たち。私もそういうところ見習いたいものである。
ちなみに、練習カスタム配信中にとある問題から枠が荒れそうになった。誤解が解けてすぐに鎮火したのは幸いだった。危うくまた炎上するところだったが、あのプレイのどこに『チーター』とか言われる要素があったのだろうか……？　皆目見当も付かない。別にズルなんてしてない訓練所で沢山練習しただけなのに。ＳＮＳで同じ大会参加者の凄《すご》い上手《うま》いプレイヤーさんにフォローされたのは少し認められたみたいで嬉《うれ》しかった。もっともゲーム内でぼっこぼこにされていたので、やられっぷりを評価されたのかもしれない。それはそれで美味《おい》しいからいっか。
「ふんふん」

［ご機嫌だな］
［昨晩ボロ負けしたのに］
［エンジョイ大会やし、それでええよ］
［あ、そのチームのランドマークはそこちゃうで］
［1個下］

「あ、ここでしたっけ？」

［せやで、各チームのキャラピックはＳＮＳでまとめてあったのあるで］

［SNSに引用リツイでリプしといたで］
［後マップ覚えような］
［あと色はちょっと変えた方が見やすいかもしれん］
「おー、みんなありがとう。すごいなぁ。自分で調べなくても皆がどんどん情報くれるじゃないか」
本来練習に時間を割くべきなのかもしれないが、このゲーム自体の知識、そして各プレイヤーの情報などは頭に入れておいて損はないだろう。
ゲーム開始後に飛行機から各チームが地上に降下してスタートとなる。昨日の練習会では各々のチームがどこを起点としてゲームメイクするか、その場所の奪い合いや探り合いがあった。そういう初期降下ポイントをランドマークと呼ぶらしい。
舞台となるマップに各チームのランドマーク、使用していたキャラクターなどをまとめ上げていく。私自身がこれらの情報を十全に扱えなかったとしても、朝比奈先輩は有効に使えるだろうし。何より、視聴者目線に立ったときこういうガイドマップ的なものがあった方が盛り上がりやすい。どことどこが近くで、戦いが発生しやすいとか。こういうキャラクターを選出《せんしゅつ》しているからこうしよう、みたいなのはあるだろうし。平常時に比べると視聴者数も随分《ずいぶん》と多く、その注目度の高さは言うまでもない。
ひとりで裏で作るより配信でやる方がコメント欄に詳しい人が情報沢山くれるので大変効率的だ。この手の知識の多い人は、そういった情報を他人に教授する事に対し遠慮がないというか。中には『指示厨《ちゅう》』だとか言って嫌う人もいるし、そういう風な発言をするユーザーがいることも事実ではある。私個人としては荒れない程度に好き勝手言ってもらって構わないと言うスタンス。

『○○した方が良い』という意見に対し『それは違う、○○の方が良い』『彼の好きにやらせてあげよう』など様々なコメントが今まさに寄せられている。最終的にその情報をどうするかという決定権は私にあるのだ。無視することもできる。どの情報が正しいか、精査する事が大事なんだと思う。担当者に聞いてもろくな返答がないような会社に比べると、ずっと健全だと思ってしまう。流石に行き過ぎる意見はご遠慮なのだが、きっと根っこの部分は善意である人の方が多いはずだし。

物は考えよう。動画やSNSで公開することで、コメントやSNSで添削してくれる人がいる。頼まずともやってくれる人がいる。何と素晴らしいことか。かつての職場だとまともに中身も読まず押印だけして、不備があった際は全てのミスを若い子に擦《なす》り付《つ》ける上司もいたりと、あまりいい思い出がない。結局私が間に入ってチェックしてみたりとかしたのだが。それはそれで気に食わなかったらしく色々言われたけれど。思い出したら若干胃が痛くなりそうだ。

「日付印いるかな」

［報告書とかちょっとロールプレイっぽくてええよね］
［作戦書とかトップに書いて極秘とか書こうぜｗ］
［なおネットで全世界に公開されている模様］

「資料はまとめたものの、だ。やはりプレイスキルが課題。特に対人よわよわすぎる件」

[大会参加者中ランク最下位だしな]
[なお昨日チーター疑惑で燃えかけた件]
[気楽に行けばええねんで]
[対面練習なら訓練場でリスナーでも呼んで1対1やれば?]
[フレンドリーファイア設定オフにすりゃいけるな]

「へぇ、そんなのあるんですね。ちなみに皆さんのランク帯は?」

[万年プラチナ4]
[ゴールド]
[ダイヤ4]
[コメデター]
[一応ソロマスター]

「何かひとりやばい人おるやんけ」

［マスター、だと……？］
［うっそだろ、おめぇ］
［プロ？］
［プロじゃない、砂でチクチクしてポイント盛るのが人より少し上手いだけや］

マスター帯は上から2番目。謙遜はしているが、とんでもないプレイスキルを持った人と思ってもらえれば良いだろう。チーターや、リアルチーターみたいなバケモノプレイヤーと同じ戦場で戦っているのだ。下手なわけがない。

「リスナーの上手い人。我こそはと言う方は今フレンド申請して下さい。撃ち合いの練習に付き合って下さい。勿論時間に余裕のある方で」

よし――！　頑張ろう！

【Ｖｅｒｔｅｘ】大会準備、練習【神坂怜《かんざかれい》／あんだーらいぶ】
最大同時視聴数：約４２０人
高評価：２００
低評価：１８０
神坂怜　チャンネル登録者数９０００人（＋２００）

557 名無しのライバー ID:UqxwrWuZP
そういや、ニヨ動の実況主が最近転生匂わせしてるらしい

558 名無しのライバー ID:AxNjxVScj
転生匂わせ最近本当に多いよな
男女含めて2～3人くらいは知ってる

559 名無しのライバー ID:O/9n/TfsU
匂わせってか単なる活動休止だけどな
高確率で別活動移転なんだろうけど

560 名無しのライバー ID:hLU9vsOEd
夏休みのキッズバフ終わった後に捻じ込んでくる可能性は大いにあるな

561 名無しのライバー ID:LLASHpT3B
別に前世で何やってようが良いんだけどさ

562 名無しのライバー ID:deTvrw8yE
パコガワ「許された!?」

563 名無しのライバー ID:ZTPee2usE
>>562
お前は絶許

564 名無しのライバー ID:B2+G/LPkm
>>562
顔出し配信者で成功してんのがちょっとむかつくが
別にVの内情べらべら喋ってないし、
ごめんなさいしてるから一応水に流した
相手の女は女で厄介なやつだったっぽいし

565 名無しのライバー ID:AwhqwbbX7
もう引退した奴のこと言っても仕方ねぇよ

566 名無しのライバー ID:esVkU3IBE
この業界全体として前世持ち増えたよな

567 名無しのライバー ID:hICn8LA6x
前は才能ある人を探してデビューさせてたけど
供給が追っ付いてなくて
配信知識のある経験者をスカウトする方が楽だもん
ズブの素人だと機材のサポート、各種ソフトの使い方とかゼロからのスタートだし

568 名無しのライバー ID:/F2G9OliE
それって運営のお仕事では……？

569 名無しのライバー ID:Oubxnr9Mp
そりゃそうだけど工数減らす方向に持っていくのは至極真っ当だと思うぞ
未経験枠ないわけじゃないだろうし

570 名無しのライバー ID:Pb69GbBpi
盛り上がってるところ悪いけどさ
昨日のVertex結局どうだったん？

571 名無しのライバー ID:cz4MdVnVr
アーカイブ見れば分かるけどボロ負け

572 名無しのライバー ID:5OPvdJN5p
蹂躙されてたなぁ

573 名無しのライバー ID:SV04Bbufi

降下直後は大丈夫でもチームの総合力弱いのは周知の事実だからな

574 名無しのライバー ID:qbD/krjd9
あんだけフルボッコにされてても楽しそうにプレイできてたのは幸い

575 名無しのライバー ID:miZH9Y5z5
後半自棄になって産廃武器と拳で2ダウンまで持っていったの糞ほど笑った

576 名無しのライバー ID:C/fCQm45z
あさちゃん「だめだ、武器がしょぼすぎる！」
畳「眩しく光る銃2本見つけた」
あさちゃん「光る玩具じゃん！」
脱サラ「爆弾しかでないんですが！」
あさちゃん「あーもー、やるっきゃねぇ！とつげーき！」
畳「なにこれ全然照準見えねぇ！」
脱サラ「意外とパンチ強くないですか？」
畳「あ、確かに」
あさちゃん「信じられるのは己の拳のみ」

なんでか知らんけど3人中ふたりダウンまで持っていくも無慈悲な人権武器（ショットガン）で蹂躙される3人
光る玩具＝リロードいらない武器。強そうに見えるけどマズルフラッシュがやばすぎて使いにくい

577 名無しのライバー ID:4U3uNc+OT
相手は分散して物資漁ってたからな

578 名無しのライバー ID:qL3odjSwa
グレネード使って壁際に追い込んで3人で殴りまくる蛮族スタイル

579 名無しのライバー ID:9yYiHF1sv
でも、このあと亡くなったんだよね……

580 名無しのライバー ID:QfcuBYr3+
お団子になってたところに散弾のショットガンはぶっ刺さりよ
採用率1位の人権武器は伊達ではない

581 名無しのライバー ID:Vs27Ui2bz
ノリが完全に男子高校生のそれ

582 名無しのライバー ID:0SfnMwX/6
真面目にやれとかお気持ちされそう

583 名無しのライバー ID:m2MJH0fpt
元々ゲームの腕で呼ばれたわけでもないからなぁ……

584 名無しのライバー ID:A21kfGLNi
序盤で3対2だったし、突っ込んでも良い場面だぞ
高順位狙うのが難しいならキルポをひとつでも拾うのがベター

585 名無しのライバー ID:lwol9WM2q
昨日の敗北からのチームメンバー
あさちゃん→猫吸い、ダメージ数＝今日の食費になる謎縛りプレイ
畳→ダンスゲーム用のマット型コントローラーを使ってネタプレイ

脱サラ→資料製作、訓練所引き籠もり

586 名無しのライバー ID:5+Ff4U33f
うーん、このネタ集団

587 名無しのライバー ID:5AFg2pz14
畳意味不なんだが

588 名無しのライバー ID:hDrJK3JEa
途中バテてたの草だったわ、あれ
あいつ体力なさ杉だろ……

589 名無しのライバー ID:1bb3vBsSN
い、一応怪我明けだから（震え声

590 名無しのライバー ID:gmA7WCwZ5
Vは基本不摂生集団だからな

591 名無しのライバー ID:FqVQsiITT
脱サラによる一般層向け資料
・MAP上に全チームランドマーク表記
・各チームランク、使用キャラ、得意武器、昨日の順位などの情報
・練習5試合での最終安置まとめ
・資料作成後は視聴者と対面訓練

神坂怜@Vertex大会出ます@kanzaka_underlive
ランドマーク等、各チームの情報をまとめてみました。
間違いあれば修正します。
#配信者Vertex大会
image.1234.vcom

---

592 名無しのライバー ID:VOS7xkz4Z
>>591
これは有能

593 名無しのライバー ID:84m/3+DtN
>>591
こういう情報は素直にありがたいわ

594 名無しのライバー ID:ouzOkyQ5E
>>591
結構いいねとリツイート数多いの草

595 名無しのライバー ID:SisterChan
>>591
どこまでも裏方向きだよねぇ……
楽しそうにしてるからいいけど

596 名無しのライバー ID:lt17POWUW
大会運営サイドからもリツイもらってるからな
もう半ば公式や

597 名無しのライバー ID:azw6/ulFq
悲報　Vertex民から「作ろうと思ってたのに先に出された」と表明される

598 名無しのライバー ID:Je6JNe+CO
お料理ツイートを超える人気じゃん、バズッたか？

599 名無しのライバー ID:zEIlhOmDd
普段リツイート多いのがお料理ツイートってどんなVだよ……

329 名無しのスナイパー ID:Rvh4dAHGQ
あー、なんかサジェストで炎上って出る時点で怪しいと思ってたんだよなぁ

330 名無しのスナイパー ID:16eXubt/N
おいおいおい

331 名無しのスナイパー ID:7ZGE1As0c
不正プレイヤーの代理出場者が不正は流石に草

332 名無しのスナイパー ID:QAIcVKzn6
いや、普通に上手いだけだ
DVR有効だから巻き戻してみ
リコイル制御ちゃんとしてるし、銃口から変に曲がったりとかもしてねぇわ

333 名無しのスナイパー ID:spJKoY1+P
マジやんけ……ブロンズ帯でこれは嘘やろ
別のFPSやってたか、前世（？）でやりこんでたクチか？

334 名無しのスナイパー ID:1ZHUsVmoB
独自のリコイル調整か知らんが「トン、トン、トン」って謎の呟き
それに合わせて味方ふたりが「ヒノ○ニトン！」とか言ってて草
更に「案件待ってます！」と謎のヨイショ

335 名無しのスナイパー ID:d9G8i2NzC
実戦1戦＋射撃訓練場300時間らしい

336 名無しのスナイパー ID:gtZDN/W5T
えぇ……（ドン引き

600 名無しのライバー ID:qWWxkw7U4
なおカスタム（練習会）中に一瞬燃えかけた模様

601 名無しのライバー ID:DT9Slm+rW
草
何やったんだよ？

602 名無しのライバー ID:MoBthread
移動くっそ遅い上に射線管理ガバガバだったのに、中距離でサブマシンガン当てまくってたから

603 名無しのライバー ID:fpslovers
当時の大会スレ抜粋
ちな、リコイル＝射撃時のブレ
連続して敵に命中させるにはそのズレをマウス操作とかで制御する必要がある

Vertex　配信総合スレPartXX
325 名無しのスナイパー ID:l7RZHoZI2
なんか今天羽の体力一瞬で溶けなかった？

326 名無しのスナイパー ID:Oc0+bqgYV
頭に結構入ってたな

327 名無しのスナイパー ID:b1XuqGvKB
えっぐ
歩くキルポさんチームじゃん

328 名無しのスナイパー ID:Di7An/ixX
出場者最弱ブロンズ帯があんなエイムおかしいやろ……
射線管理もガバガバだし、チートか？

>>603
>更に「案件待ってます！」と謎のヨイショ
トラック案件来たら来たで何すんねん……

608 名無しのライバー ID:m913Bi/YO
あさちゃん「トラックの案件って何するの？」
畳「俺免許持ってねぇわ」
脱サラ「私はクレーンと玉掛け、フォークリフトひと通りできるので、案件待ってます」

609 名無しのライバー ID:CoTvfWnSi
VTuberとして評価されない項目にステ振りすぎでは？

610 名無しのライバー ID:DUKWoegnY
バズる以外大体なんでもできる定期
まあ製造業いたら大体取らされるから、その辺は……

どんな縛りプレイやねん……

337 名無しのスナイパー ID:eoZdmhgtw
ブイチューバーさんも大変やな……

338 名無しのスナイパー ID:wu6NA+Hs4
そんなんしないとダメな業界なんやね……
取り合えずチーター疑ってた奴はごめんなさいしとこうな

339 名無しのスナイパー ID:KvfiZ+mWA
すまんやで

340 名無しのスナイパー ID:TPZ+g5RLf
天羽「訓練場のみ300時間は大草原。この人たちおもろ。フォローしとこ」

---

604 名無しのライバー ID:S7VpT58TX
>>603
あいつのせいでVTuberという存在が変なものとして認識されないかだけが心配です

605 名無しのライバー ID:/yVlTtb0J
>>603
見る人が見りゃ分かるもんなんだなぁ

606 名無しのライバー ID:gckineki/
>>603
エイムの練習しすぎ＋実戦経験ほぼ皆無が合わさった結果
チーターに見える、は草

607 名無しのライバー ID:3LN4S5Qcd

3話 新人が来るらしいです。

【８月×日】

８月も間もなく終わりという事で、中高生のファンの方々は「課題やってない」「学校いやだー」といった、私から見れば微笑《ほほえ》ましい、実に青春らしいお悩みのツイートが散見される。ちょっぴり癒《い》やされる。既に大人の私にとってはあまり関係のないお話と笑うことなかれ。中高生さんの所謂《いわゆる》『夏休み需要』というのは中々どうして馬鹿にならないのである。昨今の若者はスマートフォンの需要拡大、テレビでＹｏｕｒＴｕｂｅ視聴機能なんてものまであるので、通常あまり集客が見込めない平日の真昼間《まっぴるま》にも視聴者数が確保できてしまうのである。更には翌日学校がないため夜更かしする人も多い。夜配信も同様に客足増加が期待できる。単純に使える時間が多く、お手軽な娯楽として動画視聴というのが重宝されているようだ。私ですらその恩恵に多少なりとも与《あずか》っている面はある。

だが８月後半からは今度は大学生さんたちが夏休みに突入するのだ。今の勢いもそのままに更なる躍進のため、事務所が取ったのは新たな戦力の投入——即《すなわ》ち、新人デビューである。

普段の配信に加えてＶｅｒｔｅｘの練習などもやってバタバタしていたが、この秋新人さんが２名デビューする事になる予定という情報が我々にもたらされた。ブラン嬢と日野嬢の月太陽コンビのデビューから4ヶ月。少々ペース的には早いのかもしれないが。今は勢いがあるし、その間に新しい面子を増やして広く顔を覚えてもらうという狙いもあるのかもしれない。

細かい情報は貰《もら》っていないが、男女のコンビでありニヨニヨ動画にて人気の配信者という情報はそれとなく聞いた。数少ない男性Vが増えるというのは喜ばしい事であるが、私で結果を残せなくて人気配信主を使って手を替え品を替えてみたいな形になったんだろうか。そう考えると少し複雑。こちらが成功した場合、私の存在価値ってあるんだろうか？　せめて、最低限デビューにかかった諸経費くらいは稼いでから首を切ってほしいものである。

柊《ひいらぎ》冬夜《とうや》：新人さん入るらしい

獅堂《しどう》エリカ：ＥＸ◯ＬＥより人増えてるペース早くない？　全人類『あんだーらいぶ』化するのも時間の問題ですね

羽澄咲《はすみさく》：昔ネットで話題になってましたね。このままのペースで行くと、１００年後に日本男児が全員ＥＸ◯ＬＥになってるとか

宵闇忍《よいやみしのぶ》：今ググッたけどめっちゃ前のネタで草

獅堂エリカ：嘘《うそ》……そ、そんなに前なの……？

柊冬夜：やっぱり年齢詐称じゃねぇーかよ！　１７歳設定には無理がある

獅堂エリカ：は、はぁ!?　嘘じゃないもん

羽澄咲：１７って事はルナちゃんや、灯《あかり》ちゃんとほぼ同世代なんだよなぁ……

宵闇忍：ぜったい、嘘じゃゃん

獅堂エリカ：(´；ω；`)
日野灯《ひの》：同世代！
ルナ・ブラン：頼れる先輩です
獅堂エリカ：ヽ(^◇^*)ノワーイ

新人のデビューが決まると『表』での反応はＳＮＳを見ればおおよそ分かると思うが、『裏』であっても色めき立つものなのである。会話の肴《さかな》になっているだけな気がしないでもないが。前回の後輩ふたりのデビュー時はディスコでコミュニケーションなんてほぼほぼ取っていない状態だったので、今回同様にこういったやり取りがあったのかは定かではない。私のときとか一体どうだったんだろうか？　過去ログ見れば解決するのだが、きっと見ないほうが精神衛生上好ましいし、人様のやり取りを盗み見るみたいでちょっと嫌だ。
デビュー直後の例の事件で一時はどうなる事かと肝を冷やしたが、最近はそれなりに他の人たちとも打ち解けられるようになってきた気がする。ハブられ気味だった件もあの時の状況を考えれば至極当然の反応であり、その後こちらに歩み寄ってくれた諸先輩方の優しさには感謝しかない。あの頃のままだったら……なんてことは怖くて想像したくもないが。

宵闇忍：配信経験者なら配信関係の機材知識はもう持ってそう
羽澄咲：ああいうのって慣れるまでが大変だもんねぇ。どこかのポンコツ１７歳お嬢様は未《いま》だにその辺ガバガバだけど

獅堂エリカ：マニュアル用意しない運営サイドに問題があると思うの
日野灯：怜《れい》先輩なら作ってそう
柊冬夜：あいつならやりかねんな……
神坂《かんざか》怜：配信ソフトに関しては一応作りました。PC新調したときや、何らかの問題で初期化したとき用にあると便利ですし
ルナ・ブラン：なんというか、先輩らしいですね！
日野灯：あたしは、そういうところ素敵だと思います
ルナ・ブラン：私だってそう思ってましたー
日野灯：えー、ほんとかなぁ??
ルナ・ブラン：思ってたもん！

彼女たちのデビュー後のバタバタで色々首を突っ込んでしまった事があったが、その件で恩義を感じているのか少々こういう行動が見受けられる後輩ふたり組。あの程度でそこまで感謝されると逆に申し訳なくなってきてしまう。彼女たちにとっては非常に重要な問題だったのだろう。今では心から打ち解けた様子でやり取りしている様を見ると、妹を見ているときと似たような感覚を覚える。これがてぇてぇか……ええやん。もっとやれ。私も若い頃には随分《ずいぶん》色んな大人の人に助けてもらった。だからその分をこういった形であっても返すのが道理というものだろう。

獅堂先輩の言うマニュアル云々《うんぬん》に関しては先述通り主に自分用である。後は妹が今後単独配

信するであろうときに必要かと思い、ある程度見易《みやす》くは作ってある。とは言え、中々面倒なもので……配信ソフトなんかは、そのパソコンのスペックや配信環境、ソフトのバージョンによっても最適な設定は変わってくる。特にバージョンアップで大幅な変更等があった際には、オプション関係の設定項目がガラリと変わって混乱することもある。滅多にそういう事はないが、適宜《てきぎ》その辺を修正しなくちゃならないのは正直面倒ではある。

柊冬夜：新人で思い出した。ずっと謝ろうと思ってたんだったわ。神坂君のこと最初の頃避けててマジですまん

羽澄咲：それは私もだわ。ごめんねー

宵闇忍：引越しでバタバタしてて……デビューしてたことすら知らなかったなんて言えない

神坂怜：全然気にしてないです。寧《むし》ろこちらこそ度々お騒がせして申し訳ないです

わざわざ謝罪までされるとは思わなんだ。私はもう充分にこの箱に、貴方《あなた》たちに救われている。本当に、どこまでもお人好《ひとよ》しだらけの箱である、この『あんだーらいぶ』は。そんなところがキッカケで後々面倒事に巻き込まれたりしないか気がかりだが、そういうところ含めて私はこの箱を愛しているんだと思う。

獅堂エリカ：案件ばっかやってて全然知らんかった。そんなに楽しそうな事あったんなら言って欲しかった

柊冬夜：絡むとややこしくなりそうだから誰も言わなかった説
朝比奈《あさひな》あさひ：おっ。てぇてぇ営業いいぞもっとやれー
獅堂エリカ：そんなことより焼肉下さい
羽澄咲：YAKINIKU
宵闇忍：他人のお金で焼肉食べたいです。エリカ様がなんでもするので
朝比奈あさひ：ハードル上げるのやめてぇ！　まあ、がんばるけどさ。心強い仲間いるし
日野灯：スポ根物っぽくてとってもいい
羽澄咲：どう掛け算するかが一部界隈《かいわい》で論争になっている模様
ルナ・ブラン：その話ちょっと詳しく聞かせてもらって良いですか？
羽澄咲：そんな気はしていたが……もしやお主もそちらの腐《ふ》の民だったか
ルナ・ブラン：嗜《たしな》む程度です
獅堂エリカ：淑女の嗜みのひとつと古事記にも書かれている
日野灯：？？？
宵闇忍：灯ちゃんは知らなくて良いのよ……
柊冬夜：俺やたらとウケ側にされてる気がする

今日も『あんだーらいぶ』は平和である。ちなみに先程大会用と称して配信中に作成した、大会チームマップ表（仮）が随分好評だったらしく、配信サイトの登録者は増えないくせにSNSのフォロワーだけはやたら増えた結果、『チャンネル登録者数／SNSフォロワー数』と

いう状態になってしまった。新規層が増えるのは嬉《うれ》しい事である。参加者である天羽終里《あもうおわり》氏からもフォローやリツイートいただいた。想像以上に需要があったのか、大会運営側から天羽氏を通じて使用許可を求めるメッセージまで届いた。どうやら彼と大会の運営スタッフさんは知人同士らしい。別段断る理由もないだろう。

日野灯：で、明日とかコラボどうですか？
ルナ・ブラン：え、ずるい
日野灯：るーはこの前コラボしたじゃん
ルナ・ブラン：あれは凸待ちじゃん！
柊冬夜：そいつ、明日アレと酢昆布《すこんぶ》先生とコラボすっから予定埋まってるぞ
日野灯：へー
ルナ・ブラン：ふぅーん
神坂怜：えっと、あの……なんかごめんなさい。

いや、事実ではあるんだけれども。そんな反応をされても困るのだが……アーレンス嬢は何か絡んでもどういう訳か叩《たた》かれないし、寧ろファンの人から逆に「ウチのがすいません」「また構ってやって下さい」みたいな最早《もはや》ファンというよりは親目線の謎メッセージを沢山賜《たまわ》る。それだけでは飽き足らず、彼らが私のグッズやボイスを購入までしてくれているのだ。何かお返しせねば失礼というものだろうし、彼女のお誘いを断るのも失礼かなーと思った次第である。

ちなみに、酢昆布先生が何故《なぜ》か急に参加する事になっていた。経緯はよく分からないが、まあ知らない仲ではないし別段問題もないだろう。苦情とか来ないと良いなぁ。

羽澄咲：他所の女と遊ぶんですね、分かります
柊冬夜：言い方ァ⁉
朝比奈あさひ：あのふたり怜君のこと大好きだもんねぇ
神坂怜：そうした方が盛り上がるからそうキャラ付けしているだけですよ、きっと
日野灯：いや、それ絶対違います
ルナ・ブラン：違うと思います

630 名無しのライバー ID:33pLO0s3d
マジで暑すぎだろ……

631 名無しのライバー ID:If1sO2Es9
連日猛暑日だからなぁ
熱中症とか気を付けるやで

632 名無しのライバー ID:Lz+9ijw3N
このスレ民ってお外での生活無縁そうなんじゃが……

633 名無しのライバー ID:kjNNxA2JW
昨今は普通に屋内でも熱中症なるぞ

634 名無しのライバー ID:6mgc6R9S8
パソコンの放熱で死にそうになるし
普通にエアコンガンガンにかけてるわ

635 名無しのライバー ID:Nu7mQ3pSI
8月も後半とかマジですぐ休みなくなるやん……

636 名無しのライバー ID:JFtbtOGzA
どうしてお休みってすぐなくなってしまうん……？

637 名無しのライバー ID:1KppHZ4Jd
休み前のワイ「ゲームや溜まってた推しのアーカイブ見るんだ……」
休み後のワイ「生配信追いかけるのでいっぱいいっぱいやった……」

638 名無しのライバー ID:FYmHLhnWq
ちょっとバズってて草

神坂怜@Vertex大会出ます@kanzaka_underlive
ランドマーク、各チームの情報等をまとめてみました。
間違いあれば修正します。
#配信者Vertex大会
image.1234.vcom

---

639 名無しのライバー ID:1rQNkEnJY
>>638
リツイート1000件超え……だと……？

640 名無しのライバー ID:SpjxdYfYu
>>638
実際これは有能まとめだったし当然と言えば当然
だが、お前がやる事か？　と問われると苦笑い

641 名無しのライバー ID:xXnoa9NMa
>>638
配信でバズれよ……

642 名無しのライバー ID:V0e4TSSZ0
は、配信では雫ちゃんコラボとMyCraftでちょっとバズったから……

643 名無しのライバー ID:u2rB/5X6i
主催がリツイートどころか、脱サラに使用許可取って公式で使う気満々だしな

644 名無しのライバー ID:9xKJQ7jD7

うーん、どこまでも裏方向きの男である

645 名無しのライバー ID:Jvs5DLKaO
配信バズ以外は大体何でも出来るってそれ一番言われてるから……

646 名無しのライバー ID:xiVjWEhzF
チャンネル登録者は伸びないのにSNSのフォロワーは結構増えてんのマジで草

647 名無しのライバー ID:vEIDSOryj
SNSのフォロー1万超えそうじゃん

648 名無しのライバー ID:KNWt/tceh
チャンネル登録者数とSNSのフォロワー数が逆転したな
逆ザヤって言えばええんか、これ？

649 名無しのライバー ID:StJbX4Ili
ちょっと違うと思う

650 名無しのライバー ID:5njnUmo5X
脱サラのSNSフォロワーの内訳ってさ
・配信
・料理
・Vertex
こうなってそう

651 名無しのライバー ID:KfWdqyi6l
あいつの料理ツイートの『いいね』と『リツイート』してる垢見てみ
面白いぞ

652 名無しのライバー ID:1bqffEJW0
すげぇ、女の人ばっかじゃん！
女性人気すげぇ！

653 名無しのライバー ID:ZnCgX+UZU
主婦ばっかりじゃねぇかよ！

654 名無しのライバー ID:6nvU4pLuu
主婦さんはもっと脱サラの配信見てあげて……

655 名無しのライバー ID:3A7dfoZFK
練習会では相変わらず我らが男連中はフルボッコにされているわけだが……

656 名無しのライバー ID:fpslovers
頑張ってはいるんだよ……

657 名無しのライバー ID:L1Vh9/ouJ
例のマップが広く周知されたおかげで
逆にキルポ狙いに追われる羽目になったあんだーらいぶチーム
そのせいでアンスレに例によって叩かれる脱サラ

658 名無しのライバー ID:6PRMEp93U
戦犯じゃねぇかよw！
参加者はもうちょっと手心をですね……

659 名無しのライバー ID:+WrAD5CwF
なお元プロゲーマーの天羽率いるチームは、あんだーらいぶチームを叩きに来た連中を背後から叩く作戦に
リスナー「vの人餌にしてて恥ずかしくないんですか??」

天羽「背中を守っているんだよ、寧ろ戦友的な？」
リスナー「たまに屈伸して謎の意思疎通図ろうとするのやめろw」
天羽「気を抜いたら頭抜いてくるからマジで怖いんよ……」
リスナー「さっき屈伸煽りしてたらスナ頭にモロにもらってましたねぇ」
天羽「その後彼、ドローン飛ばしてきたじゃない。上下運動のあれはきっと挨拶だよ」
リスナー「なお一度も話したことはない模様」
天羽「それな」

660 名無しのライバー ID:yec4V30Rf
撒き餌にされてて草
なんやかんや面白キャラとして受け入れられてるのはありがてぇよ
畳は夏嘉ちゃんのスパルタ教育で上手くなってきてるし
脱サラはリスナーと1対1の対面練習してるな

661 名無しのライバー ID:J3rfdBJpj
脱サラリスナーのマスター視聴者君強すぎて笑っちゃった
あれ、スレ民にもマスター君いなかったっけ……？

662 名無しのライバー ID:fpslovers
あれワイやで
つまり脱サラはワイの弟子ということになる
将来ちょっとイキれそう

663 名無しのライバー ID:gm2HKlkPJ
お前だったんかーい

664 名無しのライバー ID:/c0D/GwXH
ガチでこの箱のVertex配信全部見てんのなぁ……

665 名無しのライバー ID:fpslovers
毎回アドバイスしてるけど
不快に思う人いたらすまんな

666 名無しのライバー ID:bmtgMxj1L
ガチで上手い人のアドバイスならええんやで

667 名無しのライバー ID:MoBthread
実は今回の一件でこっそりVertexはじめた

668 名無しのライバー ID:qTYRvPh8i
ワイも

669 名無しのライバー ID:V6JmM+UG8
動画で見ると出来る気がするけど
実際にプレイするとそうはいかんよな

670 名無しのライバー ID:h87pvskVQ
で、実際一緒にプレイしてどうやった？

671 名無しのライバー ID:fpslovers
すぐに上手くなりゃあせんよ
って言いたいところだけど訓練場にかれこ

678 名無しのライバー ID:mplE57KE8
速報　脱サラ訓練所時間300時間から310時間に更新

679 名無しのライバー ID:oGeHSQXst
こいつ居酒屋で取り敢えず生で！
みたいなノリで10時間くらいプレイするよなぁ……

れ300時間いるから下地は出来てんだよね
・エイムは○
・キャラコン△
・射線管理×
・撃ち合いになったときの判断力×
エイムだけで言えば上でも通じるレベルだと思うが。
いざ撃ち合いになると棒立ちになっちゃうのがちとな……
対面で落ち着いて立ち回りできりゃ化ける
初心者特有の敵との遭遇時慌てちゃうのは直しておきたい

672 名無しのライバー ID:0fxZepbvy
サンキュー、マスターニキ
100時間超えたと思ったらもう300時間もやってんのかーい

673 名無しのライバー ID:rPxBZhqkB
月の残業時間が100超えてたそうだし
そのくらい平気な顔してやってそう

674 名無しのライバー ID:UKyjrF697
そもそも数ヶ月かけて、だからな

675 名無しのライバー ID:gckineki/
私も推しと一緒にゲームしたい

676 名無しのライバー ID:6AbuHemAt
それな

677 名無しのライバー ID:8g0a1CS/N
推しがやっていたゲームをプレイしてしまう現象

4話 アレ×すこコラボ

【9月×日】

様々な出来事が巻き起こった8月を終えて9月に入った。しかし、私は重要な問題に直面している。そう——。

「日中マイシスターがお家にいない……」

新学期がスタートしたという事で妹が不在なのである。これは重大な問題である。夏休み中は昼間から愛《いと》しのマイシスターと楽しくイチャイチャできていたのに。おはようからおやすみまで一緒と言うのは少々盛りすぎではあるが、触れ合う時間が半減。いや、それ以下になってしまったのは辛い。

「妹早く帰ってこないかなぁ」

今後予定している配信のサムネイルを作ったり、告知用のツイート文面を事前に考えておいたりだとか細々した作業も終えてしまい何だか手持ち無沙汰になってしまう。少し時間が出来たならまたＶｅｒｔｅｘの練習とかもしなくちゃいけないのだが、どうにも最近集中力が持続できないでいる。歳《とし》か……？　これが老化の第一歩だったりするのか？

「ニャー？」

「虎太郎、妹――お前からしたらお姉ちゃんか。いないの寂しいよなぁ」

「フニャ」

「お前、何か知らんけど妹避けてるよね」

7月から新しい家族になった猫――虎太郎の頭を撫《な》でてから顎《あご》の下をわさわさと触る。目を細めて心地《ここち》良さそうにしているのを見ると妹不在で受けた心の傷が癒《い》やされる。ちなみに我が家での虎太郎からの好感度ランキングは1位父、2位私、3位母、4位妹。父は普段お世話とかあまりしていないけど妙《みょう》に好かれている。

「今日は抹茶タルト作ったの喜んでくれるかな――おや……？」

滅多に通知とか来ないプライベート用の携帯端末に何やら通知がやって来たらしい。珍しい。スーパーのポイント何倍とかそう言うのだろうか？

「お？　おぉおおおおおお!?」

奇声を上げてしまった。いや、だって仕方がないじゃないか。何とマイシスターからの自撮り画像が送られてきたのである。今日持たせてあげたレモンケーキを頬張りながらピースする様子。いや、よくよく見ると、これ両手塞《ふさ》がってるから撮影者は妹じゃないな。男じゃあないよな？　そんなNTRビデオレターみたいな事された日には私、死ぬぞ、心が。

ほぼノータイムでその画像を保存。クラウドにそのコピーを保存。あとでパソコン側にもバックアップ取っておいて……待ち受け画面にするのも悪くないな。後で父にも自慢してやろう。

この後のアカウントから『友達が勝手に送ったの。違うから。そう言うのじゃないから』と謎の言い訳メッセージが届いていた。恥ずかしがっているんだな、うんうん。可愛《かわい》い。

「ンーニャア！」

「そんなことはどうでもいい」とでも言いたげに父がプレゼントしたクッションを短い前脚でコネコネしてから、日当たりのいい場所へと向かいぴょんぴょんジャンプして私を鳴き声で呼びつける。まるでそれをここに持ってくるようにと指示を出しているようだった。人の事なんだと思ってるんだろうか、この子。

このクッションは噛《か》んだり引《ひ》っ掻《か》いたりで既に結構痛んでいるが、いたくお気に召しているご様子。末っ子は我儘《わがまま》でも許されるものなのだ。可愛いから仕方がない。この子の指定した場所に置くと満足そうにお腹《なか》を見せて眠り始めてしまう。

「無防備なやつ。写真撮ってやろう」

この後その旨をツイートしたら私の配信告知ツイートよりも『いいね』『リツイート』が多かった。お前、私より人気あるじゃん……。

◇◆◇◆◇◆

「こんばんはー。個人勢清楚《せいそ》系ＶＴｕｂｅｒのアレイナ・アーレンスでーす☆」
［うわっ、きっつ……］
［アレ、ステイ］
［可愛い］

[アレちゃん可愛い]

[これ以上罪を重ねるな]

アーレンス嬢のコメント欄は相変わらず活気があって大変よろしい。視聴者さん皆ツンデレってやつなのかな？　普段ボロカスに叩《たた》いてる割には毎回しっかり視聴しているし、コメントも沢山投げている。同じＶＴｕｂｅｒであってもファン層は案外異なるらしい。リスナーの人のリアクションは各Ｖによって変わるのは、やっている側から見ても中々面白い。

「えっ、ひっどーい。いつもこんな感じだヨ！」

「みんなのアイドルイラストレーター酢昆布《すこんぶ》だぜ！」

[可愛い]

[可愛い]

[やっぱ酢昆布ネキなんだよなぁ]

[もうこっちで良いよ]

「いや、マジでひでぇーな。お前ら。ババア相手に発情してんじゃねぇーよ。特殊性癖拗《こじ》らせすぎぃ！」

「ぴちぴちなんだが？　ほら、リアルガワだぞ。オラ、美女だ。可愛いだろ。ＤＭでオ○パコ依頼が届いちゃうんだよなぁ」

楽しげなのは良いんだが、もう少し発言をオブラートに包んで欲しいのだが……このくらいはっちゃけないと人気者になれないんだろうか？　ＶＴｕｂｅｒ業界って厳しいんだなと、改めて思うわけだ。あと、酢昆布ネキは気軽にホイホイリアルの姿を晒《さら》すのはちょっと控えた方が良いんじゃないかと思うわけですよ。女性のひとり暮らしという話だし色々と心配になってしまう。たまに親友であるｍｉｋｕｒｉママからも注意されているみたいなのだが。

「大体なんでお前が来てんだよォ!!　これはＶ同士のコラボなんだが!?」

「三次元差別反対。大体ワイも来て良いって怜《れい》君言ってた」

「カップル配信に挟《はさ》まるとかちょっと考え物」

「は？」

[仲良いんだが悪いんだか分からんよな]

[蛙《かえる》の子は蛙とはよく言ったもので]

[男の好みも似るんやなって]

[怜きゅんはスペック高いからしゃーない]

私、これどのタイミングで登場するべきなんだろうか？　もうこのふたりのやり取りだけで充分面白いと思うのだが。母娘《おやこ》コラボに挟まる変な男、みたいな図になってないだろうか。大丈夫？　妹や母にもよく言われるのだが、基本私のお話って別段面白味があるわけでもないって指摘される事が多いし。

画面の中ではＶＴｕｂｅｒのガワでアーレンス嬢の立ち絵と、リアルの姿を晒《さら》している酢昆布ネキが言い合いしているという何とも不思議なやり取りが繰り広げられている。こういうのを見ているとＶＴｕｂｅｒも本当に『生きている』っていうのが分かってファンとしても嬉《うれ》しいのではないだろうか。新しい客層開拓という意味合いでは、こういう形で顔出ししているような非ＶＴｕｂｅｒの配信者さんとコラボするっていうのも割とアリなのでは？　もっとも私にはそんな人脈はないのでやる予定とかは一切ないけれども。朝比奈《あさひな》先輩はＦＰＳゲーマー繋《つな》がりでたまーにコラボしていたりもするらしい。

私がＶ以外で相互フォローしているような人ってそれこそ歌い手の降旗白愛《ふりはたはくあ》さんくらいなのだが、現実的じゃあないな。しかし、最近、彼女ＳＮＳに浮上していないけど大丈夫なんだろうか？　定期的にアップしていた歌動画などの投稿も最近ピタリと止まってしまった。現役の学生さんというのは本人のツイートで確認はしていたので、学業の方で忙しくなってしまったのか。あるいは、伸び悩んでいたから一端気持ちをリセットさせる意味合いで充電期間に入ったのかもしれない。活動辞めちゃったりとかそういうのでなければ良いのだが……。

［神坂《かんざか》くんの立ち絵が無の表情で草］
［宇宙の背景が似合いそうな絶妙な表情してんな］
［そりゃあこんなの聞かされてたらそうなる］
［ごめん。ボイス買ってきたからユルシテ］
［お前まだ買ってなかったのかよ］

［何も言わずに買っておくのがアレ民のマナーだぜ！］
［なんでアレちゃんのファンがボイス買ってるの（困惑）］
［よく分からないけどありがとう］

ファン同士のこうした交流コメントは配信している側からしても微笑《ほほえ》ましい。アーレンス嬢のファンの皆さんって結束力と言うか軍隊みたいに謎の統率が取れていて凄《すご》い。少なくとも私が知るどの配信者さんよりもリスナーさん側のキャラもみんな『濃い』のだ。本人はそれを更に超える。本人とコメントのやり取りをするだけで配信も面白くなるから、個人勢で企業所属のVと張り合えるくらいになっているのも納得行く。彼女の輝かしい結果などを見れば色々な企業さんからお声が掛けがあっても不思議ではないとは思うが、恐らくは企業という枷《かせ》に縛られるのを良しとしなかったのだろう。どこまでも自由に、そして楽しく配信しようという強い信念を感じる。彼女の配信はいつだって全力だ。見ていて清々しいまでに。本当にこういう姿勢は見習うべきだろう。改めて尊敬してしまうな。アーレンス嬢に限らず、あんだーらいぶメンバーなど周囲にこういうお手本になる人が多い環境というのはつくづく恵まれている。なおそれを活かせているかと言われると、素直に「はい」と言えないのが悲しい事実である。

［おい、彼のファンが混乱してるだろ!!］
［やっぱりアレちゃんもファンの人もみんないい人だね］
［うんうん］

[ちがう、ちがうんだ]
[まだその誤解続いてるの⁉]
[ちゃ、ちゃうんねん……]

「えーっと、皆様いかがお過ごしでしょうか。あんだーらいぶ所属の神坂怜です」

「うむ。今日もわたしの旦那はイケボが過ぎる」

「よし、ここでワイが脱げばこの枠BANに出来るな」

「おい、待てババア。なんてことやりやがる」

「ちょっと上着抜いてキャミソール姿になっただけだろ」

「これ、私いらないのでは……？」

「「いるよ‼」」

「あ、そこは意見揃《そろ》うんですね」

喧嘩《けんか》する程仲が良いとはよく言ったもので、お互いにバチバチにやり合っている割にSNSでも似たような口論している。だが、新衣装だったり細々表情差分が追加されたりとか何だかんだ愛情を持っているんだと思う。母と子の在り方はそのVそれぞれなのだ。それこそずっと疎遠になったりするって人も少なくはない。特に企業だと基本的にお仕事の依頼は事務所を通しての間接的なやり取りになるし、私たちみたいな距離感の方が稀《まれ》と言えるだろう。

[酢昆布ネキ脱いで]

「はい！　Ｄ・Ｖ・Ｄ‼　Ｄ・Ｖ・Ｄ‼」

「いる（確信）」

「困惑してる様子が見れる数少ない機会なので助かる」

「ワイら助けてたのか……」

「褒めると付け上がるから止めた方が良いと思います」

「これ見ると愛もお金も全部酢昆布ネキや神坂きゅんに捧《ささ》げた方が健全だよなぁ」


「愛はいらねぇよ。でもお金だけはわたしのところで落としてけ」

「うっわぁ……」

「ファンは大切にしなくちゃダメですよ」

「ごめん。みんな愛してるわよ」


「テノヒラクルックルで草」

「なんやこいつ信念ってもんがないんか、ワレ？」

「素直でえらい」

「偉くないから！」


もうこれ、私いらなくない？　なんかいなくても成立する気がするんだけど、彼女たちのファンはそれで良いのだろうか……？

347 名無しのライバー ID:p5R1HNiLO
今日のお品書き
・畳の浴衣キャラガチャ
・ハッスの収納ラック組み立てる
・ルナちゃんのホラーゲーム
・灯ちゃんの歌枠
・脱サラ、アレ、酢昆布ネキ雑談コラボ

348 名無しのライバー ID:W/6YXYx2Z
>>347
ガチャ爆死たのしみ

349 名無しのライバー ID:J/RT0VxaO
>>347
どの枠見るか悩むな

350 名無しのライバー ID:w6VnTStua
>>347
ハッスの枠なにこれ……？

351 名無しのライバー ID:GQ4uDd+bU
何って収納ラック組み立てる配信だよ
なお既に配信時間2時間超えた模様

352 名無しのライバー ID:dO04NqXxf
そんな時間かかるのか……？

353 名無しのライバー ID:ZcQBvN21d
悲報　ハッス「ネジが4本余ったんだけど」

354 名無しのライバー ID:A198noLYy
草

355 名無しのライバー ID:+AQ7fzY37
なんでだよww

356 名無しのライバー ID:lVfxBK5be
4本も余らせるなよww

357 名無しのライバー ID:7aESP/fCn
ハッスぽんこつだったのか……？

358 名無しのライバー ID:PTAx+9kB7
最初から組み立て済みで届くと勘違いしてたらしい

359 名無しのライバー ID:zI51K8BI5
悲報　畳ガチャ枠10連で終了

360 名無しのライバー ID:kJ5lbKGSV
>>359
は？

361 名無しのライバー ID:xsfejq77N
>>359
なんで？

362 名無しのライバー ID:pITn9wCuD
>>359
はい、低評価

363 名無しのライバー ID:NkfYuuJXz
酢昆布ネキ、脱サラとアレがコラボすると知って
新差分の納品と引き換えに無理矢理ゲスト共演

脱サラリスナーの構図すこ

372 名無しのライバー ID:uhkNWszlY
脱サラ当人がそもそもアレを良い人って言ってるしな

373 名無しのライバー ID:/2bzRud2P
実際悪い奴じゃあないんだよ
ちょっとアレがアレなだけで

374 名無しのライバー ID:e7avQoYOn
酢昆布ネキだけリアル映してんのか
相変わらず美人よな、黙ってれば

375 名無しのライバー ID:yWZeBz4tQ
喋ってても可愛いだろォ!?

376 名無しのライバー ID:NhttnTT2o
足なげぇな、ネキ

377 名無しのライバー ID:EVABvx2ZJ
・美人
・おっぱいでかい
・オタク趣味に理解がある
・絵が上手い
もうスペックだけ見たらバケモンなんよな

378 名無しのライバー ID:NTR8gYJx9
その酢昆布ネキが嫁にしたいと言うmikuriママ絶対美人だよな

379 名無しのライバー ID:L7lx6PhjB
キャミソール姿になってるけど大丈夫なんですかね……？

364 名無しのライバー ID:xPVzYL5l+
アレと酢昆布ネキは何故こんな脱サラへの好感度が高いんだ……？

365 名無しのライバー ID:+GDvJ+Caj
ガワと声が良いからな

366 名無しのライバー ID:OnH/3cheJ
刺さる人には刺さる
酢昆布ネキに関しちゃmikuriママから
脱サラデザイン時にアドバイス求められてたからな

367 名無しのライバー ID:gckineki/
自分の好きな要素入れたのをアドバイスしたんなら
そりゃあ刺さるわな
しかも声も良いと来たらね

368 名無しのライバー ID:cbq1RViCJ
アレ「わたしの旦那に色目使うなよォ！」
酢昆布「はい、上着を脱ぎます。次は靴下かなぁ」
アレ、問題発言する度に酢昆布ネキが脱衣するシステム

369 名無しのライバー ID:MsaisDoPo
なにその神システム

370 名無しのライバー ID:HqxxSMl4y
BANさせようとするなよw

371 名無しのライバー ID:bjHmnHTni
相変わらずアレに対して勘違いしたままの

380 名無しのライバー ID:7OaaG3ywk
YourTube君は思春期だからなぁ
ちょっと肌色多いと過剰反応する可能性はある

381 名無しのライバー ID:VEO0c6uFP
どうせアレの枠だし大丈夫やろの精神

382 名無しのライバー ID:boQrDzK4y
実際大丈夫だしな

383 名無しのライバー ID:U9TyCHNQW
あいつ中国の動画配信サイトもあるしな
銀髪だからえらい向こうの人の性癖に刺さっている模様

384 名無しのライバー ID:Yuh8cNJ7a
なんだかんだムーブが上手いんだよな
脱サラにその辺の立ち回り教えてやって欲しいところだが

385 名無しのライバー ID:il22Pa9SM
でもこの業界男女の違いは大きいぞ
女性Vで上手く行ったからって男性Vも同様とは限らん

386 名無しのライバー ID:mAD9WOP+Z
それな

387 名無しのライバー ID:1Bil1va1z
アレは個人でやってるからこその強みもデカいからな

388 名無しのライバー ID:MoBthread
酢昆布ネキおへそまで出しちゃって……(ムクムク

389 名無しのライバー ID:MjAJqGusj
駄馬ステイ

390 名無しのライバー ID:srIMHKXu3
脱サラ「女性が身体冷やしたらダメですよ？」
のひと言で照れながら上着羽織る酢昆布ネキ可愛い

391 名無しのライバー ID:eYfzQ6fjM
素で照れてるやつだよな、これ？

392 名無しのライバー ID:SisterChan
脱サラはコラボとかで輝くタイプだからもっとやって
もっと評価されるべきなんだ……

393 名無しのライバー ID:ErKJkRNQG
この面子ならそれほど叩かれないんじゃね？
個人勢と絵師だし

394 名無しのライバー ID:qbFCzhzMc
まあ女性と楽しくコラボしてるってだけでアンチからは叩きの対象なんすよ……

395 名無しのライバー ID:sRWtaabqE
えぇ……（ドン引き）

396 名無しのライバー ID:zcyjb+0fQ
当人がノーダメだから余計に叩かれやすく

なってる節はある
それ故の『あんだーらいぶメイン盾』なわけなんだが

397 名無しのライバー ID:X3Sb2GAEn
ままならんなぁ……

398 名無しのライバー ID:nxyap1O+m
悲報　ハッスのラック崩壊
ハッス「まあネジ何本かないけど行けるやろ」
立てた瞬間崩れ去るラック
もうこれ配信事故だろ

399 名無しのライバー ID:S+gZyKOKN
どうしてネジ4本余ってて行けると思ったのか……

400 名無しのライバー ID:ub27nFhqF
ハッスにプラモ作らせたら部品いっぱいあまりそう

5話 秋の新人

【9月×日】

暦の上では秋になったわけだが、依然として猛暑日を観測しているので体感的には未《いま》だ夏気分が抜けない。最近は春や秋の季節感なく、猛暑、厳寒を迎えるケースが多いような気がする。一般的な職業であれば制服、あるいは作業着、スーツなどを着て労働するわけだがＶＴｕｂｅｒというのは中々に特殊なもので……自分が実際に身に着けている衣服は視聴者に見えることはない。初期衣装や季節で配布、自費、５万人記念での衣装等が仕事着、みたいな感じなのだろうか。職業柄家にいる時間も増えて季節感なんてものも肌で感じる事が減ってしまいそうだ。何にせよ着る物に悩まなくて良いのが仕事着が決まっている利点だと思う。そういう方面のセンスのない私からすれば特に、だ。スーツや作業着などが良い例だろう。前者は手入れや定期的にクリーニングに出したり、良いスーツだと長持ちするけど値が張るし、安いのなら安いので傷みやすくて結構な頻度で買い替えたりとかしなくちゃならない。後者は後者で畏《かしこ》まった格好でないので楽っちゃ楽なのだが、切削油やらその他様々な要因で汚れやすい。製造の現場ってのは特定の業種を除いて結構汚れるものなのだ。医療、食品関係はまあ別だが。元の職場とはその辺は縁遠いところにあるので何とも言えないが。

それはそうと——仕事着で思い出したが、先月話にあがっていた新衣装は今月中にはお披露目出来るように準備を進めているらしい。もっと時間がかかると思っていたが、ｍｉｋｕｒｉママや同時期にお披露目予定の後輩コンビそれぞれの担当イラストレーターさんの仕事が大変早かったらしく、当初予定されていた10月から1ヶ月程前倒《まえだお》ししての発表になる。仕事で前倒しが出来るって滅茶苦茶《めちゃくちゃ》に凄《すご》いことである。そういった努力は視聴者さんには伝わり辛《づら》いので、きちんとお披露目配信ではその点については言及して少しでも周知しておかねば……私が出来るのって本当に感謝の気持ちを伝えるくらいしかないのだ。キャラクターデザインのお仕事実績として私の名前が挙げられても「誰だよ、こいつ？」状態になるのは分かりきっている。彼女の大切な時間を割いてまで作る価値が今の私にあるのだろうか？　まあ見合うかどうかは分からないが事務所サイドから報酬は出てはいるんだけど……それでも私は『与えられる側』であって、まだ何ひとつ返せていないのだ。勿論嬉《もちろんうれ》しさもあるが、同時にそんな考えが頭を過《よぎ》ってしまう。

少し胃がキリキリと痛んだ気がした。インターネット上、特にSNSや匿名《とくめい》掲示板、動画コメント欄などで幾ら誹謗中傷《ひぼうちゅうしょう》されようが何とも思わないが、本当にこういうのだけは耐え難い。何か後ろめたさを感じるからこそ、そういう類《たぐ》いのコメントがある事で許されてたい、気になっている自分がいる。目を背けている自分がいる。果たして俺は——私は、いろんな人から受けた恩を返すことが出来るのだろうか？　それに見合う人物たり得るのだろうか。本当に不甲斐《ふがいな》いなぁ…………。

「——っくしゅん」

盛大なくしゃみが出てしまった。どこかで誰かが私の噂《うわさ》でもしているのだろうか。まあ多分ネットで何か批判でもされているんだろうなぁ、という予感は何となくあるけれど。人から嫌われるのには慣れているから、私以外のあんだーらいぶメンバーにそういう意識を向けられない限りは別段気にする事もない……。事務所の社会的信用を落としているかもしれない点に関しては申し訳なく思っているんだけれども。裏で私が原因で案件消し飛んだりしていないだろうか……？

ともあれ今回の新衣装、運営側としては数字のろくに出ない私や、先月程の伸びはなくなってきた後輩ふたりに対するテコ入れ目的もあるのだろう。もっとも、あの子たちは勢いが弱まったとは言え、まだまだ人気ＶＴｕｂｅｒと言って良いだろう。先月の一件後に少しブラン嬢の同接が低下気味になってしまったのは本当に申し訳ないのだが。当人はあまり気にしている様子はないのが救いか。何にせよ、あれがキッカケで厄介事《やっかいごと》に発展するケースも考えられるので引き続き犬飼《いぬかい》さん経由で彼女のマネージャーさんには気を配ってもらうことにしよう。

「あー、そうだマヨネーズが特売だったんだった。しかもポイント１５倍」

慌てて近所のスーパーへと向かう準備をする。ガソリンも勿体無《もったいな》いし、どうせ特売品と見切り品程度しか買わないだろうから歩きでいいだろう。今日はただの特売ではない。ポイントが１５倍なのだ。最近スーパーとかのポイト倍率も若干インフレが進行している気がしないでもない。他県のスーパーマーケット事情は詳しくは知らないのだけれども。会社員時代は都内にいたけれど自由に使える時間も殆《ほとん》どなかったから大体はコンビニとかで済ませてたしなぁ……今は実家に『帰省』と言うか『寄生』している立場なので、多少なりとも節約しなくてはならない。一家の食事担当としては尚更《なおさら》に。贅沢《ぜいたく》すりゃあ良いじゃんって言っちゃえばそれまでだけれども。母親がそうやって1円でも安い品を、と努力しているのを見て育った。何なら世の奥様方はそういう努力をしている人が多いだろう。まあ、そう言いながら妹のためにおやつ作りの材料とかは遠慮とか一切していないというツッコミどころはあるわけだが。妹への愛情はプライスレスなのだ。バターとかも最近高いんだが、仕方ないね。うん。

私の場合は買い物やらでそれなりに外出する機会はあるが、他の同業者はそうでもないらしい。都会では食事は出前――昨今一部で話題になり始めたウーパーなんとかというサービス利用者が多いとか。スマートフォンから食べたいお店のメニューを選択し、契約している配達員が持ってきてくれるというサービスらしいが、田舎《いなか》では無縁な話である。

身近なところで言うと、柊《ひいらぎ》先輩はしょっちゅう利用している。彼の場合配信中に注文して、配信中に食事まで済ませるという芸当まで披露している。当然、配送費が含まれるので割高なのは言うまでもなく、彼の食費を聞いて随分《ずいぶん》と驚かされた。週1で夏嘉《なつか》ちゃんが食事を作りにくるようだが、適度な運動とサラダくらいは食べるように心掛けてもらいたいものである。野菜嫌いなら尚更。

通常の職場なら年1で健康診断とかあるけれど、この界隈《かいわい》、企業所属でもそういうのはないからなぁ……あくまで我々は個人事業主扱いで事務所とは契約しているだけだからね。自費で年1で人間ドック受けようか割とマジで考えている。特に私結構いい歳《とし》してるからなあ。最近は妙に気だるくて疲れがあまり抜けないのもきっと歳のせいもあるんだろう。一般企業なら健康診断は義務なんだけれども、Vの場合は括《くく》りで言えば個人事業主にあたるので適用外なのである。リアル中高生組や兼業のVなら学校や会社で診断受けているので平気だろうけれども、専業となるとそういう機会もないわけで。運動しない、長時間同じ体勢でいる、等々身体に良い訳がない。

配信活動は一見楽なように見えて、体調崩す要素満載なのである。身体は勿論、精神面も不安定になりやすい。視聴者からコメント欄やらSNSやらで何かと当人にリスナーからの声が届き易《やす》いっていうのは応援するコメントに支えられることもあれば、それで傷付くこともあり、良い面もあれば悪い面もある。ウチの箱の場合はある程度私にそういう類いのコメントは集中している傾向にあるので、少しは安心ではある。が、未だに先月のブラン嬢の凸待ちの件をお気に召さないという層もいるのが現実である。未だに彼女を叩《たた》く人がいる。ままならないな。

あんだーらいぶのメンバー全員人間ドック受けさせて、バラエティ番組よろしく発表でもすれば良いのでは……？　どう考えても実現しなそうな企画を思いついてしまう。正直、こういう健康、不健康の話題で人を集めるのはいかがなものか。やったらやったで人を利用して数字稼いでいるとか批判されるのは目に見えているのでお蔵入り確定だ。

「………気のせいか？」

一瞬寒気がした気がする。前もあったがまあ、恐らく気のせいだろう。最近朝晩は割と涼しくなってきたし、そろそろ秋物をクローゼットから引っ張り出しておいた方が良いかもな。声や喉も問題ない。多少の倦怠感《けんたいかん》はあっても、配信に差し支えはない。

ライバー間でのコミュニケーションツールとして利用しているチャットツールの通知。基本関係者以外利用できないここに2名のユーザーが参加した旨を伝えるものであった。

#入室ログ
御影和也《みかげかずや》さんが入室しました
東雲愛莉《しののめあいり》さんが入室しました
御影和也：この秋からお世話になります。御影和也といいます。以前はニヨニヨで『イシカワ』の名でゲーム実況やってました。よろしくお願いします
東雲愛莉：同じく東雲愛莉です。ニヨニヨでは『猫ふく。』というユーザー名で活動していました。仲良くして下さい

御影和也、東雲愛莉の両名は先月少し話題になっていた新人さんのようだ。当たり障りのない挨拶だけ軽く返しておく程度にしよう。私が偉そうに口出しするのも憚《はばか》られる。月と太陽コンビのように配信経験がないってわけでもないだろう。機材関係の問題も無縁どころか私よりも詳しいかもしれない。

彼らは熱心なファンが言うところの『前世持ち』というやつだ。VTuberになる以前の活動を『前世』と呼び、声や前後のコメントから誰かを特定する人たちがいるくらいには興味度が高い話題だ。自己紹介にあった『イシカワ』『猫ふく。』そのふたりの名前をニヨニヨ動画で検索してみると、一番再生数の多い実況動画で互いに50万再生を超えている。特に『イシカワ』氏は100万——つまりミリオン再生を記録した有名実況者である。ニヨニヨでの活動がメインで、こちらの動画配信サービスではまだ活動していないようだが、SNSのフォロワ

ーは私よりひと桁《けた》多い。ＶＴｕｂｅｒになる前から人気の配信者。所謂《いわゆる》『中の人』を募集していた記憶もないし、恐らくはウチの事務所からオファーがあって受けた形なんだろう。

以前も少し触れたと思うが、あんだーらいぶ以外の同業他社も最近は経験者を積極的に採用する事が多くなってきている。どこの企業だって採用募集に『経験者歓迎』とあるだろう。ようはそういうことである。配信の仕方やら機材関係の説明にかける工数を減らせるのは非常にありがたいのだろう。経験者歓迎というのも即戦力の人材が欲しいというのが一般的な企業の考え方である。経験のない新人に時間をかけて教育するよりは、そちらの方が望ましい。こちらの業界でも同じような結論に至ったというのは容易に想像できる。特にウチは前回初配信でミュート事故になっていたり、他有名バーチャルタレントグループ『ＳｏｌｉＤｌｉｖｅ』さんでも初配信で配信切り忘れだったりと、不慣れから来るそういった問題が散見された。そういう背景もあって経験者採用という方向に舵《かじ》を切ったんだと勝手に予想している。

あんだーらいぶは基本的に兼業オッケーと結構ユルいし、配信ノルマのようなものも特に設定されていない。かなり恵まれた環境なんだよね。面接やらは結構な倍率らしいとライバー内ではまことしやかに囁《ささや》かれている。私、なんで採用試験通ったんだろうか？　未だにそれが疑問である。私の世代が黒歴史みたいな扱いをされているのは何となく察している。その後にデビューした月と太陽コンビが好調だっただけに尚更に。でも、そういう意味合いでは今度の新人たちもあのふたりの残した結果と随時比較される事になるんだと思うと気の毒にも思えてしまう。どういう結果にしろそういう『数字』しか見ていないような人も決して少なくはない。きっとそういうのが辛い人だっているだろう……。

そしてファンの中には彼らのような『前世持ち』というのを嫌う人もいる。完全に分けて見る人、『前世』から追っかけて応援しに来る人まで様々だ。元々の知名度が高ければ高いほどこういうのが表で特定されるのも早くなる傾向にある。中にはほとんど無名のストリーマーまで特定する人がいるから驚きである。探偵とかやったら良いんじゃないかな？　その能力をもっと別の方向に活かして欲しいものである。

私みたいに燃える、なんてことはないだろう、多分。同期が男女ペアでのデビューというのは結構な冒険だと思うのだけれども、調べてみるとニヨニヨ実況者時代からイベント等で一緒になったりとかしているようだし、特定されること前提でのキャスティングなのかもしれない。前世でのネームバリューを活かして活動して欲しいという思惑もあるのだろうか？

ともあれ、今後の彼らの活躍を陰ながら見守ることにしよう。しかし……少しエゴサしたところずっと特定のユーザーたちから粘着というか、アンチ活動されているような節があるのが気になるところではあるが。そういう存在も転生を決定したひとつの要因になっているのかもしれない。

723 名無しのライバー ID:DpAEOHA1J
先月のスパチャランキングは畳の圧勝でしたね……

724 名無しのライバー ID:TuyDCCQLo
ここ最近毎月のトップ層が100万越えはじめたのを見ると
この界隈インフレしたなぁーって感じるわ

725 名無しのライバー ID:X3GDYQhU0
ソシャゲ課金でドブに捨てるよりは有用なんじゃない？
手数料やら中抜きあるとは言え、推しの収入にはなるんだし

726 名無しのライバー ID:CYAJGfK18
ワイらから吸い上げたスパチャでそのドブに多額の金を注ぎ込んでる畳ェ……

727 名無しのライバー ID:bLAX9ETR3
ファンがガチャを我慢して捻出したスパチャで、ガチャを回す男

728 名無しのライバー ID:G2xAsVNcc
あいつだけやたらとソシャゲ案件多いのって完全に養分として見られているからでは……？

729 名無しのライバー ID:F4fJbKCpV
Vに案件来るソシャゲ最初は触れるんだけどさ、すぐ飽きるというか
クソゲー多くないか？

730 名無しのライバー ID:PP67kcIne
セールスランキング
つまりセルランだけ見るとまあうん、お察し

731 名無しのライバー ID:OmT4gy1Os
多分宣伝費としては安上がりだからだとは思うけどさ

732 名無しのライバー ID:MoBthread
あんまり滅多な事いうもんじゃないよ
そういうのやってると推しのイメージも悪くなるんだぞ

733 名無しのライバー ID:7ESWa5ypZ
スパチャ、セルランで騒ぐとかお前らアフィブログかよ

734 名無しのライバー ID:gCO6wGCR8
スレチの雑談もほどほどに
特にその手の話は荒れるから止めような

735 名無しのライバー ID:nauC7dhPD
最近ちょっとスレも荒れ気味じゃね？

736 名無しのライバー ID:f0xsGHLl1
ここはまだいいけど
個人のアンチスレとかまで立ってたりするんだもんな

737 名無しのライバー ID:LrXIGUuTe
それだけ大きくなったって喜ぶべきか、悲しむべきか

738 名無しのライバー ID:d5gS4l0MG

でも脱サラにすら個人アンチスレないんだよな

739 名無しのライバー ID:J6WJjWnib
それは単に知名度の問題では？？

740 名無しのライバー ID:FYMGx8gLB
あんだーらいぶアンチスレッドが個人スレ定期

741 名無しのライバー ID:P+TBbch/w
あれ？　あいつってまだ登録者1万行ってないんだっけ？

742 名無しのライバー ID:IB2prCTP/
ギリいってない
炎上がなければ今月中には行くと思うぞ

743 名無しのライバー ID:jV44VE+ib
あれでも1万いけるってやっぱ箱バフってあると思うの

744 名無しのライバー ID:fYRSrL2zt
脱サラの場合は顔出しの配信者やってた方がよっぽどバズってそう

745 名無しのライバー ID:juZIbS2Ju
でも雫ちゃん曰く
「家だと全然イケメンじゃない。画面通して見るとまあイケメンだけど」

746 名無しのライバー ID:BlrJFIdcT
どこにでもいそうな疲れた顔した一般男性のイメージ

747 名無しのライバー ID:KkevqnElF
顔はどうだか知らんけど声だけはアンチですら認めるイケボ

748 名無しのライバー ID:7rGuVpbqC
なんかこう……
スペック高いけど負けたゲームハードを思い出す

749 名無しのライバー ID:wV8EUZdLf
それってSEGO……？

750 名無しのライバー ID:WsKhI0Rgq
そういや9月に入ってキッズが減るのか

751 名無しのライバー ID:ALkxXjEyw
大学生はここからが夏休み本番やで

752 名無しのライバー ID:xxYekKifz
何故かスレ内ではこの秋に新人来る説が流布されている模様

753 名無しのライバー ID:TL5zz8c28
季節ごとに新人来る来る言ってる気がするからいつも通りだよ

754 名無しのライバー ID:PLIvy/3sl
？？？「もうすぐで季節が変わる」
？？？「季節が変わるとどうなる？」
？？？「知らんのか。新人が来る」

755 名無しのライバー ID:EzKuHh8EW
ニヨニヨ実況者のイシカワとかニヨ生で匂わせしてたし

来るとしたら多分どっかの企業箱だろ

756 名無しのライバー ID:S7j4UE+yw
活動休止＝匂わせってこじつけが過ぎないか？

757 名無しのライバー ID:2PiiiPolD
それはそう

758 名無しのライバー ID:z+6SNoYE4
ニヨニヨのイベントでも一時期は引っ張りダコだったしな
顔出しはあんましてないけど
来るならそこそこ大物やね
今は下火気味だしV化もあり得る話ではあるな

759 名無しのライバー ID:8rxcrDJ1R
新人男性Vが苦しい今の状況を打破するには
いいカンフル剤かもね

760 名無しのライバー ID:gckineki/
あの、その場合……試験導入された脱サラの扱いはどうなるんです……？

761 名無しのライバー ID:1R2cCzXs0
当人は楽しそうに活動してるから（震え声）

762 名無しのライバー ID:Vt13+8vJv
捨て駒って事はないと思うが
ぶっちゃけ男性Vの頭数増やして個人に対するヘイト減らすのが手っ取り早いし

763 名無しのライバー ID:SisterChan
その場合増えたヘイトも全部抱え込みそうなんですけどぉ
あの人そういうところあるじゃん？

764 名無しのライバー ID:lyDqZfkkk
このスレ脱サラageが大杉ないか？

765 名無しのライバー ID:RySD6/EFW
他面子と違って個人スレないからな

766 名無しのライバー ID:CJqDfTz1a
昔個人スレ立てられたこともあったぞ
勢いなさすぎてスレ落ちしてたが

767 名無しのライバー ID:uxAY8tJ/k
草

768 名無しのライバー ID:MdiYDyUxV
他で叩かれてるんだからファンスレでくらいは甘やかしてやろう

769 名無しのライバー ID:KjtJYtlXC
いうて最近はそれほど叩かれてはない気がするが
って、ルナちゃんの件があったか……

770 名無しのライバー ID:Ubk8kAScb
ルナちゃんのあれ見て叩く奴おるんか……

771 名無しのライバー ID:VmsYqaB0/
最早ただのVアンチ
あるいはあんだーらいぶアンチだろ

772 名無しのライバー ID:R+S39l80y
スレ民は多少前後の流れというか
そういうの分かってるから刺さる言葉だった

773 名無しのライバー ID:2WfPbolXj
その辺の事情知らない表のファンには
イマイチ共感を持ってもらえなかったのかも

774 名無しのライバー ID:P+lo5NjJE
ま、男性V増えればコラボ機会も増えるしな
単純に女性ファン層が増えれば相対的にあいつの評価も上がんだろ

775 名無しのライバー ID:+1GOZwSRl
女性向けコンテンツとして舵を取ると
逆に女性ファンが女性Vを叩く流れになりそう

776 名無しのライバー ID:7nXeS5L16
その辺難しいわなぁ
ただ女性向けは市場を無視できないほど大きいだろ
アニメ円盤とか女性向けアニメの売上エグいやん？

777 名無しのライバー ID:MoBthread
ちょっと頭痛が痛い
風邪ひいたかも

778 名無しのライバー ID:bvK9K1/u7
>>777
馬鹿は風邪ひかないんじゃなかったのか？

779 名無しのライバー ID:ydxFPmyn0
>>777
駄馬は風邪ひかないって聞いてたのに……

780 名無しのライバー ID:F0BN7eihX
ライバーも健康には気を付けてほしいわ、マジで
切実に

6話 体調不良

【9月×日】

「……ふむ」

どうにも体調が優れない。掃除機をかけながら身体の状態が良好でないことを何となく察する。頭がスッキリしない、何だかぼーっとしてしまう。朝食を作り、その片付け、玄関前の掃き掃除。神棚に水を供えて手を合わせる。寝る前に閉めた仏壇の扉も開いておき、こちらにも手を合わせる。この辺はまあ親がやっているのを見て実家にいる間はやっている行動。それらを終わらせて次は各部屋の掃除。その段階になってから気付くあたりちょっとこの辺の感覚もおかしくなっているのかもしれない。歳《とし》のせいだろうか？ 父親は出勤し、母親は虎太郎と戯《たわむ》れ中、妹は学校へ。私は本来そろそろ朝の配信を始める頃合いである。

基本的に事務所へ行く要件――案件や収録がある日以外は毎日欠かさず配信するのが私のモットー。私の数少ない評価ポイントは配信を毎日している事になるだろう。リアルで高校に通っているブラン嬢や日野嬢の月と太陽コンビなどとは違い時間があり余っているからな。そんな唯一と言っても良い長所。現時刻には我があんだーらいぶメンバーは誰も配信していない。穴を空けるわけにはいかない。ちょっと体調が悪いからって休んでいたら、折角最近増えて来た視聴者さんたちの期待を裏切る事になってしまうかもしれない。駄目だ。駄目だ。駄目だ。

「ゲームの大会も控えているんだ。休んでいられない」

朝比奈《あさひな》先輩から頼まれたＶｅｒｔｅｘの大会出場に向けた練習と、その本番の予行演習会――即《すなわ》ちカスタム練習会もあるのだ。私が休んだら誰が代わりに出るんだ。今は兎《と》に角《かく》時間が惜しい状況。大事なチームの練習の機会は限られている。柊《ひいらぎ》先輩や朝比奈先輩に迷惑はかけられないんだ。ただでさえ箱の中で足を引っ張っているんだ。この期に及んで更に足枷《あしかせ》になるような真似《まね》絶対にしたくない。

罪悪感、あるいは恐怖感からか『配信を休む』なんて選択肢は端からない。他同業者に比べると少ないとは言え、私にとっては大切なファンの人たち。それに同僚の先輩や後輩たち。彼らに見放されてしまうという恐怖心もどこかにあるのかもしれない。幼い頃……学校時代は色々あって不登校になったこともあったせいか、『休む』という行為に関して罪悪感、と言うべきなのだろうか。どうしてもそういう感情が真っ先にやってくる。

昔は本当に……本当に色々あった。今思えばなんてことはない。どうしてあんなザマになったのか、理解に苦しむ。今ならもっと上手《うま》くやりようはあったんじゃないだろうか、そう思う事もある。選択肢は幾つもあったはずだ。岐路は幾つもあったはずなのだ。それら全てを失敗して、諦めて、逃げ出して、目を背けて来たのが今の『私』という存在。

『ごめんね。でも貴方《あなた》が悪いのよ？』

「――――ッ……」

ふと昔を思い出し、モヤモヤとした黒い感情が湧き上がって来る。意識はしっかりとしているはずなのに、急に視界が霞《かす》む立《た》ち眩《くら》みのような状態になる。咄嗟《とっさ》に壁に手を付く。この状況は不味《まず》いと身体が悲鳴を上げているのが何となくだが分かってしまう。だが、それを頭を壁に軽く叩《たた》き付けて誤魔化《ごまか》す。駄目だ、これは駄目だ。もう過ぎた事だ。今更掘り返してどうこう思うなんて時間の無駄だ。

『また逃げるの？』

そんな彼女の声が聞こえた気がした。ゆっくり深呼吸を繰り返すことで、立ち眩みのような症状は治まった。以前まではよく体調崩しても仕事してきたし、薬とエナドリと気合で大体何とかしてきた。幸《さいわ》いあの頃とは違い、拘束時間はそう長くはないしほんの数時間配信するくらいなら平気だろう。それにあれに関しては私が全て悪いんだから……

常備薬を納めた棚から鎮痛解熱剤を取り出して水道水で流し込む。火照った身体に水が染み渡り、胸が焼けるような状態が少しは緩和されたような気がした。自分自身に『大丈夫、平気だ』と何度も戒めるように言い付ける。ある種暗示のようなものなのかもしれない。シンクに映る自分の表情を見ると抜け殻みたいな、マネキンに人間の表情パーツだけを張り付けたようなモノが見えた。酷《ひど》い顔だ。まあ、この顔は昔から変わりはしないか。きっとＶＴｕｂｅｒとしてのガワである『神坂怜《かんざかれい》』の方がよっぽど人間味はあるだろう。こういう時はＶで良かったと思う。視聴者さんにこんな辛気臭い顔をお披露目するなんて事しなくて済む。

顔を洗って頬を叩く。顔を洗ってものっぺらぼうになったりはしていない。きちんと人間だった。作り笑いをしてみる。相変わらず酷い顔だが、大丈夫だ。まだ――まだ俺は笑える。

――大丈夫、俺は……私は大丈夫。

ふと、視線を感じて目線を落とすと虎太郎の姿があった。こちらが彼を捕捉したことに気付いたらしく、「にゃあ」と挨拶して来た。恐らく私の体調不良は単なる風邪《かぜ》だとは思うが、流石《さすが》に猫にうつったりはしないだろう。屈《かが》んで虎太郎を抱き上げて撫《な》で回《まわ》す。いつもは手痛い反撃や激しい反発があるはずだが、今日はどういう訳か私のなすがまま。単にそういう気分なのか、おやつをおねだりしているのか、あるいはこちらの様子を察したこの子なりの気遣いなのか——猫のみぞ知る、といったところか。ペットにまで気遣われるなんてなぁ。

「ありがとう」

「うにゃあー」

いつもの調子に戻すことが出来そうだ。

「あら、虎太郎急にどっか行くからどうしたかと思ったらあんたのとこ行ってたの」

「あー、うん。多分おやつ欲しかったんだと思うよ」

母親が妹の部屋から拝借したであろうコミック雑誌を片手にやって来た。この人サブカル的なものに対してはかなり寛容である。自分が若い頃には某少女漫画がキッカケで役者を目指したりとかしていたらしい。売れない舞台役者で終わったらしいのだが、当時はそこそこに美人でモテていたとかいう父親からの惚気話《のろけばなし》を一緒に酒を飲んだ時に聞いた記憶がある。マイシスターの可愛《かわい》いお顔はその母親の血が色濃く出ている影響だろうか。余談だが、私は本当に平凡な面なので、きっと父親似だと思う。

「昼と夜はわたしが作るから、ほどほどにして休んどきなさいよ。食欲はある？　卵雑炊となると卵買ってこないと……」

いや、何故《なぜ》一言言葉を交わしただけで見抜いてくるんですかねぇ……？　家族で長い付き合いとは言え、実家を離れていた期間がかなりあって戻ってきたのはここ半年かそこらだ。自慢じゃないがこういうふうに取り繕うのは結構得意なはずなのだが……

「そりゃ家族だから気付くわよ。母親あんま舐《な》めんじゃないよ」

その昔、私がごたごたしていた時期、母は広告代理店で腕利きの広告マン——広告ウーマン？　として働いていたのだが、ある日唐突に仕事を辞めて専業主婦になった。あれだけ仕事大好き人間だったこの人が唐突に、である。紛れもなく私が原因であることは言うまでもない。昔から本当に手がかかる奴《やつ》だったのだ、私は。その後妹の件もあってやたら凹《へこ》んでいたのは今でも覚えている。当時祖母が体調を崩しており、実家に帰っていたのだから仕方のないことだが。ちなみにそっちの一件で今度は単身赴任中だった父がこっちに戻ってきた。何だかんだ兄妹揃《そろ》って中々に迷惑かけてきている。頭が上がらない。

私が不登校だった時、母は学校に無理に通わせるような事はしなかった。「働かざる者食うべからず」、そう言って家事だけは色々と叩き込まれてきた。余計な事は聞かずに、適度に距離を置いて、こちらから訊《たず》ねた時だけは親身になって応《こた》えてくれた。身内贔屓《みうちびいき》かもしれないが、母親としては100点満点中120点くらいによく出来た人だと思う。

「あんた、昔は猫背でよく注意してたでしょ。今は無駄に姿勢良いんだけどさ。不調だと姿勢悪くなってるわよ。知ってる？」

知らないよ、そんなこと。全く、いい歳してこういう事やってるってのは本当に恥ずかしい限りである。親孝行したいところだが、生憎《あいにく》と孫の顔を見せる事はまだまだ無理そうである。

この後いつも通りに配信して、帰宅した妹に滅茶苦茶《めちゃくちゃ》ブチギレられた。あの子があんなにガチ目に怒っているのは中々久しぶりに見たような気がする。翌日、デビュー以来はじめて丸一日SNSも配信もしない日になった。シスコンは妹に勝てないのである。世界の理だ。おやすみなさい。

940 名無しのライバー ID:Ic4c/hkrb
あ、そっか9月入ったから高校生組の昼配信はなくなるのね……

941 名無しのライバー ID:RZ342nZUN
会社員からすると昼配信ないのはありがたいけどな
アーカイブ視聴するんだけど、やっぱ生でコメントしたいし

942 名無しのライバー ID:EjUQzNA0x
会社員が何で始業時間過ぎているであろうこの時間に書きこんでるんですかねぇ……

943 名無しのライバー ID:vEDd8D3BQ
社内ニーｒｙ

944 名無しのライバー ID:RZ342nZUN
外回り中やねん

945 名無しのライバー ID:zbV0SjFP9
大学生は9月末くらいまでお休みじゃろ？

946 名無しのライバー ID:MtpiTmgEx
大学生は夏休み長くて裏山

947 名無しのライバー ID:6YPejuzjg
大学卒業後長い事休み貰えるのは辞職、老後くらいなもんだしな

948 名無しのライバー ID:x7hmteVbh
や　め　ろ

949 名無しのライバー ID:VAIszv7/4
日中配信してるのが脱サラくらいというのを見ると日常に戻った感あるよな

950 名無しのライバー ID:u5dhH0fiN
例によって数字は微妙だけど

951 名無しのライバー ID:cj+0uwURi
同接100弱
登録者増えても同接は増えないよな
若干減ってるまである

952 名無しのライバー ID:piJanoufg
多少は増えてるし平日日中とかデバフもデバフやろ

953 名無しのライバー ID:iXDfH7qwB
視聴者増える夜とかに配信すりゃええのに

954 名無しのライバー ID:NjmPiBX8N
裏枠での被りを気にしてんだろ

955 名無しのライバー ID:gckineki/
今日の配信は心なしかテンションは謎に高かったけど

956 名無しのライバー ID:m0CYiE5iU
ただ人数増やしてる社長の意図としては
『誰がいつどんな時見てもあんだーらいぶの誰かが配信やっている』
その環境を作るためとかってどっかのインタビューで見た

957 名無しのライバー ID:lyARdmMrf
テレビ番組より動画配信の方がこれから伸

963 名無しのライバー ID:2sCKQezLc
>>961
絶対「休むのはいけないこと」って思ってそう

964 名無しのライバー ID:gckineki/
>>961
あ゛……!?
あの子なにしてんのぉ……

965 名無しのライバー ID:Oj1hQaEMg
>>961
何気に脱サラが案件や収録移動日以外で配信休むのデビューしてから初めてだぞ

966 名無しのライバー ID:GxEYugrSJ
ニートこと新戸サンは脱サラの爪の垢を煎じて飲んで、どうぞ

967 名無しのライバー ID:DWHoGgrTM
そういや確かに毎日配信してんな

968 名無しのライバー ID:CbsrAjWMr
配信時間ランキング作れば多分上位だと思うわ
たまに狂ったように長時間配信するし

969 名無しのライバー ID:OrnRoyT4v
無能な働き者……

970 名無しのライバー ID:MoBthread
能力はあるぞ
使いこなせていないだけで
後次スレ立てといたぞ

びていくって発想は正解だったわけだが

958 名無しのライバー ID:cqq1vaVBp
女帝と畳この前深夜番組とは言え
地上波で紹介されてたんだろ
凄くない??

959 名無しのライバー ID:Oo690oQpX
1年後、そこには冠番組をするVの姿が――

960 名無しのライバー ID:3+fVX7HKl
流石にねぇよ

961 名無しのライバー ID:4J77OX5Sp
悲報　脱サラ体調不良

神坂雫@kanzaka_shizuku
兄は明日配信お休みします。
もし配信してたら『寝ろ、馬鹿』と罵ってやって下さい。

柊夏嘉@natsuka_hiiragi
何かあったの……？

神坂雫@kanzaka_shizuku
高熱なのに今日の昼間普通に配信してた。
アホ、ばか、まぬけ

---

962 名無しのライバー ID:dfQDhcD5z
>>961
社畜時代の悪癖が未だに抜けないのなぁ

978 名無しのライバー ID:u4lE44ulG
ニヨニヨからV転生大杉問題

979 名無しのライバー ID:gUp3JRelz
手早く配信できる人間用意するならそっち方面から持ってくるわな

980 名無しのライバー ID:j4AwWkmZp
この秋に新人入れそうな有名企業箱ってウチくらいだもんな
他所は夏に新人ぶち込んでるし
新グループ系列だったら分からんけど

981 名無しのライバー ID:2zozhucps
てかこういう情報お漏らししてるのって有りなの？

982 名無しのライバー ID:+Uh+P/1AU
前世での活躍見込んでの採用ならある程度目を瞑ってるところはあるんじゃない？

983 名無しのライバー ID:f9NDxSF0t
直接的に「〇〇からデビューします」って話じゃないからな
前世嫌う人も少なくないけど

984 名無しのライバー ID:tvGn91s3W
素人っぽさがいいあれよ
素人モノが好きな人みたいな感じ

985 名無しのライバー ID:AuLEaQEBf
予想だけでガイガイしててもしゃーない

986 名無しのライバー ID:jpXmhQp9T

↓
https://v_streamer/test/read.cgi/stream/gPeTu2U1nO8

971 名無しのライバー ID:bFvFyBeNd
立ち回りがあまりにも下手糞すぎるんだよ、お前さぁ
>>970
乙

972 名無しのライバー ID:FuC1STr+L
お兄ちゃん心配する雫ちゃん可愛いprpr
>>970
スレ立て乙

973 名無しのライバー ID:g5v2Oh7ff
1日と言わず2、3日大事を取って休んどけよ
>>970
乙

974 名無しのライバー ID:3kLYTCyWn
雫ちゃんに看病してもらえるとかめちゃくそ羨ましいんだが？？

975 名無しのライバー ID:fkaYBz4aV
許せねぇよなぁ!?

976 名無しのライバー ID:NWqOjSN/S
草

977 名無しのライバー ID:9/F149Ssm
ニヨ動の猫ふく。裏垢でV転生匂わせ

悲報　忍ちゃん、台パンで机のささくれが刺さってしまう

987 名無しのライバー ID:Yg9B/RGJl
>>986
あの子まぁた台パンしてんよ

988 名無しのライバー ID:zZ7ZzkrU9
>>986
かわいそう

989 名無しのライバー ID:E5gj1nwzG
>>986
今日日机にささくれってあるか？

990 名無しのライバー ID:puXNrUVZR
DIYで自作した机だぞ

991 名無しのライバー ID:nJ1VwGS5M
DIYなんてやってんのかよw

992 名無しのライバー ID:dhA20arYc
机壊しちゃうから……

993 名無しのライバー ID:tQkNr0+rE
台パンしたときの手の馴染み加減、
そして音を実際の木材を見て選び抜いた珠玉の品だぞ

994 名無しのライバー ID:Cy0a8p0Bj
あの子一体どんなVTuber目指してるんですかねぇ……

995 名無しのライバー ID:8gV733+nb
『叩く』繋がりだけで音ゲー案件獲得したんだぞ！

996 名無しのライバー ID:h8woCEBGY
草

997 名無しのライバー ID:R5rq4fJ+c
しかも滅茶苦茶有名メーカーである

998 名無しのライバー ID:ZdBiJCzGZ
同業者の台パンVが出てこないか不安になってんだぞ！

999 名無しのライバー ID:XEm1EBW7F
そんなん出て来るわけないじゃん……
1000なら雫ちゃんはワイの妹

1000 名無しのライバー ID:XEm1EBW7F
1000なら月太陽コンビと脱サラのコラボ配信
1001 1001 Over 1000Thread
このスレッドは1000を超えました。
新しいスレッドを立てて下さい。

今日の妹ちゃん

バカバカバカ、あほ。
人の前に自分の心配しろ

7話 休養

【9月×日】

休養——休みを取る事。仕事や学校など休み、英気を養う事。読んで字の如《ごと》く、だ。一般的な企業であれば法定休日として『1週間に1度』または『4週間で4回以上』の休暇が義務付けられている。剣と魔法の世界じゃなくても時を操ったり、現実をなかった事にする……なんてこともある。具体的に言うとタイムカード切らずに休日出勤しているにもかかわらず書類上は休んだことにしていいとかその辺だ。あとは定時で自動的にタイムカードが切られていたりとか様々な手法があるよ、スゴイナー。ああいうの悪《あ》しき習慣だと思うよ、本当に。そういうので成り立っている企業もあるのが困った話である。特に製造業なんてのはそれの積み重ね、更には熟練工に頼り切って後継者が育成されていないというダブルパンチもある。あ、何か思い出したら胃が痛くなってきた。やめやめ。ただでさえ不調なのに更に体調悪化したら目も当てられない。さっさと復調して活動再開しなくちゃ……

さて話題を戻すが、ＶＴｕｂｅｒという職業に関しては特に休養日が指定されているわけでもない。あくまであんだーらいぶ《うち》はそうだ。あんだーらいぶと契約している個人事業主という形なので、労働基準法は適用外だったはず……とは言え、ブラックとかそういうわけではない。

案件などを除いて「いついつ配信しなさい」というような事も言われていない。案件に関してもこちらの希望を汲《く》んでくれる場合が多い。だが我々の収入は動画の広告収入やスーパーチャット、案件だ。配信しないと収入がない。収益が欲しいなら配信や動画投稿する必要があるわけで。もっとも、配信しない新戸《あらと》先輩という特異点みたいな例もあるのだが。その辺は兼業が認められている弊社《へいしゃ》ならでは、という感じだろうか。他所の箱の事情はあまり知らないのだが、ノルマとかあったりするのだろうか？　配信外でもグッズやボイス収益も馬鹿にはならないのも大きいだろうか。こんな私みたいなのにだってそういったアイテムを購入して下さっているファンの方々がいらっしゃるのだから。

トップクラスの人気を誇るＶＴｕｂｅｒなり配信者さんはそれなりの頻度で配信を行っている。柊《ひいらぎ》先輩もほぼ毎日休まず配信している。人気を取るための苦労はしているということだけは理解しておいてほしい。世の中には『楽して稼いでいる』代名詞みたいな風に茶化しているような人もいるが、現実は大きく異なる。成功を収めている一握りの、たった一部分だけを見て楽だのなんだのと決めつけるのは正直いかがなものかと思うわけよ。華々しく活動しているる人も多くは裏で色々苦労していたりするものなのである。柊先輩なんて配信時間見ると起きてるとき大体配信しているんじゃないかって頻度での活動だ。熱心なファンですらアーカイブを全て消化するのは難しいとすら言われているほどだ。そういう意味では私は全然努力が足りていない、もっと苦労して然るべきっていうことである。私の場合は環境に恵まれすぎている。本当に勿体無《もったいな》いくらい。

「手持ち無沙汰だ……」

昨日日課の配信を無事に終えたわけだが。特に放送中に視聴者に勘付かれた様子もなく、精々若干テンションが平時より高めという風な感想が何件かあった程度だったので『この分なら明日も行けるじゃん』なんて風に思っていた。

しかし夕方に高校から帰宅したマイシスターが玄関から直接私の部屋に文字通り殴り込んできたことで今に至る。

◇◆◇◆◇◆

昨日の事。

「なにやってんの？」

「何って、明日の配信のサムネを……」

「…………今すぐ休んで」

コミックなら何か背景に「ゴゴゴ……」みたいな擬音が付いてそうな雰囲気を漂わせ、いかにも不機嫌ですと表情が物語っていた。手には随分《ずいぶん》前に私が作って持たせていたお買い物袋。レジ袋有料化って不便だよね。レジ袋をゴミ袋代わりにしていた家庭も多いのではないだろうか。全国に先駆けて有料化している我が県。コンビニとかデパートや一部商店なんかではまだタダで袋くれるのが救いだけれど。

——あー、これバレてるなぁ……。

帰宅後私の部屋へ直行しているし、母親から事前に連絡でも行っていない限りはあり得ない。

メールか電話でもあったのか、あるいは配信を学校で見ていたのか……いや、後者の可能性は低い、か？

「いや、でも休むと――」

ファンの人たちが離れて行っちゃうかもしれないし、何より本番が迫ったVertex大会の練習に時間を割く必要がある。私だけならいざ知らず、先輩たちが関係してくるのだ。手を抜いて良い道理などあるわけがない。幾ら愛《いと》しのマイシスターが休めと言っても私は――。

「休まないともう口利《くちき》かないから」

「え……？」

え？　は？　待って。今なんて言ったの……？　もう、口利かない…………ちょっとMA☆TTE！

「言う事聞かないお兄ちゃんきらーい」

「…………ます」

「はい？　聞こえなーい」

「休みます」

「よろしい。はい……これ」

手にした買い物袋からスポーツドリンクと冷えピタ、風邪薬《かぜぐすり》、ゼリーを取り出してサイドボードに置く。最後に自分のおやつ用らしきプリンを1個取り出してからばつが悪そうに視線を反らして言う。

「おやつが市販品なのちょっといやだから……分かった？」

「やだ、この子可愛《かわい》い……」

「うっさい！　黙って寝てろ！　もう……ばか…………！」

やっぱりうちの妹が世界一可愛いんじゃないか。というわけで本日の配信はお休み。素直に休息を取ることとなったのが昨日から今日にかけてのハイライト。シスコンが妹のお願いに逆らえるわけないだろう。

夜に目が覚めた時、ドリンクが補充されていて冷えピタも新しくなっていた。誰がやったかなんてのはすぐに分かった。何せ私の前髪の一部を巻き込んだまま貼り付けてあって、そんな不慣れで不器用そうなのは我が家にひとりしかいない。体調戻ったら好きなおやつでも作ってあげよう。あの子のそんな行動ひとつがどんな市販の薬よりもずっとずっと効き目があったようにすら感じた。

◇◆◇◆◇◆

「休み……休みって何だろう……」

哲学的な回答を求めているわけではないが、何分暇すぎる。黙って布団で横になっていると窓の手垢《てあか》とか、本棚の埃《ほこり》とか配信用に新調したパソコン本体やキーボードの掃除をしたくなってきてしまう。所々にある虎太郎の落とし物らしき毛を拾わなきゃとか、そろそろキッチンの換気扇も掃除しなくちゃとか、色々気になる点が次々湧いて出てくる。あれだ、学生時代にテスト準備期間に部屋の掃除したりする現象に近いのでは？　ちなみに掃除中は掃除中で片付けていた本を読み耽《ふけ》ってしまったりするのは割とあるあるだと思うの。
私はアラサーでそこまで若くはない。が、日々の運動と食生活に気を配っていたおかげか免疫力はそれなりにあるのか高熱も一晩ぐっすり眠って既に平熱に戻っている。まだまだ若いと言い張れるな、うむ。仕事辞めた直後もそうだが、何もしない時間というのがどうにも落ち着かない。その昔何もしなかったせいで失敗した経験があるからだろうか？
寝返りを打ちつつ、枕元に置いてあったスマートフォンを手に取る。ひとまず、配信をお休みするという旨だけは関係者やファンに向けて発信しなくては。謝罪のツイートを投稿して、スマホを閉じてもうひと眠りするか、と思ったところで間髪入れずに通知を告げるバイブレーションに驚く。まだ投稿して1分も経っていないぞ……？

神坂怜《かんざかれい》@馬鹿でも風邪はひく@kanzaka_underlive
少しだけ体調崩したので明日の配信はお休みします。
体調管理を怠った私のミスです。
申し訳ありません。
今後このようなことがないよう努めてまいりますので
引き続きの応援よろしくお願い致します。

ｍｉｋｕｒｉ@新刊委託販売中@mikuri_illustrator

昨日の件、お説教したいところだけど
ゆっくり休んでまた元気になった姿見せてね

アレイナ・アーレンス@清楚《せいそ》系VTuber@seiso_vtuber_Alaina
看病しに行くので住所教えて下さい
人肌で温めます、適度な運動（意味深）も可です

酢《す》昆布《こんぶ》@新刊委託販売中@sukonbu_umaiyone
ゆっくり休んでね

リアルに引き続いてバーチャルの方の母上にまで心配をかけてしまった。それに加えてアーレンス嬢や酢昆布ネキ。そして柊先輩など関係者からも。ただ、先輩の「野菜食べないからだぞ」と言うコメントに関してだけはちょっとツッコミを入れたくなった。こうして見ている間にもいつも配信に来てくれている見慣れたアイコンのユーザーさんからも「働きすぎだ。休め」だとか「あ⁉　本当、マジで身体は大事にしてよ……」と言う心配するリプライが沢山来た。眠ろうとしていたがすっかり目が冴《さ》えてしまった。

「あー……こっちの報告もしなくちゃだった」

Ｖｅｒｔｅｘのカスタム練習を休む連絡もディスコで併《あわ》せて入れておく。こういうのばかり

やっていると後で妹にバレたらまた怒られそうな気がするんだけれども、人付き合いがある以上こういうのはやはり大事だと思う。今度こそ休むか、と思ったらところで再び通知のバイブ。VTuber始めてから仕事にまつわる連絡以外も来るようになったのが新鮮だ。

柊冬夜《とうや》：SNSでも言ったけど野菜食べないからだぞ
朝比奈《あさひな》あさひ：だいじょうぶ？
神坂怜：熱は結構引いたので明日には復帰できるかと思います。ご心配おかけして申し訳ありません
柊冬夜：どうせ休むと迷惑かかるとか、そんな事考えてたんだろ？　数日休んだからって誰も怒りゃあしねぇんだよ
朝比奈あさひ：そうそう
日野灯《ひのあかり》：子守歌が必要ならいつでも言って下さいね
ルナ・ブラン：寝落ち通話大歓迎です
羽澄咲《はすみさく》：この後輩ちゃんたち相変わらず動きが早い。お姉さんのちょっとエッチなASMRもあるよ
宵闇忍《よいやみしのぶ》：年齢的にお姉さんではない気が……まあ某女帝サンも年齢詐称疑惑もあるし、今更だけど。それはそうと、お大事に。と言うか、私なんてイベント休んでたんで気に病むことないですよ？
獅堂《しどう》エリカ：おい、待て。誰が年齢詐称疑惑だ

返信しようかとも思ったけれども、そうすると「休んでないじゃん」と無駄に気を遣わせてしまいそうなので、今は控えておくとしよう。思えば具合が悪くなって家族以外から心配される、なんて事今まであっただろうか？　会社員時代は仕事が間に合うのか、とかそういう類《たぐ》いでの心配はされた事はあったが……幼少期は友人もいないどころかいじめられていたし、それ以降も大体ずっとひとりだった。まあ、一部例外というか、もう既に疎遠になってしまった彼女はいたが。

以前までなら最初に考えた事は、いかに仕事に穴を空けないようにするか。兎《と》に角《かく》抱えている仕事を片づけなくては。そんな義務感なんだか強迫観念なんだかよく分からない思考に支配されていたんだと思う。だが、今は素直に早く治そうと思えた。いい歳《とし》したアラサーがこういった形で諭されるのはなんだかこう……むず痒《がゆ》いのだ。ただ、不思議と嫌な気分にはならない。

——ああ、そうか……。

「義務感とかそういうの抜きにして私は……配信したかったのか」

思わず笑みが零《こぼ》れた。作り笑いなんかじゃなくて心からの。親切な先輩や私を慕ってくれる後輩、いっつも気を配ってくれている関係者。そして少ないながらも私の配信を『楽しみだ』と言ってくれる人たち。そういう人たちとの繋《つな》がりが——配信がいつの間にか代え難い大切なものになっていた。

つくづく私は幸せ者だ。

【9月×日】

寝て起きたら登録者が200人も増えていた件。ここ最近は少しコラボ以外では停滞気味だったのに。配信すらしていないのに……。

「あっるぅえ……私、配信してない方が伸びるとかそんな馬鹿な……」

目を擦って見るがマジだった。いや、なんでだよ。

神坂怜　チャンネル登録者数9100人（+200）

236 名無しのライバー ID:/8llycb8M
平日日中に完全空き巣なのはそれはそれで物足りない感
8月はちょいちょい高校生組が配信してたけど夏季休暇終わったし
脱サラは体調不良でお休みだし

237 名無しのライバー ID:rNBH+rcL9
見てないけど完全空き巣なのは確かに気になるわな

238 名無しのライバー ID:epfD3W1yo
じゃあ普段からもっと見てやれよ……

239 名無しのライバー ID:p3iYnbBfB
虚無配信改善して、どうぞ

240 名無しのライバー ID:25oHoijPi
1日休むだけでこんだけ謝る奴はじめて見たわ

神坂怜@馬鹿でも風邪はひく@kanzaka_underlive
少しだけ体調崩したので明日の配信はお休みします。
体調管理を怠った私のミスです。
申し訳ありません。
今後このようなことがないよう努めてまいりますので
引き続きの応援よろしくお願い致します。

---

241 名無しのライバー ID:/dG6B1YYr
>>240
脱サラ「少し体調を崩す」
雫ちゃん「高熱なのに配信してた」
社畜根性抜けきってないな、こりゃ
マジで健康にだけは注意しろや

242 名無しのライバー ID:Z0D5mkisB
>>240
年単位で配信してない奴とかおるのに

243 名無しのライバー ID:/CfXKsjXl

---

mikuri@新刊委託販売中@mikuri_illustrator
昨日の件、お説教したいところだけど
ゆっくり休んでまた元気になった姿見せてね

柊冬夜@野菜大好き@Hiiragi_underlive
野菜食べないからこうなるんだZE☆

アレイナ・アーレンス@清楚系Vtuber@seiso_vtuber_Alaina
看病しに行くので住所教えて下さい
人肌で温めます、適度な運動（意味深）も可です

---

244 名無しのライバー ID:GVClo9Kii
>>243
mikuriママァ……

245 名無しのライバー ID:M0qAq2rZ4
>>243
野菜嫌いに言われたくない件

246 名無しのライバー ID:oaUuP103P
>>243
アレ、ステイ！

247 名無しのライバー ID:YYYyJZl3b
>>243
>適度な運動（意味深）
い、一体どんな運動なんだー（棒読み

248 名無しのライバー ID:v/OCvKt61
朗報　女帝マイクラフトゲリラ配信

249 名無しのライバー ID:nOkVyh6Nv
介護者なしで大丈夫？

250 名無しのライバー ID:V8xeiwQ0H
まあなくなって困るようなアイテムもないし、大丈夫では？

251 名無しのライバー ID:e/++MW4pi
他Vの建物とか壊さない限り大丈夫でしょ

252 名無しのライバー ID:MPEcEYKc3
女帝、久しぶりのログイン
野晒しで寝ていたはずが何故か建物の屋内に

253 名無しのライバー ID:FM9CUQlz/
「ベッド野晒しは不味いのでは？」と脱サラが壁と扉だけ置いた奴

254 名無しのライバー ID:dyZ7vHlcn
女帝「野晒しで寝ていたはず……何故？」
コメ「神坂君が惨めに思って屋根と扉だけ付けてくれた」
女帝「つまり私は殿方に部屋に連れ込まれた、と」

255 名無しのライバー ID:CzWqqSobq
>>254
草

256 名無しのライバー ID:fMkJ/LXoC
>>254
やめたげてよぉ！

257 名無しのライバー ID:JulWvG0Jf
>>254
あっこりゃ

258 名無しのライバー ID:RUlZyaa7Z
>>254
焦げ臭くなって参りました

259 名無しのライバー ID:dVuN1SB4u
女帝「山が……全部なくなって更地になっている件」
コメ「それも神坂君がやった」
女帝「共用ハウス……？　なにこれ、使っていいやつ？」
コメ「それも神坂君がやった」
女帝「道路が整備中っぽい感じ。ここまでは綺麗に舗装されてる」
コメ「それも神坂君がやった」
女帝「あの人はゼネコンか何かですか!?」

260 名無しのライバー ID:R6hOpriTp
>>259

加えて誰もinしてない時間にやってるからな
だいたいあってる

261 名無しのライバー ID:kg5N4xtku
>>259
現在は各メンバーの拠点を繋ぐ鉄道を建設予定
線路建設予定箇所をちまちま湧き潰ししながら舗装中

262 名無しのライバー ID:JDMC6QAFf
>>259
最近は脱サラの家に勝手に皆好き勝手上がり込んで
お礼と称してプレゼントをボックスに入れていく各メンバー

263 名無しのライバー ID:hGyq92iIR
あいつって今もまだ地中で生活してんの？

264 名無しのライバー ID:mGtEASVMx
果てしない地下でマグマがお隣のお住まいだゾ
非公式wikiに全員の拠点の座標は載ってる

265 名無しのライバー ID:zqtJo2srD
他面子って何してんだ？

266 名無しのライバー ID:30vFvBx36
・月太陽コンビ
近くにあった集落を実効支配し
村人を身動きもろくに取れない箱に軟禁中
「柵もあって便利」と主張
・ハッス
こっそり上のふたりの村に潜入し住み着いている
毎回お花をプレゼントするが大体その花で殴られている
・畳
脱サラの家を猫まみれにしていた
特に意味はない
猫の誘導だけは滅茶苦茶上手くなった模様
・あさちゃん
畳の頭を弓でヘッショして去って行く、という行為を繰り返している
・ニート
結局破壊箇所の修繕は全部脱サラがやった
深夜にひっそりとinしてはトゲ付き（触れるとダメージ有）を人の敷地内に植えまくる
なお配信はしない模様

267 名無しのライバー ID:z1LD3BJVU
>>266
>集落を実効支配
字面が笑える

268 名無しのライバー ID:vUTYABOJj
NPC村人にはやたらドSになるふたり、いいぞぉー
ルナちゃん「狭いところで苦しい？」
灯ちゃん「出して欲しい？」
ルナちゃん、灯ちゃん「ごめんね。出ーさない♪」

269 名無しのライバー ID:tlQUUc0jX
このふたりで両耳から囁いて欲しいから

ASMR配信あくしろよ

270 名無しのライバー ID:UUJ0xz6Jy
>>266
あさちゃんはそれ、なにやってんの……？

271 名無しのライバー ID:xW5a7UFFW
たまに畳を撃ってログアウトしてるから
完全にヘッショするためだけにinしてる

272 名無しのライバー ID:1QGYElYS4
>>266
ニートお前なにやってんだよぉ……

273 名無しのライバー ID:Fc4UBom0O
人の家になんちゅうもん植えてんねん

274 名無しのライバー ID:y7RdHFQ1q
なお意趣返しとして当人も同様の手口をやられた模様

275 名無しのライバー ID:DjEQ3v1Tr
朗報　女帝が脱サラをネタにしたおかげで登録者が増える

276 名無しのライバー ID:gckineki/
朗報　脱サラ登録者200人増える

277 名無しのライバー ID:62MUlyJPd
草

278 名無しのライバー ID:x7RR9tq9T
当人起きた時の反応が楽しみだなww

279 名無しのライバー ID:q18SH7Ovd
当人配信せずに休養中なのにw

280 名無しのライバー ID:SIkwyX5VJ
配信しないほうが伸びるのでは……？

281 名無しのライバー ID:KnfaDh6Yt
もっと休めよってこった
何にせよ良かったやん

282 名無しのライバー ID:p+wCa8hhv
少しずつでも積み重ねって大事よね

283 名無しのライバー ID:iat1oEYFn
こっからがまた大変そうだが

284 名無しのライバー ID:dYzue1uRo
今月中に登録者1万人行けるかな？

285 名無しのライバー ID:PeYbhUf5E
なお当人は夢の中である

8話　復帰とFPS大会直前練習会

【9月×日】

丸一日休んで、起きたらチャンネル登録者数が２００人も増えていた。前日の夜の配信も休んだからもっとか……？　お休みを頂く前が８９００人だったのが、現在は９１００人。何度かブラウザを更新してみるがどうやら表示の異常とかではないらしい。おかしい。配信もしていないのに何故《なぜ》に登録者数が増えるのか……？　アーカイブの再生数がその増加に見合う回数増えている、なんてこともない。こういうのがあると真っ先に思い浮かぶのが、いつものあれというか、まあ炎上とかそういう類《たぐ》いのやつだ。マシマロやＳＮＳのリプライ欄が平和どころか、逆に体調を心配するメッセージが寄せられているくらい。こういうの逆に怖いな。

「なるほど……」

ＳＮＳを詳しく見てみると、どうやら獅堂《しどう》先輩が配信で私の事について何かしら触れたのが原因らしい。ネタとして弄《いじ》られるだけで２００人も増えるなんて凄《すご》いな。界隈《かいわい》トップクラスのネームバリューは伊達《だて》ではないらしい。

ただ、糞真面目《くそまじめ》に配信しているよりも休んでいただけでの方が登録者増えるっていうのは正直複雑な心境ではある。結局今の数字の大半は他人の人気にあやかったものに他ならない。きっと我があんだーらいぶの先輩や後輩、各関係者、箱外の関《かか》わりのある全ての人たちがあってこそ。彼らがいなければ数値上では半分か、いや……10分の1以下が精々だろう。休んでいた方が伸びている辺りがその証拠だ。ようはこのあんだーらいぶという箱のブランド力によるところが大きいということだ。それに加えてmikuriママのこのガワ。私個人で何かを成したとかそういうわけではないので、手放しに喜べない。

まあ今は休んだ分の遅れを取り戻す意味でも、本番が直前に迫ったVertexの大会練習に精を出すとしよう。今日はこの後大会に参加するメンバーが集まっての本番を想定した練習だ。以前も説明したカスタムマッチというやつだ。

「いえーい、元気ぃ？」

「はいはい。怜《れい》君病み上がりなんだからさ」

休み明けで責められるわけでもなく、逆に気遣われてちょっと逆にやり辛《づら》い。嬉《うれ》しいんだけれども、こういうの慣れてないから反応に困ってしまう。後は朝比奈《あさひな》先輩が私の事を『怜君』と呼ぶようになった。『神坂怜《かんざかれい》』というのはあくまで仮初《かりそめ》の、あくまでVTuberとしてのものであって本名ではない。それでも人から名前で呼ばれるなんて事本当に久しぶりだったから、それだけでも嬉しいなんて思ってしまった。チョロいな、私。どの選択肢選んでも攻略できそうなヒロインみたいだ。いや、そういう柄じゃあないんだけれども。

「元気ですよ、元気」

「こいつぶっ倒れるまで働く奴《やつ》だからファンの皆もちゃんと目を光らせといてくれよな」

「今度から無理していたら雫《しずく》ちゃんのSNSにチクっちゃおう」

［心配したぞ、神坂ァ！］
［週休2日導入してもええんやぞ］
［健康第一］
［雫ちゃんの言う事なら絶対聞くもんな］
［シスコンの生態を利用するという神の一手］

好き放題言われているけれど、こういう配信の場を使って釘《くぎ》を刺されなくちゃいけないくらい私って信頼されていないのだろうか……？　これでも充分過ぎるくらいにお休みは頂いているつもりなんだが。そもそも休息を取らないという点においてはこの2人に言われたくはない。長時間配信やほぼ休まず毎日配信を続けている柊《ひいらぎ》先輩のスタイルを若干参考にさせて頂いているところも正直あったりするのだ。まあ、それが効果的に作用しているかどうかはさておいて、成功者のスタイルを参考にするのは悪手ではないはず。ただやってる側のスペックというか才能の差がね……。


「先輩方も健康でいて下さいね。何かあったらいつでも看病に伺いますので」

「俺の場合は実家が近いし、妹が真っ先にすっ飛んできてくれるから大丈夫大丈夫」

「僕はお願いしちゃうかもなぁ。あ、そういえば妹の夏嘉《なつか》ちゃん怜君めっちゃ心配するツイートしてたね」

[てえてえ]
[掛け算が捗《はかど》りそう]

「にゃー」

「あ、こら。虎太郎。邪魔しないの」

「あ。虎太郎くん？　白玉ぁー、おいでー。虎太郎くんだよー」

「ニャ？」

「にゃにゃあ」

「ニャー」

「にゃ」

「ニャーオ」

唐突にやって来て構ってアピールをしてくる虎太郎。そういえば体調崩していた時はあんまり構ってやってなかったな。餌《えさ》やり係程度にしか思われていないとか、そういうわけではないらしい。その鳴き声を聞いて朝比奈先輩が愛猫の白猫、白玉ちゃんを呼ぶとそれに応えるように鳴き声がした。マイク前に陣取り何やら交信を始める虎太郎。猫同士、通話越しでもコミュニケーション取れるんだ。凄いな。前にも似たようなことあったけど、朝比奈先輩の飼っている白玉ちゃんとは結構仲良しっぽい。

[しら×こた、てえてえ]

[かわいい]
[もうこれの配信でよくね？]
[いや、よくないだろｗｗ]

「今度動画で対面とかさせてあげたいね」

「良いですね。うちの子はちょっと人見知りだから大丈夫かな」

「俺も混ぜてー。にゃあああ」

「「フシャー‼」」

「なんでぇ⁉　俺が可愛《かわい》いらしくコミュニケーション取ろうとしただけじゃん」

「マッハで白玉がマイク前からランナウェイしちゃったよ」

「虎太郎がマイク猫パンチして去っていきました」

[草]
[猫同士に挟《はさ》まるな]
[残念でもないし当然]
[学習しないなぁ]
[お前、ほんまそう言うところやぞ]
[しら×こた派のワイ、怒りの低評価]

「いや、でもファンなら垂涎物《すいぜんもの》の猫ボイスあったじゃん」

［は？］
［自分のボイス評価見ろ］
［はい、低評価］

「そういえば、怜君。この前訓練場の壁抜けバグ見付けたんだったよね」

「草。何やってんだよぉ」

「いや、偶然見つけただけですよ」

「この前のアップデートで普通に修正されてたけど。ウチの後輩が見付けたって自慢できちゃうな」

「エロゲ案件のときもデバッガーしてたような気が」


先日配信で見せたＶｅｒｔｅｘの射撃訓練所の壁際でグレネード爆弾を爆破させた上で特定の操作を行うと爆風の衝撃とダメージで壁抜けしてしまうあれだ。所謂《いわゆる》バグというやつだったらしい。配信後にゲームの運営さんへは専用のフォームから報告済み。一応どういった手順で起こったか、再現性はあるのか等、色々別途で調べた上でだが。基本無料で楽しませてもらっているし、ここ最近はずっと配信でもお世話になっているので。詳細記載した甲斐《かい》もあってか翌日には修正パッチが配布されて見事に修正されていたのである。仕事早いよね。

その時の配信の模様は『バグを発見してもまたしてもデバッガーとなる神坂怜』というタイト

ルで切り抜き動画が作られた。そして更にその動画を無断で素材として、私の立ち絵と音声をカットして壁抜けバグの手順のみを切り抜いた短時間の動画がＳＮＳを通じて拡散されて、Ｖｅｒｔｅｘ界隈《かいわい》でちょっとバズっていた。一応立ち絵の権利は事務所サイドのものだし、そういう意味では配慮《はいりよ》されていると取れる。楽してバズろうと思うなよってお話である。自分で拡散すれば同じように話題になっただろうか……？

［あんだーらいぶのデバッガーを名乗っていけ］
［壁抜けバグ見付けたのお前だったんか……］
［なんか動画切り抜き無断転載してバズってるツイートあったな……］
［あ⁉︎］

「それそれ。なんか見つけたのウチの子なわけだしなんかもによるよな」

「もっとアピールしなくちゃダメだよ。この業界バズってなんぼだよ」

「私程度の拡散力じゃあ全然話題にもならないですよ。それにこういうので話題になるのはなんか違うかなって。人の失敗とかそういうのだしにしたみたいで、ちょっと申し訳ないというか。そもそも配信で見せびらかさずに内々で処理しとけよって言われちゃうとそれまでなんですけれども」

こういうところで謙虚に振る舞っておくと、ゲーム運営さんからも印象が良いだろうし。将来的に何かしらの案件に繋《つな》がる可能性も……いや、流石《さすが》にそれは望み過ぎだろう。あ、でもゲームの運営さんからはＳＮＳでフォローされてたんだけれども。

「ほんっと、つくづくＶ向きじゃあないよな」

「ねー」

「それには私も同意ですけれどもね」

「だけど、そういうところ俺は好きだぜ」

「そこが味なんだよねぇ」

滅茶苦茶《めちゃくちゃ》照れる。何でそんな持ち上げるんだろうか？　病み上がりの私にやはり気を遣って
いるのだろうか。本当にこういうの今まで経験ないから……どういう反応をしていいのか分からない。こういう居心地《いごこち》の良さが、私がこの箱を愛する理由なのかもしれない。

◇◆◇◆◇◆

結局今日もあまり結果は芳しくはない。それでも別段負けが込んで暗い気分になったりとかは一切ない。本当に普段遊んでいるのと変わらない。寧《むし》ろいつもより楽しんでいる節すらある。

［相変わらず勝てんなぁ］
［まー、他チームと違ってエンジョイ勢だし。多少はね？］
［がんばえー］
［きついなぁ……］

［ハンデくれや］

「なーに言ってんだよお前ら。ゲームってのは楽しんだもの勝ちなんだ――だったら、俺らはもう勝ってるだろ？」

「たまにはいいこと言うね。たまには」

「最近あんなに可愛かったあさちゃんが俺に厳しくなってるぅ！」

もし私ひとりだったら、こんな返しなんて出来なかっただろう。結果を出す事ばかり考えてしまうはずだ。その言葉はまるでリスナーだけでなく私にも向けられた言葉にも思えた。それでも、いや……だからこそこの人たちと『勝ちたい』なんて思うのはきっとおこがましい。過ぎた願いだろうか？

「あっ、やっべぇ」

柊先輩がグレネードを誤操作して自爆していた。

［爆発オチなんてサイテー！］
［こいついっつも自爆してんな］
［株上げた直後にこれである］
［締まらない辺りが実に畳《たたみ》らしくてよろしい］

417 名無しのライバー ID:i00mcAhCX
あら？
脱サラもう復帰したのか

418 名無しのライバー ID:mo+hIrfZ8
1日で帰って来たか
ニートは見習って、どうぞ

419 名無しのライバー ID:6cgYOcx7O
Vertex大会もあるし
本人の性格的にも休んでいられないだろうな

420 名無しのライバー ID:MBSt8ktM4
畳もあさちゃんもえらい心配してたな

421 名無しのライバー ID:FVAuMcovN
「休め」ってめちゃくちゃ釘刺されてて草

422 名無しのライバー ID:uQNwG+wdS
まあ、無理してぶっ倒れて
Vに転生した経歴だしなぁ

423 名無しのライバー ID:RF870UKBL
まだ人間らしいところあったんやなって

424 名無しのライバー ID:3wxL/ph6C
お前は脱サラをなんだと思ってるんだ……？

425 名無しのライバー ID:JvRjocFLm
炎上、誹謗中傷ノーダメなのは大概おかしいから……

426 名無しのライバー ID:KG09kmNXR
今日本番前最後の練習か
早いな

427 名無しのライバー ID:wYvARvozk
そういえばそんなんあったな
FPSゲーム全然興味ないから見てなかったわ
んで、どうなの？

428 名無しのライバー ID:/B0ni8GWk
大体初めの方に脱落してる

429 名無しのライバー ID:+3JDqS2fy
結構惜しい場面もあったけどな

430 名無しのライバー ID:xjiAJtNq7
全員見せ場があって悪くなかったぞ
順位は相変わらずだが

431 名無しのライバー ID:MoBthread
勝敗気にしているリスナーに
畳「ゲームは楽しんだ者勝ち。だから俺らはもう勝ってるだろ？」
こいつたまに良いこと言うよな

432 名無しのライバー ID:RUPS943ww
>>431
これはあんだーらいぶの大黒柱の風格ですわ

433 名無しのライバー ID:9mU7evlHZ
>>431
こいつのこういうの恥ずかしげもなく言う

ところすこ

434 名無しのライバー ID:DqDS/cr5N
>>431
こういうところあっから畳は嫌いになれんのよな

435 名無しのライバー ID:Mt8S41bY0
なお先日のガチャ配信
畳「爆死した。このゲーム全然楽しくない!!」

436 名無しのライバー ID:8+bi+p2pS
草

437 名無しのライバー ID:RNlTc01VR
はい、低評価

438 名無しのライバー ID:/rzyoqvVI
畳が最近すごい生き生きしてて俺は嬉しいよ

439 名無しのライバー ID:UtqKSRk8R
あいつはあいつで苦労してたからな
まさに孤軍奮闘だったし

440 名無しのライバー ID:6UByu+aCU
※忘れられがちですが、畳はトップVです

441 名無しのライバー ID:Q/aXFnfsa
このゲームのファンから脱サラだけ
訓練場ニキ
壁抜けニキ
脱法エイムニキ
とかあだ名で呼ばれてるの草

442 名無しのライバー ID:vAeq/nP1X
壁抜けバグを発見して
運営公式にSNSフォローされている数少ないプレイヤーとなった模様

443 名無しのライバー ID:JaPsB5rby
プロゲーマーですらひと握りしかフォローされてねぇのに

444 名無しのライバー ID:DSAB71U3t
地味にすげぇなw

445 名無しのライバー ID:A3z+82SQe
ゲーム公式「こいつデバッガーとして優秀やな、フォローしとくか」
絶対こうだぞ

446 名無しのライバー ID:hX0/pn4f5
ゲームのお問い合わせフォームに
ガッチガチの報告書を書き込んでたしなぁ

447 名無しのライバー ID:gjmNykGqt
なお余りにも詳細に書き込みすぎたために
文字数オーバーになった模様

448 名無しのライバー ID:VywMgY+rT
一体どんな長文送り付けようとしたんや……

449 名無しのライバー ID:gjmNykGqt
1万字超えの長文を送り付けようとしてたぞ

450 名無しのライバー ID:gjmNykGqt
えぇ……（困惑）

451 名無しのライバー ID:vZOkeJvpv
脱サラにカスタムマッチ権限もらえたりしないか？

452 名無しのライバー ID:apnROtc7a
あ、Vertexって基本プレイヤーが大会とか開けないんだっけ？

453 名無しのライバー ID:fpslovers
せやで
今回も権限もらったメーカー主催だ

454 名無しのライバー ID:gx1jzBvtS
権限渡してもあいつ友達少ないじゃん

455 名無しのライバー ID:vgJl7SNVo
あっ……（察し）

456 名無しのライバー ID:Jk6A/ZW4h
あさちゃん経由でなんとでもなるやろ

457 名無しのライバー ID:zNiC49q/g
相変わらず企業さんからの評価だけは高そうな男

458 名無しのライバー ID:6ZIpAXJ9E
壁抜けバグ動画で赤の他人がバズった模様

459 名無しのライバー ID:4BQeTda4c
本人の動画じゃなくて切り抜き動画の無断転用なんだよな、あれ

460 名無しのライバー ID:3oeBGscCD
ツイ主「立ち絵と音声はカットしておくやで」

461 名無しのライバー ID:5yuuXwmc/
寧ろ残しておいてやれよ……

462 名無しのライバー ID:MlUCovkX9
ムーブがへたくそすぎるんよな
そら畳も「V向いてない」って言うよ

463 名無しのライバー ID:MoBthread
畳「だけど、そう言うところ俺は好きだぜ」
あさちゃん「そこが味なんだよねぇ」
てえてえ

464 名無しのライバー ID:Sb9qX8Xhu
これには視聴中のお姉さま方もニッコリ

465 名無しのライバー ID:z0ufoC+Ik
「休め」とか「好き」とか「楽しんだもの勝ち」
の発言で言葉に詰まる脱サラ……お前、マジで闇抱えすぎなんだよ

466 名無しのライバー ID:JpOKH3JEk
一番要介護なのあいつ説

467 名無しのライバー ID:GacJ1NiGW
深く言及されていないけど普段の様子から拗らせてんの分かるもんなぁ

468 名無しのライバー ID:qw2Dw7rxJ

あんだーらいぶとか言う脱サラ更生機関

469 名無しのライバー ID:gckineki/
そういう面は割とマジである
最初期なんか妹トーク以外で笑わなかったけど
最近は割と表情変化多いからな

470 名無しのライバー ID:7ePAr6L/1
もっと男連中でコラボしろ

471 名無しのライバー ID:fpslovers
舐めプして他チームさん
・あさちゃんに正面からボコられ
・畳に自爆特攻され
・脱サラに脱法エイムでヘッドショットされて全滅したのが今日の一番の見どころさん
負けてもギスギスしなくて終始雰囲気良いのは高評価

472 名無しのライバー ID:wL73+zKcG
あさちゃん以外にツッコミどころが満載なんですが、それは……？

473 名無しのライバー ID:rAKnPVHYU
なぁにいつものあんだーらいぶだ

474 名無しのライバー ID:xP9wxc6vM
本番も応援しようぜ！

今日の妹ちゃん

良い先輩持ったよね、お兄ちゃん

【9月×日】

さて、いよいよＶｅｒｔｅｘ大会当日である。結局練習会では一度だけ5位に入ったことがあったくらいで目立った活躍もなかった。そら付け焼き刃で数日間みっちり練習したところで、コツコツ積み重ねてきた人たちには敵うまい。中にはそれを生業《なりわい》としている出場者もいる。特にプロゲーマーさんは最たるもので、結果が残せないのならばそれこそ事務所から契約解除されたりする可能性だってあるんだ……。我々のチームが出場するキッカケとなった前任者というか出場予定者と同じように代行による金銭の授受があったとかで、成績云々《うんぬん》以前の問題で契約解除されるケースもままあるのだが。

ちなみに今まで言及していなかったのだが……使用するキャラクターは、柊《ひいらぎ》先輩が半球形のシールドを出せる中衛のサポートタイプ。クールタイムは長いが強力なスキルを持っている結構扱いの難しいキャラクター。

朝《あさ》比《ひ》奈《な》先輩は一定時間無敵、チームメンバーがワープできるテレポートゲート作製が可能な前衛タイプ。プレイヤーの高いスキルが求められる。主にチームの指示役がこのキャラクターをピックする事が多い。ちなみに、使用率は実際の競技シーン、更には今回の大会でもぶっちぎりナンバーワンのキャラである。身体が小さいので弾も当《あ》て辛《づら》い上に短時間とはいえ無敵時間あり、一部のプレイヤーからは『はやくナーフしろ』との声も聞かれるとか。

私は索敵を得意とする後衛タイプを選択していた。ドローンを飛ばして敵の位置を把握でき、移動先や周囲に敵がいないかを安全に調べることが可能。比較的安全に立ち回りができるのが強みだ。ドローン操作中は自分のキャラクターは操作できず、周囲の状況把握も疎《おろそ》かになってしまう。ドローンの操作画面からキャラクター操作画面に戻ったら目の前に敵がいて銃を突きつけられている、なんて事にもなりかねない。だから大体の場合は相手の攻撃が当たらないような物陰で操作を行ったり、味方に周囲の警戒をしてもらったりしなくてはならない。

一応チームの構成としてはそう珍しくもないものだ。プレイヤーの力量差もそうだが、アイテム運なんかによっても左右される。全5戦。20チーム計60名の参加者。その頂点を目指す。ゲーム開始から一定時間ごとに安全な位置——所謂《いわゆる》安置が狭まっていき、隠れていても終盤には否《いや》が応《おう》でも戦う必要がある。もっともハイド——隠れようとも索敵キャラを大体各チーム入れているので上手く行くことの方が少ないのだが。

あくまでも『カジュアルより』という大会主旨ではあるものの、プロゲーマーや界隈《かいわい》のトッププレイヤーたちも多く参加している。練習を積み重ねることで徐々に熱を帯び、気が付けば大会シーンのそれと比較されるくらいにはガチ寄りの大会になってしまった。まあ、優勝者には賞品があったりするし当然といえば当然なのだけれども。後はやるからには『勝ちたい』と思うのは人として至極当然の感情だし。

ちなみにポイント的には大体こんな感じで振り分けられる。ルール上兎《と》に角《かく》、相手プレイヤーを倒す方が効率が良いのだ。何しろ無制限。1位のチームより2位、3位のチームの方がポイントを多く獲得している——なんてことも本当によくある。

1キル：1ポイント（制限なし）
1位：12ポイント
2位：9ポイント
3位：7ポイント
4位：5ポイント
5位：4ポイント
6〜7位：3ポイント
8〜10位：2ポイント
11〜15位：1ポイント
16〜20位：0ポイント

生き残ってポイントを稼ぐか、確実に相手を倒してポイントを稼ぐか。そういった選択が重要となる場面は多いだろう。

◇◆◇◆◇◆

さて、肝心の本戦なのだが……。

・1戦目：19位、1キル（＋1ポイント）
複数のチームに挟《はさ》まれて序盤で全滅。朝比奈先輩が何とか1キルを捥ぎ取る。

私はほぼほぼお荷物だった。練習の成果を全く活かせていない。猛省。

・2戦目：20位、0キル（＋0ポイント）
ランドマーク――初動を逸《そ》らして意図して狙われた。

ルール上問題はなく、完全に意表を突かれる。流石《さすが》に練習会をやっていただけにどのチームが一番キルポイントになりやすいか心得ているようだ。

3人の中で最初に落ちてしまった。このゲームではひとり欠けるだけで頭数不利になってしまうので、これは大失態である。

猛省。

・3戦目：11位、1キル（＋2ポイント）
またしても初動狩りされそうになったので、逆に空いた彼らのランドマークに降りる。

作ってて良かった詳細マップ。

キルは取れなかったけど、アシスト出来たから良かった。

安置に嫌われたのが敗因とのこと。

・4戦目：16位、1キル（+1ポイント）
当初のランドマークに戻す。

特にちょっかいかけられたりはなかったものの、ゲーム内最強攻撃力を誇るスナイパーライフルで私と朝比奈先輩が落とされる。

辛くも逃げ延びた柊先輩だが安置移動先に敵部隊が待ち構えており、あえなく……。

索敵の範囲外から頭を射抜かれるとは思わなんだ。

どうにも撃った相手が世界ランカーさんらしい。さっすが。これには完敗の一言。

「うーん、このパッとしない感じぃ」

「なんの成果も‼　得られませんでした‼」

朝比奈先輩が何とも言えないアンニュイな様子で呟《つぶや》くと、柊先輩が暗い雰囲気を打ち消すように明るく振る舞っている。他人の感情の機微を察してか、こういう振る舞いが出来ちゃうのは普通に尊敬できる。私にはこういう人を明るくする言動ってのは出来ないから尚更《なおさら》に。他チームに比べると急造のチームであり、自力も他所よりも見劣りしているのは明白。加えて本番前の大事な時期に体調を崩してしまうという私の失態も響いているのは言うまでもない。いくら個人練習しようが現状それを活かせた場面がほとんどない。

「ポイントは4ポイント。最下位ですね。単純計算で19部隊全員キルして1位取れれば━━って感じですけれど……」

「現実的じゃないね、こりゃ」

アッサリと現実的でないと言っちゃう朝比奈先輩。だが、彼の言う通りではある。キル数は1ポイント。後は順位によって先述したようにポイントが割り振られている。仮に次の試合で私たちのチームを除く19チームのメンバー全員をキルして1位を取ったとしても、得られるポイントを足し合わせれば何とかトップに追いつけるかっていう値だ。正直言って、現実的ではない。

現在1位は元世界ランカー率いるチーム。他2名はプロでもなんでもないストリーマーらしいのだが、彼にしごかれたおかげか、大会前より随分《ずいぶん》と腕を上げているとのこと。2位の先日私のSNSをフォローしてくれた天羽《あもう》氏率いるチームとの差も15ポイント近く引き離しており、優勝は堅い——といった状況である。彼らが開始早々敗退する初動落ちでもしない限りは。大会運営サイドの動画配信コメントを見ても、もう1位は変わらないであろうと言うコメントが大量にある。

「まだだ……！」

参加者である私自身すら最下位をどうにか回避しなくてはという思考に走ろうとしていたタイミングで朝比奈先輩の言葉が響いた。静かな口調だが、そこからは強い意志のようなものを感じた。そこでハッとさせられる。この状況でどこか諦めてしまっていた自分に気づいたから。

「タダでは転ばない。爪痕残してやろうよ。次……初動を今の1位に被《かぶ》せる……1位から引《ひ》き摺《ず》りおろすッ……さっき被せられたからやり返す、絶対」

「やられてばっかりってのは癪《しゃく》だからな。それに俺たち……VTuberなんだぜ。エンターテイナーやぞ。エンタメしてなんぼだ。おっしゃあああ！　行くぞおおおお！」

「行きましょう！」

［いったれぇ！］
［おっしゃあああ、いっけぇぇぇ！］
［がんばれ〈神坂雫《かんざかしずく》〉］
［頑張ってね〈ｍｉｋｕｒｉ〉］

「ッふぅ……」

愛《いと》しのマイシスター、そしてｍｉｋｕｒｉママに応援されたからには、より一層気合を入れて臨まねばなるまい。さっきまでの考えを持った自身を恥じる。そうだ。真に向き合うべきなのは他のチームの成績や順位なんかじゃあない。見ていてくれる視聴者の皆さんなのだ。その人たちを楽しませてこそ、だ。私たちにとってはゲームで勝つことはそのための手段のひとつに過ぎないいんだ。ゆっくりと深呼吸を繰り返しながら、手汗を拭い各ゲーム内設定は正常か改めて確認をする。それから以前製作したマップを開いて、現在1位を独走中の初動位置を全員で改めて確認。

これは奇襲作戦だ。何よりも迅速さが求められる。装備がまともに整っていない序盤であれば、我々にだって多少は勝機があるかもしれない。勿論《もちろん》返り討ちに遭えば、彼らにそっくりそのままキルポイントを贈呈する形となり他チームを逆転する道は更に遠ざかってしまうだろう。が、これはあくまでもカジュアル大会であり、我々ＶＴｕｂｅｒは柊先輩の言葉を借りるならエンターテイナーなのだ。

——失敗すれば他チームのファンから叩かれる？

そんなこと、こちとら慣れているんだ。VTuberというだけで批判されたりだとか、そういうコメントはこの大会を通して沢山貰《もら》った。投げ掛けられた誹謗中傷《ひぼうちゅうしょう》やマシマロの数だけならば誰にだって負けない自信がある。自分たちを叩く人たちを見返したい。勿論その逆の応援の言葉も沢山かけてもらった。その人たちには応援して良かったと思えるようなプレイを見せたい。そうじゃなくてもデビュー開始前から既に叩かれているんだ。その程度のこと、今更何の障害になるだろうか？　ここで何もせずに後悔する方が私は……嫌だ。もしこの行動によって騒ぎになろうとも、批判の的になり易《やす》い私がいるしふたりも安心してプレイに専念出来るはず——。

「戦犯で叩かれる？　あー、それはそれで撮れ高じゃない？　僕たちはへーきへーき」

「ま、その時は全員で仲良く叩かれとこうぜ！」

　画面越しで表情すら見えず、言葉も聞かず、私の考えが見透かされたとでも言うのか？　クーラーで快適な室温に設定されているはずなのに、妙に胸の辺りが温かいどころか熱いくらい。視聴者の人だけでなくこの人たちのためにも頑張ろうと心から誓う。

「はは、なんですかそれ。負けたときの事考えてどうするんです？　絶対に勝つんですよ」

　その言葉はある意味自分に向けたものでもあった。

316 名無しのライバー ID:7neG8LpnX
Vertex大会って今やってんだっけ

317 名無しのライバー ID:fCLdpPz+x
やってるゾ

318 名無しのライバー ID:zA/e7Y/xh
なお内容は……

319 名無しのライバー ID:v1HLTYD1U
4戦目終えて最下位です(´・ω・`)

320 名無しのライバー ID:aYQBP7hRA
そりゃそうだろ
チームメンバーのランク出場チーム中最弱やぞ

321 名無しのライバー ID:w/pqA93O4
悲しいねバ〇ージ……

322 名無しのライバー ID:4F5zPM/xR
2戦目にこっちのランドマークに凸って来るの性格悪くなーい？

323 名無しのライバー ID:58/9kkpuy
まあそういうゲームですし、おすし

324 名無しのライバー ID:6d5zfIFLt
FPS板では『歩くキルポ』呼ばわりされてるからなぁ
まあ実際その通りなんだろうけれどさ……

325 名無しのライバー ID:/639GAFgm
3戦目は裏かいて空き巣になった相手のランドマークに降りたのは良い意趣返しだった

326 名無しのライバー ID:9uXESfc5A
4戦目は結構調子良いと思ったんだけどなぁ
世界ランカーさんにヘッドショットで一発でダウンのあの武器持たせちゃアカン
キルログ見てからの天羽の反応は草だった
天羽「俺の戦友をやりやがったなァ！」
チームメイト「乗るな天羽！」
普通に撃ち負けて死亡
↓
天羽「ちゃ、ちゃうねん……」
コメント「戦犯やん、お前」

327 名無しのライバー ID:8WCs6RSxl
天羽はあんだーらいぶのチーム好きすぎるやろ
毎回順位確認して一喜一憂してるとかワイらかよ
おふざけしてる風に見えるがゴリゴリにキル取りに行くから2位なんだよな

328 名無しのライバー ID:N/JeGSIt2
次でラストかー
見てるこっちのが辛くなってくるわ

329 名無しのライバー ID:DFybDOXdf
絶賛最下位だしな

330 名無しのライバー ID:dRbGnzhXc
トップは元ランカーチームで堅そう

331 名無しのライバー ID:fnlFVlWdF
初動落ちでもしない限りは点数差詰められなそうではある
トップが早々に敗退すればワンチャン天羽のとこ逆転優勝狙えるくらい

332 名無しのライバー ID:o0lsOAqCd
1位を阻止するために初動元世界ランカーを倒しに行く宣言
あさちゃん「初動で今の1位を潰しに行く」

333 名無しのライバー ID:pYDsPQD5q
ふぁ!?

334 名無しのライバー ID:ndWtntUTp
あさちゃんかっけぇー

335 名無しのライバー ID:N8ynkFku3
配信者だもんな
やっぱエンタメやんないとね

336 名無しのライバー ID:6RDVc2SG9
さっきヘッショされたのの仕返しもありそうだがw

337 名無しのライバー ID:dJ193RPBw
あさちゃん「タダでは転ばない。1位から引き摺りおろす」
畳「俺たちVTuberだし、エンタメしてなんぼだ。行こう！」
脱サラ「行きましょう」

338 名無しのライバー ID:77dJNaMjm
やだ、うちの男子カッコいい……

339 名無しのライバー ID:RbtoST6a6
珍しく全員シリアスモードでカッコいいやん
普段ネタキャラなのでギャップあると女子が悶えそう

340 名無しのライバー ID:gckineki/
雫ちゃんとmikuriママからの応援コメントが来た直後、脱サラの反応がこちら↓
https:uploader.underlive01.gif

341 名無しのライバー ID:trIRRDn2j
>>339
立ち絵の目がめっちゃ見開いてるやんw

342 名無しのライバー ID:6Kux1YHaY
>>339
妹ちゃんの応援バフがある男は侮れん

343 名無しのライバー ID:B9S/usYe7
>>339
目がクワッてなってて草

344 名無しのライバー ID:1Ts5LUQJA
速報　大会質です……
コメント「失敗したら戦犯で向こうのファンから叩かれそう」
あさちゃん「戦犯で叩かれる？　あー、それはそれで撮れ高！」
畳「ま、その時は全員で仲良く叩かれとこうぜ。な、神坂ァ！」
脱サラ「はは、なんですかそれ。負けたと

きの事考えてどうするんです？　絶対に勝つんですよ」

345 名無しのライバー ID:gcHia9BNi
>>344
ノータイムで自己犠牲メイン盾君に牽制入れる畳がイケメンすぎて辛い

346 名無しのライバー ID:0XDMP+SbN
>>344
とても先日ガチャで爆死して大騒ぎしていた奴とは思えねぇな

347 名無しのライバー ID:tupINUqGD
>>344
この3人組ほんとすこ

348 名無しのライバー ID:WxWqFlZKV
畳は何かあったとき脱サラヘイト管理するの知ってて言ってるよなぁ、これ

349 名無しのライバー ID:SpMWw0T3v
悲報　お姉さま（女性ファン）昇天寸前

350 名無しのライバー ID:MoBthread
なお、いつもの

酢昆布@新刊委託販売中@sukonbu_umaiyone
この3人組の薄い本描きたくなってきた
変な意味（R指定的な）とかじゃなくてこういうの純粋にすこなんだわ
ところで、なんで私の推しはスパチャオンにしてないんすかねぇ……？

アレイナ・アーレンス@清楚系VTuber@seiso_vtuber_Alaina
言い値で買おう

---

351 名無しのライバー ID:eaZOChRFG
最終戦はじまっぞ！

352 名無しのライバー ID:wXVdTFt7Z
なんか見てるこっちが緊張してきたわ

353 名無しのライバー ID:st4dboOkK
ヘタたらずにガチで被せに行ったな

354 名無しのライバー ID:Qqar2MGKT
さて、最初の初動アイテムがチャの結果は……

355 名無しのライバー ID:eWD+0gFwR
あさちゃん：サブマシンガン、回復アイテム
畳：アーマーレベル2、ピストル
脱サラ：投げモノ2（グレ、手裏剣爆弾）
約1名手持ちが不安だな、初動アイテムガチャ
まあ固まって降りたのもあるんだけど

356 名無しのライバー ID:0cJ16t9E/
おーグレ、ダメ入った
流石はいつも燃えてるだけあって、燃やすのもお得意だぜ☆

357 名無しのライバー ID:SUjBi2K6T

2階の窓の隙間からよぉ入れたな
ワイなら格子に当たってポロリしてるわ

358 名無しのライバー ID:G5J2XieuX
脱サラ窓にグレ投げ込み
↓
畳、脱サラダメ入れた敵ひとりをノック後にダウン
↓
脱サラ、畳の応援に殴り行くもアーマーと武器差で瀕死
↓
体力ミリ残しで何とか逃げる
↓
あさちゃんは世界ランカーと撃ち合い中
今時点では頭数2対2だが、HPや武器的には不利

359 名無しのライバー ID:SlqcCS0fS
脱サラ一時撤退したので、もうひとりがあさちゃんのところに増援で行きそう
やっば
あさちゃんのとこに肉盾になるか、武器でも探すか
回復アイテムもないしなぁ……それはお互い様だけど

360 名無しのライバー ID:7cM6Klrgw
うん？

361 名無しのライバー ID:PvWoF4lfm
脱サラなにしてんの、これ

362 名無しのライバー ID:YhahVeqFL
投げモノ自キャラの真上に投げよったで

363 名無しのライバー ID:Tilpg+CLs
ふぁ？

364 名無しのライバー ID:c85q0tHHO
え？

365 名無しのライバー ID:EP/AxlW1b
!?

366 名無しのライバー ID:AlEzFTHQ9
脱サラ「先輩、後は頼みます」
畳「あさちゃん、いっけぇええええ！」
あさちゃん「ッスゥー……任された……ッ!!」

367 名無しのライバー ID:bhkb/d6Aq
やだ、うちの子たちカッコいい……

368 名無しのライバー ID:UB/NwSeqq
脱サラの奇襲で1ダウン＋アーマー割ったのはデカイわ

369 名無しのライバー ID:+2RQsKXGR
あさちゃん！

370 名無しのライバー ID:rvx5+dtjO
うおおおおおおお！

371 名無しのライバー ID:TX9Qdkm7a
あさちゃん、どりゃあああああああ！

372 名無しのライバー ID:t+8MhaUeH

KILL!

あ゛!?
ちょっとかっこよくない？
ねぇ

381 名無しのライバー ID:M0PLUtViJ
これは熱い
本放送の実況でも滅茶苦茶盛り上がってて草
大体スレ民と同じ反応である

Vertex　配信総合スレPartXX
952 名無しのスナイパー ID:aGWkoSwM/
やっべぇえええええ
絵とか言って馬鹿にしてたやつww

953 名無しのスナイパー ID:AWGnifxk7
これはくっそ熱い展開やんけぇ！
天羽ワンチャンあるやん！

954 名無しのスナイパー ID:L1ZwO0m7h
てか、割と上手いんだが？
誰だよ叩いてたやつぅ
今思えば周辺がやばい奴まみれだったから結果が振るわなかっただけでは……？

955 名無しのスナイパー ID:VAKWKPPnY
それはそう
この面子の中放り込まれるほうがおかしいんだよなぁ
直前まで最下位煽りしてた奴は謝って、どうぞ

956 名無しのスナイパー ID:HRGPgudRV
すまんやで
どりゃあああああ！

373 名無しのライバー ID:nXbjzJZmT
元ランカー倒したったww

374 名無しのライバー ID:xm2pTrrnm
脳汁ドバドバ出るわ、こんなんw

375 名無しのライバー ID:i1YzOIaNO
さっきのあれはなんやったんや？

376 名無しのライバー ID:fpslover
手裏剣爆弾は壁やキャラクターに突き刺さる性質がある
それを利用してドローンにそれぶっ刺して爆発するタイミングで敵にぶつける
魅せプレイでは割と有名なプレイングだけど、大会でやる人はあんま見ないわ

377 名無しのライバー ID:8ZlnQPNvH
クリップとかでよく見る奴だな
まっさかこういう場でやられるなんて思わんかったろうなぁ

378 名無しのライバー ID:NpgwN/DF4
チームメンバーにぶっ刺してもらってってのは見たことあるな
ひとりだけでも出来るんか

379 名無しのライバー ID:Q4UXrGUjU
セットアップの仕方明らかに手馴れてたし練習してたな、これ

380 名無しのライバー ID:gckineki/

なおそれに付き合う味方は味方でショットガン縛りしだすのは草だが

963 名無しのスナイパー ID:LCMy/qdej
この前うっきうきでブイチューバーさんのチャンネル登録してたからなぁ
このゲームもブイチューバーさんの影響かプレイ人数が結構増えてるくさいし
仲良くしといて損はねぇ

964 名無しのスナイパー ID:3yNrvFDTx
一昨日の練習カスタムで
畳さんのグレ投げたら天井に当たって
ポロリして全滅したクリップ死ぬほどすこ

965 名無しのスナイパー ID:waGS6X4ni
あの人の同接強すぎて笑うわ
楽しそうにプレイしてんのが何よりええわ

966 名無しのスナイパー ID:1ANfjCloc
視聴者数が
畳さん枠>大会運営枠
なの凄すぎぃ！
活躍後にドカッと本放送枠人増えてたのは草

---

382 名無しのライバー ID:mHNovQWRM
テノヒラクルー快感になりそうだわ

383 名無しのライバー ID:6wki5FpDu
3人の同接一気に増えてて草
現金やなぁ、皆
まあこっちの視聴者連中も向こうに行って

957 名無しのスナイパー ID:kIJ+al8rc
訓練場ニキ逃げるときサラッと壁キックまでしてて草
ワイよりキャラコン上手いんじゃが？？

958 名無しのスナイパー ID:RF9FC9Wq6
リーダーも普通にキャラコン上手いやん
もうひとりもちゃんとダウンした後盾になってるし

959 名無しのスナイパー ID:rPPS7+dc8
直上手裏剣爆弾とかミスったら普通に死んでたろ……

960 名無しのスナイパー ID:azwgx+3aQ
あれ、セットアップが手馴れてて戦慄したわ
普通やるとしても味方にやってもらうもんやろ

961 名無しのスナイパー ID:iP7Bc6JNf
海外のクリップだと自前でやってる人そこそこ見るけど
切羽詰ってやるようなもんではない

962 名無しのスナイパー ID:xV+YdgQ0c
速報　天羽、Vチューバーが1位倒したキルログ見てうっきうっき
天羽「うおおおおおお！　ひょー、すげっぇえええええ」←サラッと1対2の対面に打ち勝つ
こいつも大概だと思うわ
大会中本番中に急に面白そうだからという理由だけでスナイパー縛り始めたりする男

て同接爆伸びしてるからお互い様か

384 名無しのライバー ID:7JRMgPN8D
解説のプロゲーマーさんも
「チームワークの勝利」ってめっちゃ褒めてたな

385 名無しのライバー ID:U0Zi9v4In
畳がずっとノック後もあさちゃんの前で盾になってたりしたしな
1プレイでここまで盛り上がることも早々ないで

386 名無しのライバー ID:56YLmWdoR
あんだーらいぶの面子が外部のこういう大会で活躍するとめっさ盛り上がるな

387 名無しのライバー ID:hZFSMaiWg
今までずっと苦しかったのもあるしな
それを見てた側からすると報われて良かったってなるわ

388 名無しのライバー ID:WK90XSom+
悲報　あさちゃん盛り上がりすぎて愛猫の白玉ちゃんがびっくりしちゃう

389 名無しのライバー ID:/9O8nQS/R
草

390 名無しのライバー ID:KxZs6xyl7
白玉ちゃんカワユス

391 名無しのライバー ID:Mg+w5rfNW
悲報　畳盛り上がりすぎて夏嘉ちゃんに「五月蠅い！」と言われてしまう

392 名無しのライバー ID:8RZFBu8gX
夏嘉ちゃん、今回ばかりは見逃してあげて……

393 名無しのライバー ID:uv8ruBsFq
文句言いながら夏嘉ちゃんまた通い妻してんのか
可愛い

394 名無しのライバー ID:i88weK/5z
悲報　脱サラ熱中しすぎて無言のままでリスナーから「喋ろうよ」とお気持ちされてしまう

395 名無しのライバー ID:fq7ZVsqUe
草

396 名無しのライバー ID:x9reiTN9N
男子諸君、さっきまでのあの凛々しさどこに置いて行ってしまったん……？

今日の妹ちゃん

このチームホント好き……。
良かったね、お兄ちゃん

10話
FPS大会と登録者1万人

【9月×日】
Ｖｅｒｔｅｘ大会が終わった。

１戦目：１９位、１キル（＋１ポイント）
２戦目：２０位、０キル（＋０ポイント）
３戦目：１１位、１キル（＋２ポイント）
４戦目：１６位、１キル（＋１ポイント）
５戦目：３位、５キル（＋１２ポイント）
最終結果：合計１６ポイント。全２０チーム中１７位。

５戦目、元世界ランカー率いるチームに一矢報いてその後は安置も比較的有利な位置で優位に試合を運ぶことが出来た。練習、大会を通して最も理想的に動けた試合だった。幸い私も１キル出来たのでポイントも加算できたのが嬉《うれ》しい。とはいえ、それでもチャンピオンを勝ち取ることは叶わなかった。やはりそうそう上手《うま》くいくものでもないらしい。撮れ高があっただけ

配信者としては喜ぶべきなんだろう。ゲームが進んで最終安置となるともう近接での撃ち合いとなる。練習ではそういった場面を経験することもなく、序盤から精々中盤程度までしか生き残れていなかった。最終局面での撃ち合いの実戦練習が出来ていなかったのだ。

それでも、後悔はない。私にしては珍しく、だ。もちろん『もっと練習していれば』という思いはある。だが、チームメイトである柊《ひいらぎ》先輩や朝比奈《あさひな》先輩、更には視聴者の皆のコメントを見ると『これで良かったんだ』なんて風に思えてしまう。もっと向上心を持って挑むべきだったのだろうが、私にはこの結果で満足なのだ。とても充実した良い大会だったと、総括できる。そのくらいの収穫だった。

ドローンで爆弾を運ぶあれは配信中に凄《すご》いプレイの上手いリスナーさんから『こういうのもあるよ』という情報を貰《もら》って、ちまちま練習していたものだ。ある程度落ち着いてセットアップさえ済ませればそこそこ上手く行くようにはなっていたものの、本番で使う機会があろうとは……元々そこまで実用的なテクニックではない。通常、使うとしても他のチームメイトに協力してもらって、ドローンに投げモノを付けてもらう方が手っ取り早いし確実だ。私がやった方法だと一歩間違えると自分の頭上に投げたもので自滅、なんてことも普通にあり得るわけで。あの体力状況下なら普通にアウトだったので、結構危ない賭《か》けだったと思う。

結果として上手くいったから良かったのだが、これが失敗していたら散々叩《たた》かれていたんじゃなかろうか。最終戦まで1位だったチームのファンの人たちからは多少不満の声は上がったものの、表立って大々的に批判されたりってことはなかったのは幸いか。

終わってみれば全20チーム中17位。当初最下位予想だったのを鑑《かんが》みると奮戦したと思う。

ちなみに1位は大逆転で天羽氏《あもう》のチームとなった。直接やり取りしたことはないけれど、プレイ中はよくちょっかいかけたりかけられたりした仲だ。大会中であっても大会主旨であったカジュアル、エンジョイという言葉を重く受け止め終始視聴者を楽しませる事に尽力しつつも、最終的には勝利を摑《つか》み取《と》る。彼にだったら負けても悔いはなかった。大会中に遠距離武器2本担ぐ縛りを設けたりとか急にキャラクターピックをランダムにしたりとかいう豪胆さである。ある意味大会中最もエンタメに注力していたのは彼ではないだろうか。そっち方面でも負けたような気がする。そういう意味では、彼のチームが優勝するのはエンジョイ大会という主旨に沿った結果で良かったと思う。

天羽終里《おわり》@棚ぼた配信者@amou_owari
どうも棚ぼたで1位になった上位プレイヤーです
VTuberチーム凄かった、お前らがナンバーワンだ！
1位の商品ありがとナス！
俺もブイチューバーになっかなぁ
これからの時代絶対来るって！

とまあこんな風に褒めちぎってもらえた上に、わざわざ我々3人に個人でそれぞれリプまで

下さった。

神坂怜《かんざかれい》@訓練場の主@kanzaka_underlive
大会運営の皆様、並びに視聴者の皆様、
何よりチームメイトの柊先輩と朝比奈先輩に感謝です
本当にありがとうございました
また機会があれば、3人でこのゲームやりたいです

天羽終里@棚ぼた配信者@amou_owari
最終戦サイコーに痺《しび》れました
いつか一緒にプレイできたらなって……
一緒にランクやりましょ

多少リップサービスが入っているとは思うが、これまでもずっと好意的に接してくれた数少ないＦＰＳ勢の方なので、今後何かの機会があれば一緒にゲームするのもいいかもしれない。彼の視聴者さんからも沢山コメント頂いたし、今大会のみの関係で終わるには惜しい気がする。
とはいえ、目先の問題は……。

柊冬夜《とうや》：まさかネタにしていた特別賞を貰うなんてなぁ……
朝比奈あさひ：まつさかうし！　高い肉とかはじめてだから楽しみ
神坂怜：A5ランクとかテレビでしか見たことないですね
獅堂《しどう》エリカ：冗談だと思ったけど、こいつらマジで獲得しやがった……
ルナ・ブラン：おめでとうございます
日野灯《ひのあかり》：凄い、格好良《かっこよ》かったです！
柊冬夜：みんな、社長室で焼肉パーティーしようぜ！
獅堂エリカ：爪痕残さないと（使命感）
羽澄咲《はすみさく》：残るのは匂いなんだよなぁ……
宵闇忍《よいやみしのぶ》：社長室なら別によくない？
朝比奈あさひ：やめたげてよォ！
獅堂エリカ：消える友人、借金のカタ、時々油煙
神坂怜：そういえば最近通販で海外の洗剤買ったんですよ！　これがですね、凄くてですね
柊冬夜：洗剤の話題でここ一番のテンションになるの草なんだよなぁ

最後の1戦で盛り上がったのもあってか特別賞である松阪牛《まつさかうし》の引換券をゲットしてしまったのである。実際大会の模様の実況解説を行っていた本放送でも割とコメントが多かった。解説を務めていたプロゲーマーさんに『チームワークの勝利』と讃《たた》えてもらえたのは純粋に嬉しか

った。急な代打参加として招集された我々だから多少甘めに見てもらっているのもあるのかもしれないが、SNSを見てもこれに対して否定的な意見はほとんど見られない。VTuberを知らないような層の視聴者にも楽しんでもらえたのならば幸いだ。

チャンネル登録者数もかなり増えているところを見るに、新規の視聴者層を獲得出来たし、そして何より先輩たちと楽しくゲーム出来た。参加した甲斐《かい》があったというものだ。ちなみに、妹から「ねぇ、肉はいつ？　いつ届くの？　ねぇ」とすっごいワクワクしながら問われてしまう。すまない、多分これウチに来ることはないんだ……。

オフで会って焼肉食べる配信やるとかいう話だが、まるで絵面《えづら》が想像できないんだけれども大丈夫なのだろうか？　VTuber故に早々リアルタイムを映し出すなんてこともできないわけだし。しかし……皆で集まってワイワイやるのは楽しそうだ。この辺はまたおいおい話し合うとしよう。

◇◆◇◆◇◆

朝起きたら登録者が1万人を超えていた。以前の休養中の件といい、私が見てないところで伸びているのは一体何なんだろうか……？　あの大会拘束時間が長くて結構夜遅くにまでなってしまったもんだから、翌日にアーカイブ視聴する人や別チーム視点を見ていた他参加者さんのファンの皆さんが見て下さった結果なのかもしれない。

1万人という記念すべき瞬間はファンと一緒に迎えたかった、と言うのは少々我儘《わがまま》だろうか。

今までの流れや伸び方を考えると、２万人を皆で祝える事はないかもしれない。そういうのに憧れがないわけではないので、ちょっぴり悔しくもある。加えて５０００人の時はマイシスターのＶＴｕｂｅｒデビューという劇薬を用いていたし、今回も柊先輩と朝比奈先輩との連日のコラボで稼がせて頂いたようなもの。私自身が何かを成し遂げたわけでもない。

「通知の量すごいや」

前に体調崩した時を思い起こさせる。ディスコの方では私が気付くよりも早く1万人達成に気付いたメンバーたちがお祝いのコメントを残していた。というか、なんで当事者より先に気付いてるんだ……？

柊冬夜：おっ、神坂ァ！君登録者1万人超えてんじゃーん
朝比奈あさひ：マジだ。焼肉パーティーすりゅ？
獅堂エリカ：すりゅううう！　あ、後神坂さんはおめでとう
羽澄咲：おめでとう。またボイス台本書きたいウーマン
柊冬夜：ワイのボイス台本書きたくなって来たりしない？
羽澄咲：ないです。
柊冬夜：（ ˙-ε-˙ ）
日野灯：お祝いだー！
ルナ・ブラン：お祝いだー！　私の凸待ちで1万人行ければ良かったのにぃ
羽澄咲：ボイスで思い出した。今度コラボ企画参加お願いしますね

コラボのお誘いとかまでされてしまった。企画とは一体……？　ディスコの方で簡単なお礼と、ＳＮＳにも同様の内容を書き込む。さて、１万人記念でどんな配信をしようか——なんて事を考えようとした途端に通知の嵐。

「え、え……ど、どうしよう」

神坂怜@今日から復帰@kanzaka_underlive
寝て起きたら１００００人超えていた件
これからも精進して参りますので、
何卒《なにとぞ》よろしくお願い致します

ｍｉｋｕｒｉ@新刊委託販売中@mikuri_illustrator
おめでとう
まだまだ伸びていけ
https://v-uploader_1qaz.jpg

酢昆布《すこんぶ》@ｓｋｅｂはじめました@sukonbu_umaiyone
めでたい！　すごい！　すき！

https://v-uploader_2wsx.jpg

アレイナ・アーレンス@清楚《せいそ》系ＶＴｕｂｅｒ@seiso_vtuber_Alaina
おめでとーございます
勢いのままにカップルチャンネル作りませんか？
何なら別のなにか（意味深）も作りませんか

有栖院《ありすいん》アリス@Alicein_Alice
男性Ｖで苦難も多い中よくぞ、ここまで……！
おめでとうございます
同じアラサー帯としてまたコラボしてもらえると嬉しいです

神坂　雫《しずく》@kanzaka_shizuku
やるじゃん

柊夏嘉《なつか》@natsuka_hiiragi
おめでとうございます
いっぱいしゅき

柊冬夜@皆、野菜食べろ@Hiiragi_underlive
おめでとう！
松阪牛でパーリーすりゅ？

獅堂エリカ@人の金で焼肉食いたい@erika_underlive
すりゅうううううううううぉおおめでぇええとぉおおおおおおおお！

羽澄咲@キノコ大好き@hasusaku_underlive
おめでとうございます
リプ欄で変な先輩いるのは気にしないで下さい
事務所のバイノーラルマイクの使用許可社長から取れたとお聞きしました
配信はいつですか？　詳しくお話お聞かせ願えますか？
大体の日程とかでもいいのでｋｗｓｋお願いします。
エリカ様がなんでもするので、オナシャス

朝比奈あさひ@猫吸い強化週間@asahina_underlive
おめでとう！
次シーズンは一緒にランクマ行きたいマン

天羽終里@棚ぼた配信者@amou_owari
おめでとー
今度は敵じゃなくて味方としてＶｅｒｔｅｘやろうず

宵闇忍@台パンで音ゲー案件が決まった女@shinobu_underlive
おめでとうございます
特に面白いネタはないです、ごめんなさい
全部エリカ様が悪いんです許して下さい

日野灯@秋ボイス出します@akari_underlive
おめでとうございます
記念枠する際は是非ともお声掛け下さい
私の５万人記念のときにお返しいただければ結構ですので

ルナ・ブラン@課題RTA@luna_underlive
おめでとうございます
ファンのひとりとしてとっても嬉しい

裏で既にお祝いコメントを貰ったのに、こちらでも頂いてしまった。表で同事務所のメンバーが無反応だったら一部界隈《かいわい》ではどうなるか——なんて事を分かった上で気遣ってもらったのだろう。何だか申し訳ない気持ちになって来る。ｍｉｋｕｒｉママと酢昆布ネキは私が呟《つぶや》いた後5分と経たずにイラスト付きで祝辞を賜《たまわ》った。走り描きとかそんなものではなく、フルカラーのイラスト。まるで本の表紙にでもするのか、という気合の入った絵だった。これは明らかに何日も前から準備されたものだと言うことは、この分野に関して知識の乏しい私でも分かる。見た瞬間鳥肌が立って、胸から熱い何かが込み上げて来た。本当に、私は幸せ者だ。

「——ありがとう………」

思わず口から漏れ出た言葉。きっと本人たちには届くはずのない言葉が自然と紡がれていた。それでも口に出しておかねば、そう身体が勝手に動いたのかもしれない。この人たちが応援するに値する人物であろうと、そう心に誓うのであった。

神坂怜　チャンネル登録者数１０００人（＋８００）

【9月×日】

そうだ凸待ちをしよう。

561 名無しのライバー ID:0hwOenUwk
松阪牛ゲットってマ？

562 名無しのライバー ID:xbrV5FamT
マジやで

563 名無しのライバー ID:CFMbVdH83
松阪牛どりゃああああ

564 名無しのライバー ID:KEY6Fy/v8
ネタにしてたけど本当にゲットするとはなぁ……

565 名無しのライバー ID:eJp9bQRy3
あの戦闘のクリップマジですこ

566 名無しのライバー ID:gckineki/
当社比5割増しくらいカッコよかったわ

567 名無しのライバー ID:hNJOfVRN5
てか手裏剣爆弾のあれも訓練場引きこもり
生活長いとはいえよくもまあ練習してたな

568 名無しのライバー ID:fpslovers
遂にこれを言える日が来たな
脱サラはわしが育てた

569 名無しのライバー ID:DsoqZqqqG
>>568
変なテクニック教え込んでて草

570 名無しのライバー ID:sHmVynhzj
>>568
ある意味お前がMVPだ

571 名無しのライバー ID:DlwJBLDiA
>>568
草

572 名無しのライバー ID:KmPuvhsgS
逆転決まった瞬間の天羽の枠凄かったぞ
騒ぎまくってマイク音割れしまくってて草だった
天羽「やったぁあ！　優勝だあああああ！　うおおおおおおお！　PCだPCだぁあああ！」
コメント「鼓膜ないなった」
天羽「ごめんねえええええぇええええ！」
コメント「五月蠅いです、ファン辞めます」
天羽「やめないでぇえええええええええ！」
あんだーらいぶチームの最終戦クリップをリスナーと一緒に見る
↓
天羽「は？　なにこれ、かっこよすぎだろ。おこぼれ貰って喜んでた俺ってなんだったんだよォ!?」
コメント「途中でアヘ顔ダブルスナイパーして舐めプ優勝したアホやん、お前」
天羽「コラボしてぇーなぁー」
コメント「分をわきまえろ」
天羽「ほら、俺割と数字は持ってるから」
コメント「柊氏の同接見て、どうぞ」
天羽「ふぁ!?　本w放w送wよwりw多wいw」

573 名無しのライバー ID:jGEgwUfFc
>>572
もうこいつただのファンだろw

574 名無しのライバー ID:AT2Y6ka8v
>>572
名誉あんだーらいぶファンメンバー

575 名無しのライバー ID:a8okL02MD
>>572
アヘ顔ダブルスナイパーは草

576 名無しのライバー ID:WT5VoaW/O
なんで長距離武器2本担いで近距離戦撃ち勝てたのか
これが分からない

577 名無しのライバー ID:ZjPcdUF5l
天羽……あんだーらいぶに来ないか？

578 名無しのライバー ID:QUBy0jQLl
なお当人はV転生やる気満々

天羽終里@棚ぼた配信者@amou_owari
どうも棚ぼたで1位になった上位プレイヤーです
VTuberチーム凄かった、お前らがナンバーワンだ！
1位の商品ありがとナス！
俺もブイチューバーになっかなぁ
これからの時代絶対来るって！

---

579 名無しのライバー ID:J95zrCXXA
こいつだけやたらと好意的だよな

580 名無しのライバー ID:xz9ONhx01
普段から縛りとか設けてプレイしてるエンタメ寄りのプレイヤーだしな
共感するところがあったんだろう

581 名無しのライバー ID:ffyfCh1b5
大会まとめ切り抜き結構再生数伸びてんな

582 名無しのライバー ID:YUZXjKOP5
あさちゃんのイケボすこすこのすこ

583 名無しのライバー ID:1kPQ1ivdn
畳普段のボイス販売のボイス糞なのに、あのシーンだけはイケボだと認めてやろう

584 名無しのライバー ID:CF3XM9w89
女性ファン「どうしてそれがボイスで出せないの……？」
とお気持ちしながらも試合中のボイス2時間耐久動画を製作するガチ勢がいる模様

585 名無しのライバー ID:dUSwbKWJ6
あいつはあいつでファンの愛が重いからな

586 名無しのライバー ID:iaGfegHhB
なお

獅堂エリカ@普通VTuber@erika_underlive
人の金で焼肉が食べたい
社長室でA5ランクの肉を焼いて食べる配信この今秋開催予定

---

587 名無しのライバー ID:tHE6Jf352
>>586

これはひどい

588 名無しのライバー ID:Ey69Tcmy8
>>586
これでええんか、男子諸君ェ……

589 名無しのライバー ID:UY9RaK1yz
>>586
お前らは自分のところの社長を何だと思っているんだ

590 名無しのライバー ID:Je8rbr6un
まあ女帝は割と常識人で多分大袈裟に言ってるだけだから……
後男女でオフは色々文句言われそうだし
女子は女子会で別途焼肉オフ会を対抗して開く感じでは？

591 名無しのライバー ID:OvDMOrBPR
脱サラ1万人どりゃ

神坂怜@野菜食べよう @kanzaka_underlive
寝て起きたら10000人超えていた件
これからも精進して参りますので、
何卒よろしくお願い致します

---

592 名無しのライバー ID:x/bft8w2S
>>591
1万人か感慨深いなぁ

593 名無しのライバー ID:/Dym6rmpm
>>591
歩んできた道は焼け野原になってんだよなぁ……

594 名無しのライバー ID:YGQ6HPrh/
最近炎上しないからちょっと寂しいのはここだけの話

595 名無しのライバー ID:RJbknKQkU
ちょっと分かる

596 名無しのライバー ID:kze/IJfYE
炎上は売名としては結構使われている手だしな
今までのネタに出来る程度の小火なら尚更にチャンスだった

597 名無しのライバー ID:o/5c7C7s0
なお当人にかかるメンタルの負荷は考慮しないものとする

598 名無しのライバー ID:c9kftCU3H
この界隈で炎上商法やろうにもそういうのが課題だし
どちらかと言うと意図しない相手を叩いて燃やす事でより盛り上ってるんだと思うわ

599 名無しのライバー ID:smcMKWmP0
炎上キャラというアイデンティティがなくなったらただの虚無配信者
ネタに上げることすらなくなって空気化していったらヤバイ

600 名無しのライバー ID:zhrtVep0m
畳あたりとコンビ組んで行けばあるいは

601 名無しのライバー ID:1UShWPGgi
仕事早すぎる

---

mikuri@新刊委託販売中@mikuri_illustrator
おめでとう
まだまだ伸びていけ
https://v-uploader_1qaz.jpg

酢昆布@skeb募集@sukonbu_umaiyone
めでたい！　すごい！　すき！
https://v-uploader_2wsx.jpg

---

602 名無しのライバー ID:MoBthread
>>601
フルカラーイラストええやん

603 名無しのライバー ID:s89326js/
>>601
これは有能絵師
ツイートから数分でこれだから多分事前に準備してたんだろうな……

604 名無しのライバー ID:8OOro6FMg
mikuriママはいつも通りの大天使っぷりで納得だが
酢昆布ネキは普段自分の原稿はひーこら言ってるのにこういうときは仕事早いな

605 名無しのライバー ID:48ckiOHav
一方の問題児

アレイナ・アーレンス@清楚系VTuber@seiso_vtuber_Alaina
おめでとーございます
勢いのままにカップルチャンネル作りませんか？
何なら別のなにか（意味深）も作りませんか

---

606 名無しのライバー ID:6RHxb4S9D
>>605
まーた自分のファンに叩かれそう

607 名無しのライバー ID:iCeW9hDLt
>>605
平　常　運　転

608 名無しのライバー ID:MoBthread
欲望を隠す気皆無だな、こいつら

柊冬夜@皆、野菜食べろ@Hiiragi_underlive
おめでとう！
松阪牛でパーリーすりゅ？

獅堂エリカ@人の金で焼肉食いたい@erika_underlive
すりゅううううううううううぅぉおおおめでぇえええとぉおおおおおおおお！

羽澄咲@キノコ大好き@hasusaku_underlive
おめでとうございます
リプ欄の変な先輩は気にしないで下さい
事務所のバイノーラルマイクの使用許可取

柊夏嘉@natsuka_hiiragi
怜君のASMRが聞けるって本当ですか??
スパチャどうやって投げれば良いですか？
馬鹿兄貴に封筒渡せば良いですか？
ボイスリクエストとか受け付けますか？
ふーふーしてくれますか？

アレイナ・アーレンス@清楚系VTuber@seiso_vtuber_Alaina
ファ!?
ASMRってマ？
耳舐めオナシャス
何なら直接舐めて欲しい

---

614 名無しのライバー ID:nwLSd2Rnp
>>613
前者：かわいいなー
後者：うゎ……キッツ……
こうなるのなんでだろう？

615 名無しのライバー ID:MoBthread
つ普段の行い

616 名無しのライバー ID:mtuR24Vde
>>613
畳ブチギレてそう

617 名無しのライバー ID:vGdgX6JRX
>>613
先月はルナちゃんルート進めたから
今月は夏嘉ちゃんルート行こうぜ！

れたとお聞きしました
配信はいつですか？　詳しくお話お聞かせ願えますか？
エリカ様がなんでもするので、オナシャス

---

609 名無しのライバー ID:wvT8pEqkj
>>608
>すりゅうううううううううううぉおおおめでぇえええとぉおおおおおおおお！
欲望が勝ったけど一応お祝いしようという心意気だけは評価しようと思います

610 名無しのライバー ID:cG7p9/jFC
>>608
人を諌めておいて
自分は自分で脱サラASMRに対する反応があれなハッスェ……

611 名無しのライバー ID:gckineki/
畳は社長直々に使用禁止が出ていたあのうん百万するマイクか
ええやん
今やれ、すぐやれ

612 名無しのライバー ID:tJDA5OQAX
畳使用不可→分かる
あさちゃんの使用許可→分かる
他女性V使用許可→分かる
脱サラ使用許可→分かる
至極当然の結果である

613 名無しのライバー ID:g3KrR0tpQ
ASMRが配信匂わせの反応がこちらです↓

618 名無しのライバー ID:ixaXXSjIQ
ギャルゲーじゃないんだぞ！？

619 名無しのライバー ID:z0UXdR65h
夏嘉ちゃん限界化してんの可愛いなぁ
でも普段脱サラの枠にコメはしないよな

620 名無しのライバー ID:ApBicl4Mg
普段はROM専なんじゃね？

621 名無しのライバー ID:MoBthread
ボイス感想ツイートは毎回してるゾ
大体1ツイートに収まらないから最近文章を書いた画像になった

622 名無しのライバー ID:ssug82BM5
ワイらが女性Vでブヒってるとキモいだけなのに女の子がああいうのやってると別段そう思えないの不思議
※アレ除く

623 名無しのライバー ID:2ubO9f8AA
アレを除くなw

624 名無しのライバー ID:ssug82BM5
ちゃうねん……メンバーシップ6ヶ月程やってるんやねん……
証拠画像↓
https://v-uploader_image01.jpg

625 名無しのライバー ID:XHy36qaJr
じゃあ許そう

626 名無しのライバー ID:w77jzdt1C
何だただのアレ民か、よし通っていいぞ

627 名無しのライバー ID:Vl4/Zewd1
メンバーシップ6ヶ月ってメンバー開設最初期のガチ勢じゃねぇかよ！
しかもそのバッジは高額メンバー
貴様、石油王か

628 名無しのライバー ID:MZ9Y6Ma3W
1万人記念枠ってやんのかな？

629 名無しのライバー ID:pmvJnylPQ
最近凸とか逆凸多いけどどうなんだろう
やったらやったで男以外誰が来てもアンチがキレそう

630 名無しのライバー ID:p9kBduazH
脱サラ君の～ちょっと小火るの見てみたい

631 名無しのライバー ID:2WZw9+YGF
やめたげてよぉ！

632 名無しのライバー ID:ORDiC/OFd
でぇじょうぶだ
社畜魂で生きかえれる

633 名無しのライバー ID:QojDByN+m
オラ、ワクワクしてきたぞ

今日の妹ちゃん

このくらいは出来る子なんですよ、
ふふん

11話 1万人記念初凸待ち

【9月×日】

登録者1万人を迎えた。通常キリの良い登録者数を超えたところで何かしらの記念枠、企画枠をするのがＶＴｕｂｅｒ界隈《かいわい》ではある意味お約束となっている。とは言え、私が末席に名を連ねる『あんだーらいぶ』のような有名企業勢は、昨今デビュー前に登録者1万人を超えることなどザラにある。直近の後輩ちゃんズもそうだったので、お祝いするまでもなくそれが当たり前になってきているのが怖いところである。

今のペースを考えれば次に大きな節目となりそうな数値である2万人を迎えるのは難しいかもしれない。今後更にメンバーが増えて行くと……いつまでも企業として負債を抱え続けるわけにもいくまい。いつか、どこかで区切りを付けるべき時が来る筈《はず》だ。それを考えるとこれが最初で最後のチャンスかもしれない。だからこそファンの人たちに感謝を伝える意味でも何かしらやっておくべきだと思ったのだ。

マシマロでは1万人をお祝いするファンからのコメントや、1万人記念企画でやって欲しい事が多数送られてきている。その中でも特に希望が多いのがこれである。

□1万人記念で凸待ち待ってます
□凸待ち見てみたい

凸待ち。最近は獅堂《しどう》先輩が逆凸企画、ブラン嬢の5万人記念凸待ち配信と、最近だけで見ても2度もあった。今月に入ってまた擦るのも視聴者からするとうんざりされそうではある。とは言え、記念枠と言えば凸待ちみたいな印象があるのもまた事実。ひとまず、ベースの企画はこれで行ってみよう。

ここで問題になって来るのは誰が来るか、である。同じ事務所在籍、男性Vという共通点がある柊《ひいらぎ》先輩や朝比奈《あさひな》先輩であればそんなに批判が来る事もないだろう。しかし女性陣が来ると絶対荒れる……特に逆凸でなく凸待ちとするならば批判の言葉は私だけに留《とど》まらず、彼女たち自身もその的になりかねない。企画者である私は、幾ら株を下げようが批判されようが別に構わない。だが、参加者がそうなるのだけは避けなくてはならない。参加してもらうなら何かしら旨味があって然《しか》るべきだと思う。それが望めないのが私という存在。

おおよそ誰を呼んでも批判される。誰を呼んだか呼ばないかで不仲だとかいう憶測が飛び交うのも容易に想像出来る。何をしても気に食わないという人が、悲しい事に一定数いるのだ。そもそもファンでも何でもないお客様をアンチと言ってしまえばそれまでだが、そういう隙が多い私サイドにも問題の一端がないわけでもない。つまるところ、どの道批判は避けられないのである。批判を極力避けつつ、ファンの人たちにも楽しんでもらえるような内容にするのがベスト。

「これまた難しい問題だよなぁ」

関《かか》わりのある男性ＶＴｕｂｅｒやお呼びしても特に燃えない相手のみに絞るというのが一番現実的な方向ではある。人様の人気を利用するみたいで正直気が引けるんだけれども、まあ致し方ないか。そもそも呼んだら来てくれるって保証もないわけで……。

「いや、あの人たちすっごいお人好《ひとよ》しばっかりだから呼ばなくても来てくれるんだろうなぁ」

事前の調整などせずとも顔を出してくれるのだけは容易に想像できてしまう。頼り切りだ。それで本当に良いのか……？　でも誰かの協力なしにはこの企画がそもそも成立しないではないか。では一体どうするべきか――？　そこである考えに至った。

じゃあ、もういっそ開き直って誰も呼ばなければ良いんじゃないか？

凸待ちでも誰も来ない。そういうネタとして配信をすればその両方の批判を回避することが出来るのではないだろうか。これはこれで調子に乗っているとか言われないでもなさそうだが、これなら批判されるとしても私だけで済む。先輩たちの手を煩わせる事もない。普通にやってもこの箱の人たちはお人好しばかりなので、気を利かせて凸りに来るのは想像に容易い。大変ありがたいことだが。事前にこういう企画ですよっていうのは周知しておいた方が良いだろう。

神坂怜《かんざかれい》：凸待ち誰も来ないっていうネタ枠やるので、ご協力お願い致します
柊冬夜《とうや》：草
獅堂エリカ：オ　フ　会　０　人
神坂怜：そんな感じのノリです

朝比奈あさひ：来るメンバーによっては荒れたりしそうだもんねぇ……
柊冬夜：俺はそんなに荒れないけど
神坂怜：それは先輩だからかと

その辺はやはりこの業界への貢献度、実績の差であろう。また、普段の言動もネタに走ったものが多いので、絡んでもそういう対象として見られることが少ない。私の場合は検索エンジンに名前を入力すると『炎上』とサジェストされてしまう程度にはマイナスイメージが先行しているので、数字欲しさに軽率にコラボしますとはいかないのである。世知辛い。先輩みたいに実績でそれらの声を黙らせる、くらいの事はやってみたいものである。

ルナ・ブラン：そんなの好き勝手言わせておけば良いのに
日野灯《ひのあかり》：あんたは単に凸りに行きたいだけでしょうに
ルナ・ブラン：む……？　おやおや、あーちゃんは行きたくないんだー、へぇー
日野灯：行きたくないなんてひと言も言ってないでしょ
ルナ・ブラン：ふふーん。私は凸来てもらったからね。わ・た・し、は！
日野灯：ぐぬぬ……
羽澄咲《はすみさく》：後輩ちゃんに好かれてて羨ましい
宵闇忍《よいやみしのぶ》：普段の行いが原因なんじゃ……？
羽澄咲：はて……？

日野灯：胸とお尻触られました
ルナ・ブラン：下着の色聞かれました
獅堂エリカ：割とガチで問題行動なんですけれども？
羽澄咲：さ、さぁーて配信の準備しなくちゃ

露骨に話題を逸《そ》らしたな。ちなみに獅堂先輩も逆凸企画で下着の色聞いていた気がするんだけれども、それは突っ込むべきなのだろうか？　ある意味お約束の質問なのかもしれないが、正直若い子に対してのセクハラまがいの行為はいかがなものかと思います。そういうキャラクターで売っている以上、それに沿った行動を心掛けているのかもしれない。ちなみに羽澄先輩は後輩ちゃんズに別段嫌われているとかではないとは思う。ディスコでよく安価でおススメのコスメ情報とか教えてあげるお姉さんの姿がよく見られる。ファッション誌云々《うんぬん》とかスイーツがどうとか、そんな感じの話題。後者のスイーツ話題は我が愛《いと》しのマイシスターへ還元できる内容なので、こっそり参考にさせてもらっているのはここだけのお話である。
い、いや盗み見ているとかそういうわけじゃあないんだよ……？　だって全員で使う雑談チャンネルでやっているんだから自然と目に入っちゃうんだから仕方がない。

朝比奈あさひ：そういう層配慮《はいりょ》せずにやってしまっても良いとは思うけれど、これはこれで面白そうなので面白いと思う
柊冬夜：コメント欄に煽《あお》りに行くわ

柊冬夜：あ、後は時間帯早朝とかはＮＧで
日野灯：コメントか。なるほど
ルナ・ブラン：把握

今まさに配信の予約枠を立てようとするところだった。柊先輩の言うとおりの平日午前5時に設定しようとしていた。何故《なぜ》バレた。寧《むし》ろ変な時間にした方が面白かったりしない？　あと後輩ちゃん……一体貴女たちは何をしようとしているんでしょうかね………？　折角なるべく荒波立てない方向に舵《かじ》を切ったつもりなのに、火種の方から飛び込んでくるんだが。いや、まあ慕われる事自体は悪い気はしないのだけれども。元職場の後輩とか、こういう風にストレートに感情ぶつけられたりとかはなかったからなぁ。

柊冬夜：裏被《かぶ》りとか気にせず普段も配信やっていいからな？
柊冬夜：デビュー配信とか3Dお披露目とかは配慮しなくちゃだけど
朝比奈あさひ：僕なんて人様の新衣装お披露目の裏でもＶｅｒｔｅｘやってるからね
獅堂エリカ：早朝配信は配信で需要はあるのも事実だけどね
獅堂エリカ：ただ、数字出やすいのは視聴者数多い夜ですから
獅堂エリカ：後、変に気を遣うと後輩ちゃんがやりにくくなるかもしれない
ルナ・ブラン：うんうん
日野灯：で、コラボはいつやりますか??

というわけで先輩にそれとなく諭されたので、素直に午後8時から約1時間程度枠を設けることにした。配信の待機場を作成し、SNSで凸待ちを行う旨をツイートする。普段の配信告知よりも、ユーザーがどれだけ反応したかを示すエンゲージメント総数が随分《ずいぶん》と多い。引用リツイート元を確認してみれば賛否色々あるようだ。当然と言えば当然だが。この手の反応をするユーザーも見慣れてしまったもので、ブロックとかそういうのはするつもりはない。ブロックして他のライバーのところに常駐されても困るし、こういう意見もあるんだ、程度の意識でいる。私のファンの人たちは「誰が来るかな？」みたいな話で盛り上がっていた。

「ごめんね。誰も来ないの」

きっと私みたいなのを推してくれているファンの人なら笑って許してくれる、なんて甘えた考えに至ってしまう。そのくらいみーんな良い人ばかりなのだ。そのせいで普段の生活で何か支障を来したりしないか、私はとってもそこが心配です。

【9月×日】

凸待ち配信当日。やはりそれなりに注目度が高いのか、私のチャンネルでは非常に珍しい事に視聴者数が1000人近く集まっている。この手の配信は一般的に数字が出る、バフとか言われている理由を実感した。怖いもの見たさ、みたいなのもあるんだろうけれども。折角見に来ていただいた以上、楽しんでいただく事が最重要課題なわけで。期待はされていないかもしれないが、ひとりでも多くの人に面白いって思ってもらえるようにしたいものである。

「えーっとですね。まず初めに今日は大安ということでお祝いにもぴったりかな、と思いまして」

大安吉日。この配信も上手《うま》く行きますように、なんて願いも込めつつ配信日を決めた。願掛けしなくちゃならない程切羽詰《せっぱつ》まっているとかそういうわけではないのだが、気休めでもこういうものには縋《すが》りたい。

[なお、1万人突破日は仏滅の模様]
[草]
[お爺《じい》ちゃんかな?]
[挨拶長そう]

「いや、長くはないですって。そんな挨拶中に貧血で生徒が倒れる校長先生のスピーチみたいなことはしないですって。あ、今の時代だとそういうのってもうないのかな?」

[普通にあるで]
[めっちゃ長いぞ]
[立ったまま寝るスキルを身に付けるべき]

「ちなみに式辞の挨拶で16時間というのがギネス記録だそうです」

［草］
［マジで!?］
［声枯れそう］
［調べたらマジやんけぇ］
［なんでそんなの知ってるんだよ］

「ギネスよりは短いですが、それでも感謝の想いはきちんと伝えたいので……少々お時間頂戴致します」

【1万人記念】人望ない男の凸待ち配信【神坂怜／あんだーらいぶ】
最大同時視聴数：約1200人
高評価：650
低評価：250
神坂怜　チャンネル登録者数10500人（+500）

酢昆布ネキも声出し普通におｋそうだけど

433 名無しのライバー ID:flUpOXUuT
大穴：社長

434 名無しのライバー ID:hkiHyAPmB
社長呼んで借金のカタトークが聞きたい
来たら高評価ポチったるわ

435 名無しのライバー ID:ed4k/g47O
>仕込みなしという体でお送り致します
この一文のせいで深読みしてしまうマン
何か仕込んでそう

436 名無しのライバー ID:HnuEjODrz
性格からして
事前の来る人募集してタイムテーブル組んでますよ的なことだと思ってた

437 名無しのライバー ID:C9TWlGueK
まあ、どっちとも取れるわな

438 名無しのライバー ID:GGkkLzjNL
脱サラ、挨拶なげぇよ
いや、まあ、うん……気持ちは分かるけどさ
事前に16時間式辞はフラグだった……？

439 名無しのライバー ID:OsBP4cxJc
【悲報】挨拶とお礼だけで10分以上経過
かつてこんなに真面目に感謝を述べる記念枠があっただろうか
なお例によってスパチャオフ

426 名無しのライバー ID:ifGRJ9pCe
何か今夜配信少なくない？
ゴールデンタイムなのに枠少ない気が……

427 名無しのライバー ID:DM1sOhTJD
>>426
これのせいかと

神坂怜@登録者1万人ありがとう@kanzaka_underlive
1万人ということで最初で最後になるかもしれない凸待ち配信します
仕込みなしという体でお送り致します
いやぁ、誰が来るんだろうなぁ（ワクワク

---

428 名無しのライバー ID:J/VtQA2Tv
>>427
炎上回避でこういう企画絶対やらねぇって思ってたわ

429 名無しのライバー ID:kW+dah+Wz
>>427
呼んでも燃えなさそうな連中だけ呼ぶ感じ？

430 名無しのライバー ID:+98ALbOLB
そうると面子は畳、あさちゃん、アリス、後アレくらい？

431 名無しのライバー ID:M2DwQaHqs
雫ちゃんがいるだろ

432 名無しのライバー ID:pE8NJr5d6

440 名無しのライバー ID:SsRwJMGL7
なお同僚の反応がこちらです↓
畳「この挨拶、学校のグラウンド、炎天下にやってたら生徒5人くらい倒れてそう」
女帝「草」
灯ちゃん「校長先生」
ルナちゃん「昨今では気を遣って結構短いです」

441 名無しのライバー ID:uOtWUXCXY
配信チャットに集合してんの草

442 名無しのライバー ID:4YY/wiSub
何故か物悲しいBGM

443 名無しのライバー ID:MoBthread
脱サラ「あ、柊先輩。どうですか。来ますか？」
畳「今ちょっとガチャ回してて忙しいんだ」
脱サラ「夏嘉ちゃんにボイス感想のお礼リプでも送ろうかな」
畳「おいコラ、てめぇ!!」

444 名無しのライバー ID:9oV7g7A1J
草

445 名無しのライバー ID:LnifbuQ1O
夏嘉ちゃん毎回ボイスの長文感想ツイートしてるよな

446 名無しのライバー ID:glJ90/j0d
夏嘉ちゃんの感想ツイート限界化してて可愛いよね

447 名無しのライバー ID:1NlJYjJ+M
分かる

448 名無しのライバー ID:gckineki/
あの子の感想は分かってるって感じだから信頼できる

449 名無しのライバー ID:bv8ae/684
仕込みってもしかしてこの流れのことか？

450 名無しのライバー ID:7zzJZiAi
物悲しいBGM
取ってつけたフリー素材パーティー会場画像

451 名無しのライバー ID:SYJc23dVa
巨○の星のクリスマスぼっち回かな？

452 名無しのライバー ID:mFidtxwgd
どうせスレ民は万年ぼっちだろうけどな

453 名無しのライバー ID:gckineki/
推しがいればぼっちでも平気なんよ、分かんだろ？

454 名無しのライバー ID:xspngmf5a
凸　待　ち　0　人

455 名無しのライバー ID:/OZ8fLEH5
まじでこのまま1時間くらい耐えるつもりか
まあ既に冒頭の挨拶やらで既に15分ほど消費してっけどさ

456 名無しのライバー ID:MoBthread
脱サラ「さっきコメント欄に、獅堂先輩いらっしゃいませんでしたっけ。後は後輩2人」
女帝「ちょっと田んぼの様子見に行かなくちゃだからムリポ」
ルナちゃん「宿題があるのでごめんなさい。オフコラボのお誘い待ってます」
灯ちゃん「今お風呂なのでお風呂中継で通話する勇気あるなら良いですよ」
脱サラ「無理ゲーじゃないですか。後輩ふたりが私をいつものあれにする気満々じゃないですかー、やだー」
灯ちゃんのお風呂ごくごくごくごくごくごくごくごくごくごく
ああああああああああああああああああああ
お風呂オオオおおおおおおおおおおおおおおおお

457 名無しのライバー ID:FnAkrJ8Ap
>>456
>女帝「ちょっと田んぼの様子見に行かなくちゃだからムリポ」
女帝の断り方が雑ぅ

458 名無しのライバー ID:VBYDr7m09
>>456
女帝農家だったのか
これは非公式wiki追記案件

459 名無しのライバー ID:meFc65YYN
>>456
>ルナちゃん「宿題があるのでごめんなさい。オフコラボのお誘い待ってます」
断るのにコラボはしたいウーマン

460 名無しのライバー ID:BFLr9UQVI
>>456
相変わらず後輩ちゃんズはよー懐いとる

461 名無しのライバー ID:b7cLv3fdk
>>456
>灯ちゃん「今お風呂なのでお風呂中継で通話する勇気あるなら良いですよ」
ふぁ!?

462 名無しのライバー ID:D1HdK4rRK
>>456
おいおい、脱サラ
そこは灯ちゃんに通話しろよォ！

463 名無しのライバー ID:RZxxSRkMq
灯ちゃんのお風呂通話とかなにそれ、ご褒美じゃん

464 名無しのライバー ID:KWGNluFV6
月太陽コンビ凄い懐いてるな
懐き度進化しそうな勢いや

465 名無しのライバー ID:gXMFbG++O
好かれる理由も納得はいくが、
それが出来ないファンが大勢いるのが課題よね

466 名無しのライバー ID:c1hzEkYH2
灯ちゃんの精一杯アピールかわよ

467 名無しのライバー ID:m91YmiuTs
ルナちゃんに凸待ち来てもらったマウントされてて悔しがってたから……

468 名無しのライバー ID:Sq3w+pieG
大好きな親戚お兄さん取り合う構図ほんとすこ

469 名無しのライバー ID:KtJJ6lVsw
コメ「お風呂」
コメ「お風呂通話はよ」
脱サラ「炎上案件じゃないですかー、やだー」
コメ「彼女のファンはきっとそれを望んでいます」
コメ「お風呂お風呂お風呂お風呂」
コメ「ごくごくごくごくごく」
脱サラ「私がいつかお風呂場で配信するから許して」
アレ「言質とった」
コメ「まま、ええやろ。今のシーンはきっと誰かが切り抜くから」
脱サラ「いや！　冗談だから！　冗談だからね？！　と言うか、いらっしゃってたんですか貴女」

470 名無しのライバー ID:CwMH7c19L
草

471 名無しのライバー ID:aqEEmF9oF
男のお風呂場配信に需要はあるのか

472 名無しのライバー ID:gckineki/
は？
あんに決まってんだろ？

473 名無しのライバー ID:8Uhgfax0V
動画サイト君「えっちなのはいけないと思います」

474 名無しのライバー ID:U1Zy0nbmP
でも君の判定結構ガバガバだよね……？

475 名無しのライバー ID:zyxGY2K2d
動画サイト君「ガバガバ……えっちです！」

476 名無しのライバー ID:vTd4eowvT
AI君が悪いだけだから……

477 名無しのライバー ID:aAVHDjLAQ
最近徐々にどこまで過激なのがセーフティなのか
チキンレースしてるっぽい節はある

478 名無しのライバー ID:Hobj1S9lA
個人や零細V事務所なんかはそのきらいがあるような気がする

479 名無しのライバー ID:HM9sr0BH5
脱サラ「ワイ、人望皆無やん……フリー素材の陽気な外人のお兄さんの画像置いとこう」

480 名無しのライバー ID:bnwXHeGt7
画面だけは賑やか
なお誰も来ない模様

481 名無しのライバー ID:V2fFYYKjy
誰も来ない凸待ちなら荒れない、か……
それはそれで悲しい選択だぞ？

482 名無しのライバー ID:YnRFSyNJU
来ないと事務所内不仲棒でアンチから叩かれるのが現実よ

483 名無しのライバー ID:LeAS4ge0+
それはガチで誰も来なかった場合で
今回みたいにネタっぽいのでいけば批判はされにくいでしょ

484 名無しのライバー ID:hebMNaYiz
なお月太陽コンビのコメント参戦で若干焦げ臭い模様

485 名無しのライバー ID:dPLkYlIW2
いつものことだな、ヨシ！

486 名無しのライバー ID:TXeAqjMb3
凸待ち0人でコメとのトークだけで1時間持ったな

487 名無しのライバー ID:TokpLh5Cp
朗報　虎太郎君凸

488 名無しのライバー ID:YMH1QPnpZ
虎太郎君「ニャー」
脱サラ「虎太郎が部屋の扉叩いてる。これは実質凸なのでは？」
虎太郎君良い子やな
部屋に招き入れて普通に可愛がりをはじめる

489 名無しのライバー ID:pxxRlYOfG
虎太郎君かわいい

490 名無しのライバー ID:BWeZYEisA
虎太郎君、あんだーらいぶに来ないか？

491 名無しのライバー ID:RAslB24z0
ある意味企画潰しだけど、可愛いから万事ヨシ！

今日の妹ちゃん

1万人めでたい。
明日はお祝いにケーキを作ってもらおう。
レアチーズケーキがいいな。うん

12話 猫と訪問者

【９月×日】

１万人記念と銘打って行った凸待ち０人配信も無事に終え、一夜が明けた。いつものリスナーさんが切り抜き動画をニヨニヨにアップロードして下さったらしく、ＶＴｕｂｅｒカテゴリ内のランキング２２位とかなりの上位になっていた。『凸待ち０人』をネタにしていたが、最後最後に虎太郎が部屋にやって来てしまったので目論見《もくろみ》通りとはいかなかったものの、この手の配信者の意図しないハプニング系というのは割と伸びるらしい。凸待ち０人１匹。話題になったのは結局私の企画というよりは、虎太郎の乱入やらあんだーらいぶの皆がコメント欄で盛り上げてくれていたという点が大きい。

私自身でなく、猫を主体とした動画出していた方がもっとずっと伸びるのでは？　いや、そうなるとバーチャルの意味ないじゃんって本末転倒になっちゃうから流石《さすが》にしないけどさ。ちなみにSNSでも配信告知ツイートより、虎太郎や料理の画像、動画付きツイートの方が圧倒的に反響は大きい。よく言われるのだが、私はとことんＶＴｕｂｅｒに不向きな性質《たち》らしい。

「顔出し配信者の方が向いている」なんてよく言われるくらいだ。自分でも自覚はある。でもＶになったからこそ、空っぽだった自分にも生《い》き甲斐《がい》と言うには大袈裟《おおげさ》かもしれないが……目標が生まれた。まあ、つまるところ——好きだからやってるってだけの話だ。

閑話休題《かんわきゅうだい》。さて、今週は羽澄《はすみ》センパイからとある企画にお呼ばれしたので、そっちで頑張ってファンを増やしたいところ。勿論《もちろん》既存ユーザーさんも大事にする。これは忘れない。丁度先日ディスコで触れられていた件がそれだ。

「お前は私と違って人気者みたいだぞ、よかったな」

「ニャー」

卓上に寝そべっている虎太郎を撫《な》で繰《く》り回《まわ》す。最近は随分《ずいぶん》と私に甘えて来るようになった。相変わらず妹に対してはそっけない態度みたいなのだが、おやつ差し出すことを条件にある程度までは構ってくれるようにはなったみたいなので進展はしているようだ。顎の下辺りを触ってやると「ゴロゴロ」と喉を鳴らし目を細めて随分と気持ちよさそうにしている。この辺りは自分の舌が届かないのでこうして触ってもらうと喜ぶのだとネットでちらっと見た。

「愛《う》い奴《やつ》め、うりうり」

「うにゃあ」

腹を人に見せる上に肉球ぷにぷにしても平気とか君、野生は何処《どこ》へやったんですかねぇ……毎日餌《えさ》とおやつ、ブラッシング等を積み重ねた結果好感度が一定レベルに達したのだろう。恋愛シミュレーションゲームかな？　なお、爪切りすると好感度がマイナスして結局逆戻りする模様。貴様、男の子の癖《くせ》に女心ばりに秋の空状態だな。お風呂は思ったほど嫌がらない。まあ面倒見るようになってからは生傷が絶えないのも事実ではあるのだが、癒《い》やしはプライスレス。ただ問題があるとすれば……。

［虎太郎きゅん可愛《かわい》いなぁ］
［今日は構ってほしい日なんだろう］
［可愛い］
［虎太郎くん成分助かる］

配信中なのである。

配信開始と同時にパソコン用デスクの上に寝転ぶ我が家の末っ子ちゃん。キーボードを枕にして寝そべってしまった。少し前までリビングで日向《ひなた》ぼっこしていたはずなのに……どうして。ちなみにキーボードの電源はきっちりオフにしておきました。でないとスペースキーを押し続けた状態になってしまう。引き戸なので締め切っていても結構お気軽に侵入してくる末っ子君。母親や妹が在宅中ならばそっちの方にちょっかい出しに行くのだろうが、生憎《あいにく》マイシスターは学校。母親は友人とお茶をしばきに行ったので不在。父親は絶賛出勤中。

わざわざ部屋の外に追い出したりとかしていない私が一番の原因だが、こういうトラブルが、ある意味配信者的には美味《おい》しいイベントなのだ。評判が悪いならそうならないようにするが、どうにもペットが登場するというのは私に限らず、結構需要があるらしい。朝比奈《あさひな》先輩と飼っている白猫、白玉ちゃんとのコンビも人気だ。彼のグッズには結構な割合で猫をモチーフにしたアイテムが付属したり、白玉ちゃん自身がデフォルメされて一緒に描かれたりもする。

「あの、虎太郎さん……今から配信なのでどいてもらって良いですかねぇ……？」

「ウー、ゴァアア」

「あ、ハイ。嫌なんですか、うん……」

牙を剝《む》いてきたでござるの巻。さっきまであんなに心許してくれていたのに。今はここがベストプレイスらしい。うーむ、仕方がない。配信枠どうしよう……タイトルを雑談枠に変えようか。ちなみにキーボードが絶賛使用不可なので、ＩＭＥパッドで無理やり文章打つしかないのだけれども。

[虎太郎君反抗期]
[猫は大体こんなもんやで]
[猫ちゃんだから仕方がないネ]
[心なしか声色がいつもより柔らかい]
[実質シチュボ、たすかる]

なんとか配信タイトルを変更、スマホからその旨をツイート。「猫ちゃんなら仕方ない」という謎の温かいメッセージを沢山頂く。『やはり猫……！　猫は全てを解決する……！』状態である。実際マイペースな猫ちゃんだから仕方がない。逆にこんなタイミングで配信を始めた私が悪いのだ。

「ありゃ……？」

誰かの来訪を告げるインターホンの音。恐らくマイクでもその音を拾っていることだろう。

コメントをチラリと覗《のぞ》いてみるとやはり思った通り。たまにテレビとかでインターホンとか電話の着信音が鳴ると現実の自分のところじゃないか？　ってなることない？　まあ、今は関係ないから良いや。

［誰か来た？］
［インターホンの音から特定したりする人いそう］
［流石《さすが》におらんやろ］
［宅配？］

「あー、家、今私ひとりなんですよねぇ。後、宅配物といえば午前中事務所から荷物届いたんですよ。その話はまたあとでしますね」

配信を切るべきか逡《しゅん》巡《じゅん》する。虎太郎に至っては寝息まで立て始めている始末である。これはこれで撮れ高になったりしないかなぁとか考えてしまうのは職業病なんだろうか。

「どうしよう。一旦配信切った方が良いかな」

［柊《ひいらぎ》先輩はよくフードデリバリー、配信つけっぱで受け取ってるぞ］
［あさちゃんは白玉ちゃんマイクの前に置いたまましょっちゅう離席するぞ］
［ちゃっちゃと用事済ませてきな］
［待っとるやで］

マウスの電源を落として、放送事故だけは起こり得ないように離席することにする。WEBカメラなんかもないし、マウスとキーボードは電源オフになっていることを確認。この子は普段からマイクを叩《たた》く癖はあるものの、それ以外の機材を傷つけたり電源ケーブルに悪戯《いたずら》もしない。

「そっか……じゃあ虎太郎ちょっとリスナーの相手お願いね」

起こさないように優しくそっと触れる程度に撫でてから席を外すことにした。もし何かあってもそれはそれでネタになったと割り切ろう。私の凝り固まった思考は得てしてVTuber活動においては伸びない要因になっているのかもしれない。この辺は私の性分なので今更どうこうなるものでもないのだけれども。

リビングに据え付けられているモニター付きのドアホンを覗《のぞ》き込《こ》んでみると見覚えのない女性。表情は帽子のせいで見えないが、服装と体格から私の知るご近所さんとかではなさそう。一番あり得そうなのが宗教か保険の勧誘。居留守決め込もうかとも思ったが、母親の客人だった場合失礼にあたるし、顔だけでも出しておこう。

「はい。どなたです――か？」

若い女性。長い黒髪。毛先の方をパーマ……昨今の若い子的に言うならばゆるふわというやつだったか……？　それに先述した帽子――後から妹から聞いた話だとカンカン帽とかいう種類のものらしいのだが、それに加えてノースリーブのトップスに寒色の涼しげな印象のロングスカートという実に夏らしい装い。まあ一方でスラックスに柊先輩の3Dイベント時に頂いたグッズであるTシャツというスタイル。ちなみにTシャツは結構オサレだと思う。先輩が大まかなデザイン案を出して、デザイナーさんがそれを監修したものらしい。普通の人が一見してもVTuberグッズとは思えない代物。まあ街中に出かける時には一応避けるんだけれども、部屋着《へやぎ》としては重宝している。スウェット姿でいると妹が怒るので、あまりにラフな格好は許されていないのである。こういう急な訪問対応なんかを考えると、正解だったのかもしれない。ちなみにこのシャツはちゃんと着る用以外に保管用でひとつ別に持っている。元々自費で購入していたのだが、後から先輩からも頂いたのでこういう形になった。結構生地がしっかりしているし、大切に着れば長い事愛用できそうだ。

「初めまして。そして末永くよろしくお願いします」

「は……い……?」

「冗談ですよ、冗談。お祖母《ばあ》ちゃん――タヱ子からの紹介で参りました」

「え?」

ご近所さん、そして私の恩人であるタヱ子さんのお孫さんだった。

523 名無しのライバー ID:cTyPMvNtj
公式サイト更新きてんじゃーん
https://underlive_news.jp

524 名無しのライバー ID:Bh2NE01SQ
>>523
>Coming Soon
新人シルエット公開してんのな

525 名無しのライバー ID:MNt0jdnma
>>523
新人来んの!?

526 名無しのライバー ID:+t7ti8J78
>>523
シルエットから推測するに男女ペアか

527 名無しのライバー ID:kcFNBo85c
>>523
以前から推測されてるように夏休みバフの後のテコ入れで新人導入か
新人入れる前に既存メンバーのテコ入れをだね……

528 名無しのライバー ID:1dJSxqqj3
まあ最近は案件も増えて来てるし、頭数増やさないと
個人の負担が大きくなる一方だしなぁ

529 名無しのライバー ID:fji/KWJCC
女帝を案件漬けにしていた過去を
きちんと反省はしているのか……？

530 名無しのライバー ID:1XvUykWJb
あんだーらいぶ暗黒期……

531 名無しのライバー ID:vB+Y3mUzS
一応あの頃くらいから急激に伸び始めたから
事務所的には成功していた時期

532 名無しのライバー ID:0z8/SyUN4
ダリア引退とか内部で全然伸びないとかの
二極化が進行し始めたのもその頃からか

533 名無しのライバー ID:L8pHpR95z
男を増やしたいんだろうなぁってのは分かるが
男女ペアって大丈夫なんか？

534 名無しのライバー ID:2QzwcV+5g
初手で処女厨を滅ぼしに行くムーブは草

535 名無しのライバー ID:eutkhiMsL
男の方めっちゃ叩かれそう

536 名無しのライバー ID:KhAzB9nsF
ニヨニヨ人気実況者転生説

537 名無しのライバー ID:mBVQhEybf
あー、転生示唆してる面子いたな

538 名無しのライバー ID:LRlnh9jr8
前世のファン引き連れて来るなら
うまい具合に批判のクッションになるかもしれんし

539 名無しのライバー ID:FVK6YLgqx

男面子増えるなら脱サラ叩きも減るか？

540 名無しのライバー ID:BJYT6y8GE
いや、あいつなら新メンバー分もメイン盾するぞ
あんだーらいぶのメイン盾を舐めるなよ？

541 名無しのライバー ID:DwaCPLFoP
他所の事務所のヘイトまで買うからな
タンクとしては人権キャラ定期

542 名無しのライバー ID:MoBthread
その脱サラ
配信開始するも虎太郎君がキーボードの上で寝て配信ままならない模様

543 名無しのライバー ID:M+LfC8+EQ
>>542
草

544 名無しのライバー ID:IclKKV9Aa
>>542
虎太郎きゅんと戯れるだけの配信していた方が寧ろ伸びそう

545 名無しのライバー ID:BO1LtWD0T
脱サラ「ごめんね、どいてもらえる？」
虎太郎「ウー、ニ゛ァアア」
脱サラ「あ、ごめん」
虎太郎君、絶対動きたくない宣言

546 名無しのライバー ID:GVgkQlrEs
可愛い

547 名無しのライバー ID:YQWdQnfym
でも撫でると明らかにゴロゴロ言ってるし
構ってほしいだけなんだろうなぁ

548 名無しのライバー ID:Mmu/PRQBA
腹向けて寝てる時点でめっちゃ心許してる
なお爪切りで好感度リセットされる模様

549 名無しのライバー ID:iIEuHExSd
脱サラ来客対応で離席
虎太郎君オンステージ

550 名無しのライバー ID:ZAvVqTLIw
なお虎太郎君ガチ睡眠中
ボリューム上げたら微妙に寝息聞こえる

551 名無しのライバー ID:yQVrK4hmk
可愛い

552 名無しのライバー ID:vp3AvZrR3
離席して扉閉めた途端に起床
お馴染みのマイク猫パンチを敢行

553 名無しのライバー ID:fCPkJ/p2p
虎太郎「うゃああ」
コメント「可愛い」
mikuriママ「可愛い」
酢昆布ネキ「可愛い」
うーん、今日も日本は平和です

554 名無しのライバー ID:6ITa93VA2
高評価爆伸びで草

555 名無しのライバー ID:GQEtjrzFe

コメント欄がほぼ「にゃー」で埋まってるのは草

577 名無しのライバー ID:RVHznFDH1
結構人懐っこいのか
割と甘えん坊さんね

578 名無しのライバー ID:RSVF+qVhT
でも何故か雫ちゃんは嫌われ気味

神坂雫@kanzaka_shizuku
虎太郎君が全然懐いてくれない
大体父か兄にべったりなんですけど……
そうして……おやつあげるときだけはくっそ甘えて来るけど

---

579 名無しのライバー ID:ojylmTVwG
これには酢昆布ネキもにっこりで擬人化BLイラストあげますわ

580 名無しのライバー ID:DMeBFaTim
まあ猫ちゃんは自由気ままだしね
最初から構ってあげるーみたいなノリの人は避けてるのかもしれない

581 名無しのライバー ID:4zMn0YfTB
脱パパさんに一番懐いてるのは意外

582 名無しのライバー ID:YrpmpMT5+
脱サラのパパは糞ほど真面目で仕事出来そう

583 名無しのライバー ID:70hKeOXO+
視聴者数が脱サラ離席後の方が増えてないですかねぇ……？

556 名無しのライバー ID:BEuP+7wsa
草

557 名無しのライバー ID:rnxJhgqcp
飼い猫にまで負けるのか、お前……

558 名無しのライバー ID:4JgSEL0vW
動画コンテンツとしては
Vより動物のが全然上だから（震え声）

◇◆◇◆◇◆

571 名無しのライバー ID:D1zSluXb0
あの……10分経過してるけどまだ脱サラ帰って来てないです……

572 名無しのライバー ID:YBaHqDWQ2
宅配とかじゃあないのか

573 名無しのライバー ID:DyP8MXzaN
何かあったんかね

574 名無しのライバー ID:nyNumu9Aj
虎太郎君「……ナー、ニャァ……」
構ってくれる人間がいなくて寂しいのかめっさ鳴いてます……

575 名無しのライバー ID:qQDcM79iq
キーボードのめっちゃ叩いてるw

576 名無しのライバー ID:yh2FYzHq6

雫ちゃんの活動含めて両親公認らしいからな

584 名無しのライバー ID:Xh3fMVFkg
やっと戻ってきよったで

585 名無しのライバー ID:3F99u87VU
虎太郎君おこ

586 名無しのライバー ID:MoBthread
虎太郎「ニャ゛ァアア！　フー！」
脱サラ「よしよし、良い子、良い子。晩御飯はマグロにしよっか」
虎太郎「ニャ゛オゥン……？」
脱サラ「そうそう。まず噛むのを止めてもろて」
虎太郎「うにゃあ！」
なお餌付けで解決
来訪者はご近所さんで少し世間話で長引いたらしい

587 名無しのライバー ID:XKhlfMWLN
ご近所さんならしゃーない
めっちゃ怒ってたのに2コマ落ちしてるじゃーん

588 名無しのライバー ID:mRxqqm+99
餌付け最強！　餌付け最強！

589 名無しのライバー ID:/EviWRbhZ
流石普段人間にも餌付けしているだけあって淀みないムーブだな

590 名無しのライバー ID:RA1MKVnxy
声色が完全に雫ちゃんとかに対するそれだな
やはり身内相手だとゲロ甘

591 名無しのライバー ID:To8pCMzkK
なおコメ欄の女性ユーザーは大喜びの模様

592 名無しのライバー ID:gckineki/
そういう方面のボイス販売あくしろよ

今日の妹ちゃん

インターホンのこれ、誰？
ねぇ、お兄ちゃん。
誰なの？

13話 世間は広いようで狭い

【9月×日】

「あー、タヱ子さんのお孫さん」

どえらい美人の正体はご近所さんにお住まいで恩人でもあるタヱ子さんのお孫さん。現在大学生だというのは聞いていた。以前お話ししていた折には私に紹介するとか、挨拶させに行くとかそういう類《たぐ》いのことを言っていたような気がする。だが初対面のはずが、どこかでこの声は聞いたことがあるような気が……気のせいだろうか？　ご近所だし、以前彼女が帰省したタイミングとかで会ったことがあったりするのか。いや、そもそも私が実家に出戻りしたのは今年だし。仕事漬けになる時期よりも前ならばあるいは……？

「ええ。いつも祖母がお世話になっております。つまらないものですが――」

「ああ、これはご丁寧にどうもありがとうございます」

スポンジ生地の中にバナナのクリームが入ったザ・東京土産《とうきょうみやげ》という例のあれである。ハワイならマカダミアナッツチョコ。京都なら八ツ橋。そして東京ならこいつ、みたいな勝手な印象。名が売れていると便利なもので、こういうのはちょっとお世話になった人への土産物としては優秀だ。何せ迷わずに購入出来て良い。変に凝ったものや奇をてらった物を送るよりはずっといい。まあこういうものを選ぶセンスのない私の場合、なのだが。ちなみに地方に行った時お土産を買い忘れた場合は都内の地方アンテナショップでお土産を買って誤魔化《ごまか》すというテクニックもあるらしい。実践した事はないが、元職場の上司がやっていた手法だ。ちなみに浮気《うわき》を誤魔化すのに使っていたようだが、後々レシートからバレてかなりの修羅場になっていた。お相手は探偵とかも雇っていたらしい。そりゃあ、赤の他人である私ですら色々察していたのだからお付き合いしているお相手が気付かないわけもない。

昔の上司のお話はさておき。しかし——どうしたものか……？

少し迷っていた。この炎天下。軒先で世間話、というのも少々失礼では？　いやいや、年頃の女性を家に招き入れる方が問題あるんじゃないか？　みたいな天使と悪魔じゃないけれど脳内で葛藤した結果——。

「玄関入ってすぐ、ベンチあるのでどうぞ。今冷たい物持ってきますね」

「——いいえ、お気になさらず……！」

一方的に菓子箱だけもらって「はい、さようなら」って言うのは個人的には許容し難い。付き合いもない初対面の赤の他人ならともかく。いや、確かに彼女自身とは付き合いもないし赤の他人なんだけれども。普段お世話になっているご近所さんの縁者なのだから……って、一体私は誰に対して言い訳しているんだ？　ＶＴｕｂｅｒの活動で異性と関係があると燃えるせいか、反射的に避けている節がどこかにあるのかもしれない。年頃の娘さんなのだし、そりゃあ節度というか距離感というものには勿論《もちろん》気を遣わなくちゃならないわけで。その辺の線引きって難しいよね。

何かお返しになるようなものでもあっただろうか？　ちなみに玄関脇のベンチは母がご近所さんと駄弁ったりする時に使ったりする事が多い。マダムはお話が長いのである。私の職業だとか良い人はいないか、みたいなのがよく話題に挙がるらしい。追及は止めて頂きたいものである。

「あ、そういえば……」

両親向けのお茶請けとして水羊羹《みずようかん》を作っておいたのを思い出して、冷えたお茶を客用のグラスに注いで。切り分けた水羊羹を小皿に乗せて持っていくことにした。マイシスターにも少し残しておかないと後で延々とお気持ち表明されてしまうのは目に見えているので、その分も加味して……あの子、和菓子より洋菓子派なんだが、どんな料理やお菓子であれ、私が作るものは必ず一口は食べないと気が済まない性質らしい。もう食いしん坊なんだから。まあ、そこも可愛《かわい》いんだけれどもね。

「え、これ手作りなんですか⁉」

「ええ。まあ。甘さはかなり控え目なので大丈夫ですよ」

塩を入れてサッパリとした甘さに仕上げたつもりだ。ただ、小豆《あずき》を煮るのは正直滅茶苦茶《めちゃくちゃ》難しい。毎回安定しないというか、それなりに美味《おい》しくはあるのだが老舗《しにせ》のそれと比べると雲泥の差。とは言え、お世辞でも目の前で「美味しい美味しい」と食べてくれる人がいるのはあまり悪い気分はしなかった。その姿は先述した妹にもどこか似ているような感じがした。事務所の後輩ちゃんズのときも思ったが、やはり美味しい物を食べている時の顔というのが、私は一番好きなのかもしれない。

「お祖母ちゃんから、昼間なら大体おられるって聞きしまして……在宅ワークってやつですか？」

「えぇ、まぁそんなところですかね。ネット関係です、ハイ……ネットさえあれば大体何とかなるので。勿論たまに出社しなくちゃならないんですけれども」

嘘《うそ》は言っていない。ネットさえあれば最低限配信は出来るし、打ち合わせとかでたまに事務所に行ってる。うん。嘘は言ってないぞ。この辺あんまり突っ突かれると正直困る。タヱ子さんは年齢もあってか、インターネットだの何だのそういう文化にあまり親しみがなく、ニュースなどで、自宅でも仕事が出来る環境があるっていう簡単な認識だったので、追及されたり深く問われたりすることはなかった。というわけで追及を避ける意味でも、こちらから質問を投げかけてみることにしよう。

「お盆の頃はお仕事の都合で帰省できなかったとか。大学生とお伺いしていましたが、アルバイトですか？　大変でしょう。勉学との両立は」

「いやぁ～、うーん……アルバイトじゃなくてですね。本業でもあると言いますか……」

ふむ……？　その辺深く聞くのも野暮《やぼ》なので、別の話題に転換したいところ。こっちが聞かれて困るような質問を彼女に対して投げかけること自体問題だっただろう。反省、反省。

「通話アプリって入れておられます？」

「えぇ、まあプライベートとか仕事関係でちょいちょい使います」

仕事関係と口にはしているものの、柊《ひいらぎ》先輩とリアルで会うときに使うくらいなのだが。柊先輩はよくオフでも会うことが増えたので連絡先を交換した。交換と言っても、『スマホ貸して』と言われて手渡したら手早い操作で交換されていたんだけど。そもそも他のメンバーはプライベートの連絡先知らないので、男性ファンの皆さんは安心してほしい。基本はディスコがメインなのである。

「じゃあ、交換してもらっていいですか」

「はい――え……？」

特に深く考えずに同意してから気付いた。プライベートで面と向かって異性に連絡先聞かれるとは思わなんだ。元後輩は何かそういう枠組みに入れるのもちょっと違う気がするし。そもそもお友達が多くないのだ。昔の知人の連絡先は何件か入っているが、アプリの連絡交換というものは行っていない。全て電話とメールのみ。前職関係のものは全て削除済み。退職した直後とかマジで毎日、数時間おきに連絡あってちょっと引いた。妹が不機嫌そうに電話番号そのものを変えるように言ってきて、ふたりで仲良く携帯ショップにデートに行ったんだよね。

「いやいや、あの出会い厨《ちゅう》的なあれじゃなくてですね。お婆《ばあ》ちゃんもう年だしなにかあったとき連絡もらえたらなって思っただけでですね――！」

出会い厨って、私よくそういう単語のマシマロ貰《もら》うなぁ、なんて事を思いながら顔を真《ま》っ赤《か》にして早口で説明する彼女。そんな様子を「初々しいなぁ」胸中で感想を漏らしつつ、スマートフォンを取り出す。実はどうやって交換するんだっけとか内心慌てていたのはここだけの話である。なまじ交換し慣れていないものだから、未《いま》だに操作が覚束《おぼつか》ない。

「そういうことでしたら、構いませんよ」

高齢者のひとり暮らし。親族が不安になるのも当たり前だ。ウチの両親は恐らく彼女のご両親どちらかの連絡先は知っているかもしれないが、事務所に行く用事や買い物以外は基本在宅している私が何かあったとき対応出来るように、連絡先のひとつくらいは交換しておいたほうが良いのかもしれない。身内、職場関係、元職場関係、以外の完全なプライベートな連絡先をゲットとか凄《すご》いな。私が若い頃なら凄く舞い上がっていたと思う。

「あっ……ごめんなさい」

連絡先交換をする際に彼女の携帯端末に通話アプリのＱＲコードを差し出した際、彼女の身体が僅《わず》かに強張《こわば》ったような反応をした。咄嗟《とっさ》の反応だったらしく、彼女も慌てて謝罪をする。先程まではそういった反応はなかったところを見ると、彼女のパーソナルスペースに踏み込んでしまったのだろう。しかし、この手の反応はかつて見たことがある。過去に何かしら問題があって、男性か人間そのものに不信感、恐怖感、嫌悪感を抱いているんだろうか？　驚いたにしては少々反応が……考えすぎなら良いのだが。一応余計なお世話とは思うが、一言だけは伝えておこうか。過去の経験的にはこういうので見知らぬフリをしたってことを後悔しちゃいそうだし。

◇◆◇◆◇◆

あんな反応を見てしまった以上、早々に会話を切り上げて既製品の和菓子とか持たせて帰してあげるべきだったろうか？　長々と１０分以上世間話している場合ではなかった。猛省せねば。自分も過去に人間不信――まあ今も若干その気があるけれど、そういう人の気持ちは他の人より分かっているつもりだった。

悔やむのには慣れているが、こういうのは堪《こた》える。配信中やＳＮＳで誹謗中傷《ひぼうちゅうしょう》されるよりくるものがある。罪悪感と言うか……。

「だけど、どっかで聞いた覚えのある声なんだよなぁ。あ……そう言えば配信付けっ放しだった……！」

精々数分を用事が終わると思っていたが、思いのほか話し込んでしまった。不味《まず》い。部屋には虎太郎置き去りだし、機材とかはまあ良いが何かの拍子でディスプレイやパソコンの下敷きとかになってたらえらいことだ。慌てて2階の自室へと駆け上がり、扉を開く。どうか配信事故とかとんでもない事になっていませんように――！

「ニャー」


「にゃあ」

「にゃー」

「ニャー」


「にゃにゃあ」


「ニャニャー」

「ニャニャ」

[にゃにゃー]

ぐっすり眠っていたはずの虎太郎が何故《なぜ》かコメント欄とコールアンドレスポンスやっていた。いや、楽しそうだから良いんだけどさ……自分が鳴く度にコメント欄が動くのが面白いのだろう。賢い奴《やつ》め。特にマウスやキーボードにも悪戯《いたずら》した様子はない。気のせいか私が配信している時よりコメント数も多いし、何なら同時視聴者数も多いんですが、それは……？　虎太郎、お前あんだーらいぶに来ないか？

「ニャゥン」

こちらに気付いたのか机から飛び降りて足元から這《は》い上がってこようとする。今思うと普段は昼間も夜も大体ウチの誰かと一緒の空間にいることが当たり前になっており、短時間ながらひとりぼっちは少し寂《さび》しかったのかもしれない。あるいはおやつを所望しているだけなのか、単にそういう甘えたい気分なのか分からないが……それでも良い子にしていたのだから褒めて上げるのが飼い主の役目だろう。長い間ひとりで視聴者さんの相手を務めたのだ。きっと大変だったろう。そっと抱きかかえてから椅子に腰掛ける。

「ただいま。虎太郎良い子にしてた？」

[うん]
[癒《い》やしタイムだったわ]
[たまにマイク殴る以外は極めて平和]

マイク殴るの癖《くせ》になってないか、この子？　まあ良いんだけどさ。

「そうなのか」

「ゴャァアア！　フー！」

「ごめんごめん、痛い痛い。ほら、おやつ。おやつあげるから。ね？」

めっちゃ噛《か》まれた。落ち着いたら怒りの方が出てきちゃったか。まあ今回に関しては私が悪いから、甘んじて受け入れよう。痛いけど。

「よしよし。良い子にしてたんだな。今日のごはんは少し奮発しちゃおうか。マグロ切り身あったし、今日のご褒美だぞー」

褒めながら撫《な》で繰《く》り回《まわ》してべったべたに甘やかしてしまう。以前マグロを少量あげたときはアレルギーとみられる症状は出なかったし、随分《ずいぶん》喜んで食べていた。一応茹《ゆ》でて熱を加えたものを細かく切って与えてみよう。勿論与えすぎは厳禁なので、量は少し考えてだが。

「うにゃあ！」

急にご機嫌になった。本当に感情の起伏激しいな、君。愛い奴め。

［親馬鹿じゃん］
［雫《しずく》ちゃんといい、身内にはちょっと甘すぎない？］
［めっちゃ褒めるじゃん］
［実質ワイらが褒められてるシチュボイスじゃん］

〔皆さん、これが私の旦那様です〈アーレンス〉〕
〔アレステイ〕
〔ステイ〕
〔そこまでにしておけよアレ〕
〔失望しましたママ辞めます〈酢昆布《すこんぶ》〉〕
〔(、・ε・´)〈アーレンス〉〕

当たり前みたいにいつもの面々がいてびっくりだよ。不在の間のコメント欄を見るとｍｉｋｕｒｉママも「かわいい」ってコメントを残していた。平日の昼間っからわざわざ足を運んで頂き大変嬉《うれ》しい限りなのだが、自分の配信とかお仕事とか大丈夫なんだろうか?
「来客はご近所さんだった。普通に世間話しちゃったよ、ごめんね」
〔田舎《いなか》だとご近所付き合いは大切やからな〕
〔配信中宅配注文、受け取り、食事までやる某畳《たたみ》もいるしへーきへーき〕
〔寝落ちで数時間配信切り忘れとかに比べたら全然でしょ〕

配信中の訪問者というのはちょいちょいあるらしい。宅配便とかが大半らしいが、さっきコメントしていたアーレンス嬢は配信中に家賃の滞納していたらしく、その支払い催促がやって来たとかいう、嘘なんだが本当なんだが真偽が定かではないお話もある。キャラ付けのためとは言え、そういう方向性というのは中々に過激だ。そうまでしないと個人勢で結果を残すというのは難しいのかもしれない。身を切り売りしてでも伸びようという意欲は本当に尊敬する。

「あ、そう言えば事務所から宅配物届いてたって話してたよね。今開封してみようと思います。解雇通告だったら泣く」

〔解雇通告は草〕
〔流石《さすが》にねぇよ〕
〔グッズ?〕

梱包《こんぽう》の中から出てきたのは少し大きめの箱。パッケージには可愛い女性キャラクターが描かれており、それが何かは流石にすぐに分かった。

「あ、以前案件いただいてた、くりぃむソフトさんのＦｌｏｗｅｒ Ｄａｙｓの製品版ですね。わざわざ製品版送って下さり、ありがとうございます。後でツイートしておこう」

私のあんな配信でも宣伝になったのだろうか。誤字とかブレスの指摘したりとか、メーカーさんの希望とは言え今思えばとんでもない配信である。きちんとプレイして感想、宣伝ツイートもしておかねば。私自身に拡散力とかはないかもしれないが、柊先輩がこの手のはリツイートしてくれるので、そちらの方は宣伝効果が期待できるというわけだ。

◇◆◇◆◇◆

配信を終えて、届いたFlower Daysパッケージ裏を何気なく見てみると、そこには声優さんの名前。目を引いたのは葵陽葵《あおいひまり》——先程会った彼女も連絡先を交換した時に知った名前には確か葵という文字が入っていた。

「聞き覚えのある声——?」

何かが繋《つな》がった気がした。恐る恐る公式HPのサンプルボイスから、葵陽葵氏が演じたサブキャラクターを選択。

「あ……」

間違いない。同一人物だ……SNSで検索してみると彼女のアカウントらしきものを発見。

何かストーカー行為っぽくてちょっと気が引けるが。

葵陽葵@himari_aoi
頂き物の水羊羹
美味しい!
pbs.twimg.vcom/media/gazou01

「あぁ、これはもう疑いようもない……そら仕事内容を濁《にご》すわけだ」

年頃の女性が初対面の異性に対して『エロゲに出てます！』なんてそりゃあ言えるわけもない。何だかとても申し訳ない事をしてしまった。まあ流石にあちらは、こちらの本業を悟っていることはないと思うが。幾ら案件配信したとは言え、1ヶ月以上も前で視聴者数もそれほど多くはなかったはず。スタッフさんは視聴していたかもしれないが、出演している声優さんがまさか見ているわけもないだろう。見ていたところでVTuberにはガワがあるし、結びつけることはそうそうないだろう。

「世の中って狭いなぁ……」

633 名無しのライバー ID:ogl3nZioF
9月に入ると流石に数字落ちてきた？
登録者の伸びとか同接含め

634 名無しのライバー ID:w9iEkZHLY
今までが異常だったんだよ
これでも一応微増はしてるから充分やろ

635 名無しのライバー ID:Wbvyop8qs
数字で競うのはアンチスレとかアフィブロ
グの米欄でやってもろて……

636 名無しのライバー ID:M9V9hKvTS
ライバーの数字でム○キングするの好きよ
ね、皆

637 名無しのライバー ID:pm3CEqtgF
まあぶっちゃけ界隈の民度としては……

638 名無しのライバー ID:WdsiB19JD
健常な人も多いけどそれ以上に悪目立ちす
る奴がいるから全体の印象が悪くなる
昨今の鉄道オタクのそれや

639 名無しのライバー ID:5C6bgT1dm
田んぼの水抜いたり、木を引っこ抜くのに
はドン引きするけどこっちのアンチ行為と
かも大概やわ
最近特に酷くなってる気がする

640 名無しのライバー ID:m6K5fpEa3
他所の箱と比べてどうだとか、な
あれで言い争ってるの本当に同じ箱のファ
ンか疑問に思うわ

641 名無しのライバー ID:hxSDZ0253
それな
他所の界隈から厄介な連中だと思われて
新規の視聴者が寄り付かなくなったりした
ら目も当てられない

642 名無しのライバー ID:eqUUOYRLu
アンスレの板の勢いとかやっべぇもんな

643 名無しのライバー ID:uaXpYBdcz
あそこID表記がないスレだし自演し放題
なのもあるが
それを元に動画にしたり、記事にしたりと
か色々考え物よね

644 名無しのライバー ID:8W9NMEYBK
あんだーらいぶ法務部君仕事してりゅ？

645 名無しのライバー ID:8Bzobsah2
そもそも法務部があるのか？

646 名無しのライバー ID:53ydJ0tuD
まま、その辺の話はええやろ
ここはファンスレやで

647 名無しのライバー ID:+xa3h7guV
変に文句言ってもアフィブログにまとめら
れるのがオチや
次スレあたりからテンプレに無断転載NG
とか入れとく？

648 名無しのライバー ID:Di54GVcgu
>>647
まあ無視されそうだけど、形だけは入れと

こう

649 名無しのライバー ID:MoBthread
はい、じゃあこの話おしまい！

650 名無しのライバー ID:33niNKQWT
新人シルエット公開はあったけど、デビュー日はまだ未定？

651 名無しのライバー ID:XgH05tGMw
近日公開とはなんだったのか

652 名無しのライバー ID:ZzEK7g5Of
運営ちゃんたまに日本語ガバガバだから

653 名無しのライバー ID:iMGrbuGSI
公式SNS結構誤字多いよな

654 名無しのライバー ID:bJhxJrQG7
つまり……社長がガバガバ!?

655 名無しのライバー ID:xCXFa5ayY
借金のカタを再現した茶碗グッズ化を画策する女帝の話すりゅ？

656 名無しのライバー ID:fOXvYKIIT
イベント円盤化とかすればいいのに

657 名無しのライバー ID:peaZySe6L
イベで3Dお披露目だけど
別枠で配信でのお披露目枠はあるはずだよな？

658 名無しのライバー ID:UhQdxAUy4
女帝のときはあったな

659 名無しのライバー ID:RVLw0bpjt
悲報　ハッス収益化停止

660 名無しのライバー ID:X/TaDlBZL
>>659
エッチなことしたんですね？

661 名無しのライバー ID:5gSOQi3Ko
>>659
この人いっつも収益化止められてんな

662 名無しのライバー ID:c3hlMlYQ2
なお当人は「ちょっと耳舐めしただけなのに」と供述しており

663 名無しのライバー ID:CCQ1foy4R
夏休みキッズの性癖が歪んじゃううう

664 名無しのライバー ID:xnL0exLUy
性の目覚めがASMRとかまた罪深そうな……

665 名無しのライバー ID:5aXttKOnq
灯ちゃんに続き、ルナちゃんまでお泊りオフコラボをする模様
同性とは言え女の子にちょっかい出しすぎでは？

666 名無しのライバー ID:AIkF+pw4F
悲報　脱サラエロゲプレイ中なのを雫ちゃんに見られてしまう

---

672 名無しのライバー ID:8zTWQKj33
公式ノリノリじゃん

673 名無しのライバー ID:R9j1P5sjb
草

674 名無しのライバー ID:p8gYp+NC+
次回作も案件くれそう

675 名無しのライバー ID:MoBthread
出演してたワイの推し声優さんがついさっきフォローしたの許せない
(´・ω・`)

676 名無しのライバー ID:gXwaFaM9X
いちいちフォローチェックしてる駄馬君ェストーカー気質怖い

677 名無しのライバー ID:VvY9n3/6p
エロゲ声優さんに業界裏話聞く配信とか面白そう

678 名無しのライバー ID:UomlEat1s
メーカー公式もフォローしてるし、今の緊急回避云々の話の流れからじゃろ

679 名無しのライバー ID:fS31FPS38
まー、向こうはわざわざイベグッズ再販ツイートまでリツイしてくれてっからな

神坂怜@急な親フラ妹フラには気を付けよう@kanzaka_underlive
エロゲプレイ中妹に部屋突撃されてしまう
くりぃむソフトさんのFlower Daysは好評発売中です
皆も気をつけようね！

---

667 名無しのライバー ID:OHo4DhIQP
>>666
何やってんだよ、脱サラw

668 名無しのライバー ID:XNw1ySED7
>>666
まあ案件元だしなぁ
プレイしないと……

669 名無しのライバー ID:hhzMO0ptU
ノックもせずに気軽に部屋に転がり込んでくる妹とか裏山

670 名無しのライバー ID:gckineki/
あんなお兄ちゃんがいるのも羨ましいよ

671 名無しのライバー ID:gp3naqJNh
なお公式

くりぃむソフト公式@Flower Days好評発売中@CreamSoft_erg
悲しい事件があったようなので
次回作では緊急回避ボタンを久しぶりに実装しようと思います

【9月×日】

「思ったより遅かったね」

「あー、うん。ちょっと話してた」

「ちょっと、ねぇ……」

「なによぉ」

壁に掛けてあった時計を一瞥《いちべつ》してから何か含みのある笑みを見せるお祖母《ばあ》ちゃん。噂の彼からお土産《みやげ》に、と持たされてしまった水羊羹《みずようかん》を渡すとニッコリと笑って「お茶でも淹《い》れよう」と言う。実はあちらで既にご馳走《ちそう》になったが、黙っておこう。美味《おい》しかったし。『太る』とか言う人は許さないからな。これでも一応平均よりは軽い方だから！　一応毎日腹筋とかしてるし。長期休暇中くらいは自堕落な生活をしたいんだもん。『普段がしっかりしているか？』と問われると……うーん、ノーアンサーでお願いします。戻ったらちょっと部屋片付けなくちゃ。ちょーっとだよ？　マジで。

「――で、どうだったかい？」

「どうってなにが？」

嬉々《きき》とした様子で尋ねてくる祖母。彼氏のひとりでも連れて来いだとか、ひ孫の顔が云々《うんぬん》とか言われている身としては何を期待しているのかを何となく察するが、帽子をパタパタと団扇《うちわ》代わりにしながらあえて誤魔化《ごまか》す。

「そのままの意味だけど」

「悪い人じゃあないと思うよ。ちょっと変わった人だね」

物腰が穏やかだし。変に人の胸や脚をじろじろ見るわけでもなく……ちょっと怖いくらい真っすぐに、本当に真《ま》っ直《す》ぐに目を見て話す人だった。まるで何か腹の内を見透かされているような感じがして、逆にこっちが視線を逸《そ》らしてしまった。後ろめたいことがあるみたいじゃないか、私ぃ。人様を勝手に値踏みしていたせいかもしれない。いや……後ろめたいのは普段からだったね、私の場合は。

顔は普通だと思うけれど声は凄《すご》く魅力的に感じた。そこは私の職業柄、なんだけれども。後、鎖骨は中々良かったと思います、うん。個人的なフェチポイント。後は――。

「ただ……何だろう………作り笑いしてるというか、そういうのだけは気になったかな」

きっと単純に笑うのが苦手なんだろう。意図して笑っているような表情を作っている感じ。特殊な業界にいるせいか、そういう人の機微、顔色窺いが上手《じょうず》になってしまった私だから違和感を覚えたんだと思う。会話していて不快になったりだとか、そういうものではないのだけれども……。

うちのお祖母ちゃんが手放しに人を褒めることなんてそう珍しくもないのだが、彼のことは随分《ずいぶん》気に入っているらしい。まあ日頃から力仕事や家の整備とかも手伝ってくれる好青年らしいから当然だよね。まだ二十代という話だが、もっと年上に見える。老けているというと失礼かもしれないが落ち着き方が三十代、四十代のそれと変わらない。

「ひ孫の顔見たいなぁ、見たいなぁ」

「やめてってば。それにそういうのは諦めて。仕事の方頑張りたいの」

「この前ゲームの声やったってお母さんから聞いたよ」

「あー、うん。ゲームだね、うん、ゲーム」

年齢制限付。所謂《いわゆる》『エロゲ』というやつである。声のお仕事がしたくて声優の専門学校みたいなものに学校とは別で通って、今は一応は事務所所属。とは言えテレビアニメや外画吹き替えといったお仕事は皆無。何年か前、高校生だった頃に名前もないモブキャラで出演があった程度。その頃にプロデューサーから肉体関係を迫られる、言うところの枕営業的なお誘いを持ちかけられ、思わず相手を引《ひ》っ叩《ぱた》いた上に罵倒してしまった。

一応向こうは冗談のつもりだったってことらしく、同じように声をかけられた娘が何人もいるという話もある。本当にそういう関係を結んでいる娘もいるとかいないとか。流石《さすが》に引っ叩いたのは不味《まず》かったらしい。確かに暴力はよくない。

その結果、表の仕事は干されてしまったのである。それでも声の仕事がしたくて今は専らアダルトゲームの声優出演がメインになった。それなりに実力を評価してもらったのか、そっち方面のお仕事はそれなりに頂いている。

この出来事以降、男性に触れるような距離に近付かれると身体が強張《こわば》ってしまう。あの時触れられた腕の感触を思い出し、寒気のようなものが走る。幸い適度な距離感さえあれば会話程度何の問題もない。

男性恐怖症、というほどのモノでもないのだろうけれど。こんな状態の私がアダルトゲームというのは少々矛盾していると思われるかもしれない。ただ、どこぞの変態プロデューサーよりエロゲ作ってる人の方がよっぽど紳士なのである。後、案外ストーリーがきちんとお話として面白いものも多いのが侮《あなど》れない。勿論《もちろん》男性の欲を満たすための、そういう類《たぐ》いのものもあるけれど。

そういう関係を断った挙句《あげく》、演技とは言え嬌声《きょうせい》を収録している今の自分も他の人から見れば滑稽《こっけい》で笑えるのかもしれない。

当然、両親にもこの仕事の件については随分反対されてしまい、現在は疎遠気味。とは言え、話を聞く限り私の直近の仕事内容くらいは把握しているらしい。お祖母ちゃんも多分知っているんだと思うけれど、特にその件についてのお説教はない。母親経由で説得するように言われたりとかしていると思ったけれど……。

「夢を持つのはいいことよ。うん。わたしは幾らでも応援するから」

「ありがと」

確かに世間様には大声で言えない職業かもしれない。それでも私は私なりに誇りを持ってこの仕事を全《まっと》うする。媒体は違えども誰かに自分の演技を、声を届けるということには何ら違いはないのだから。

「夢、かぁ………」

こちらで活動する際には葵陽葵という別の名義で活動している。特別声に特徴があるわけでもないが、インターネットで私の表での活動名を入力すると検索候補には別名義の方の名前が出る。それ見るとわざわざ名前を偽る必要はあったのか？　と自分に問いたくなる。どんなに『今の仕事を誇りをもって取り組んでいます』とか言っても、結局は名前を偽って人様の目を気にして、世間体を気にして。どこか後ろめたさを感じてしまっている自分がいる。

　私は――自分がだいきらいだ。ほんとうに。

　矛盾を孕《はら》んだ自分がきらいだ。情けない自分がきらいだ。うじうじいつまでも悩んでいる自分がきらいだ。承認欲求が強い自分がきらいだ。嫌なことからすぐに目を背けてしまう自分がきらいだ。心の弱い自分がきらいだ。こんな自分が――だいきらいだ。

「辛かったらいつだってここに帰ってきていいからね」

「うん……ありがとう。お祖母ちゃん………」

　胸中を見透かすかのような言葉が心に沁《し》みた。この一言だけで少しだけ気が楽になった。思えば昔からお祖母ちゃんには色々迷惑かけたなーと昔の出来事を思い起こしていた。当時好きだった、今でも大好きな女児向けの変身少女アニメシリーズ。そのイベントにアニメ全然知らないのに付いてきてもらった。私が一方的にただただオタク特有の早口で色々説明するのを、「うんうん」と聞いてくれた。思えばああいうのがあったからこそ、今の自分があるんじゃないかな？　そのシリーズのアニメに出演する、という夢は叶《かな》いそうにはないんだけれど。

　今日の晩御飯はちょっと気合入れて作ってみようかな。親孝行ならぬ祖母孝行を兼ねて。

◇◆◇◆◇◆

「それにしても……あの人の声、どっかで聞いたことある声なんだよなぁ……」

例の彼の声が少しだけ引っかかっていた。どこかで会ったことがあるのだろうか。発声や滑舌からしてボイトレとかしていそうな感じがして、失礼を承知で職業を聞いてしまった。当人曰《いわ》く、仕事は在宅ワークだと言う。副業として同人音声とか出している系の人だったりする？

かなり女性ウケは良さそうな声質だと思うんだよね。それとも在宅だと通話で本社の人とお話する事が多いし、直接話するよりも余計に聞き取りやすくお喋《しゃべ》りするようにしているのかな。

「でも、不思議な人だったなぁ……」

変わった人だった。私があの人の作り笑顔に気が付いたように、あちらも私の様子に何かしらの違和感を覚えたらしい。身体の方が反射的に男性を遠ざけようとしたその動きを見てから、わざわざ半歩分くらいだけ距離を取って話してくれた。そういう反応示す割に長々世間話するなんて、変な女って思われちゃっただろうか……？　少なくとも私の言動に引っかかるところがあったのは間違いはない。帰り際にかけられたあの言葉もきっとそのせいだろう。

『何か悩み事があるならお話くらいなら聞きますよ。身内には言い辛いことだってあるでしょう？』

「そんなに顔に出てたかな……？」

自撮りモードで自分の顔を見てみるが、特別変な顔とかはしていない。あ、そうだ。頂いた水羊羹ツイートしちゃおっと。
頂いた羊羹をぱしゃりと撮影して、ボカシを入れてからSNSに書き込む。

葵陽葵@himari_aoi
頂き物の水羊羹
美味しい！
pbs.twimg.vcom/media/gazou01

まあフォロワーなんて100人弱。いいねやリツイートもほんの数件程度で終わる。テレビアニメで主役を張るような人たちは数万、数十万のフォロワーを抱えているが、そんなのは業界の上澄みも上澄み。大多数は名も覚えられずに消えてゆく。声優の専門学校の中には就職率が100パーセントを超えるというのを宣伝文句にもしていたりしたことがあるのだが。その実態としては、学校側が都合の良い生徒のみを就職希望者としてカウントした上で、生徒ひとりに対して複数の内定があったものも計算に入れる場合。家事手伝いなんかも就職としてカウントするケースなど様々である。ちなみにあの手の専門学校を出ても、声とは無縁の就職先が大半である。
それでもひと握りは成功する者もいる。

「………」

昔同じ専門学校に通っていた同期が深夜のアニメのレギュラーを獲得することだってある。演技なら彼女に負けていない。寧《むし》ろ私の方がずっと上手くやれるはず……それでも成功しているのはあの娘だった。これはただの嫉妬《しっと》だ。大して交流もなかった彼女の方も私がこの手の仕事をしていることを知ってか知らずか、『今何してる?』なんて事を聞いてくる。胃がキリキリと痛む。

──わたしはなにもまちがっていないはずなのに。

「いけない、いけない。暗くなっちゃうのは駄目駄目。演技に影響出たらどうするんだ、私」

パンパンと頬を叩く。折角の休暇。暗い気持ちになってどうする。こんな状態、祖母にとても見せられたもんじゃない。また変に気を遣わせるわけにもいかない。それに今、こうしてお仕事頂いてやっていけてるだけ自分はまだ報われている方じゃない。

「んー……?」

丁度タイムラインには見慣れぬアカウント。どうやらお世話になったゲームブランドさんがリツイートした内容らしい。『あんだーらいぶ』──昨今流行《はや》ってきたバーチャル配信者のグループの名前だ。声優事務所のバーチャルYourTube版みたいなものなのかな。私も出演していた最新ソフトの宣伝案件をやってもらった経緯もあるし、その繋《つな》がりだろう。

くりぃむソフト公式さんがリツイート

あんだーらいぶ公式@underlive_official
要望の多かった柊《ひいらぎ》冬夜《とうや》イベント限定グッズ再販いたします
詳細は下記のURLをご参照下さい
https:underlive_news.jp

「へーすごい、グッズとかも出してるんだ。うっげ、フォロワー数すっご。やっぱ流行ってるんだ。まるでアイドル声優みたい」

公式アカウントとは言え10万人近くのフォロワー数は恐れ入る。私が今まで出演したどの作品のメーカーよりもフォロワーが多い。そこまで詳しくはないが、一応サブカルチャーと触れ合う機会が多い職業柄情報は自然と耳に入ってくる。生放送の視聴者数がどうとか、トレンド入りしただとか、投げ銭が凄いなどなど。一方で穿《うが》った見方かもしれないが、『よく炎上している』というイメージもある。それだけ注目度が高いのか、あるいは演じている側の意識の問題か分からないけどね。

ただ、私からすれば華やかな舞台で活躍する有名VTuberばかりに目移りしてしまって、自分自身と比較してちょっと凹《へこ》む。興味半分でリンクを踏んでみると専用のグッズ販売ページに飛ばされる。

グッズ紹介ページには各々のキャラクターがプリントされたキーホルダー、クリアファイル、アクリルスタンド、Tシャツ、果ては何故《なぜ》か畳《たたみ》のフィギュア。いや、どういう経緯で畳のフィギュア製作に至ったのか真面目《まじめ》に問いたい。後、何故か完売になっているのがまた可笑《おか》しい。思わず吹き出しそうになってしまう。

ライバー一覧の項目をタップする。

「こんな沢山いるんだ。ウチの事務所の所属声優より多くない？」

絵柄は多分イラストレーターさんが各キャラクターによって違うのか、タッチから彩色まで結構バラバラ。こういうのがある種の個性として認識されているのかもしれない。男女比で言えばほとんどが女性キャラクター。パッと見で男性っぽいのはふたりほど。

「ボイスの販売まで……」

本当に人気なんだなぁと思い、自分なんかよりもよっぽど輝いて見えて少しだけ憂鬱になる。フォロワー数も少ない。ファンもいないし、代表作品として名を挙げるようなメインキャラを演じたこともない。エゴサしたときはどこかの掲示板でエロ方面の演技が下手糞《へたくそ》とか書き込まれているのを見たときにはマジで凹んだ。経験浅いとは言え色々と練習はしたのだ。

ナニを舐《な》めるとかああいったシーンはアイスキャンディー舐めたりとか、手の甲を舐めたりとか人によって色々違ってくる。出演数が多い人なんかだとそれでタコが出来たりする先輩もいる。チュパ音ダコ凄い。職人芸みたいなところがあるし、なんか素直に尊敬してしまう。それだけ自分の仕事に責任を持ってやっているってことだし、経緯上仕方がなくこっち方面の仕事を始めた身としては非常に申し訳ない気持ちになってしまう。

「ん……？」

ファングッズを眺めていると何やら既視感のあるデザインのＴシャツ。何かのロゴみたいなものがプリントされたもの。サブカルチャーのグッズであれば、そのキャラクターがプリントされたものを想像しがちだが、これは普通に街中で着ていても違和感のないデザインだった。つい最近どこかで見たような——あ、最近どころかついさっき見た。彼が着ていたのはこれだ。ＶＴｕｂｅｒさんのファンってこと？

このグッズは柊冬夜というキャラクター？　人？　のもの。この中の人が彼なのだろうか。直近の数万回以上も再生されているガチャ動画。それをちらりと見るが、声は全く別。ソシャゲのガチャ回すだけの動画で数万回も再生されているって凄いな。と思ったが、よく中身を見てみると本当に絶え間なく話し続ける、それこそマシンガントークと言うに相応《ふさわ》しいもの。視聴者さんを煽《あお》り、盛り上げ、『ガチャを回すだけ』の行為をエンターテインメントとして昇華していた。成程《なるほど》、恐れ入る。ついつい見入ってしまった。これだけ沢山再生されるのも納得した。少なくとも彼とは別人らしい。

そもそもＶＴｕｂｅｒの動画、普段見る事もない。ではどうして声にまで聞き覚えがあったのか……？　いや、今回だけでなく以前にも一度見たことがあった。そう——自身の出演する作品をどう紹介するのか、気になって7月にとある配信を視聴した記憶があった。

「確か……」

当時高評価ボタンを押したので、すぐ分かった。

『【くりぃむソフト】ＦｌｏｗｅｒＤａｙｓ体験版をプレイする【神坂怜《かんざかれい》／あんだーらいぶ】』というタイトルの動画。その動画をタップする。再生画面の左上には『プロモーションを含みます』の表記。これが付いているのは言うところの案件配信というやつらしい。

『というわけで今日は、くりぃむソフトさんのＦｌｏｗｅｒ Ｄａｙｓをやって行こうと思います』

「これだ」

点と点が繋がり、スッキリする。在宅ワークと言ったのも納得がいくし、間違いでもない。契約上第三者にそう易々とバーチャルタレントグループ所属していますだなんて言えないかもだし。さっきの柊さんとは違って落ち着いた大人な雰囲気の男性で、支持層はまた別なのかもしれない。再生数的には柊さんの方が断然上なんだけど、何百人も人を集めてる時点で充分に凄い。

「神坂怜……」

いかん。人気のＶＴｕｂｅｒグループの人と個人連絡先を交換してしまった……これが表に知られると私、滅茶苦茶《めちゃくちゃ》叩かれたりするやつかな？

「世の中狭いなぁ……ま、フォローしとこっか」

あわよくばその話題性にあやかりたい、という打算的な考え方もほんのすこーしだけあった。

◇◆◇◆◇◆

少し彼の活動について調べてみる。まず『神坂怜』と入力すると『炎上』という単語が出てきた。同僚の女性ＶＴｕｂｅｒと仲が良いだの、社内の情報を外部に漏らしただの本当に好き放題な言われようだった。前者に至っては別に悪くなくない？　後者は後者で最早《もはや》言いがかりじゃん。まあアイドル声優に彼氏がいるとダメな、ああいうパターンなのだろうか。

配信のコメント欄は好き放題言う人や、ＳＮＳでも名指して批判する人、どこかの掲示板だろうか？　呪詛《じゅそ》のような見ているだけで不快になるようなものばかりが目に付いた。直近の配信をチラリと見るが、そういったものを気にしている素振りなんて全くない。辛くはないのだろうか？　辞めようとかそういう風に考えたことはないのだろうか？　どうして平気でいられるのだろうか。心の弱い私には分からなかった。

『何か悩み事があるならお話くらいなら聞きますよ。身内には言い辛いことだってあるでしょう？』

彼の言葉が脳裏をよぎる。

――もし彼に今の自分の状況を伝えるとなんて答えてくれるだろうか？　先述した私の疑問になんて回答するだろうか。

「今日会ったばかりの人に、一体何を考えてるんだ私。はぁー」

情けない。料理用にあった日本酒でも煽りたい気分だ。まあお酒弱いからサイダーで我慢するけど。

「明日は晴れるといいな」

晴天の空を見上げながら独り言ちる。スマホに何かの通知でも来たのか僅《わず》かに振動するのを確認した。どうせ大したものでもない。迷惑メールか、よくてさっきのツイートに『いいね』が付いたってところだろう。そう思って確認すると『神坂怜からフォローされました』という通知。

「……い、いやぁただのフォロバだよねぇ」

だが、さっき羊羹の画像上げちゃったよね？　画像を加工してあるとは言え、バレてたりしない？　これ。

「ま、まあ……気にしたら負けだよね。うん。本当に世の中って狭いなぁ……」

14話 3回行動はほどほどに

【9月×日】

配信中に虎太郎の襲来と、突然の訪問者があったのが本日のダイジェスト。主に後者が問題である。よもや案件をいただいたゲームの出演声優さんがご近所のお孫さんとは誰が想像出来ただろうか。「そんな馬鹿な」と突っ込みたくなるが、身内やその周辺がＶＴｕｂｅｒだらけという現状を踏まえて考えてみると「まあ、なくもないか」と半ば諦めにも似た境地に至ってしまっている。人間という生き物、何事も重なれば慣れてしまうのである。

ただ懸念点があるとすれば……あちらもこちらの存在に気付いた可能性があるという点だ。葵陽葵氏は私が柊《ひいらぎ》先輩のイベントグッズであるＴシャツを着用していたこと、更には声などの特徴から紐付《ひもづ》けられても不思議ではない。つい昨日までは『長袖《ながそで》』と書かれた半袖のネタＴシャツ着用していたのに。部屋着にはもう少し気を遣うべきだったか……今度妹に選んでもらおうかな。あの子、やたらと私の服とか身に着けるものを選びたがるのだ。主に私の服のセンスに問題ありという事を暗に言っているのだろうけれども。

ちなみに先述した案件先だった『くりぃ～むそふと』さんは、私と『あんだーらいぶ公式』のアカウントをそれぞれフォローしており、大変ありがたいことに、先日グッズ再販に関するお知らせも律儀にリツイートして下さっている。普通こういう案件だとその後は関係が疎遠気味になるのが、一般的らしい。以前私もお世話になったゲーミングPCメーカー『NOVOL』さんのように定期的にお仕事を頂く関係にあれば別だが、わざわざ公式のツイートに対して『リツイート』や『いいね』をすることは通常あまりないと思う。水面下で次回作の案件が決まっていたりするのだろうか。もしそうなら、嬉《うれ》しいな。少なくともあの配信に関して特別悪い印象は受けなかったと受け取っても良いのだろうか？　一般的な企業であるのならば、監査とか諸々の都合で顧客満足度の調査とかもやらされることが多い。こっちの業界でも裏でマネージャーの犬飼《いぬかい》さんがせっせと書類作っていたりするのか正直気になるところ。頼んだら会社見学とかさせてもらえたりしないのかな。客先の工場見学とかするの結構好きだったんだよね。そういう機会がなくなったことがちょっぴり寂しい。

まあ多少話は逸《そ》れたが共通のフォロー、フォロワー先であるソフトメーカーさんの情報から、こちらを特定するのは決して難しい事ではないと思う。特に相手は声の仕事を生業《なりわい》としている人。即《すなわ》ちその道のプロである。聞くのと話すのとでは勝手が違うかもしれないけれども……それでも、充分に有り得る事態だ。

とは言え、だ。だからって何がどうするってわけにもいかない。『エロゲに出てましたよね？』なんて聞けるわけもない。セクハラじゃないか。というわけで基本的にはノータッチでいこうと思う。あちらから何らかのアクションがあれば適宜《てきぎ》対応するというスタンスで良いだろう。

なんて風に考えていたら……SNSの方に『葵陽葵@Flower Days好評発売中さ

んにフォローされました』と言う通知が入っていた。「声のお仕事やっています」と短めのプロフィール紹介文章に過去に出演した作品名とキャラクター名が併記されている。

彼女と別れてから小一時間程経った頃に私のＳＮＳアカウントをフォローした……タイミングから察するにほぼバレていると思って良いだろうなぁ。事故とは言え、一応経緯を犬飼さんに話しておいた方が良いだろうか。ホウレンソウダイジ。いや、でも彼女のそういう情報を勝手に第三者に話してしまって良いものなのだろうか……？　少し濁《にご》して、まずはそれとなく聞いてみるか。

少し気になって彼女――葵陽葵氏のことを調べると今年になってから美少女ゲーム声優として活動をはじめたようだ。以前は本名でアニメーションの端役を１、２キャラ担当していたらしい。そういう背景も調べると出てきてしまうのがネット社会の怖いところである。

声優さんは基本こういった作品に出演する際は別名義を使って出演する事が多い。が、そういった情報をまとめたサイトまである。そりゃあ私たちＶＴｕｂｅｒも前世がどうとかデビュー後、早々に特定されている実情もあるわけで。何ならデビュー予定の我が『あんだーらいぶ』の新人さんたちも初配信前から既に特定しようと躍起になっている人もいる。その特定能力をもっとこう……別の何かに役立てたりとか出来ないんだろうか。とか失礼な事を考えてしまったのはナイショだぞ。

彼女はきっと苦労して、苦悩して、それでも夢を摑《つか》み取るために頑張っているのだろう。そう思うと陰ながら応援したくなってしまうのが人情というもの。恩人のお孫さん、放《ほう》っておく事も忍びない。余計なお世話かもしれないがついつい別れ際に余計な事を言ってしまったかもしれない。あれは単に私の自己満足だったろう。反省、反省。一応案件先の関係者ということもあるし、ちょっと特異な業界人同士。フォローを無視するのもどうかと思い、少し悩んだ末にこちらもフォローバックすることにしたのだ。

　こういった行動は往々にして荒れるのが常だったが、一晩明けてもそういう気配はなかった。こちらのファンはそういうの気にする人はほぼ皆無だから平気だろうけれど、あちらのファンの人から抗議文章的なものもマシュマロも届かなかった。逆に心配になってきちんとフォロバしたか改めて確認してしまったのはここだけの話。彼女のファンもそういうの気にしないファン層だったりするのだろうか。私程度が応援や宣伝しようが別に何の利益も生まれないだろうが、陰ながら活動を見守ることとしよう。

　心の中で彼女にエールを送りつつ、眼前のディスプレイに意識を向ける。

「はい、というわけで今日もＭｙ　Ｃｒａｆｔやっていきたいと思います」

　本日は三回目の配信。今月に入ってからは朝、昼、夜と配信をするようになった。以前までは配信被《かぶ》りを気にするようにしていたのだが、特別な配信を除いてそういうのをあまり深く考えないようにした。どうやら逆に私の行動が同僚たちに気を遣わせていたらしいことが先日の１万人記念の凸待ちで発覚してしまった。良かれと思ってやっていた事で人様に要らぬ心配をさせてしまった。箱内最年長というのに実に恥ずかしいお話だ。人数が増えてくると枠が被るのはもうどうしようもないし、今後更に増える事を考えると、こういう余計な気遣いは新人さんたちを委縮させてしまう可能性すらある。まあ平日の朝と昼はあまり配信がないのも事実なので、その辺をフォローできるように以前と変わらずに配信はするつもりではあるが。１枠当たりの時間を多少減らして夜にも枠を取るようになった、と言えば分かりやすいだろうか。

配信回数が増えた分、1回あたりの配信時間は2～3時間、日によっては1時間程で終わることもある。実働時間だけ見ても普通の社会人よりはずっと楽だろう。週末に気が向けば10時間ほどやったりもするんだけれども。嫌味を言う上司はいないし、納期に追われること——は、マンスリーボイス以外は特にない。天国みたいな環境だ。残業もないし、大したことやってないのにファンの人は滅茶苦茶《めちゃくちゃ》褒めてくれるし。何だか逆にむず痒《がゆ》い。そういうお言葉を頂くのは有難い限りなのだが、全て甘受するとダメ人間になっちゃいそうなので気を引き締めなくては。

ちなみにボイス台本事情としては、自分で台本書いた回は『なんか思ってたのと違う』とかいう感想が来ることがあるので、専らマイシスターや羽澄《はすみ》先輩の力を借りて添削してもらったりなんかしている。私が書くと何故《なぜ》か自然と季節のオススメニューや健康の話になってしまうのである。「急に健康通販番組になった」と妹から呆《あき》れたような顔で感想を頂くこともしばしば。

［3回行動助かる］
［デフォで3回行動とかお前ドラ○エのボスかよ］
［いや、スパ○ボだろ］
［昨今はママが2回行動＋通常攻撃全体化だったりするし、まあ多少はね？］

「最近、私の拠点周辺に知らない坑道が大量に出来てるんだけど」

[みんな鉱石掘ってるから……]
[一番無造作に掘ってる畳《たたみ》に文句言って、どうぞ]
[掘り方に性格出るしな]
[ラギ先輩＝シロアリだから]

地中には、鉄やダイヤモンド、エメラルドといった鉱石がランダム配置されており、強力なアイテム製作にはそれらの鉱石は欠かせない。というわけで、皆こぞって地下生活を始めているらしい。その内私の家も掘り当てられて悲惨なことになりそう。確かに強い武具や高効率化のアイテムは欲しいが、これらには上限がある。いくら広大とは言え、やがて資源が枯渇することは目に見えているし私が無駄に消費するのは気が引ける。それに別に急いでやることはない。まったりちまちまやるのが性に合っている気がする。一度凄《すご》いアイテムに手を出してしまったら、元のプレイスタイルに戻れない気がして怖い。人間ってそういう生き物じゃないか。

資源確保用に別サーバーを立てるとかいう案もあるにはあるらしい。まあ、まだまだマップは広く未開拓地帯も多い今は関係ないんだけれども。効率化もある程度重要だが、あまり行き過ぎるとこの『Ｍｙ Ｃｒａｆｔ』というコンテンツを食いつぶしてしまうことにも繋《つな》がりかねない。ようは『配信でやることがなくなる』なんてことになると困るのだ。私がプレイしても唯一平均の視聴者数が５００を超えるこのゲームタイトル。出来れば長期間続けて行きたいと思ってしまう、こういうのは企業勢Vの悪癖だろうか。ま、この辺は周囲の状況を見て適宜対応はするつもりだが。

ちなみにコメントにあるラギ先輩というのは柊先輩のことだ。畳と呼ぶ人も多いが、最近になってファンになった人たちはこのラギ先輩という愛称を使う傾向にあるらしい。この界隈《かいわい》の勢いは流石《さすが》に8月の夏休みシーズンを終え下火になった印象はあるものの、その頃から知った人が様々な配信に顔を出すようになった。『あんだーらいぶ』では更なる躍進のために新人を導入予定。シルエットだけは既に公式ホームページに公開されている。私もより一層頑張らなくては。

「私の住まいにトゲトゲの植えたの誰ですか。多分凄い細かい仕事とか好きな人の仕業ですよ。一面が緑化されていますよ」

[ニート先輩やな]
[新戸《あらと》パイセンやでそれ]
[あの人全員の拠点にそれ植えてるから]
[ただの嫌がらせで草。植物だけに]

私が根城としている地下室には一面とある植物が植えられていた。わざわざ植えるために土まで持ってきているのだから手が込んでいる。ちなみにこの植物は接触するとトゲによるダメージを受けることとなる。移動する毎《ごと》に接触ダメージ判定が発生し、ダメージ量自体は大したことがないのだが、それを拠点一面に敷き詰められると流石に馬鹿にならない。コメントから察するに犯人は新戸先輩らしい。あの人は相変わらず配信外での行動がぶっ飛んでるなぁ。
「きっと後輩に撮れ高を提供しているんですよ。流石は新戸先輩」

［せやろか……？］
［あの人そこまで考えてないと思うの〈柊冬夜《とうや》〉］
［なんてこと言うの、ラギ先輩!?］

【ＭｙＣｒａｆｔ】お昼の部【神坂怜《かんざかれい》／あんだーらいぶ】
最大同時視聴数：約１５０人
高評価：１００
低評価：５０
神坂怜　チャンネル登録者数１０５００人（＋０）

736 名無しのライバー ID:jVY+cfqa9
今日も脱サラ3回行動とか大丈夫か？

737 名無しのライバー ID:YlxB/JCz7
この前体調崩してたのによーやるわ

738 名無しのライバー ID:gxsXM805k
長時間配信の回数減らしてその分回数増やしてる感じか

739 名無しのライバー ID:EaCwhKRWF
畳なんかも大概だけどな
夜から明け方までやってたりとか割と狂ってる

740 名無しのライバー ID:XAygmIRdh
配信頻度に関しては特にノルマとかもないんだろうけど……

741 名無しのライバー ID:cP532cQ5C
そらニートの存在が許される箱だからな

742 名無しのライバー ID:ciFI6BJAy
冷静に考えると結構謎の存在だよなぁ
配信していないけど許されるのは本業は運営寄りだから？

743 名無しのライバー ID:pxnnphSvF
あいつ最初期からいるし
その頃数合わせにスタッフから一時採用された説あったな

744 名無しのライバー ID:TBee+HtHp
冷静に考えなくても謎の存在

745 名無しのライバー ID:6wlyqlGCm
事務所でのエンカ率が高いという噂もある

746 名無しのライバー ID:I3RTRTxzx
新規ファンは存在すら知らなそう

747 名無しのライバー ID:Kcw5isEEI
ツチノコとか都市伝説みたいなもんだ

748 名無しのライバー ID:u6hlqvwiK
たまにマイクラフトにログインして
配信枠のとこに映りこみにいくのが日課になってっから

749 名無しのライバー ID:gevZ2Thqf
駅前の中継でやたら映りこみに来る人じゃねぇんだからさぁ……

750 名無しのライバー ID:8YkQVUBcV
台風中継のときとか見るよな

751 名無しのライバー ID:kti+vgnHp
ダリアとかもう少し活動続けてたら今のブームに乗って
引退とかしない世界線もあったんじゃろうか？

752 名無しのライバー ID:F+YCRn69d
最初期はまあ暗黒期というか色々辛い時期だったもんなぁ

753 名無しのライバー ID:7pcg7k65o
聞き覚えないと思ったら引退した人か……

754 名無しのライバー ID:GwcDAS6ML
畳の元同期やな
ゲーム下手の畳と、ゲームセンスの塊みたいなダリア
今思うと男女カプなのに荒れなかったな

755 名無しのライバー ID:RDvEY8Scq
当時は荒れるほどファンも多くはなかったしな

756 名無しのライバー ID:iWDisoVUe
ダリアは惜しい人材だったなぁ

757 名無しのライバー ID:O5tvvvTmU
引退前に畳とコラボの約束してたけど
それ果たせず仕舞いだったな……

758 名無しのライバー ID:FjI8ccAld
その一件はマジで畳後悔してるっぽいのが余計に辛い

759 名無しのライバー ID:s6P1MqQQ0
あのあとバズって爆伸びしたのも
素直に喜べてないっていうね

760 名無しのライバー ID:KyDyXgL7l
一見成功納めているように見えるが
なにもかも順風満帆ってわけじゃあないんだよな

761 名無しのライバー ID:leYD6hihX
今だけ見てゲームだけやって食ってる職業みたいに思われるのも気の毒や

762 名無しのライバー ID:rd6+ee+L6
何気に未だにファンアートがちょいちょい描かれていたりする

763 名無しのライバー ID:r45f6dl5/
ファンアートタグまだ生きてんのか

764 名無しのライバー ID:wgtg/56hS
いや、エロ絵ばっかやで

765 名無しのライバー ID:ALadqRQOh
えぇ……（ドン引き

766 名無しのライバー ID:Ilqib8uuf
畳が脱サラ気にかけてんのは
同性以外にも、相方引退っていう共通点も大きいのかも

767 名無しのライバー ID:t2jvldOfK
円満退社したダリアと、契約解除されたパコガワはちょっと違う気もするが

768 名無しのライバー ID:YlR6Q3rQH
伸び悩んでの引退が円満退社だとでも？

769 名無しのライバー ID:LDOHG5mCb
もう引退して1年以上経つのかぁ
早いなぁ……

770 名無しのライバー ID:5TvvGmA3r
今の面子から引退者とか出ないといいな

771 名無しのライバー ID:qeh/63l4w
ちょっと雲行き怪しい子いる気もするけど

772 名無しのライバー ID:9bgdEyd0M
脱サラはまぁ……うん

773 名無しのライバー ID:TdxaMh+8V
最近は1日3回行動とかいうRPGのボスみたいなムーブしてるけど

774 名無しのライバー ID:4BqR1rEma
登録者は1万超えて、一応は有名企業箱としての面目は立ったと言えなくもないが
波に乗って右肩上がりに伸びて行くってわけでもないんだよな

775 名無しのライバー ID:hmr8qSvjx
停滞とじわ伸び、たまに1000人くらい増えるプチバズ
でもそれが継続しない
なーんか絵に描いたような底辺Vムーブなんだよなぁ

776 名無しのライバー ID:Jj099Xbjz
話題のチョイスが結構他と違って結構面白いゾ

777 名無しのライバー ID:mNHvUi8yY
ゲームしながら野菜とガソリンの価格高騰にお気持ちするVTuberはあいつくらいだよ

778 名無しのライバー ID:gcWsRrdff
最近は虎太郎君いる配信とマイクラフトは同接300～500くらい出てることもあるがそれ以外は100～200、時間帯によっては3桁切ってることもある
炎上ないならないで数字も落ちるのが悲しい現実よ……

779 名無しのライバー ID:RzDnRxr6J
アンチ張り付き分が多少消えてファンが残ってると考えればまあ多少は、ね……
猫バフ＝人気ゲーバフ
って考えるとSUGEEEE

780 名無しのライバー ID:r+xyEd/w3
虎太郎君の方が配信の撮れ高を飼い主より理解しているかもしれん

781 名無しのライバー ID:gckineki/
あれが好評なのは脱サラの甘やかしボイスが一部の女性リスナーにぶっ刺さってるのもある
ソースは夏嘉ちゃん

782 名無しのライバー ID:+YMagJxFP
夏嘉ちゃん、マジでガチ恋勢じゃん……

柊夏嘉@natsuka_hiiragi
虎太郎君と接するときの怜君は普段とのギャップでどきどきしちゃう
ボイスは結構クール系が多いから、
ああいうべったべたに甘やかす系の声が急に出て来ると心臓に悪い
私も飼われたい

---

783 名無しのライバー ID:AWOLCBK/Z
>>782
>私も飼われたい

この一文が一番やべぇよ

784 名無しのライバー ID:6mPdMe5K3
>>782
あっこりゃ

785 名無しのライバー ID:Zc0V6qGPb
>>782
ずっと一貫してガチ恋アピしてるせいか兄（畳）以外は誰も咎めない模様

786 名無しのライバー ID:R5EpsXEJT
雫ちゃん絶対兄が変なのに引っ掛からないかチェックしてそう（小並感）

787 名無しのライバー ID:oouq4aWqT
女性遍歴が大分悲惨だしなぁ
そうなる理由も分かるよ

788 名無しのライバー ID:LV6vpELzt
脱サラファンは女性率高めと噂がある

789 名無しのライバー ID:gckineki/
スペックだけみるとスパダリに片足突っ込んでるみたいなところあるからなぁ
まあ……分かるよ

790 名無しのライバー ID:mb0P5fICm
脱サラに関しては人生そのものが悲惨なのでは……？

791 名無しのライバー ID:Su2FSOA/j
当人のマシマロとかには苦情来てそうだから普段の配信はROMってるんかもな

792 名無しのライバー ID:MoBthread
脱サラのSNSフォロワー見ると確かに女性っぽい垢多いな
女性向けソシャゲとかコスメのツイートしてる人多いし

793 名無しのライバー ID:cRmCiDcCc
流れるようにそういう行動するのが駄馬君の怖いところ

794 名無しのライバー ID:hG8bQxoJ+
駄馬君、そういうとこやぞ

795 名無しのライバー ID:MoBthread
ああああああああああああ
ワイの推しの声優を脱サラがフォロバしてるぅぅうううう！
でも全然荒れてねぇな(´・ω・`)

796 名無しのライバー ID:8mgtGCCLf
葵ちゃんな、声はすこやな
でもぶっちゃけ知名度がお互いに低いから……

797 名無しのライバー ID:/CEVqzoZZ
悲しいこと言うなよ
お互いにビッグになれば、初期からの仲良しということで荒れないでええやん

798 名無しのライバー ID:h5TPkIl4a
声優で名前知れて売れる層やVTuberで知名度ある層ってお互いに上澄みも上澄みよ
案件やってたあれの続編出るって噂もあるしそっち方面で絡みが出たら面白いかもね

15話　後輩始動？

【9月×日】

「――という訳で、祖母のことで何かありましたらご連絡下さい」

「あ、はい。分かりました。道中お気を付けて」

「はい。なーんか背後でずーっとこっち見てる子がいるんですけれど……？　あの子は？」

「妹です。目に入れても痛くない。滅茶苦茶可愛《めちゃくちゃかわい》いでしょう？」

「可愛いと言うのには同意なんですけど、明らかにジト目と言うか若干不機嫌そうな表情にすら見えるんですけど……」

「ははは、そこが可愛いんじゃないですか」

本日葵《あおい》陽葵《ひまり》嬢がこちらを発《た》つらしく、ご丁寧に挨拶に来て下さった。大学生の夏休みはまだ期間的に余裕はあるはずだが、彼女の場合声優のお仕事もあるだろう。最初はウチの母親が応対したようだが、若いのにしっかりしてるなぁ。腹を割って話す機会があれば、お互いのことを明かし合えたりしただろうか？　まあお互いに実名を出しにくい職業故、難しいかもしれないけれども。

リビングの扉からこちらを観察している愛しのマイシスター。そんなあからさまに驚いて警戒しなくたっていいじゃあないか。お前だってタヱ子さんによく和菓子とかもらって喜んでるんだし、そのお孫さんと仲良くしなよと。彼女は、年齢的には私よりどちらかと言えば妹の方が近いわけだし。昨日の件でまだ怒っているのだろうか？　とりあえずお菓子で懐柔しておかねば。

「あ、もしかして……お兄ちゃん取られちゃうかもー、みたいなのかな？　やだ、かわいー」

「でしょう？」

「あ、怒ってる。地団太踏んでる。今時ああいう動作する子いるんだ」

「母親に床抜けるでしょ、って今怒られてしゅんとしてるのもまた可愛い」

「表情コロコロ変わって見てるだけで笑顔になっちゃう」

何故《なぜ》かふたりで妹を観察していた。あまりの可愛さに目を惹《ひ》かれるのは仕方がないな――というう冗談はさておいて、恐らく妹の方は私の過去の女性関係云々《うんぬん》で色々あったから気になっているだけなんだろう。気遣い出来る妹最高だな。出来てなくてもそれはそれで可愛いから万事オッケーだけど。ああいう風な反応をさせるようにしちゃった私の方に原因があるわけだが、まあ少なくとももうそういうのを欲しいとか羨ましいとか思う事はないだろう。大体にしてお付き合いする女性を作る前にまずは自分の仕事をしっかりとしろって言われちゃいそうだし。

何やら視線を感じて、彼女の方を見ると私の顔をじーっと眺めていた。いや、そんな真剣に見つめられても困るよ。女の人って睫《まつげ》毛長いけどお手入れとか大変そうだなぁ、とか凄《すご》いどうでもいい事を考えていた私に何を思ったのか額に人差し指をツンと当てて言う。

「眉間に皺《しわ》寄っちゃってますよ？」

「寄ってますか」

「将来残っちゃいますよ、そういうの」

「気を付けます」

「ふふふ、妹さんのあの角度から見たら今のこれ、それっぽい事していたように見えちゃいますかね？」

男性が苦手なのにそういう身体を張ったことするのはいかがなものかと思うのだが、確かに背後から見れば変な誤解を生みそう。当人としては反応を見て楽しんでいるようなので、何も言うまい。

ちなみに、この後妹が「ねぇ、わたしに何か言う事ない？」と実の兄に向ける類《たぐ》いのものではない謎の圧をかけてきた。いや、そんな、私がリアルで絡む異性は基本変な人みたいな決めつけは酷《ひど》くないですかね……？　私ってそんな変なのに引っかかるような人間に見えるのか…………？

◇◆◇◆◇◆

「いやぁ、まさかあんなことになるなんて思いもよらなかったですよねぇ。頂いた製品版プレイ時にマイシスターが入ってくるなんて」

［草］

[雫《しずく》ちゃん……]
[エッチなシーンやったんか？]

「濡《ぬ》れ場シーンじゃなかったのが不幸中の幸いでしたね」

以前も触れたと思うが、先日――具体的に言うと葵嬢と会った同日午前に届いた『くりぃむソフト』さんの『Ｆｌｏｗｅｒ Ｄａｙｓ』製品版のソフト。案件をやった縁もあってか、わざわざ送って下さったのだ。勿論《もちろん》事務所経由だが。流石《さすが》に送ってもらって無反応なのも申し訳ないので、ひと通りはクリアして感想くらいは発信してみようと思う。

プレイ中にノックなしで唐突に入って来て「制服のボタン取れたから付けて。後今日のおやつちょーだい」と颯爽《さっそう》登場されたのがその時のダイジェスト。普段はあの子が通知設定等で把握しているのか、配信中に訪ねてくるってことはないんだけれども。そういうゲームと知ってから知らずか「あ、ごめん」と扉をそっ閉じされた。ちょっと気まずい。まあこういうのも話の肴《さかな》にしちゃうのは、ＶＴｕｂｅｒの悪癖なのかもしれない。

くりぃむソフト公式@Flower Days好評発売中@CreamSoft_erg
悲しい事件があったようなので
次回作では緊急回避ボタンを久しぶりに実装しようと思います

メーカーさんからこういうリアクションも頂いたので、配信でも言及することにした。こういうのって話題になってなんぼなところがあるし。

［エロ動画見てたところに妹フラされたワイの話する？？〈天羽《あもう》〉］
［天羽さんｗｗ］
［天羽さんなんでおるんや⁉］

ついこの間のＶｅｒｔｅｘの大会後もたまにゲーム配信に顔を出して下さったり、ＳＮＳで軽いやり取りをするくらいには仲良くさせていただいている天羽さん。結構顔出している系の配信者さんって我々ＶＴｕｂｅｒを敬遠しているような印象が多いように思えるのだが、彼の場合はまったく逆で最近ＶＴｕｂｅｒ沼にどっぷりハマっているようだ。ファン層の違いやリアルとバーチャルの違いから、一緒にコラボするなんてのもあまり見られないので絡んでも『旨味《うまみ》なし』と判断される事が多いのだろうか？　あるいは単純に接点が少ないだけか。知り合ってそれほど経ってはいないが、彼の場合の行動原理は実に単純。『面白ければ良い』だ。柊《ひいらぎ》先輩と似たような感じかな、多分。

「あ、天羽さん。ご無沙汰しております」

［Ｖｅｒｔｅｘって書いてあったから、つい〈天羽〉］

[なお延々と射撃練習をするだけの枠]
[実質ただの雑談枠なんだよなぁ……]
[前進をマウスホイールに割り当ててると空中で方向転換できるゾ〈天羽〉]

「壁キックとはまた別なんですか。それ面白そうですね」

定期的にやっている最早《もはや》恒例となったVertex訓練場での引きこもり生活。画面に大きな変化もないので、専《もっぱ》ら雑談枠と化している。彼のコメント内容に関してはあまり深く触れない方が良さそうなんだけれども。まあ割とこの手の話は『あるある』な話題ではあるのかな？と言うか天羽さん、妹さんいらっしゃるんだ。今度妹談義でもじっくりやってみたいものである。柊先輩と裏でたまにやっている妹の話をするだけの『いもうとーく』は毎回何時間も話し込んでしまう。

来月か再来月くらいに一緒にVertexしましょうと誘われたので、それまでにもっと練習しておかねば。すぐにという話ではないんだけれども。何か色々準備？があるらしい。なんだろう。

【Vertex】射撃練習しながら雑談【神坂怜《かんざかれい》／あんだーらいぶ】
最大同時視聴数：約150人
高評価：100
低評価：50

神坂怜　チャンネル登録者数１０５００人（＋０）

【９月×日】

例の新人さんどうやら今月デビューするらしい。近日中に公式からその旨発表があるとのこと。先月簡単な挨拶だけは共通のコミュニティ欄に書き込まれており、『よろしくお願いします』程度の社交辞令的な挨拶を返信した程度の間柄でしかない。あれから彼らのことを少しだけリサーチしてみた。

御影和也《みかげかずや》。ニヨニヨ動画にて『イシカワ』というユーザー名で活動していた人気実況者。勇者が魔王を倒す王道アクションＲＰＧの再生数は約１００万回。

東雲愛莉《しののめあいり》。同じくニヨ動にて『猫ふく。』の名で活動していた人気実況者。ゾンビが登場するサバイバルホラーゲームのＰａｒｔ１の再生数は約５０万回。

ニヨニヨ《あちら》では非常に高い知名度を誇っているらしく、私がどんなに頑張っても数千再生。その数字も先輩とのコラボなどによる下駄《げた》を履かせて頂いている状態で、だ。日常の配信は３桁《けた》くらい。デビュー配信なんかは注目度が高いせいか数万回は再生されているのだけれども。デビュー時がピークだった、みたいな状態である。そこから右肩下がりして、最近ちょっと伸びて、また戻りつつあるというのが現実。人を呼んでもそれを維持できないのは、単純に私の力量不足によるところが大きいだろう。

そんな中彼らは文字通り桁違いな人たちである。あちらとこっちの動画サイトでは再生数の集計とかが多少異なるのだとしても、私よりは知名度もあって、数字を持っている事に違いはない。運営サイドもそういう『前世』での実績を見て批判が多そうな男女ペアを導入する方向へ踏み切ったのかもしれない。直近にデビューしていたブラン嬢と日野嬢の月と太陽コンビは、幼馴染《おさなな》み《じ》の親友関係という『関係性』が多くの人に刺さった。それを今度は男女の異性同士に置き換えて人気を獲得しようという作戦なのだろうか……？

ちなみに『実況者』というのはニヨニヨにて実況動画というカテゴリで動画を投稿しているユーザーを指す。今でこそゲーム実況というのはネット媒体で結構な盛り上がりを見せているが、大元を辿《たど》って行くと、とあるテレビ番組に影響されたところが大きいようだ。ある芸人さんがゲームクリエイターさんと対談を行う企画をメインに据えたゲーム番組内の一企画としてゲームプレイをやったところ、それが大好評に。その後そちらをメインに構成された番組となり、今尚《いまなお》放送されている人気番組となっている。ゲーム実況の元祖と称される場合もあるようだ。丁度放送された頃の年代から個人でもインターネット動画配信を行う環境も整ってきたことが、流行に拍車をかけたのかもしれない。

私たちＶＴｕｂｅｒが主戦場としている動画サイト――ＹｏｕｒＴｕｂｅではそういう活動は一般的になったが、数年前までは専らニヨ動がメインであったらしい。サイト自体の利用者層やユーザー数などなど様々な要因があって、今ではＹｏｕｒＴｕｂｅで活動している人の方が多いくらいである。鞍替《くらが》えするユーザーも珍しくはない。プラットフォームの利用者数だけ見ても随分《ずいぶん》と差があるし、仕方がない側面もあるが。

ユーザー数的には我々が利用しているサイトがトップだが、今でもニヨニヨ動画にも根強いというかコアなファン層が多いのでまだまだ動画サイトとしては現役である。昨今では最新アニメの最新話を無料配信していたりだとか、そちらでお世話になっている人も多いのではないだろうか。

　ニヨニヨ動画の特徴は何と言っても『動くコメント』だ。私たちが普段使っている方の動画サイトでは生配信時はチャット欄のみ。アーカイブや動画ではコメント欄にて視聴者が入力する。一方でニヨ動は、生配信だろうが動画だろうが、画面直下にある入力フォームに好きなタイミングでコメントを書き込める。そうしたコメントは実際の再生動画の画面右端から左端へ流れるように移動していく。他のユーザーがどのタイミングで何を感じたか、あるいはネタコメント、動画を補足するような字幕等々これが中々に面白い。こっちでもアドオンというWebブラウザーに追加機能を付与する形でコメントを画面上に表示するものまであるくらいだ。大人数でわいわいと同じコンテンツを見ているという一体感を得られる。

　中国の大手動画サイトの『電撃動画』はこのシステムに大きく影響を受けたらしく、かなり似た作りになっているらしい。中々興味深い。あっちの方でも中国語できないけど活動しているって言う人もいなくもない。身近なところで言うとアーレンス嬢がそうだ。本当に彼女は立ち回りが上手《じょうず》だよなあ。

　随分話は逸《そ》れたが、新人ふたりとアーレンス嬢はお互いにニヨニヨ動画での企画やらイベント等で面識もあるらしく、こちらからやり取りを見る限りかなり親しそうに見受けられる。Vとしては先輩になるのかもしれないけれども、配信活動なら間違いなくあちらが先輩。

　東雲愛莉氏については女性Vということで、極力直接的な関《かか》わりは避けるつもりだ。

ブラン《月》嬢と日野《太陽》嬢のふたりは頑張って先輩として振る舞おうと奮起するのだろうか？　少し想

像すると微笑《ほほえ》ましい。

御影和也氏に関しても最初は距離を置いたほうが良いだろう。対外的には、まだまだマイナスイメージの『炎上』などのイメージを抱かれている私が関わるのは避けるべきだろうし、そんな事をするくらいなら柊先輩や朝比奈《あさひな》先輩と絡みに行った方が彼の利益にもなる。彼の活動方針、ブランディングとしてソロ活動をメインに据える予定ならば大きなお世話なんだろうけれども。

長々と急に新人について語りだしたのは何故か。それは件の新人さんから個人メッセージが届いたからである。

御影和也：突然の連絡でスミマセン。相談あるんですが、だいじょうぶですか？

えーっと、他にも先輩はいるけれど何故に私ぃ……？

825 名無しのライバー ID:/mSPQ85dY
大　本　営　発　表

あんだーらいぶ公式@underlive_official
#あんだーらいぶから新たに2名のライバーがデビューが決定
アカウントはこちら
■御影和也：@kazuya_underlive
■東雲愛莉：@airi_underlive
各ライバーのチャンネル等はこちらから↓
https:underlive_news.jp

---

826 名無しのライバー ID:ANmJ/aoYs
>>825
新人きたあああああああ！

827 名無しのライバー ID:lpKa9gkDz
>>825
マジで新人きちゃ

828 名無しのライバー ID:fYZfn25RJ
>>825
最近いつも正午になる度に似たような嘘報告あったけど
マジなんか……

829 名無しのライバー ID:GOeRQrDu0
>>825
新人どりゃあああああ！

830 名無しのライバー ID:pCcwzJG/q
あー、これニヨ動実況者の転生先か

831 名無しのライバー ID:HnsF99l8d
直前に活動休止した奴がいたってだけだが
まあ界隈的には転生説濃厚よね

832 名無しのライバー ID:MoBthread
・御影和也
茶髪、アップバングでチャラい。ホストっぽい
例によって女性ウケは良さそう
・東雲愛莉
黒髪ポニテのスポーティーな感じ
胸部装甲デカい、吊り目
カッコイイお姉さん系

833 名無しのライバー ID:igZsbrJBC
アップバングってなんや……？

834 名無しのライバー ID:MoBthread
前髪をアップしてる髪型のことやで

835 名無しのライバー ID:IFIRkQCkH
駄馬君変な事詳しいし謎存在すぎる……

836 名無しのライバー ID:MoBthread
いや、そのくらい普通に生活してれば知ってるやろ……？

837 名無しのライバー ID:7sfReR5zA
オタク君は大体ヘアカットは店員さんお任せだから……
てか、ここに来てまさかの男女コンビデビュー

838 名無しのライバー ID:3Kc/87fu9

シルエット公開時はどっちかが男装の令嬢
とかいう予想とかもあったが
ガチで男性Vか

839 名無しのライバー ID:BqajCHQJR
荒れないのか？

840 名無しのライバー ID:qDp4DzHKB
何か既にフォロワーと登録者数5000人超えてんな
男女で男のが寧ろ登録者今多くね？

841 名無しのライバー ID:SRzrWDd5H
1万（脱サラ）ライン越え余裕そうなのが驚きだわ
女は分かるが男性Vで初速出るのはなんでや？

842 名無しのライバー ID:Pi0fyulai
フォロワーの面子と、SNSでパブサすれば答え出てくるぞ
男の方→前世実況者『イシカワ』
女の方→前世実況者『猫ふく。』
明言はしてないけど匂わせしてるしほぼほぼ確定

843 名無しのライバー ID:LboBZ8vk1
あー、結構有名どころやし
前世でのファン持ち込みか
そりゃ強いわ

844 名無しのライバー ID:Gnk+YONIQ
前世ファンで地固めというか強固な囲い込み作っておくっていう作戦か
ここの運営ちゃんにしては考えたな
ムーブ的に箱推しからは嫌われかねない諸刃の剣なんだよなぁ……

845 名無しのライバー ID:2AZuhMfex
あんだーらいぶ運営ちゃんはかなーりポンコツだし
ぶっちゃけまた何かしでかしそう

846 名無しのライバー ID:Dqe2HmcYW
リスクヘッジガバガバなのはマジで何とかしろ

847 名無しのライバー ID:rcArvB8uZ
今後似た形で男性Vちょこちょこ増やしていく算段か
ある程度数も増えればひとりだけが異様に叩かれるっていう現象もなくなるかな？

848 名無しのライバー ID:ZVPc3N0lc
昨日の夜女帝がやってた新人のシルエットネタにして遊んでたのは今日発表あるからか

849 名無しのライバー ID:8NiubSBdC
シルエットクイズと称してリスナーからイラスト募集してたな

850 名無しのライバー ID:MoBthread
本命：某探偵者の犯人
対抗：某アイドルゲーム社長
大穴：く○モン、ミッ○ー○ウスの擬人化
あれは酷かった
投稿するイラストのレベルが何故か高い

清楚路線には戻れないぞ……

857 名無しのライバー ID:w5wR7mrCS
だけど男性V加入か
男性Vが増えるよ!!　やったねたえちゃん

858 名無しのライバー ID:p+OkD+G0r
おい、やめろ！

859 名無しのライバー ID:tt+me7V1e
だけどどこの企業も、個人もV増えまくってんな

860 名無しのライバー ID:0BLFPKBNY
一説によるとVは既に数千人超えてて、ペース的に来年には1万人超えるとか

861 名無しのライバー ID:SiA2fBX1A
なにそれこわい

862 名無しのライバー ID:wz/iY/TEk
まあ結構な金が動くし、個人でも昔ほど手間もかけずにVになれちゃう時代だもんね
多少の投資は必要とは言え

863 名無しのライバー ID:XQ22Bxhyj
その内何割が上澄みとしてファンに認識されるんだろうか……
闇が深そう……

864 名無しのライバー ID:gQiT2seLI
そもそも動画配信者として見るなら
登録者が1000人超えてるのって全体の15%から20%が精々

才能の無駄遣いである
なお当人
女帝「サン○オはコラボを狙っているから絶対ネタにしない。ほら、イメージ的にも私にぴったりじゃん」
リスナー「うっそ、だろ？　おまえ……」

851 名無しのライバー ID:MU5oiFbLv
またまた　ご冗談を

852 名無しのライバー ID:J1MNN+EPM
いや、あいつならマジで思ってそう

853 名無しのライバー ID:Px6n7nA7k
リスナープレゼントのジェ○ピケのナイトウェアで喜んでた乙女な一面だってあるんだぞ！

854 名無しのライバー ID:gSswiRWwd
まあその後メ○カリとヤ○オクで値段調べてたけどな

855 名無しのライバー ID:sWpIndYaz
女帝「これ胸のとこがキツイんだよ」
リスナー「胸筋すげぇ」
女帝「ちげーよ！　バスト！　お前らが大好きなお胸ですぅうう！」
リスナー「必死すぎワロタ」
女帝「ちがうもん！　ボンキュッボンのワガママボデーだもん！」
リスナー「草」

856 名無しのライバー ID:2mnZKSzqC
もうネタ路線に走ってしまった今からでは

登録者10000人ともなると全体の2～3%
って話らしいからな

865 名無しのライバー ID:qLSZBMYyy
ガッチガチの一般人垢も含めてだから一概
にはどうこう言えないとは思うが
箱内最弱の脱サラですら登録者1万超えて
るから上澄みになるのか

866 名無しのライバー ID:U7Fg6G0v0
企業勢というか箱推しの力を借りて、だけ
どな

867 名無しのライバー ID:DWQ7ZlBXr
ぶっちゃけ脱サラさ
顔出しで料理と猫配信してた方が人気出そ
うじゃない？

868 名無しのライバー ID:JZTE+1XvO
それはそう

869 名無しのライバー ID:xS94V8UHq
大体毎回その結論になるよな

870 名無しのライバー ID:kAZ/dFD+6
一流じゃないけど大体の事を卒なくこなす
からな
DIYとかガーデニング系の動画もやってや
れないことはなさそう

871 名無しのライバー ID:3rxnitm96
スペックだけ見ると厨性能っぽいのに何故
伸びないのか

872 名無しのライバー ID:19FCTk2J5
どれも高水準だけど一流にはなれないから
器用貧乏キャラってちょっと扱いにくかっ
たりするでしょ

873 名無しのライバー ID:hnlQZtXV3
あいつの真価は味方のサポートとタンク役
にあるからって毎回言われてるやん

874 名無しのライバー ID:1avcMdKcA
それな
プレイヤー（あんだーらいぶ運営君）はも
う少しキャラ性能活かして戦って、どうぞ

875 名無しのライバー ID:ax4qUhp0Z
そんな強みを活かした企画がこちらです↓
https://vwitter.com/hasusaku_
underlive/status/XXXXXXXX

876 名無しのライバー ID:gckineki/
運営君より活かせてる
ハッス高評価

877 名無しのライバー ID:CaQ6JqFrv
面子から嫌な予感がぷんぷん漂ってくるん
じゃが??

878 名無しのライバー ID:0565CYE8X
お前らが最近燃えてないとか言うから……

879 名無しのライバー ID:aZAheTVVj
脱サラ、また燃えるってよ

880 名無しのライバー ID:Npi+JdVXS

草

881 名無しのライバー ID:ivMrDysE6
実家のような安心感

882 名無しのライバー ID:cJq4rP64R
単純に企画として楽しそうだし
前からやりたいってずっと言ってたやつだから応援するぞ

今日の妹ちゃん

お兄ちゃん。
また変な人に
引っかかってないよね……？

16話

声劇1

【9月×日】

御《み》影《かげ》和《かず》也《や》：突然の連絡でスミマセン。相談あるんですが、だいじょうぶですか？

唐突にデビュー直前の新しい後輩――御影和也氏からのダイレクトメッセージ。配信歴を見れば私よりもずっとずっと先輩だし、設備関係にしても配信界隈《かいわい》で長く活動している彼が知らなくて、私が知っているような知識もあるとは思えない。あるとすれば、ガワを取り込むモーションキャプチャー関係のソフト絡み。だが、そういう類《たぐ》いの相談なら私以外の先輩とかにすれば良いような気がする。それ以前に、そっち方面は運営側に相談するのが普通だろう。

お世辞にも初見でイメージの宜《よろ》しくない私に相談事というのは正直驚きである。大手検索サイトのサジェストに『炎上』であったり、最近になってからは『引退』だとか穏やかじゃない単語が出てくる。とっとと引退しろってことなんだろうか……ごめんね、今のところはその予定はないんだ。事務所サイド的にそうするつもりならどうしようもないんだけれども。実際に検索してみるとSNSや掲示板のスレッド、まとめサイトみたいなものがヒットする。正直言って心証が良いわけがない。頼《たよ》り甲斐《がい》のある先輩ではないが……折角相談してくれたのならば、出来る限り力になってあげたいと思うのが人情というものである。私だって少しくらいは箱のために貢献しなくちゃ、それこそいる意味がない。このままでは前職で承認印を押すだけでずっとネット麻雀《マージャン》していた元職場の上司みたいになりかねないではないか。

神坂怜《かんざかれい》：私に答えられる範囲であれば、幾らでも力になります
御影和也：毎月のボイスってあるじゃないですか？
御影和也：あれの台本とか収録ってどういう形でやるものなんですか？
御影和也：他の方ってどうしてるのかなって思いまして

あー、なるほど。ボイスの販売っていうのはこの界隈特有の文化みたいなところあるしなぁ……そら経験はないだろう。いきなりファン向けにウケの良さそうな台本書けと言われても難しいだろう。私もその辺実体験あるし、何なら未《いま》だに上手《うま》いこと書けてない。妹や羽澄《はすみ》先輩に頼ったりしているのが実情であるが。

私に相談したのにも何となく納得がいった。異性の先輩に女性ファン向けの台本どうしたら良いか、なんて聞くには少しばかりハードルが高い気がするし。同性の柊《ひいらぎ》先輩は大先輩の上に、ボイスの出来が少々特殊らしい。妹曰《いわ》く「あれはラギ先輩だから許される高等テクニック」とのこと。誰も彼もがおいそれと使える手ではないに違いない。

私も6月の柊先輩3Dお披露目イベント内で『ボイス発売順に並べる』という内容のクイズでチラッとボイスを聞いたのだが……中々特徴的な仕上がりだった。普段の喋《しゃべ》っている感じだ

と良い声なのに、どうして演技になるとガッチガチの棒読みになってしまうのだろうか。もう少し自然体を出せるだけでも随分《ずいぶん》と印象が変わってくると思うのだが。普段見せない一面を見せる、という意味合いではこれ以上ないファングッズであると言える。流石《さすが》は柊先輩だ。

それに先輩のことだからネタになるのを分かっていて、わざと棒読みの演技している可能性も否定出来ない。あの人中々に強《したた》かなところがあるし。素《す》でやっているならそれはそれで末恐ろしいのだけれども。彼が男性ＶＴｕｂｅｒナンバーワンの座にいる理由は傍《はた》で見てよく分かる。単純に面白いのだ。彼が話しているだけで人々を惹《ひ》き付《つ》ける魅力がある。私では到底敵《かな》いそうもないし、真似《まね》も出来ないだろう。

話を少し戻すが、朝比奈《あさひな》先輩は一応男性ＶＴｕｂｅｒという括《くく》りではあるものの……正直扱《あつか》いとしては男性より女性のそれに近い。ファンの人によると性別が『あさちゃん』なのでどちらも違うと言えなくもない。そもそもボイスも隔月で出すようなペースらしい。そういう意味では消去法で私に行き当たったと考えれば何となく理解は出来る。

とは言え、ぶっちゃけ私もそんなに詳しくない。未だに手探りなところが多く、マイクはもっと高額なものの方が良いのか？　と羽澄先輩に尋ねたことがあったが、返答は――。

「上を見たらキリがない。それこそ桁《けた》がひとつどころかふたつほど違うマイクのが良い音は録れるけど。そっちより演技や台本頑張ったほうが良いと思う」

という回答だった。まあもっともな話である。機材関係は基本突き詰めていけばその額はとんでもない金額になる。プロならば機材にもある程度の投資は必要かもしれないが、何事にも身の丈というものがある。そっちに注力するよりは、演技力なんかを磨く方がよっぽどお手軽だ。まあ個人でも数百万円のマイクを使っているような配信者もいたりするのだが。
後輩の前で見栄を張って偉そうに他人の言葉を受け売りするつもりはないので、素直に台本は運営さんにも相談出来る点。収録に関しては基本的に宅録のマイクでも問題ないが、気になるなら事務所の機材でも収録は出来る点。後はライバー内でも台本を積極的に書いてくれる先輩がいるという旨を簡潔にまとめて彼に返信した。

御影和也：ありがとうございます。マジで助かりました。

良い子じゃないか、うん。私の経験則によると挨拶とお礼がきちんと言える人は大体根っこは良い人が多いのである。彼にも是非とも羽ばたいて行って欲しいものである。少々気がかりな点があるとすれば、前世——即《すなわ》ち配信者時代『イシカワ』として活動していたという点。彼のように新しいガワや名前を得て活動再開することをファンの間では『転生』なんて言い方もするらしい。その転生っていうのには批判的な意見を持つ人も一定数いるのである。
活動休止を発表して新しい事に挑戦する——というような発言をしていただけで、直接ＶＴｕｂｅｒとして活動するという発言をしたわけではないし、その内容に関して深く言及するような事もなかった。しかし昨今その手の発言が転生示唆《しさ》として捉《とら》えられてしまうわけで。結構無茶苦茶なこじつけっぽいが、実際にあちらからの活動転換としてＶデビューする人が本当に増えてきているのも事実。直接触れたわけでもないが、世の中にはそういうのを嫌う人がそれなりにいらっしゃるようで、色々騒ぎになりそうな予感がする。

「また転生かよ」みたいなそういう類いのコメントは既に目に見える形でかなりの数投稿されている。昔はそれこそ配信経験もない素人《しろうと》さんが業界参入する事がほとんどであり、こういった新しいスタイルに思うところがある人もいるのかもしれない。注目度や盛り上がりを見て他業種からの参戦に対して厳しい目で見られるのもまあリアルの別業種でも割とあるあるだしなぁ。黎明期《れいめいき》から支えてきたファンの人程そういうのに厳しい目で見る人がいるみたいだ。新参者はいつだって比べられて、批判されがちになるのはどの世界でも変わらないらしい。

初配信前にもかかわらず、『新人の正体は前世〇〇〇〇』みたいなタイトルのネット記事が出回っている。中には見事言い当てているものも少なくはない。その根拠が先述した『活動休止』や『新しい挑戦』という文言。それに対して快く思わないユーザーのコメントが私の想像よりも遙《はる》かに多かった。

そこそこの界隈にも馴染《なじ》んできたと思ったけれども、まだまだ理解が及ばないことが多い。多くのあんだーらいぶファンの人たちにああいった意識が波及したりしないだろうかとか色々心配になってしまう。杞憂《きゆう》に終われば良いのだが……。

【9月×日】

先日軽く触れていた羽澄先輩からお誘いのあった企画に参加した。

内容をざっくり説明するなら『ボイスドラマ』『声劇』である。リスナーさんや羽澄先輩が考えた台本を元に、参加する演者に役を振り分けて演じてもらう。企画から準備まで全部羽澄先輩がひとりで行った。「他ライバーさんを招くホストなので、このくらいは」と彼女は言ってはいたが、結構な労力だと思う。参加だけして甘い汁吸うような真似はしたくない。雑な仕事などするわけにはいかん。私のファン以外の人の方が視聴者層的には多いはず。そういった人たちにも納得してもらえるだけのものを示さねばなるまい。

何より、誘ってもらった先輩の顔に泥を塗るような真似だけはするものか。

喉のケアやら事前の発声練習やらは済ませてある。ただ、心配なのは……参加者に女性が多いという点に尽きる。そりゃあ、そもそも演者の男女比率で女性が多いのだし仕方ない。男性陣で朝比奈先輩が一緒に参加しているのが救いである。女性陣は主催の羽澄先輩。後はルナ・ブラン嬢と日野灯《ひのあかり》嬢の月と太陽コンビ。箱内でも屈指の男性ファンの多い面子に若干嫌な予感が拭い切れない。こういう企画ということで何とかお目溢《めこぼ》ししてもらえたりしないだろうか？　だけど、これだけの人数で通話を繋《つな》いでコラボ配信するって機会は恐らく初めてなのでそういう意味での緊張感もある。

数ヶ月前の私であれば間違いなく断っていただろう。以前台本を書いてもらった恩もある羽澄先輩の誘いを断り辛《づら》かったのもあるが、後輩ふたりからのコラボの誘いをずっと回避していた背景もあり、今回は腹を括って参加させていただく形となった。ネタや冗談だろうとずっとお断りされ続けるのは、一部のファンは不快に思うかもしれないし、箱全体で不仲とかそういったイメージを持たれるのも避けたい。

「重箱の隅をつつくような事なんてあるのか？」なんて事を聞かれるかもしれないが、この界隈往々にして想定外の方向から叩《たた》かれることが多いのである。この辺は人気コンテンツだから仕方のない側面もある。しかし、男性Vとの絡み自体を快く思わないファンがいる事も事実なわけで。多少荒れる事は覚悟の上だが、他の参加者がその余波に巻き込まれないか——ということだけが懸念事項であった。

そのため事前に羽澄先輩には『そういう可能性もありますよ』という事を伝えて、参加予定のメンバー全員にもそれらを共有——したのだが、全員即答でゴーサイン。うーん、どういうことだってばよ。炎上商法とかいう奴《やつ》なんだろうか。確かに、この場合基本的に私が悪い事になるので他の参加者は基本被害者という扱いになるのか。まあ余りに彼らを批判する意見が多いようなら、別に意識を向けさせれば良いだけの話。

それでも私にしては随分思い切った決断だったなぁ、今更ながらにしみじみと思う。少しはまともな人間らしくなっただろうか？　あるいは遠ざかったのだろうか。何にせよファンの人に楽しんでもらえる配信にしなくちゃな、頑張ろう。

「遂《つい》にコラボですね、怜先輩！」

「1対1じゃないのはちょっと不満ですけれど」

尻尾《しっぽ》付いていたらぶんぶん振り回してそうなくらい、嬉々《きき》とした様子で話しかけてくる日野嬢とブラン嬢。微笑《ほほえ》ましいが、それが配信に乗るのは色々不味《まず》いのでは……？　その様をこれまた楽し気な表情の立ち絵で見守る羽澄先輩と朝比奈先輩。

「おっ、てえてえか？」

「羽澄先輩……そこは焦げ臭いの間違いでは……？」

「可愛《かわい》い後輩に好かれてるならいいじゃない、ねー、白玉」

「にゃ」

〔焦げ臭いは草〕
〔また神坂殿が燃えておられるぞ！〕
〔白玉ちゃんカワユス〕

さっき頑張るとは言ったが……いや、本当に頑張るには頑張るけど……配信後にマシマロ見るの怖いなぁ。ちなみにリアルタイムで「マシマロが届きました！」という通知メールがバンバン入っている。配信中なので中身まではチェックできないけれども、何かを察してしまうアラサーであった。

「反応を楽しみたいから台本は事前にチェックさせない。ぶっつけ本番スタイルで行くから」と言う先輩の企画の主旨通り本当に演じる直前に台本が送られてくる。本当のプロの朗読や演技という訳ではないので、噛《か》んだり、途中で詰まったりするのもご愛敬《あいきょう》といった具合である。

記念すべき1回目。私の配役は兄役だった。朝比奈先輩は私のお友達で同じく妹を持つお兄ちゃん役。後輩ちゃんズはそれぞれの妹。羽澄先輩が我々に二股する悪女という昼ドラか何かか？　という中々ツッコミどころ満載な役だが、内容的にはかなりコミカルな仕上がりでネタ寄りだった。


「なんで、るーがそっちの妹役なの……」

「ふふーん。わたしの溢れ出る妹力、びしばし伝わっちゃったかなぁ？」

「だって身長あんまり変わんないじゃん！」

「僕小さくないよ⁉」


「確かに大して変わらないか、寧《むし》ろ小さい」

「い、一応公式設定的にはあさちゃんの身長は公表されていないから……」

「確かにお兄ちゃん感はないな」

「ドヤ顔ルナちゃんかわよ」


「先輩先輩、『お兄ちゃん』と『兄さん』どっちがいいですか？」

ブラン嬢がノリノリで聞いてくるが、こういう演劇的なのが好きなのかな？　あるいはひとりっ子でそういうのに憧れがあるとか？　何にせよ、後輩ちゃんズが話しかけてくるのに連動してマシマロの通知がやって来る。見ていないけれども、何故《なぜ》か中身がどういう類いのものか何となく分かってしまう。エスパーって名乗って良いかな。


「お兄ちゃん一択」

「お兄様がいい」

「お兄ちゃん」

「兄者」

［兄上］
［兄貴］
［お兄ちゃんが良い］
「コメントだとお兄ちゃんが多いね」
「むぅー、そういうのじゃなくて。どっちで呼んで欲しいかってのを聞きたいんですぅ」
「いや、特にそういうのはないよ。呼びやすい方か要望の多い方でやるのが良いんじゃないかな」
「……じゃあ雫《しずく》ちゃんにはどう呼んで欲しいんです？」
「ずっとお兄ちゃん呼びだからなぁ。前に猫被《ねこかぶ》って兄さん呼びってのも悪くはなかったけれども。いや、そもそもあの子からならどう言う呼称でも嬉しいよ。『オイ』とか『お前』とか言われると流石に凹《へこ》んじゃうけど。あ、でも私の事をはじめて呼んだ時って『にぃにぃ』だったんだよね。あの頃本当に可愛いかったなぁ。いや、今も勿論《もちろん》最高に可愛いんだけれどもね」
［詠　唱　開　始］
［妹トークになるとタガ外れるよな］
［詠唱破棄しろ］
［長い長い］
［好きなものを語ると急に早口になるのはマジであるよな］

［多分そういう事聞きたいんじゃないと思うんだよね］

「先輩のばか」

「え？　あ、なんかごめんなさい」

つい妹の事となると熱く語ってしまう。でも仕方がないじゃないか。これが私なりの愛情表現のひとつなんだから。ちなみに、通知メールが鳴りやまない。ちょっと怖い。まあ、頑張ろう。

915 名無しのライバー ID:IMjyO/pdy
おほおおおお！

羽澄咲@9月×日ボイスドラマ企画@hasusaku_underlive
【あんだーらいぶ】ボイスドラマ企画でいい声が聞きたい【私得】
配信はじめました。

---

916 名無しのライバー ID:pam2/lmj9
ゲスト枠が
男性：あさちゃん、脱サラ
女性：月、太陽
ハッスは言わずもがな
数字取れる女の子ふたりと、単純にボイスクオリティの高い男子ふたり

917 名無しのライバー ID:plwd8WUS2
コーン息してっか？

918 名無しのライバー ID:sFekaN8cB
まあ先月末のあれもあるしオフでもない限り、
脱サラが以前ほどボロカスに言われることないやろ

919 名無しのライバー ID:YGkp0xAYk
魔法の言葉『てえてえ』で表のライト層は懐柔可能やで

920 名無しのライバー ID:w2JYvkLZq
仲の良い畳を外す事で企画への意気込みを感じられる

921 名無しのライバー ID:MoBthread
畳は空気が読める奴だし誘われても断ってそう
多分自分を介さない形で脱サラにコラボ実績作らせてとか絶対考えてるだろ、あいつ

922 名無しのライバー ID:TMAF6HF74
あの人、そこまで考えてないと思うよ

柊冬夜@パソコン壊れた@Hiiragi_underlive
詫び石で引けた
やっぱり神ゲーだな、これだからガチャはやめらんねぇ！
んほぉ～、このキャラの乳たまんねぇ！

---

923 名無しのライバー ID:R+4D8hMCo
>>922
真顔でなんてこと言うのって言おうと思ったけど
ガチでそれっぽいのやめてw

924 名無しのライバー ID:S1U4Pkx2y
>>922
んほるな

925 名無しのライバー ID:MoBthread
ボイスドラマ配役
ハッス：男性Aと男性Bに二股かける糞女
脱サラ：男性A
あさちゃん：男性B
ルナちゃん：男性Aの妹
灯ちゃん：男性Bの妹

なぁにこれぇ……
ちなみにハッス以外は事前告知なしのぶっつけ本番です

926 名無しのライバー ID:u0HfWOExd
>>925
ただの修羅場じゃねぇかよ！

927 名無しのライバー ID:Tb2x1njkk
>>925
ひっでぇ台本w

928 名無しのライバー ID:/yurisuko
>>925
ネタで送ったら採用されてて吹いた

929 名無しのライバー ID:DRbWDM6kq
送ったのスレ民かよ
流石に草

930 名無しのライバー ID:G0CWNpOvj
もう少し手心を加えてやれ

931 名無しのライバー ID:NHmF9kTMX
ルナちゃん「お兄ちゃんと兄さんどっちがいいですか？」
脱サラ「コメントだとお兄ちゃんが多いね」
ハッス「違う、そうじゃない。私が望んでるのはもっと別なんだよなぁ」
あさちゃん「お兄様が選択肢にないのはおかしくない？」
灯ちゃん「台本準拠じゃなくて演者のリクエスト制だったの!?」

932 名無しのライバー ID:/6HrzLakU
妹配役ではしゃいでるルナちゃんかわわ

933 名無しのライバー ID:67vwhdhNw
ひっでぇ台本

934 名無しのライバー ID:BoQWAUeXJ
あ、ありのまま今起こった事を話すぜ！
男女間と妹を絡めた修羅場話だと思ったら、百合、BL展開になっていた
スレ民の恐ろしい性癖の片鱗を味わったぜ……

935 名無しのライバー ID:/yurisuko
あんまり褒めるなよ
照れるぜ

936 名無しのライバー ID:snkCH4Ns0
褒めてねぇよ！

937 名無しのライバー ID:rgPa9XTz8
妹キャラ同士で百合
兄キャラ同士でBL
これもーよくわっかんねぇな

938 名無しのライバー ID:o2WB000CS
男の人は男の人同士で
女の子は女の子同士で恋愛すべきだと思うの

939 名無しのライバー ID:c/QC5q2XE
その台詞って改変されて生まれたと思ったらガチで言ってんのな

940 名無しのライバー ID:4DIjJ+uDy
百合だけでよかったのでは？

941 名無しのライバー ID:tV9JEL8Nn
女性ユーザーにも配慮しなくちゃだから
……

942 名無しのライバー ID:uNgojYqyx
ルナちゃん「大体いつも似たようなノリじゃない？」
灯ちゃん「あー、うん。大体こんな感じかも」
脱サラ「私たちの演技のあれも世間では一般的なんですか？」
あさちゃん「いや、違う。流石に男同士でああいうのはしないと思う」
脱サラ「友達いなかったから分かんなかった」
あさちゃん「何も言えねぇ……」

943 名無しのライバー ID:VkZFherYC
ルナあかは普段からもっといちゃいちゃしろ
脱サラはおやつ感覚で闇を見せるなよ……

944 名無しのライバー ID:MoBthread
ボイスドラマ配役2
あさちゃん：男性A
ルナちゃん：男性Aの彼女
脱サラ：男性B
灯ちゃん：男性Bの彼女
ハッス：モブ
コーンをもっとだいじにして！

945 名無しのライバー ID:SMw8HHrnP
>>944
めっちゃ攻めた配役で草

946 名無しのライバー ID:a1z8dqobn
>>944
あかん、これじゃ脱サラが燃えるぅ！

947 名無しのライバー ID:PWYfpFaL/
ハッス「台本にはちゃんと名前で呼び合うように書いてあるんだZE☆」
ハッス「ちなみに台本書いたの私だし、叩くのは私だけにしろよ」
イケメンじゃん

948 名無しのライバー ID:+OTlZmLGz
あさちゃん、ルナちゃんペアがただの可愛い女の子同士にしか聞こえない件

949 名無しのライバー ID:vHGaz12DG
わざと声もそっちに寄せてるな
流石に配慮か

950 名無しのライバー ID:DKNm8P1aa
これはこれで若い学生同士の付き合いたてカップルっぽくてすこ

951 名無しのライバー ID:nNwvsud/H
草

952 名無しのライバー ID:x+T4GqOKl
ファーww

953 名無しのライバー ID:MoBthread

相変わらず声だけはいいな、こいつ
急に名前呼ばれてビクッてなるのは何となく分かる

958　名無しのライバー　ID:KmWmWhCvH
>>953
ユニコーンは異性に名前呼びだけで照れる灯ちゃん要素で喜び
脱サラ相手に女の子っぽい反応しちゃった事にダメージを受ける
喜びとダメージどっちがデカイんだろうか？

959 名無しのライバー ID:zqLUmleQh
ワイは推しが幸せならOKです

960 名無しのライバー ID:G/AOu1xr+
悲報　リテイク台詞飛ばないけど相変わらず照れて棒読みになってしまう

961 名無しのライバー ID:2XtIN7XbS
脱サラ「大丈夫？　ごめんね。こんなのが相手で」
灯ちゃん「違うんです、そういうのじゃないんです、違うんですぅぅううう」
脱サラ「はい。深呼吸。深呼吸。お水飲んで」
灯ちゃん「はいぃ」
ハッス「ただの兄妹じゃん。何かちょっと思ってたのと違うけど。これはこれでてぇてぇ」
あさちゃん「怜君絡むと大体兄と妹、弟に変換される件」
灯ちゃん「じゃ、じゃあーどこいこっか？」
脱サラ「灯はどこ行きたい？」（イケボ）
灯ちゃん「――ッ、ごめんなさい！　ごめんなさい」（照れて台詞飛ぶ）
あさちゃん「でもお兄ちゃん感が拭えない事実」
ハッス「それな。声色が完全に恋人じゃなくて妹に対するそれ」
ルナちゃん「そ、そーですかね……だって……あーちゃんのあんな反応…………」
あああ

954 名無しのライバー ID:zp4yNZJFv
>>953
灯ちゃんくっそかわいい

955 名無しのライバー ID:PeVTxBdl1
>>953
照れ灯ちゃん可愛すぎでは？

956 名無しのライバー ID:A1Qrl27xN
>>953
異性から名前で呼ばれただけで照れるの可愛い
脱サラは完全に雫ちゃん相手の時の声色

957 名無しのライバー ID:gckineki/
>>953

ルナちゃん「後で配役入れ替えてやってみませんか？」

962 名無しのライバー ID:lEG73RAsL
何故か恋人感は皆無である
ホント何故ぇ……？

963 名無しのライバー ID:O0nETrrgD
何故ってほら、そこはほら脱サラだから

964 名無しのライバー ID:atJM5Uqh6
あー、うん
それはそうかもしれん

今日の妹ちゃん

他の女の子に
お兄ちゃんとか言われてるのは
ちょっと複雑……いや、なんでもない。

17話 声劇2

【9月×日】

羽澄《はすみ》先輩からのお誘いで、あんだーらいぶのメンバーで行う『声劇』企画の配信に誘われた。面子としては、主催である羽澄先輩。そして朝比奈《あさひな》先輩、月と太陽コンビ、私といったメンバー。肝心の配信内容だが、羽澄先輩が事前に募集していた話題や台本をベースに加筆修正を加えたものらしい。多くの場面で先輩が端役に徹するような形になってしまっていたのが、申し訳ない。

開始直前に先輩から台本のテキストファイルが送られてきて、視聴者さんに配役を公開。全員で台本を少し読む時間を軽く取りながら、その内容や配役に関して全員で雑談をした後に声劇開始といった具合である。そして今まさに届けられた台本を見て、私は思わず固まっていた。先程まではかなりコミカルな設定と展開に加えて、配役も多少の配慮《はいりょ》はされているような感じはしたのだが……今回は配役からして嫌な予感しかしないのである。

私：男性A
日野《ひの》嬢：男性Aの彼女

朝比奈先輩：男性B
ブラン嬢：男性Bの彼女
羽澄先輩：モブ

「余計焦げ臭くなってないですか?」
「大丈夫大丈夫。そうなるときはお姉さんも一緒だよ」

［また神坂《かんざか》殿が燃えておられるぞ！］
［メッセージが削除されました］
［ま　た　か］
［い　つ　も　の］
［メッセージが削除されました］
［親の顔より見た炎上］
［もっと親の炎上見ろ］
［親の炎上ってなんだ（困惑）？］

男女でカップル役とか明らかにそういう層に喧嘩《けんか》売ってるんだろうなぁっていうようなシチュエーショ……批判的なコメントは思ったよりは少なかったが、チラホラ見受けられる。早々に羽澄先輩のモデレーターさんによって処されていた。彼女はこれも織り込み済みだったのか、この状況を楽しんでいるようにすら思えた。無理に遠ざけるよりはネタとして昇華した方が私のためになると考えたのだろう。

「なんで、あーちゃんがそっちの彼女役なの……！」

「あたしの溢《あふ》れ出《で》る魅力は大人の男性にピッタリという事よね」

「おっぱいちょっと大きいだけじゃん！」

「ちょっとではない。ナイスバディなのよ」

「お尻大きいのは気にしてたくせに……」

「るー、今禁忌に触れたな……？」

［ちょっと……？］
［胸部装甲にはかなりの差があるような］
［胸と尻は盛れるだけ盛るペコ］
［小さいのだって良いだろ!?］
［ほっこり］
［親戚のお兄さんを取り合う子供の図］
［既視感があると思ったらそれだわｗ］

「台本にはちゃんと名前で呼び合うように書いてあるんだＺＥ☆。今回の配信では企画脚本の私——羽澄咲《さく》が神なのだ。従うのだ。台本書いたの私だし、叩《たた》くのは私だけにしろよ」

攻めた台本を書いたのに、そういうのは全部ひとりで背負《しょ》いこもうとするのか……依然として通知がリアルタイムで届いているマシマロの件は誰にも口外しない方が良いな。余計に心配を掛けてしまいそうだし、企画した先輩にも悪いし。

「おい、誰だ今おねショタってコメント書いたやつ。流石《さすが》に僕の方がお兄さんだぞ⁉」

「あ、そこ気にしてるんだ」

「僕小っちゃくないんだよ」

「デフォルト設定の立ち絵だとこの中で一番小さいけどね。あさちゃん」

「よし、今度ハッスが食事に出かけるとき某ニート先輩に日程を教えてあげようっか」

「そ　れ　は　や　め　て！　あの人ガチでアホほど食うんだよ⁉　私の財布ポイントが底をついちゃうから‼」

［草］
［ニートにリークは草］
［事務所在住の新戸《あらと》先輩か……］
［あの人マジで事務所に住んでんのか……？］
［エリカ様ならまだ分かるけどあの人後輩にまでたかってるのか（困惑）］
「はい、という訳で本番スタート！　灯《あかり》ちゃんからねー」
「こほん……じゃ、じゃあーどこいこっか？」

「灯はどこ行きたい？」

「――ッ、ごめんなさい！　ごめんなさい」

日野嬢が台詞《せりふ》を詰まらせてしまい、大慌てで謝罪する。立ち絵があるわけでもないのに、顔を真《ま》っ赤《か》にして恥ずかしがっている姿が容易に想像できてしまうくらいの慌てようだった。いずれ表情差分でこういうのも反映できたりするようになったりするんだろうか。

そりゃあ男から名前で呼ばれるのは嫌だよなぁ。特に思春期真っ只中《ただなか》なのだ、恥ずかしくなっちゃうのも分かるよ。逆になんだか申し訳なくなってきた。でも私は私で人様の事を名前で呼ぶ、なんてのは基本的にないから結構新鮮な気持ちではある。恥ずかしいとかは一切ないけれども。微笑《ほほえ》ましいハプニングだし、こういうのは見ている人にとっても良いスパイスになるだろう。

［かわいい］
［照れ灯ちゃん可愛《かわい》いぃぃいいい］
［男慣れしていない感じ……アリですねぇ‼］
［メッセージが削除されました］

「お兄ちゃん感が拭えない事実。僕ひとりっ子だからあくまで所感だけど」

「それよね。声色が完全に恋人じゃなくて妹に対するそれなのよねぇ」

「そ、そーですかね……？　だって……あんなの……それにあーちゃんのあんな反応

「…………」

今朝比奈先輩と羽澄先輩が言ったように年齢的にも妹に近いせいか、どうしても彼氏役というのではなくお兄さん役に近いものになってしまうらしい。身体が本能で小火《ぼや》を回避しようとしてそう言う声色になっている説もなくはないけれども。

「大丈夫？　ごめんね。こんなのが相手で」

「違うんです、そういうのじゃないんです、違うんですぅううう」

「はい。深呼吸。深呼吸。お水飲んで」

「はいぃ」

演じる場面では、私の相手役だった日野嬢が台詞を飛ばしてしまったり、噛《か》み噛《か》みだったりするのを見て非常に申し訳ない気持ちになってしまった。そら、演技でも年頃のお嬢さんが恋人同士を演じるなんてのは酷なことだ。今度事務所通して何か菓子折りでも送ったほうが良いかな？

ちなみに滅茶苦茶《めちゃくちゃ》ごくごく水飲む音が配信に乗ってそれで更に盛り上がって、彼女が更に羞恥に顔を赤く染めるような状況になったのはご愛敬《あいきょう》というやつだ。ファンのツボを押さえている、と言うか計算抜きに素《す》でやっているんだろうけれど。日野嬢が人気を獲得している理由が何となく分かった気がする。私真似《まね》しろって言われても土台無理な話だ。そもそもこういうのって女の子だから需要があるわけで。

サブモニタで広げて台本の受け取りなどにも利用していたディスコの方では、『日野灯が入力中……』という表示があった。ユーザーが入力をしている際に表示されるものだ。一向に文章が投下されないところを見ると、何かを書き込もうとして悪戦苦闘しているのか。書いては消してを繰り返しているのか……配信中の彼女の立ち絵を見ると僅《わず》かに下を向いている様子。キーボード入力していると勝手に推測してみる。きっと謝罪文でも入力中なのだろう。

「こういうハプニングもご愛敬というやつですよね。私台詞言ってる途中、虎太郎に甘嚙みされてましたよ」

そう言いつつ『気にしないでいいよ。視聴者さんの方を見てあげて』とメッセージを飛ばす。他メンバーもそのコメントが起因とされているかは分からないが、皆の立ち絵の表情が笑顔になったように見えたのは気のせいだろうか。他メンバーからその書き込みに対するグッドマークが飛んでくる。何だかんだ皆見ているんだなぁ。少なくとも日野嬢の立ち絵も正面を向いて笑顔だったから良しとしよう。

「んじゃあ、ご期待にお応えして配役入れ替えてやってみよっか」

羽澄先輩の提案で配役の入れ替えを行う事となった。何故《なぜ》かブラン嬢がガッツポーズをしてマイクスタンドに腕をぶつけるというハプニングもありつつ、ではあるが。後で冷やしておくようにそれとなくメッセージ飛ばしておこうか……青あざでも出来たら大問題だ。

「どこ行きますか？」

「ルナはどこ行きたい？」

「うーんとね、海！　新しい水着買ったんだ」

とまあ特に問題なく演技を終えたが、その後「ありがとうございました、怜さん」と演技を終えたというのに演技中と同じくように名前呼びで固定されるようになってしまった。それに対して彼女は――。

「だってあーちゃんだけ前から名前で呼んでたじゃないですか。そんなのズルいですよ」と配信中なのに小声で私にだけ伝えるつもりなのか、囁《ささや》くように呟《つぶや》いた。勿論《もちろん》配信には乗っているんだけど。通知が鳴りやまない。最早《もはや》何の通知を告げるバイブレーションか確認も説明も不要だろう。

学生時代から会社勤め時代含めて名前で呼ばれるなんて事ほとんどなかったものだから、世間一般ではこういう距離感が普通なのかどうかが分からない。その昔私を弄《いじ》って遊んでいた彼らが時折からかいながら私の名を呼んでいたのもあって、名前呼びにあまり良い思い出はなかった。ただ、今は不思議と悪い気はしなかった。それがたとえVTuberとしての活動名であったとしても、だ。文字数的にも『神坂』より『怜《れい》』のが単純に呼びやすいだけかもしれないけれども。朝比奈先輩からもそういう風に呼ばれるようになってからしばらく経《た》つが、未《いま》だに慣れない。

羽澄先輩がサポート役に回ってばかりだったのが気になったので、枠の最後の方には彼女をメインに据えたものもひとつ捻《ね》じ込《こ》むことになった。まあ提案したのは私なんだけれども。だって彼女のファンからすると羽澄先輩がメインキャラとして演じている姿をきっと見たいはずだ。こういうのは出演している皆のファンが楽しめないと意味がないと思う。

あくまで『お芝居』として見ている人が多かったらしい……もっとも苦情が全くなかった、というわけではない。思ったよりは少ない、というだけの話。この手の苦情やご意見は過去に4桁《けた》程貰《もら》ったことがあるのだが、マシマロに届いたのは3桁に留《とど》まる程度。それなりのものを覚悟していただけに、少し拍子抜けしている。これは私の演技が中途半端だったのも関係しているんじゃないだろうか。それはそれで凹《へこ》んじゃう。配信中に届いた物の中には素直な『良かったです』というような感想もあった。またやってみても良いかな、という感情と、参加者の皆に迷惑掛けてしまうという理性。こんな悩みを抱えるなんて――私は幸せ者だ。

◇◆◇◆◇◆

ルナ・ブラン：怜さん、こんどは大人数じゃなくて1対1でコラボしましょうね
日野灯：怜先輩、今回は色々ご迷惑かけて申し訳ありません
日野灯：タイマン配信でリベンジさせて下さい

「こういうの絶対表になったら不味《まず》いんだろうなぁ……」

配信終了後に彼女たちから届いたメッセージへの返答を考えながらポツリと呟く。こういうのは私ではなく、今度デビューする新人君たちへ向けられるべきものだ。彼らが成果を収めれば、いよいよ私がお払い箱になる日も近いのかもしれない。そうなったとき、きっと彼女たちが望むこれは果たすことは出来ないだろう。

「ん……？」

丁度羽澄先輩からもメッセージ。彼女たちへの返信と併《あわ》せてお礼を送ろうと思っていたところなので、『判断が遅い』と天狗《てんぐ》の面付けた人に引《ひ》っ叩《ぱた》かれそう。ちなみに元ネタは知らない。

柊《ひいらぎ》先輩がファンアートで叩かれる画像がタイムラインでやたらに目に付いたので知った程度である。ソーシャルゲームのガチャでの撤退タイミングを見誤ってそれを天狗さん（仮称）に咎《とが》められているイラストだ。元々のファンの母数が多いのもあるが、本当にクリエイティブなファンの人が多いんだよね。

羽澄咲：好評だったみたいなので、またいずれお願いします
羽澄咲：また絶対誘うので余計な事考えずに参加してね。絶対に

なんだか、こちらの考えが見透かされたような後半の一文。どうにもこの箱には心底お人好《ひとよ》しが多いらしい。だからこそ、こんなにも居心地《いごこち》が良いのかもしれない。

【9月×日】
やはりと言うか、無事にデビュー予定の後輩ふたり——御影和也《みかげかずや》、東雲愛莉《しののめあいり》の両名が私の登録者数を追い抜いた。大変喜ばしい話である。もはやデビュー前の新人に登録者が追い抜かれるのが様式美になりつつある気がする。先輩としては不甲斐無《ふがいな》いが、後輩の出だしが順調なようで何よりである。

118 名無しのライバー ID:5+IP7qX3w
昨日のあれで燃えるかと思ったけど全然だな

119 名無しのライバー ID:8X+WXBPDm
低評価400超えは普通に多い方だぞ、どっかの誰かさんのせいで麻痺してるけど

120 名無しのライバー ID:4N4nZZzth
声劇配信は質でしたねぇ……
なお低評価数

121 名無しのライバー ID:fu7E9iMkO
相変わらずネチネチ文句は言われてるし、エゴサすればお気持ちしてるファンもおる

122 名無しのライバー ID:yV7UQNtrM
お芝居とは言え恋人役はそらまあ、ね……

123 名無しのライバー ID:TXSv68m2v
ただまあ思ったよりは控え目かなってくらいよね

124 名無しのライバー ID:pm/Lz8hTG
アンスレは新人の特定とか粗探しに忙しいからな
ある意味空き巣期間だったから
そういう意味ではいい時期だった……のか？

125 名無しのライバー ID:HxlXlRl7p
照れ灯ちゃんとかいう最高の素材提供に喜ばないのか、表民は？
アホなの??

126 名無しのライバー ID:wPBVXyyF5
>>125
めっちゃ喜んでる

127 名無しのライバー ID:bBhOsLwt1
>>125
超喜んどるで

128 名無しのライバー ID:vcuxLjdIN
あれは可愛かった
その後の慌てて否定するとこ含めて最高やったな

129 名無しのライバー ID:MoBthread
今まで異性からきちんと女の子扱いされたりすることが少なかったんやろうなぁ……
特に女の子女の子してる幼馴染みのルナちゃんが身近にいるから
きっと自分の事を卑下してしまって過小評価してるんだよね
でも普段の本人の性格や言動から直接伝えなかっただけで、
きっとクラスメイトたちは心の中では「すっげぇ可愛い」とか思ってたんだよ
高校生くらいの思春期の子ならあるあるやろ？
そういうの口に出せないんや
修学旅行のときとかきっと野郎共が枕投げひとしきり終えた後
教師が見回りに来るのを警戒しながら好きな女の子の話題になるわけよ
その時絶対に灯ちゃんの名前も挙がって、「なんだお前もかよ！」ってなるんだぜ
絶対そうだよ

灯ちゃん：怜先輩
ルナちゃん：怜さん
うーん、このコンビ……

135 名無しのライバー ID:WbNYDUA1W
相方が名前で呼んでるから自分も呼んでええやろ的な流れ
キッカケが欲しかったのかもしれない

136 名無しのライバー ID:0xe4mIEHR
ただあのふたりどちらが相手でも脱サラの演技は基本対妹ちゃん用のそれなんだよなぁ

137 名無しのライバー ID:9rzpl4wTh
炎上回避目的なのか、あるいは単純に一切そういう目で見てなくて素だったのか

138 名無しのライバー ID:Duucm1mlW
年齢的には雫ちゃんと同じくらいだしな
そら、妹と接するような形になるさ

139 名無しのライバー ID:2JU4IMQJb
でも演技終了後、あさちゃんには『朝比奈先輩』呼称だったよな……？

140 名無しのライバー ID:9STaDcUiE
そもそも月太陽コンビが名前呼びしてるのって、ハッスと忍ちゃん、そして脱サラの3人だけ

141 名無しのライバー ID:dj2sgepaM
好感度上げないと名前で呼んでくれないってギャルゲで学んでるやろがい

何よりあのおっぱいが素晴らしいからね
思春期の男子特攻すぎるんだよ
最近アプデされたのかね？
前より揺れてない??
話は逸れたけれど、ああいう本当はくっそ可愛いのに本人はその自覚なしで
異性を全く意識してこなかったのに、
あるキッカケで急に意識しまくって照れてしまう様……
控え目に言って最高ですね

130 名無しのライバー ID:npZnrQNXP
>>129
唐突に怪文書持ってくるのやめぇや

131 名無しのライバー ID:VLZM7A4on
>>129
お、おう……

132 名無しのライバー ID:HffN0ThCX
>>129
でも君、相手が男ってことで別枠でダメージ受けてたよね
後SNSなら文字数制限に引っかかりそうな長文やめな？
正直キモいやで

133 名無しのライバー ID:bm/k5r9HV
ルナちゃんがさらっと役交代で卒なく演技して、
その後さり気なく脱サラのこと名前呼びになってんだよなぁ

134 名無しのライバー ID:T1y/nJ1q3

草

142 名無しのライバー ID:o2r26rkis
ハッスはずっとふたりに付き纏ってるから分かるが、忍ちゃんが意外だな

143 名無しのライバー ID:EkprQk0nq
忍ちゃんにとっては初の同性後輩だし結構気にかけてるらしい
そもそも灯ちゃんが塞ぎ込んでたとき、歌リレー企画して脱サラと一緒に順番交代とかしてたやろ？
時折話題にも出るけど、裏で色々フォローしてあげたりお話ししてたりするらしい
勉強教えたりとかもあって何気に滅茶苦茶仲良し

144 名無しのライバー ID:lrACOyJgg
あー、なる

145 名無しのライバー ID:coM6A4NWA
ルナちゃん「プライベートで通話してるときも時折台パンの音が聞こえる」

146 名無しのライバー ID:CyvTlzZG8
草

147 名無しのライバー ID:fDDyzU9Bw
プライベートで披露するなやw

148 名無しのライバー ID:cczilrJr8
ク○ーンの名曲冒頭のズンズンチャッを台パンに変えた音MADすこ

149 名無しのライバー ID:nlJBLx4FA
素材ありすぎて余裕で再現できるのマジで草

150 名無しのライバー ID:4/jTUV8zl
朗報　新人男性V御影和也、脱サラインをデビュー前に突破

151 名無しのライバー ID:CYczysJdf
>>150
前にも見たけど前は告知直後だからまだマシか
1日は持ったじゃないか

152 名無しのライバー ID:d7mj222zx
>>150
い　つ　も　の

153 名無しのライバー ID:Wa2MvKZ05
>>150
脱サラインって何やねんって思ったら登録者1万人ってことか

154 名無しのライバー ID:V+hKKT/4y
果たしてそれは朗報なのだろうか……？

155 名無しのライバー ID:vGssEy8m7
箱的には朗報やろ

156 名無しのライバー ID:BX2BQUt9N
前世からのファン多いとは言え、デビュー前１万人は普通に凄い

157 名無しのライバー ID:9jlxecHgJ
まあそれを良しとしないファンもいるわけだが

あんま触れられてないけど
あさちゃんも脱サラ名前呼びになったんだが

167 名無しのライバー ID:IU3TD70Ys
やっぱ男性同士の友情ってイイよね

168 名無しのライバー ID:gckineki/
ちなみに脱サラの名前呼び時の反応まとめ
あさちゃんのは先月くらい
・ルナちゃん→怜さん呼称の反応
vuploader.luna.gif
・あさちゃん→怜君呼称の反応
vuploader.asahi.gif

169 名無しのライバー ID:Esx3rbF8T
前者　お目々パチクリするだけ
後者　驚いた後、僅かに微笑む
あっ
その表情ズルじゃん！
一部のお姉さまに特攻刺さっちゃうぅ

170 名無しのライバー ID:cB2nJLVfA
やっぱ『あさ×れい』なんだよなあ

171 名無しのライバー ID:/yurisuko
男同士は荒れないんでそっち方面擦ればいいと思います

172 名無しのライバー ID:mPHFjVsG/
最後の方の幼馴染みシチュやつ
割と好きやったのにあんま話題にあがんない件
・ハッス×あさちゃん

158 名無しのライバー ID:wcTdRDIAn
事務所的には数字取れそうだしそれで全然無問題だと思うぞ

159 名無しのライバー ID:JY5vdRPi6
演者と中の人とは分けて考えるべきだけどその演者サイドが持ち込みしてくるのはなんかモヤるわ
いや、分かっちゃいるんだよ？

160 名無しのライバー ID:/yJq/Aw09
それでもアンスレと同じように演者叩くのはおかしいからな？

161 名無しのライバー ID:LOrGA6WBU
そろそろガチで対応しないと
今後もっと口撃酷くなりそう

162 名無しのライバー ID:4cB9x9zID
そろそろ開示請求とか普通にしろと

163 名無しのライバー ID:nmMT48Jk7
直接的な殺害予告とかでも来ない限り動くことはなさそう

164 名無しのライバー ID:lSIJnm9yH
見せしめにひとりくらい対処しといた方が今後のためでは？

165 名無しのライバー ID:o3+qIjP84
まあ被害届出したりとかしたとして、早々に結果出るわけもなし

166 名無しのライバー ID:OkZ4X+L+K

おねショタはいいぞ
・ハッス×脱サラ
両方自然体すぎてこのカプもありやんなってなった

173 名無しのライバー ID:88i2smUUQ
月太陽コンビが目立ったおかげで燃えてないだけ説
ルナちゃん「私の時と演技全然違うのなんで！」
とお気持ちしてたところは可愛かった

174 名無しのライバー ID:8ZamKC+OF
定期的にこの企画やってほしいな

175 名無しのライバー ID:fcpdDl0z5
ボイス収益で買った圧力鍋にうっきうきの脱サラ

神坂怜@圧力鍋買いました@kanzaka_underlive
圧力鍋買っちゃった買っちゃった買っちゃった

---

176 名無しのライバー ID:mDfuSPcJt
草

177 名無しのライバー ID:LUlh+g2hl
まあ幸せそうならええか……
安上がりと言うか所帯じみてて安心するわ

今日の妹ちゃん

えへへ。そうだろう、そうだろう。
お兄ちゃん声だけは良いからね。
声だけは

18話 前世持ち

【9月×日】

買ってしまった。遂《つい》に買ってしまった。衝動的にやらかしてしまった……。

「圧力鍋を買ってしまった」

煮込み料理をすることが多いので、ついに手を出してしまったのだ。小豆《あずき》を煮たり、プリンを作ったりなんかも出来るらしい。なんて魅力的なんだ。圧力鍋がなくて煮込み料理は鍋をタオルで包んでスーパーで貰《もら》って来た発泡スチロールの箱に入れて保温調理する、とかやっていた。今後はもっと色んな煮込み料理や新しいメニューに挑戦できてしまう。「何作ろうかなぁ」と付属されていた圧力鍋の活用レシピの小冊子を眺めながら、梅昆布茶を啜《すす》る。

「平和だ」

「ニャー」

膝に乗った虎太郎を適度に撫《な》で回《まわ》しながらレシピ本と睨《にら》めっこ。後で他の調理法もネットで調べてみることにしよう。近年は動画付きで紹介されているものも多いので、便利な世の中になったものだ。とは言え基本的にレシピをそっくりそのまま真似《まね》てっていうのはあまりしないのだけれども。我が家は基本的に薄味なので、細かい味付けは勝手にアレンジしている。昔はレシピそのままでやったりしていたが、イマイチ納得できない出来栄えのモノが多く自分で手を加えるようになった。

――何故唐突に圧力鍋トークをしているのか？

ボイスやらグッズの収益も決して多くはないが手元に入るようになった。配信に還元するべきなのだろうけれども、ボイスやグッズを購入したファンからは『妹ちゃんのために使ってあげて下さい』だとか『生活に役立てて下さい』とか『雫《しずく》ちゃんに美味《おい》しいもの食べさせてあげて下さい』という類《たぐ》いのコメントを滅茶苦茶《めちゃくちゃ》いただくので素直にその言葉に甘えることにしたのだ。皆が言うんだから仕方ない。免罪符まで用意してくれるとかなんて出来たファンの人たちなんだ……というわけで圧力鍋をデパートで購入したわけだ。勿論《もちろん》、割引セールを待ってだ。毎月この日のポイントもマシマシ。ちょっぴり得した気分になる。しかもその後見切り品コーナーでずっと使ってみたかった甜麺醤《てんめんじゃん》も見付けてしまった。なんて良い日なんだろうか。今日はひとまずこの圧力鍋君の性能を確かめるために煮込み料理、明日くらいに麻婆豆腐《マーボードーフ》とかにしようかな。あ、明日豆腐買ってこなくちゃ。えーっと曜日的にはポイントお得なのは隣町の方のスーパーか。あとでチラシ見ておこう。

神坂怜《かんざかれい》@圧力鍋買いました@kanzaka_underlive
圧力鍋買っちゃった買っちゃった買っちゃった

とこんな報告ツイートもした。今更思うが凄《すご》い痛々しくないか？　いい歳《とし》した大人がうっきうきでツイートしているとか。でも家電とかこういう調理器具とか新調するとテンション上がったりしないだろうか？　子供の頃に新しい玩具《おもちゃ》を買い与えられた時のそれに近い感覚だ。

ちなみに、こうした活動で得た収益で「○○買いました」みたいな報告をする演者も少なからずいる。柊《ひいらぎ》先輩はガチャの資金、羽澄《はすみ》先輩は下着、獅堂《しどう》先輩は食事関係に使ったとかSNSに報告するツイートが過去にあった。お金を投げた側としてはそういう報告があった方が嬉《うれ》しいのだろうか？

食事や衣類なら理解出来るが、ガチャ資金に消える事をファンが容認しているあたり流石《さすが》。先輩の人徳というかキャラだからこそ、かもしれないが。ある意味では経済が回っていると捉《とら》えることが出来なくもないが。そもそも、ＶＴｕｂｅｒ一本で生活出来ている人なんて業界ではほんのひと握り。勿論、私はそのひと握りには含まれていない。家の維持費やら光熱費を賄いきれない。そういう事を考えると専業で生活している諸先輩方の凄さを改めて思い知らされる。蓄えは多少あるとは言え、実家暮らしでもなければ今みたいに活動してなかっただろう。

応援している演者の生活が潤う事がファンの人たちにとっての幸福に繋《つな》がるのかもしれない。そういう意味では私は幸せ者だ。だが正直なところ……『受け取る側』である私には『投げる側』のその辺の感情にイマイチ理解が追い付いていない。確かに他のあんだーらいぶメンバーならば理解できる。柊先輩は時間を忘れさせるほど楽しい、明るい気分にさせてくれる配信をしている。後輩ちゃんズは天真爛漫《てんしんらんまん》に応援してあげたくなる。朝比奈《あさひな》先輩はゲームでの勝利、努力を労《ねぎら》いたくなる。皆それぞれ『理由』が見えるのだ。だが、一方で私の方はどうだ？　それだけ目をかけてもらえるような理由は私にはないのだ。それ故心のどこかで申し訳ない、負い目にも似たような感情がずっとある。

それでも今の活動は続けたいって想《おも》うのは身勝手だろうか？　我儘《わがまま》だろうか？　それでも私はまだ何ひとつ返せていない。沢山の人たちから与えてもらったものに対して何ひとつとして。少なくともそれまでは辞めたくはない。もっとも、事務所から言われたら辞めざるを得ないけれど。そうならないように活動したい。

「いや、そもそもお兄ちゃんは配信にスパチャ付けようよ。ガチ恋営業してファンを囲わなくちゃ」

腰に手を当てぐいっとコーヒー牛乳を飲んでいるマイシスターが突然にフェードイン。私のモノローグに自然と突っ込み入れるの止めてもらって良いかな？　何故私の思考が読めるんだ、我が妹よ。やはり神の使いかなにかなのだろうか。この愛らしさといい、間違いない。ちなみに虎太郎は妹がやって来るや否や逃亡していた。未《いま》だに避けられているのは可哀相《かわいそう》だから、何とかなりませんかね虎太郎さん……。

まあマイシスターの指摘通りだが、スパチャオンにしたところでさして収益が見込めるとは思えないが。どうにもファン目線で『投げさせろ』という意見はちょくちょく見られる。その手のコメントはある意味お約束というか様式美的な面もあるのだろうが。そもそもの話、ガチ恋営業とかそういうのって需要あるのだろうか。甚《はなは》だ疑問だ。仮にあったとして、既存のファンの人がそれを望むかという話。ありのままの自分を好いてくれている人がそういう方面を好むかどうかが問題。

事務所の方からはその辺特に言われてはいないが、企業勢としてはやはりそういう枠も設けるべきか。先述したような感情もあって中々そういう枠を立てようという気にはなれないのだ。元社会人とは思えない酷《ひど》いことやっているけれども、結果としてその分ボイスやグッズの購買促進に繋がっているのは不幸中の幸いというか……だが会社も慈善事業でやってるわけじゃないし、色々維持費やらマネージャーさんの工数とか諸々考えるとその分くらいは回収しないとコストカット対象になりかねない。折角犬飼《いぬかい》さんが頑張って案件やら色々裏で動いてくれているというのに、その努力を裏切ることは出来ない。私が登録者1万人超えた時なんかはえらい喜んでいたのを覚えている。あの人は優しすぎる。ああいう性格は色々損する事の方が多いだろう。私みたいにならなきゃいいけれども。良い人でも出来ればいいのにね。

それから本日デビュー予定の後輩ふたり——御影《みかげ》和也《かずや》、東雲《しののめ》愛莉《あいり》の両名が私の登録者数を追い抜いた。まあ当然というか必然である。前職は有名な実況者、元々の知名度が一般人とは段違い。元々そういう実況動画を見る層とＶＴｕｂｅｒの視聴者層はファン層も完全に別というわけではないし。そういう有名配信者がＶＴｕｂｅｒになるという、言うところの『転生』した活動者という疑惑があり、初配信前から「一体どこの転生者だ？」みたいな妙な盛り上がり方をしているところも大きいだろう。

ただこの件に関して快く思わない層も……想像以上にいるわけだが…………この界隈《かいわい》のファンにも色々いる。『演者と中の人を完全に分けて考える人』もいれば、『演者と中の人を一緒くたに考える人』もいて、まあ様々だ。分ける人からすれば、演者サイドがそういう類いの情報を持ち込んだと反感を持つ気持ちもまあ理解できる。とは言え不満や意見を述べるのならまだ良いが、心ない言葉で罵倒する人もいるのがなぁ。ああいうの普通は投げつけられて良い気分ではないよ、本当に。私は割と平気な方だけれども。こういうのは慣れちゃあ駄目なやつだ。だから私以外には本当に止めてほしい。

前職、所謂《いわゆる》『前世』での経験を生かすことに何の問題があるのだろうか。運営が彼らを採用した以上、それを加味してのことだと思うし。一般企業で言うところの中途採用みたいなわけで、経験者歓迎なのはどこの業界も一緒。こういった社員が前職で得た物を使っているだけのようにも思えるのだが。

活動休止発表の発言自体が不注意だって言うのも何か違うと思うしなぁ……ここまで叩《たた》かれる程の事なのだろうか？　私が会社にいた頃の新人君なんか誤発注やら、現場の方は現場の方で相当な額の機械ぶっ壊したり、不具合出したりとかを見ると可愛《かわい》く思えてくる。

新人ふたりのデビューお披露目の待機場は既に低評価が５００を超えていた。私のデビュー配信時は３０００超えていたので、随分《ずいぶん》とお可愛い事だが。一般の配信者からすれば只《ただ》事《ごと》ではない数値である。どういった経緯にせよ一部のファン同士の間にしこりを残すような事態が、ふたりの今後の活動に大きく影響を与えないか少々心配だ。こっちでも何かしてあげられれば良いんだけど……生憎《あいにく》私に出来ることなんてたかが知れている。

中の人云々《うんぬん》とかそういう方面に関しては、流石に表だろうが裏だろうが私も触れにくい話題。今はまだ静観するくらいしか出来ない。彼らのやり取りをディスコなんかで見る限り、若さ故の危うさというのは若干感じるものの、基本的には良い子なのだと思う。ま、既に私より登録者数多いから何様だよって話だよね。彼らは彼らで比較されるのは私ではなく、ひと足先にデビューした月と太陽コンビになるわけで……既に配信の前の登録者数が4期組より少ないとかで騒ぎ立てている人もいるようだし、色々大変だ。

配信者からVTuberへの転生でこの大騒ぎなんだから、VTuberからVTuberへ転生とかしたらとんでもないことになりそうだなぁ。まあ流石にそうそうあるわけもないか。

「角煮食べたい。半熟の卵があるとなおよし。お兄ちゃん大好き度が10くらい上がる」

「えっ、何それ。作るわ。今から作る」

この後角煮を作った。お兄ちゃん大好き度が多分10くらい上がったはず。

「テレレレッテッテテー、お兄ちゃん大好き度が10上がったよ、お兄ちゃん。うまうま」

「ところで現在の数値はどんなものですかね？」

「おいしいね！」

「なんでスルーするんですかね、我が妹よ」

「おいしいね！」

「なんでゲームのNPCキャラみたいに台詞《せりふ》ループするんだ……兄の妹愛を利用された。そうだ、ツイートしてみよっかなぁ」

「や　め　て」


【9月×日】

新人ふたりのデビュー配信日である。ゴールデンタイムに各1時間。計2時間の枠を設けられており、あんだーらいぶ所属メンバーは全員配信を控え、ふたりの配信情報をリツイート。

この辺は企業勢としてはまあ至極当然だが。基本的に案件等の特別な事情がない限りは、デビュー配信日に他の所属Vは枠を被《かぶ》せないのが通例となっている。摑《つか》みというか、スタートダッシュが大事。それでズッコケてる私が言うんだから、間違いない。うん。彼らには私を反面教師として、頑張って欲しいものである。

「ん……?」

犬飼マネージャーから明日打ち合わせさせて欲しいというメッセージ。定期的にやっている打ち合せとは別に、ということは何かあったのだろうか……?

246 名無しのライバー ID:sGTPp7SS+
新人ふたりのデビュー配信ですぞ

247 名無しのライバー ID:iKuHCC5Bs
頼んだぞ、ミカァ！

248 名無しのライバー ID:MoBthread
おさらい
・御影和也
茶髪、アップバングでチャラい。ホストっぽい
例によって女性ウケは良さそう
大学生設定
・東雲愛莉
黒髪ポニテのスポーティーな感じ
胸部装甲デカい
カッコイイお姉さん系
太　も　も
大学生設定。ミカァ！　とは幼馴染み設定

249 名無しのライバー ID:EhnnTnsrN
>>248
設定上で幼馴染みってことになってんのな
ニヨニヨあたりで絡みあるんだろうな
変な設定でボロ出すよりはええか

250 名無しのライバー ID:TSRCK9EpH
>>248
うちの箱本当ガワの当たり率異常だよな
幼馴染み設定は月太陽コンビの人気要素にあやかってる説

251 名無しのライバー ID:+QP5Bzz1B
>>248
運営もぶっちゃけそんな隠す気ないだろって感じだな
言及は流石にないけど

252 名無しのライバー ID:gu3EKimuc
前世持ちの利点のひとつでもあるからな
直接は言わないけど、どうせ界隈粗探しして特定しちゃうもん
手間が省けるってもんよ

253 名無しのライバー ID:DDBHCED1t
逆に言えばそういう時以外なんらメリットないよな

254 名無しのライバー ID:JIbATKL1i
昨今はVTuberの名前検索エンジンに入力したら、
前世だの正体だのそういうワードが候補に出てくるくらいだしな

255 名無しのライバー ID:0Vdz1Mo4K
ミカ「はじめまして」
やっぱすっげぇ聞き覚えあるわ

256 名無しのライバー ID:f3M+dUvW8
まあ事前に言われた通りだな
アンスレ情報だと前世の名前はNGワード設定なんだとさ

257 名無しのライバー ID:m9EQ8LovC
そらそうだろうよ

258 名無しのライバー ID:2U6b9IbHQ
めっちゃこなれてる

ってたからなぁ
普段の配信もつまらんけど

267 名無しのライバー ID:IzJhiRBJj
低評価脱サラライン超えてないし、大丈夫やろ
という謎の安心感

268 名無しのライバー ID:aIL5GN0+y
アイキャッチとかまで作っててきちんと準備はしてんじゃん
後は何かしら準備してるとか
自分の知名度に胡坐かいてるわけでもないっぽいし、応援したるで

◇◆◇◆◇◆

369 名無しのライバー ID:tbjEFjfz/
しののん、きたあああああ！

370 名無しのライバー ID:lUMHJHEAM
女性側のが低評価控え目やな、やっぱ

371 名無しのライバー ID:/00LXaTZX
低評価500は決して少なくはないけどな

372 名無しのライバー ID:ivKrkZLJL
太ももがもちもち太ももでええよね

373 名無しのライバー ID:k/FdH+Hwa
灯ちゃんの生足もいいが
こっちのがむっちりしてていいよな

374 名無しのライバー ID:A8nXTdAD

259 名無しのライバー ID:jBIxAGGZ5
新人とは思えない落ち着いた配信である

260 名無しのライバー ID:0ZTYt7oMc
同接1.6万か
1.8万くらいまで盛れるか？

261 名無しのライバー ID:YlHqrqE8q
それでも前回の初回配信よりは落ちるか
この手の数字で人気不人気五月蝿く言われるのも気の毒やな
まあそういう業界なんやけどさ

262 名無しのライバー ID:lFChRZTSF
低評価も結構増えてんな
開始直後500だったけど今は1000近いぞ

263 名無しのライバー ID:gqMtlT25r
前世匂わせ、ファン持ち込み
界隈のファンが苦手そうな陽キャ、女性Vと幼馴染み設定で名前呼び
まあ増えるわな

264 名無しのライバー ID:SYXVlUUhc
これの約3倍だった脱サラって……

265 名無しのライバー ID:Hd3p36Ei1
あいつ初回の低評価3000超えてたっけ
今考えるとあいつ自身に落ち度ないのに滅茶苦茶だよな
まあ配信はくそちゅまだけど

266 名無しのライバー ID:z+CdOsK0B
消えた相方代わりに低評価ダンク会場にな

悲報　しののん、コーンを殺処分
初手でこれはどうなんだ……？
しののん「カズだけじゃなくて他のV、男女問わず色んな人とコラボしたい」

375 名無しのライバー ID:/1QRqd8u4
まぁた角折られてら
低評価もりもり増えるのやめぇや

376 名無しのライバー ID:mKVysMpGP
ミカ以外の男性Vは3人
まあ普通に考えれば畳だろうな、数字的には

377 名無しのライバー ID:2tR5YIdQ0
お姉さんキャラなので、あさちゃんとの絡みもみたいし
脱サラ交ぜるとどういう化学反応起こるかも気になりゅ

378 名無しのライバー ID:FrHBeWebC
流石というか、こっちも慣れたもんだな

379 名無しのライバー ID:SUwXgcHCv
こっちも前世関係のワードはNG設定

380 名無しのライバー ID:+5weIgU8j
いや、そもそも裏のネタを持ち出すなよと

381 名無しのライバー ID:threadXXA
最初に持ち出してきたのはこいつらなんだよ
それなのにこっちは触れるなと？

382 名無しのライバー ID:eRmNgIQup
単に休止宣言してただけやん……
この業界のファン増えたけど民度ががががが
短期間で一気に増えた弊害かね、その辺は

383 名無しのライバー ID:DJTLc/M3h
てか表情めっちゃコロコロ変わるな
Live2Dモデリングアプデしてんだな

384 名無しのライバー ID:hyQq8OuSx
脱サラ→月太陽→ミカしの
後発になる程モデリング技術向上してんのは素直に評価

385 名無しのライバー ID:GNWNn4XAC
初期組もいい加減アプデしたげてよ

386 名無しのライバー ID:yMlwaarRx
一応新衣装とかでちょいちょい更新はされているぞ

387 名無しのライバー ID:HbpSohiTS
!?

388 名無しのライバー ID:1g7Qfplq9
ファ!?

389 名無しのライバー ID:7pdgK5858
デビューで歌ってみたとは気合入ってるなぁ

390 名無しのライバー ID:RZJmvdl+d
結構有名なボカロ曲やな
デュエットソングとはまた他方に喧嘩売っ

てそうな……

391 名無しのライバー ID:63PCAMLV+
楽曲製作者さんは一応ニヨニヨ時代に一緒にイベ出てたりとか
繋がりはあるんだよな

392 名無しのライバー ID:2iJCOslv8
前世のコネフルに使ってていっそ清々しい

393 名無しのライバー ID:/dki36dTO
批判をそれ以上の高評価で押し潰して行くスタイル

394 名無しのライバー ID:79jTo0J+M
まあこんだけ準備してんなら評価せざるを得ないわな
なおそれでも叩く連中はいる模様

395 名無しのライバー ID:BnBwxOxrv
配信関係は機材知識ある分、時間に余裕あったんだろうな
それでこういうネタ仕込むのは素直に高評価

396 名無しのライバー ID:xBcJPE9hK
まあなんだかんだ上手い事行くのでは？

397 名無しのライバー ID:L/wMa30fR
少なからず初手でアンチを抱えてるのは不安材料だな

398 名無しのライバー ID:fdg55ElYM
初手でそっちの客層切りに行くのってさ
ムーブ的には悪手にしか見えないんだが??

399 名無しのライバー ID:deXbnx0zp
もっとアンチ抱えながらも活動してる前例がいるしへーきへーき

400 名無しのライバー ID:/8ExSnVcv
それってあいつだから平気なだけで
一般人のメンタルは持つんですかねぇ……？

401 名無しのライバー ID:gckineki/
平気だから叩いていいみたいな風潮ほんときらい

402 名無しのライバー ID:MoBthread
まあこれ見て落ち着けって
https://underlive_news.jp

403 名無しのライバー ID:qEpQO4Csd
!?

404 名無しのライバー ID:gckineki/
あ゛!?

今日の妹ちゃん

遂にきたか。
なんかやらかしたりしないわよね……？

19話 家族

【9月×日】

昨日あんだーらいぶの新人である御影和也《みかげかずや》、東雲愛莉《しののめあいり》両名のデビュー配信を無事に終えてから一夜が経《た》った。一切、何の問題もなく、とは少々言い難いのが悲しいところではあるが、デビュー配信としては、きちんとしていた印象がある。前々回の私ともういなくなったハセガワ君とのデビュー配信は大炎上していたし、前回のブラン嬢&日野嬢ではミュート事故だとかあった。あんだーらいぶデビュー配信は何かしら問題が巻き起こる運命にあるのかもしれない。

今回デビューしたふたりに対してそこそこ批判的なユーザーがいる。そもそもそういったユーザーを一切抱えていないＶＴｕｂｅｒなんてものは存在しないと個人的には思っている。多かれ少なかれ、快く思わない人たちはいるものである。Ｖってだけで批判する人がいるくらいだ。ここら辺は人間関係と同じだ。誰々は気に食わないとか、そんな特に深い理由もなく、時には嫉妬心《しっとしん》のようなものが原因で人は人を嫌うのである。

それでも彼らは充分に受け入れてもらえるように努力はしていると、少なくとも私には感じられた。動画投稿、配信経験があるため、デビュー前の準備に関してはきっと過去の誰よりも少ない期間で済んだであろうことは容易に想像出来る。過去の経験に胡坐《あぐら》をかいているのでは

なく、彼らは空いた時間でサプライズを用意していたのだ。

ふたりのデュエットソングお披露目。世の中的には『歌ってみた』というやつだ。分かりやすく説明するとカバー曲と言えば伝わるだろうか？ ネット動画界隈《かいわい》では昔から一大コンテンツみたいになっている節がある。私と関わりのあるところで言うと、配信のＯ《オープニング》Ｐと待機画面を作って下さった降旗白愛《ふりはたはくあ》さんがそちらで活動をしている。

このサプライズに関しては私は勿論《もちろん》、他メンバーも知らなかったので随分《ずいぶん》と驚かされた。その楽曲はネットで活動する音楽家――所謂《いわゆる》『ボカロＰ』と呼ばれる音楽家さんが手掛けたものであり、我々と活動する場がインターネット上という共通点もあり、客層のリサーチも完璧というわけだ。ちなみに『ボーカロイド』という、事前にサンプリングされた声を組み合わせ、合成させる事で歌声を表現するソフトがある。そういったソフトを使い楽曲製作する人のことを『ボカロＰ』と呼称するらしい。今ではそういった経験者がシンガーソングライターとして、メジャーデビューするケースも決して珍しくはない。

先述したようにサンプリングされた音声を組み合わせる事から、歌だけでなく文章を読み上げさせる事を目的として利用する人もいる。自分の声に自信がない人などは、そういった機能を用いてゲームの実況動画をアップロードしたりと、調べてみると中々面白い。

話を戻すが、そうした仕込みによる摑《つか》みは上々で批判的なコメントに対し、それを圧倒的に上回る高評価のコメントで押し殺してしまった。納得してもらえないのならばいっそ、批判を上回る肯定的な視聴者層獲得を目指すというのは中々強《したた》かな戦略だと思うし、素直に感心してしまった。こういうのが自分にも出来ていればなぁ、なんて思ってしまうほどである。とは言え、好意的な意見に流されたとは言え、決して少ないとは言い難い棘《とげ》のあるコメントも散見されるのも事実。少しは気にかけておいた方が良いだろう。幾ら高評価が多いとは言え、低評価1000近い数値があるのも目に見える形で示されているわけで。幾ら配信経験が豊富だとしても、心を痛めないわけはないだろう。私みたいなのでもない限りは。ちなみに動画下部に表示される高評価低評価数は第三者に見られないように隠す事は出来るが、隠したら隠したで色々言われちゃう業界なのである。アイツは評価隠しているから低評価数が多いんだ、とかそんな類《たぐ》いのご意見が寄せられる。冗談と思っている人もいるかもしれないが、本当にいるのがこの世界なのだ。

初配信会直後の数分喋《しゃべ》った段階で彼らの前世は特定され、それが一斉にあらゆる媒体を使って拡散される。今彼らの名前を検索エンジンに入力すればすぐさま答えを導き出せる程度には。時間が経てば経つほど彼らを批判する人が目に付くようになってしまう。良くも悪くも飽きやすいから別の標的か時間が経てば沈静化するのは私自身が経験していることだ。そうそうに鎮火すれば良いのだがな……。

【9月×日】

犬飼《いぬかい》マネージャーとの緊急の打ち合わせ。吉報かはたまた悪報か。出来れば前者である事を願うばかりだ。虎太郎がちょっと尊大な態度で私の膝上を占拠しているのだが、打ち合わせに支障がなければ良いか。無理に退《ど》かすと滅茶苦茶《めちゃくちゃ》不機嫌になっちゃうし。仕方がないからこのままで良いか。猫と和解せよ。そんな格言があるくらいだし仕方がないね。

「うにゃあ」と強請《ねだ》るように鳴きながら、しきりに猫パンチを繰り出す。どうやら顎下あたりを撫《な》でて欲しいらしい。ご要望通りに撫で回す。こういうのもすっかり慣れっこになってしまった。ごろごろと喉を鳴らしてご機嫌な様子。満足したかと思い手を止めると再び催促するように「うにゃあ」というお代わりの合図。何だかどちらがご主人様か分かったもんじゃない。しょうがないにゃあ。

「お待たせしておりました新衣装が出来ました」

犬飼マネがそんなことを言うけれども、そんなに待たされてもいない。仕事が早すぎないか？　約1ヶ月の納期。きっと製作スタッフも頑張ってくれたのだろう。こんな私みたいな箱内のお荷物、穀潰しみたいなものなのに……申し訳なくなってくる。目をかけてもらうような理由もない。箱内で様々な数値を比較すると飛びぬけて低いのが私ではあるので、それだけのテコ入れが早急に必要だったと判断されただけかもしれないけれども。

しかし、今日の彼はいつもより若干声に覇気というか生気を感じられる。休暇を取れているのか。あるいはプライベートでなにか良い事でもあったのだろうか。

「………」

正装、という依頼で細かなデザインは基本的にｍｉｋｕｒｉママに投げっぱなしになっていた。ラフ画は目を通させてもらったが、現物を目にするのは初めてだ。どうしてたったあれだけのザックリとした要望からこんなに素晴らしい絵が完成するんだろうか。本当にすごい。製造業で言えば、仕様書もろくにない製品を発注したようなものではないか。それをこの短期間で仕上げるなんて、到底想像できなかった。それこそ半年以上かかるものかと思っていたくらいだ。

「凄《すご》い……」

本当に中身のない感想がつい口から漏れ出てしまった。雫《しずく》ちゃんの立ち絵のときも思ったのだけれども、透明感のある色彩や衣装の細かいデザインなど、他では真似《まね》できないんじゃないだろうかっていうくらいに細かく描き込まれている。

「差分が多くて現場からは凄い苦労したって話聞きましたよ」

画像を切り替えると衣装の一部を着脱が可能な場合がある。界隈《かいわい》で言うところの『差分』という奴《やつ》だ。ただ、単純にその言葉で表現していいような生易しいものではない。その分だけ工数――手間も時間もかかっているはずだ。先月には同人誌即売会などもあり、要望を出した段階で原稿作業が終わっていたという話だったが、それでも諸々のイベントの準備の合間にやってもらったということになる。事務所にしたって後輩ちゃんズの衣装製作もあったろうに。どのくらいのラインが稼働しているのかは、我々演者サイドは知る由もないが、３人同時に公開できるように計画を進めるのは容易ではない事だけは分かる。

本当に貰《もら》ってばかりで何のお返しも出来ていない自分が情けなくなってくる。なるべく人様に、会社に迷惑をかけないように心掛けてきたが、こういうのを目の当たりにしてしまうと流石《さすが》に少し気が重い。それと同時に、空いている時間を全て私のために使ってくれたのかと思うと、胸が熱くなる。

常々思うが、我々ＶＴｕｂｅｒは担当イラストレーターさんに返せるモノがあまりにも少ない。デザイン、新衣装。与えてもらってばかりなのだ。対価としての報酬も基本的には事務所側から支払われる。緒《いとぐち》先輩方のように知名度があれば、キャリア、代表作といった形で貢献も出来る。だが私の場合はご存知の通りそういうわけではない。だからこそ――彼女が胸を張って、代表デザインとして『神坂怜《かんざかれい》』という名を挙げられるような。そんなVTuberに私はなりたい。

「ウチで担当イラストレーターの方と一番関係が良好なのは神坂さんかもしれませんね」

「そうですかね」

「ええ、そうですよ。きっと。だって――mikuri先生も、神坂さんもお互いの話題になるととても嬉《うれ》しそうに語るんですもの」

普段やり取りはアプリを通じて行っている。時には通話したりもするが、仕事関係の連絡は基本犬飼さんを通じて行っている。mikuri先生とのやり取りも彼が行っているのかもしれない。

「そんなに声で分かるほどでした、私？」

「ええ。キャスティングは間違っていなかったんだなって胸を張って言えますよ。まあ決めたのは社長ですけれども」

VTuberにとってのイラストレーターはママ――母親。演者は子供。即《すなわ》ち『家族』なのだ。他所の事情については余り詳しくは知らないのだけれども、第三者から見てそういう評価をされるのはかなり嬉しい。それがたとえお世辞であったとしても。だから卑屈に諦めるんじゃなくて、頑張ろうって思えるのかもしれない。家族ってのはそのくらい大切なものだから。なによりも……かけがえのないものなのだから。

スパチャくらい好きに投げさせろ

263 名無しのライバー ID:WUEV+jjc4
荒らしのお客様はNGにぶち込んどけ

264 名無しのライバー ID:kFiAoX8Tt
他所の箱のスレでも荒らし多いからなぁ
……

265 名無しのライバー ID:TsWXD6qQL
効いてるw効いてるw

266 名無しのライバー ID:llfrAPHxo
シルエットから察するに月太陽＋畳or脱サラ？

267 名無しのライバー ID:gckineki/
畳は3D化あったからテコ入れ兼ねて脱サラじゃないか？
等身や肩幅、髪のシルエット見りゃ大体わかる

268 名無しのライバー ID:f+KvniNDm
これって5万人衣装じゃなくて季節衣装枠？

269 名無しのライバー ID:9Y+fVVIdM
そうじゃないと脱サラは衣装貰えないし灯ちゃんもギリ5万人行ってないぞ

270 名無しのライバー ID:qTKajj9Fb
あのふたり学校始まって忙しいっぽいからなぁ
高校生と二足の草鞋は大変そう

256 名無しのライバー ID:MoBthread
前スレでも出したけど

あんだーらいぶ公式@underlive_official
【お知らせ】
まだまだ暑い日も続きますが、秋です。
3名のあんだーらいぶメンバーの新衣装近日公開予定！
発表をお楽しみに

---

257 名無しのライバー ID:72toEESJi
>>256
ああああああああああ！

258 名無しのライバー ID:Ttm4iuTTw
>>256
新衣装きたあああああああ！

259 名無しのライバー ID:0Jnn96hN2
>>256
シルエット予想の時間だあああ！

260 名無しのライバー ID:cPN/tFmcM
>>256
シルエット女性2、男性1

261 名無しのライバー ID:ZYjGP7U0g
>>256
秋の集金タイム
絵に金投げるとか正気の沙汰じゃねぇよ

262 名無しのライバー ID:7OQFORwko
そら慈善事業じゃねぇんだもん

271 名無しのライバー ID:Uyt44ytxm
脱サラがハブられてない、良かったね

272 名無しのライバー ID:br7UvWvm5
あいつの5万人はこのペースで行くと再来年とかになりそうですしおすし
運営のやらかし補塡の意味を込めて、かな

273 名無しのライバー ID:U99ih8T9c
登録者5万人で衣装貰えるシステムだっけ、そういや

274 名無しのライバー ID:doqGnoAmK
せやで
新衣装パターンは今のところ3つ
1.登録者5万人
2.季節枠（人選は運営）
3.自費負担での衣装製作
今回は恐らく2番
運営ツイートに『秋』って単語入れてるし

275 名無しのライバー ID:3w939YgGS
夏に水着衣装とか期待してたんですけど……

276 名無しのライバー ID:77wXv4fJW
水着衣装夏の間しか使い道ないし、扱いに困るとはよく言われている
ハッスとか水着衣装貰ったけどあんま使えてないし

277 名無しのライバー ID:hO7KHoFNu
衣装持ちで何着もあるなら選択肢としてはありだと思うが
初手水着は中々ハードルが高い

278 名無しのライバー ID:Ng3gZgquq
真冬でも水着着て良いんですよ？

279 名無しのライバー ID:XDPfcUt+P
南半球向けの配信と言い張ればいけそう

280 名無しのライバー ID:NZMF4nDXk
1着目は基本汎用性の高い衣装を選ぶのがベターやな

281 名無しのライバー ID:tr06QUft2
1着目が自称あんだーらいぶマスコットの『あんぐら君』着ぐるみだった女帝だっているんですよ!?

282 名無しのライバー ID:knCv8SqNN
あんぐら君とかいう女帝デザインの怪物
あれ着ぐるみって言い張ってるけどさぁ……
ヌルヌルの触手と滴る謎の粘液あるから無理がないっすかね？

283 名無しのライバー ID:Pp+i50msM
クトゥルフ神話で出てきそうなデザインのやべぇ奴
あれでサン○オとコラボしようって発想がおかしい

284 名無しのライバー ID:0EA/C9ko4
女帝「グッズ化して一儲けしましょうよ！」
社長「いやぁ～ないっすわ」

女帝「(´・ω・`)」
社長と会うたびに打診するも一蹴される模様

285 名無しのライバー ID:plYqCzkUq
あれやたらLive2Dヌルヌルに動くから余計キモいんだよなぁ……
スタッフ絶対ノリノリで作ったよな、あれ

286 名無しのライバー ID:epwGKbgP0
あんぐら君「さあ、あんだーらいぶで僕と握手だ！」

287 名無しのライバー ID:OFKKsbbhD
手と言うか君のそれ触手じゃん……

288 名無しのライバー ID:ei4PYR+lB
このシルエット月太陽コンビがお手手繋いでるように見える
てぇてぇ

289 名無しのライバー ID:/yurisuko
あら＾～

290 名無しのライバー ID:t4YM8R4AT
そしてシルエットですら若干距離を置かれる脱サラ君ェ……

291 名無しのライバー ID:SdWRtulVK
う、運営君なりのリスクヘッジだから（震え声

292 名無しのライバー ID:NG9f8v7fC
女性陣ふたりが距離近いだけにちょっと違和感あるな

293 名無しのライバー ID:scjbQknPA
手の位置的に尻あたりと被りかねないですし

294 名無しのライバー ID:yaSVWBh/3
女性陣ふたりはまあエグい額稼ぎそうなのは想像出来るんだけれども
脱サラの集金力って如何いかほど？

295 名無しのライバー ID:MoBthread
あいつ基本スパチャオフ配信だからな
過去にスパチャオンしてたのって収益化記念配信のみだろ
大体3万弱だったはず

296 名無しのライバー ID:NHOtct8Pn
新衣装配信でスパチャオフにしたりして

297 名無しのライバー ID:dDdQXV8s5
なくはない

298 名無しのライバー ID:b39U+mHRp
流石にスパチャ付けるだろ
あいつが自前で用意したものじゃないし、運営サイドの意図もある

299 名無しのライバー ID:hF0+xARzS
とりあえずアレが赤スパ投げることだけは容易に想像出来る

300 名無しのライバー ID:m5DmFVRrQ
酢昆布ネキも前回投げてたし投げるだろう

な

301 名無しのライバー ID:rjYJO5ngn
ほぼ身内みたいなのが太客じゃねぇーか！

302 名無しのライバー ID:88/b//Mqn
新衣装で人気出るケースもあるし
そっち方面のバフ期待やな

303 名無しのライバー ID:2b7LSqvsJ
mikuriママならクオリティ期待できるし
な

304 名無しのライバー ID:dXMHL5jFe
お揃いっていう匂わせもあったし
月太陽コンビの衣装も楽しみ

305 名無しのライバー ID:xFFkQ+FYC
皆、スパチャは家賃まで、やぞ

306 名無しのライバー ID:gckineki/
つまり、高い物件に引っ越せばいいわけだ
な

今日の妹ちゃん

ふんふんふん～♪

20話 新衣装お披露目

【９月×日】

先日正式に頂いた新衣装の件、あんだーらいぶ公式のＳＮＳからも早々に告知される運びとなった。シルエットのみの公開。女性ライバーふたり、男性ライバーひとりの計３名ということだけはそこからも簡単に想像出来るだろう。柊《ひいらぎ》先輩は直近で３Ｄ化、朝比奈《あさひな》先輩はシルエットの頭身の違いが容易に判別可能。御影《みかげ》君もデビュー直後。となれば消去法で私であるという事は箱推しのファンの人にはバレバレだと思う。いや、そもそも箱推しからも私が認知されていないというのも普通にありそうなのが怖い。『名前を呼んではいけないあの人』みたいな扱いでも正直文句を言えない。

シルエットの答え合わせはするまでもないとは思うが……男性の方は私。女性の方はブラン嬢と日野嬢の新衣装だ。後生大事に取っておいても勿体無《もったいな》いだけなので、公式からの案内もあったことだし早めにお披露目してしまおう。今月納品されたのだから、今月中にお披露目して制作による工数くらいは何とか回収した方が会社としては嬉《うれ》しいだろうし。ウチの事務所って何日締めなんだろうか。いや、まずスーパーチャットの収益が振り込まれるのは確か月末締め翌月２１日から２６日の間だったはず。前の職場と同じように２０日締めだとしたらギリギリ間に合わないのでは……？　だがもともとYourTuber事業を展開しているわけだし、末日締めというのが妥当なところか？　そもそも支払い自体は恐らく翌月だろうからなぁ。あんまり遅れると翌々月とかになりかねないので、どの道早めにお披露目しておきたいところである。

「まあ気にしても仕方がない、か。いや……だが、当月か翌月かじゃ大違いだろうし。犬飼《いぬかい》さんが経理から口煩《くちうるさ》く言われちゃったりしないかな？　大丈夫かなぁ」

何だか不安になって来た。親しくさせて頂いている柊先輩はあんだーらいぶ古参だしそっち方面の事把握してたりしないかな？　後で聞いてみよう。こんなことなら前に事務所行った時に事務のお姉さんにそれとなく探りを入れておくべきだった。

「いざ新衣装のお披露目配信をやろうと思ったものの、色々勝手が分からないな」

が、少なくとも後輩ちゃんズの配信と時間帯が被らないようにだけはしないと。その辺りの日程を確認しようと思い、後輩ふたりに尋ねることにした。

ルナ・ブラン：告知もあったので明日予定しています

日野灯《ひのあかり》：明日19時にルー、20時からわたしって感じになるので21時スタートのリレー形式にしてみます？

神坂怜《かんざかれい》：そちらは同期だしそれも良いかもしれないね。私が交じると不純物になりかねないのでは……？

ルナ・ブラン：ないですって。寧《むし》ろ美少女の間に挟《はさ》まりましょうよ

神坂怜：挟まらないよ⁉
日野灯：箱推しのファン思考としてはまとめてお披露目する方が良いと思いませんか？
神坂怜：そう言われてみると確かに
ルナ・ブラン：そうですよね、うんうん
日野灯：この子何にも考えてないわよねぇ……
ルナ・ブラン：ソンナコトナイヨ！　明日の数学の授業で当てられる日だからそこを心配してる！
日野灯：あー、あの先生、日付と出席番号紐付《ひもづ》けて、その周辺の生徒当てるものね
ルナ・ブラン：ま、多分リレー形式とか銘打った方が数字的にも？　多分良い感じになると思います
日野灯：なんか言われたら全部箱のせいにしとけばいいんですよ。それに協調性大事大事

そこまで言われてしまうと断れない。後輩に滅茶苦茶《めちゃくちゃ》気を遣われているのは分かる。未《いま》だに私に対しての負い目を感じているのか、単純に彼女たちの好意や親切心というのもあるのかもしれないが。だが後輩ちゃんズは中々強《したた》かだ。と言うより私がそういう数字とかそういうのをどうやったら取れるか、みたいなのを全く実践出来ていないだけでは……？　配信自体には少しずつ慣れてきたし、今後はそういう数字もある程度意識しなくては企業所属のＶＴｕｂｅｒとしては失格なんじゃなかろうか。もっとも、後輩ちゃんズに関してはその手の行動を考えて狙ってやっているのではなく、自然にやっている節が感じ取れる。その辺りは本人たちの資質

というか、性格的なものも関係しているんだろうけれども。

少なくとも私はその手の才能はないし、性格的にもとてもじゃないが向いていない。悲観的になっているわけではない。数多くのVがいるのならば、ひとりくらいそういう奴《やつ》がいても良いんじゃないかな。現にこんな私みたいなのでも、「好きだ」と言ってくれる人がいるわけで。そういう人たちの求める配信は最低限こなしていくのが私の義務だと思っている。勿論《もちろん》新規のファン獲得も急務ではあるのだけれども。

今回のこれは簡単に言えば後輩の数字に寄生していると思われても仕方のないことだろう。だってわざわざ私を組み込むメリットが彼女たちにないのだから。あのふたりなら同期で人気のコンビで、その関係性に惚《ほ》れ込《こ》むファンも数知れず。私も先月の凸待ち配信やらで無縁というわけではないことが、世間様にも少し知れ渡ってしまってはいるのだが……この話受けても断ってもどの道騒ぎ立てられてしまうだろう。不仲だとかなんだとかで。最初から『そういう企画です』という体でお披露目するのが一番自然な流れになるとは思う。当然不快に思うファンもいらっしゃるとは思うのだけれども。あちらを立てればこちらが立たぬ、というやつだ。ままならん。とは言え、この場合批判の矛先《ほこさき》は彼女たちより私の方に向いてくれそうなのが不幸中の幸いだ。

しかし、わざわざこういった提案をしてもらえるとは……年下の子から気を遣われてしまったというのは中々に情けない。思春期なら枕に顔を埋めて悶《もだ》え苦しむくらいには情けない。流石《さすが》にこの歳《とし》になると恥ずかしさよりも、ただただ自分の非力さに呆《あき》れる。ホント、こういうところ改善しなくちゃだよなぁ……。

日野灯：どうですか？　可愛《かわい》いですか？
ルナ・ブラン：わたしのも見て欲しいです！　感想下さい

ふたりから発表予定らしき衣装を着た立ち絵の画像が送られて来た。お揃《そろ》いの制服姿。だが印象は少し異なる。ブラン嬢は学校の校章みたいなのが入った学校指定であろうセーターを着用し、リボンタイもしっかり付けたお手本みたいな生徒さん。外見が白髪の美少女なので日本の制服姿というのが少しギャップがあってとても新鮮で良いと思う。

一方で日野嬢はカーディガンにリボンタイも未着用。カーディガンは袖《そで》部分が手の甲まである『萌《も》え袖』とかいうやつだったか……？　シャツのボタンも上ふたつが開いた状態と着崩した感じである。基本的な制服デザインは同一だが、細かなところでそれぞれの絵師さんのこだわりを感じる。親は違えど息子、あるいは娘に対する愛情の深さはなんら違いはないらしい。ひとまず当たり障りのない返しをしておこう。無視するって訳にもいかない。

神坂怜：制服とても良く似合っていると思います
日野灯：可愛いですか？
神坂怜：とても可愛らしいですよ
日野灯：やった♪
ルナ・ブラン：わたしは!?　ねえ、わたしはどうですか？　髪とかも変えてもらったんです

よ

神坂怜：髪型変わると印象が随分《ずいぶん》と変わるね。こっちの髪型も可愛いと思います

こういう時は素直に求めている言葉をさっさと言ってしまうのが吉だというのは、マイシスターで学んでいる。女の子が新しい服や髪型になった時は兎《と》に角《かく》褒めると良いらしい。ちなみに本人が気に入らない、失敗したと思っている時にそれをやると逆効果になるらしいので中々見極めが難しい。やっぱり同世代なだけあってこういう反応含めて妹と似ているなぁ、と思い出してちょっぴりほっこりした。あの子も新しい服買った時しきりに「似合っている？」とか「これとこれどっちが可愛い？」みたいなことを聞いてくるのだ。何を着ていてもどんなスタイルでいようと最高に可愛いのがマイシスターなのは確定的に明らかなんだけど、そういうなあなあで褒められると不機嫌になってしまう。具体的にどこが良いとかそういうコメントを求められているらしいが、私にそういうのは期待されても困る。素直に思った感想を述べるくらいしかできないのだ。

日野灯：可愛い、好きって褒められたっと

ルナ・ブラン：あ、わたしも髪型めっちゃ似合ってる、可愛いって言われたってツイートしよう！

神坂怜：やめてぇ！

ちなみにこの後、本当にツイートされた。例によって苦情のお便りが沢山届いた。

【9月×日】

「はい、というわけで新衣装頂きましたのでそのお披露目配信になります」

後輩ふたりからバトンを受けるような形での配信。ちらっと配信覗《のぞ》いてみたら、チャット欄に赤い帯が沢山見えた。1時間で数十万円は飛んだんじゃなかろうか。何だか凄《すご》い時代になったものだなぁ。

この類《たぐ》いのお披露目配信に関してはある種のお約束というか、テクニックのようなものがあるようだ。それは視聴者を『焦《じ》らす』ことである。私も配信始めてすぐに新たな立ち絵を見てもらうものかと思っていたのだが……下世話な話、それだと数字が取れないのである。

テレビ番組を想像してもらうと伝わりやすいだろうか。気になるシーンはCMを挟んだりと余白、間を持たせるのである。視聴者サイドの好奇心を喚起する。まあ最近はちょっとやり過ぎて一般人からは苦情が多いようだが。そもそも若い子の間ではテレビを見ない層も増えているとか。そういった人たちがある意味メイン視聴者層なのかな、我々って。

一気に見せるのではなく、断片的に足や腕、あるいは別の部分から小出しに情報を視聴者に与えて『焦らす』のがこのVTuber界隈《かいわい》の御馴染《おなじ》みとなっているお披露目。この点を含めるとテレビ番組というよりもティーザー広告の方がそれらしいのだろうか？

閑話休題《かんわきゅうだい》。

「――引き伸ばそうとか思ったけれど、話題が思い浮かばない」

［素直でよろしい］
［チラ見せから始めれば良いと思います］
［大体1時間前後で終わればなんでもええねん］
［しゅき　酢昆布《すこんぶ》¥10000］
［わたしの方がしゅき　アーレンス¥15000］
「うぇ……!?　酢昆布ネキもアーレンス嬢もありがとうございます。お金は大事にしましょうね、ホント。後、まだ見せてないんですけど」
［は？　わたしの方がしゅきなんだが??　酢昆布¥10000］
［わたしの方が愛のパワーは強いんだ　アーレンス¥15000］
「スパチャでターン制バトルしないで下さい。私はおふたりどちらも大切に想ってますから」
［0（：3）～〈酢昆布〉］
［0（：3）～〈アーレンス〉］
［あ!?］
［昇天してて草］

［その声でその台詞《せりふ》は反則だと思うんですよね］
数クリックで数万飛ぶとか末恐ろしい世界になったものだ。昨今はゲームとかでも課金要素でそういう側面があるし。電子決済も増えて来た。私は未だに現金派なのだけれども。しかし、自分の枠でこういう光景を見る事になるとは思いもよらなかった。当初一銭も飛ばない、なんて事態に陥った時は運営さんにどう謝罪しようかとか思案していたくらいだが。こういうのはこういうので申し訳ない気持ちになってしまう。まあ、それだけｍｉｋｕｒｉママのイラストが素晴らしいということなのだ。本当に周囲の環境にだけは恵まれているんだよなぁ。それでろくな実績作れていないとかヤバくないですかねぇ……？

［うちの子のこと見捨てないであげて下さい　￥１０００］
［うちのアホがすいません　￥５００］
［今月のお友達代です！　￥５０００］
［アレステイできなかった代　￥１０００］
［アレは嫌いになってもアレ民は嫌いにならないで下さい　￥２０００］
［気の迷い　￥５００００］
「あわあわ。ま、待って。そ、そんなに投げて大丈夫、？　まずね、ご両親とかにプレゼントとかしてから投げた方がいいかなって思うんですよね。自分の生活とかそういうの切り詰めた

りとかは絶対にしないで下さいね？」

［草］
［スパチャ投げるのを諫《いさ》めるなよｗ］
［なおまだお披露目していない模様］

「あ、あの……まだお披露目していないんですけれど……□□さん、□□さん、□□さん。ありがとうございます。アーレンス嬢のファンの人かな？　こちらこそいつもお世話になっております。今後ともよろしくお願い致します。□□さんもいつも見に来て頂いてありがとうございます。気の迷いなら返金申請とか通ったりするんだろうか」
私なんかの配信でもこういう風な光景が見られるとは思わなんだ。単純に私個人というよりは、ｍｉｋｕｒｉママだったり、アーレンス嬢のファンの皆様だったりによるところが大きいのは一目瞭然。誇れないわけだが、何にせよ、会社の利益に少しくらいは貢献しなくては……というか彼女のファンは何でそんなに私に全力でスパチャ投げに来ているんだ……。当人もコメント欄で「お前ら普段わたしに投げないくせになんでぇ!?」とコメントしている。いや、マジで投げるなら彼女にしようよ。

［アレちゃんのファンの人助かる］
［お礼にアレちゃんの枠に投げてくるね］

［アレちゃん今後も仲良くしてあげてね］
［当たり前よ！　この枠の人みんな優しい！　好き！〈アーレンス〉］
［騙《だま》されないで！　そんな殊勝な女じゃないんだよ⁉］
［神坂きゅんのファンは純粋すぎて心配だよ……］
［毎回この流れだけは納得できない〈酢昆布〉］

　こういうファン同士のやり取りは初見の人からすれば近寄り難い印象を持つことになるかもしれないが、私は結構気に入っている。自分がお話しするよりこっちのコメント欄の方が面白いと思うわけよ。

「投げて下さる方が沢山いらっしゃってびっくりしています。本当にありがとうございます。私にはお礼言うくらいしかできないんですけれども」

　常日頃からスーパーチャットオンにしろって話なのかもしれないが。ただ、今これだけ投げて頂いているのは普段そういうのをやっていない、特別感を演出できているからだろう。企業ＶＴｕｂｅｒ的には誤った意識なのだろうけれど、やはりどうしても『申し訳ない』という感情が勝ってしまうのだ。私にとっては誹謗中傷《ひぼうちゅうしょう》なんかよりもずっと重い。定期的に確認はしているが、犬飼さんからは演者に任せていますという回答しか返って来ない。もしかしてその辺も気を遣われていたりする……？

「んじゃあ、早速。あ、ごめんなさい。足元から映すつもりが全部映しちゃった」

酢昆布
はい、死んだ。わたし死
んだー
●●●
￥5,000
執事服だあああああああああ
アーレン
に落ちる音がした
●●●●●
￥10,000
わたしに仕えてくれ

［あああああああ］
［あ⁉］
［執事服だあああああああああ！　¥5000］
［はい、死んだ。わたし死んだー〈酢昆布〉］
［恋に落ちる音がした〈アーレンス〉］
［わたしに仕えてくれ　¥10000］
［かっこいい　¥2500］

「え、なに。コメント欄壊れちゃったの……？」
ちなみにコメント数が多いだけで正常だった模様。先輩や後輩の枠では時折見かけるが、まさかとは思うが自分の配信枠でこんな光景を拝めるとは思わなんだ。本当にこの活動を始めてから色んな人から貰《もら》ってばかりだな……でも、mikuriママが褒められている感じもして少し誇らしくも思えた。

【新衣装お披露目】服をもらった【神坂怜／あんだーらいぶ】
最大同時視聴数：約20000人
高評価：950
低評価：120
神坂怜　チャンネル登録者数11000人（+500）

319 名無しのライバー ID:/x+MqibGI
お披露目配信きちゃ

320 名無しのライバー ID:pwgz4SFyH
ルナちゃん→灯ちゃん→脱サラ
のリレー形式

321 名無しのライバー ID:f8JcDFmFI

ルナ・ブラン@9/X 新衣装お披露目@luna_underlive
怜さんにも可愛いって褒めてもらえた～
やったー

日野灯@本日新衣装お披露目配信！@akari_underlive
わたしも褒めてもらえました（ドヤァ
皆も期待しててね
怜先輩のも超凄いよ

---

322 名無しのライバー ID:LpZ4AJgwl
>>321
相変わらず燃やされそうで笑う

323 名無しのライバー ID:RKrqPzvCL
>>321
い　つ　も　の

324 名無しのライバー ID:GdQHHBo9e
>>321
息をするように小火起こすのやめてもろて

325 名無しのライバー ID:ykzvxkqQS
伝家の宝刀（炎エンチャ）

326 名無しのライバー ID:b94V+6EqB
足元から見せるのちょっとえっちだからヤメテ！
そして無言で1万円投げるハッスは草

327 名無しのライバー ID:dpBLv01SO
ニーソ……ええやん

328 名無しのライバー ID:jn/lVuK7c
絶対領域エッ
太ももとニーソの境目が平坦じゃなくて僅かに膨らんで書いてあるのにこだわりを感じる

329 名無しのライバー ID:eSF1gTdUP
ふーん、エッチじゃん

330 名無しのライバー ID:KUCcrX2iL
やっぱり制服か
でもこの時期だとまだセーターは暑そう

331 名無しのライバー ID:853eZM8do
どことは言わないが小さいな、うむ
だが、それがいい

332 名無しのライバー ID:IWQ2tzgwv
優等生臭がすごい
日本の制服に銀髪が映えてええな

333 名無しのライバー ID:tZwI5DiJ1
セーターパージできるやん！

432 名無しのライバー ID:dkvRYFTtx
次は灯ちゃんの配信に乗り込め～

433 名無しのライバー ID:yyiOsfn11
待機画面がちょっと背徳的なのやめなー

434 名無しのライバー ID:4niRzTg/s
目元を隠すのはちょっと色々危ないからやめてぇ！

435 名無しのライバー ID:IC6TSb1BM
例によって足元から映すけど
相変わらず制服の女の子だとちょっと絵面が危ない

436 名無しのライバー ID:QZyuA240b
こっちは生足じゃねぇーかよ！

437 名無しのライバー ID:ykzvxkqQS
健康的でむちむち太ももはサイコーやな

438 名無しのライバー ID:yg5TLiIsQ
太ももアップのままだと
思春期YourTube君のご機嫌次第ではBANになりかねない

439 名無しのライバー ID:gJDaW9DDc
肌色比率高いとBANになるんだっけか

440 名無しのライバー ID:WlFAi6aAB
スカート丈が明らかにルナちゃんより短いんだが??

441 名無しのライバー ID:Fbe16upOu

334 名無しのライバー ID:5iezFNYMm
うおおおおおお
ポニテ差分だとぉおおお!?

335 名無しのライバー ID:N1ktru2DV
ポニテ可愛い

336 名無しのライバー ID:PS5nE4PjI
ルナちゃん「学校ではいつもあーちゃんに結ってもらってる」

337 名無しのライバー ID:byvelgY6c
はい、かわいい

338 名無しのライバー ID:wMcJlsyrU
お披露目単独枠で同接1万ちょっと
スパチャ1時間で約40万？
すっげぇな

339 名無しのライバー ID:IqXa5WvTk
コメントがほぼ「かわいい」で埋まって
語彙力消滅してんの草

340 名無しのライバー ID:mtb/+fzoP
俺が、俺たちが――お兄ちゃん（あるいはパパ）だ！

341 名無しのライバー ID:9g61LnA8c
お兄ちゃん・パパ・クラスメイトの3つに分かれ、混沌を極めていた
（例の地図）

◇◆◇◆◇◆

萌　え　袖

442 名無しのライバー ID:pch9HiEy9
カーディガンに萌え袖とは分かってるじゃないか

443 名無しのライバー ID:BsLeFJ0NN
胸元のボタン無警戒に外してんのヤバイやろ……
こんなん屈んだら谷間見えちゃうやん

444 名無しのライバー ID:MoBthread
灯ちゃんでっかい
どことは言わないが

445 名無しのライバー ID:EL021zZZO
ふぁ!?

446 名無しのライバー ID:9dFc6Ab6i
ロ、ロングヘア差分だと!?

447 名無しのライバー ID:qlK09pMI3
スポーツ少女から一転、ギャル感が増したな

448 名無しのライバー ID:R+4H2A21o
オタクにも優しくしてくれそうなギャルじゃん

449 名無しのライバー ID:VpgKq3vk+
灯ちゃん「後ね、今回からね。ほら、前より揺れるでしょ？」

450 名無しのライバー ID:z+BG6AolL
乳揺れきたああああああ！

451 名無しのライバー ID:Z9I+ze4Bs
乳揺れどりゃあああああああ！

452 名無しのライバー ID:MoBthread
ルナちゃん
・学校指定（校章入）のセーター
・スカート丈は膝上、絶対領域が拝める
・リボンタイまできっちり着用
・セーター着脱可
・ポニテ差分有
絵に描いたような優等生タイプ
灯ちゃん
・萌え袖カーディガン（校章等無）
・生足、スカート丈太ももくらいまで
・リボンタイなし、胸元のボタン解放
・カーディガン着脱可
・ロングヘア差分有
・乳揺れ
オタクに優しいギャル

453 名無しのライバー ID:hm5EamhVQ
やっぱ露出多い方がスパチャ飛ぶんやな
例によってハッスが1万投げてるのは笑う
時給50万はエグいて

454 名無しのライバー ID:rPTpnLOfH
お？
灯ちゃん登録者5万人行ったやん！

455 名無しのライバー ID:WfujS8MSL
マジだ
めでてぇ！

案外スパチャ飛んでんじゃん

564 名無しのライバー ID:vvF1yH5lT
スパチャ投げた人
酢昆布ネキ
アレ
アレ民
何故かスパチャ投げバトルを繰り広げる酢昆布ネキとアレ

565 名無しのライバー ID:uiK7on1vX
関係者からの好感度が異様に高い男
後、アレ民ほんま草

566 名無しのライバー ID:OYSEOZoTF
お友達代、迷惑代とか草
500円から5000円くらいまで結構投げてんのが更に笑う

567 名無しのライバー ID:Pq7wmvD42
普段スパチャ枠してないせいか案外強い??

568 名無しのライバー ID:z8J2nYZB2
脱サラ「あわあわ、ど、どうしよう。皆、まずご両親にねプレゼントとかしてからスパチャ投げようね」
脱サラ困惑

569 名無しのライバー ID:SHse67nA9
あわあわしてるの笑う

570 名無しのライバー ID:jhXRrJ9zN
おっ？

456 名無しのライバー ID:/yurisuko
ちょっと待って！
今スクショ見て気付いたけど
ルナちゃん→太陽の髪飾り
灯ちゃん→月の髪飾り
これは絶対お互いに交換して身に付けるイベントあったやつだよ！

457 名無しのライバー ID:dh+jpgoHI
あら＾～

458 名無しのライバー ID:vIlb9qiX7
おっ、てぇてぇか？

◇◆◇◆◇◆

559 名無しのライバー ID:jYx5Fb/x1
ちゃんとリレー形式なんだから
脱サラのも皆見てやれよ……

560 名無しのライバー ID:XRLDyrDye
そうだぞ！
事務所の締め日気にしてお披露目時期を真剣に悩む社畜の鑑なんだぞ！

561 名無しのライバー ID:sUrMkt8Q+
相談された畳「俺は何て言葉を返したら良いか分からなかった」
てか同接3分の1以下に減ってんだが

562 名無しのライバー ID:UcoNgvP2m
い、いつもよりは多いから（震え声

563 名無しのライバー ID:JwKfVKKsh

571 名無しのライバー ID:gckineki/
あ゛!?
執事服、だと……？
えっ、すき

572 名無しのライバー ID:zqseghYNq
かっけー
モノクル付くと一気に有能執事感増すな

573 名無しのライバー ID:SisterChan
いいじゃん
執事ってなんかモノクルしてるイメージあるよな

574 名無しのライバー ID:U0TDW+Tly
どんだけ差分あんねん!?
・上着着脱可
・ネクタイ着脱可（きっちり、ゆるゆる、外すの三段階差分有）
・手袋着脱可
・モノクル着脱可
脱サラ「マネージャーからママに愛されてるって褒められた。へへへ」

575 名無しのライバー ID:rihBqDjXt
差分多すぎるだろ
どんだけ優遇されてんだよ

576 名無しのライバー ID:+FaImfLlz
このくらいのご褒美はあっても許されるっしょ

577 名無しのライバー ID:tnbhtXP1A
悲報　脱サラリスナー昇天しかける

578 名無しのライバー ID:Cqpi0kRlV
確かに本人の性格やら妙なスペックの高さと相まって
執事服はええな

579 名無しのライバー ID:gTt9XGqCe
悲報　アレ、酢昆布ネキのスパチャバトル上限（5万円）に達し引き分けに

580 名無しのライバー ID:FZP83AWB3
身内で10万飛んでるのは笑う
飽き足らずサブ垢作ろうとするのはさすがにやめろ

581 名無しのライバー ID:XmndT3plw
なんだかんだ愛されてんな、お前

今日の妹ちゃん

あーもう！　スクショタイムとか
もっとこう色々やりようが……。
あとでちょっと物申してやる！

21話 スーパーチャット

【9月×日】

「なんだかえらいことになっちゃったなぁ」

キッチンの換気扇を掃除しながら独り言ちる。隣接するリビングでは母親が虎太郎に何故《なぜ》かお手を覚えさせようとしている。最初おやつが貰《もら》えると思ったのか差し出した手をぺろぺろ舐《な》めていたが、そういう意図でないことを察したのか背を向けて知らんぷりして大きなあくびをひとつ。そりゃあ、そうなるだろうよ。そういうところ本当に妹とそっくりなんだよなぁ。いや、妹が母に似ているのか。そんな様子を観察していた私の視線に気付いたのか、微睡《まどろ》んでいた眼《め》をカッと見開いて短い脚を目一杯使ってキッチンまで駆けてきた。ズボンに爪を立ててスーパーなどで時折見かけるお菓子をおねだりする児童のように引っ張ってくる。

「しょうがないなぁ。少しだけだぞ?」

煮干しを掌《てのひら》の上に載せてから膝を落として虎太郎に与える。ついつい末《すえ》っ子《こ》を甘やかしてしまう。ぺろりと平らげると、私の手を舌で舐めてからお代わりを要求するように「にゃん」と鳴く。

「だーめ。良い子にしてたらまたあとで上げるからね」

いかん、いかん。さて、掃除に戻るとしよう。悩んだり考え込んだりするときは、掃除など無心で出来る作業が捗《はかど》る。重曹やオキシなんちゃらとかいう酸素系漂白剤が効果抜群なのだ。皆も使ってみようね。

ただ最近は業務用の油用洗剤が気になってしまっている。業務用だけに内容量が尋常ではない。4キロとか一般家庭で使いきれる気がしない。だが評判が良いみたいで凄《すご》い気になっている。流石《さすが》に所属ライバーに『業務用洗剤お裾分け要る人いますか?』とか書き込むのは気が引けるし。事務所の清掃用として持ち込むのも何だかなぁ。幾ら皆があっちに私物持ち込んでいるとは言え、だ。

ちなみに柊《ひいらぎ》先輩は近くのゲームセンターで乱獲したぬいぐるみやフィギュア。羽澄《はすみ》先輩はあんだーらいぶメンバーの同人誌を棚にまとめて置いてたり、獅堂《しどう》先輩は駄菓子を大量に持ち込んでいる。常に一定数ストックされており『ご自由にお取り下さい』と可愛《かわい》らしい丸文字の手書きポップが添えられた段ボール箱が待機部屋に鎮座している。事務所に行く度にそのポップ脇に描かれている、黒い触手を伴ったキャラクターのポーズが変化している。毎回書き換えているのだろうか。芸が細かい。新戸《あらと》先輩は『働きたくない先輩への募金』と段ボールで手作りした募金箱を設置している。他の先輩たちは「ゴミ箱」と呼んでいる。獅堂先輩は駄菓子の包装とかよくぶち込んでいる。それでいいのか。

さて先述した――と言うよりも思わず漏れ出た『えらいこと』というのは、昨日の新衣装お披露目配信の件である。同時期に新衣装を納品された月と太陽コンビを含めたリレー形式でのお披露目配信。後輩ふたりは1万人近くもの人を集め、誰もが絶賛する内容だった。

事前に私も見せてもらっていたが、ふたりとも学校に通いながらVTuber活動を行っているというのは、関係者のみならずリスナーの誰もが知る周知の事実。高校生という設定を活かして衣装のモチーフとして『制服』を選択したのだろう。ベースとなるデザインは同じだが、細かい着こなしや小物でお互いのキャラクター性を引き立たせた上、髪型の変化で新たな一面を視聴者に提示してみせた。女の子は髪型だけでも随分《ずいぶん》と印象が変わるから凄いよね。選択肢も多いだろうし、どんな衣装や髪型にするかだけでも悩ましいだろう。

やはり、他の人はこういうのも戦略的に考えてたりするんだろうか。浅慮で正装とかざっくりとしたリクエスト出した私って一体……正装というすっごいふんわりとした依頼から出来上がってきたのは、執事服。確かにこれは正装だ。しかも大量の差分付き。ざっくり他ライバーの衣装の倍くらいあったらしい。今回は全員差分が比較的多いらしく、運営さんも超短納期だったしえらい大仕事だったろう。でも、こういうのって外注だったりするのか？　こういうクリエイターさんってあまり表立って活動している印象はない。私が知らないだけかもしれないが、正当な報酬が支払われているのか。

視聴者は前枠の日野嬢の1万人から大きく数字を落として約2000人。それでも普段の私の配信より10倍近い数字であることから、新衣装の関心度の高さが窺《うかが》い知《し》れる。もっとも後輩ふたりの人気にあやかったリレー形式という要素も大きく影響しているのだろう。

この配信によって登録者も500人増加。1日経《た》った今日も500人増えての合計1000人増ということで大変喜ばしいことである。今気にしているのはこの配信で投げられたスパチャ——即《すなわ》ちスーパーチャットである。投げ銭なんて呼ばれ方もする。分かり易《やす》く例えるなら

『御ひねり』や『チップ』みたいなものだろうか。

３１万７３００円――こんなとんでもない金額を投げられてしまった。

犬飼《いぬかい》マネージャーから、お披露目配信では普段切ってあるスパチャ機能をオンにして配信を行うように要請があり、企業所属のＶＴｕｂｅｒとして素直に従った。そりゃあ、ああいった新衣装が唐突に湧いて出てくるわけはない。それを製作するにあたってかなりの人員、工数が割かれているのだから、そういう要望があるのは至極当然なわけで。しかし、こんな莫大《ばくだい》な金額を投げてもらえるとは全くもって予想していなかった。

酢昆布《すこんぶ》ネキ、アーレンス嬢といった御馴染《おなじ》みの面子からも１日の上限一杯となる５万円が投げられているのを見て流石に慌てた。後は何故か柊先輩のアカウントで夏嘉《なつか》ちゃんからのお布施もあったし。後日配信やっている関係者さんたちには、お返しにスパチャ投げに行った方が良いのだろうか？　更にはアレ民ことアーレンス嬢のファンらしきユーザーさんからも沢山頂いてしまった。普段私の配信を多くコメントをして下さっているユーザーさんからも多額の支援を賜《たまわ》った。

多くの高評価、賞賛のコメントを頂いた。まるで私が何か凄いことでもしたみたいに褒められているのだが……ただ、私は何もしていないのである。ｍｉｋｕｒｉママや製作スタッフの成果であって、私が何かしたわけではない。ただ用意された衣装を見せただけ。にもかかわらずここまでのスパチャやコメントを貰ってしまった。人の成果を掠《かす》め取《と》ったみたいで、何だか居《い》た堪《たま》れない気持ちに苛《さいな》まれる。

神坂怜《かんざかれい》というＶＴｕｂｅｒの中身が私でなければ、こういった評価がずっとずっと多かったんじゃないだろうか。結局のところ、ｍｉｋｕｒｉママの美麗《びれい》なイラスト――ガワが評価されているだけで、私という存在が足を引っ張っているだけなのでは……？　そう思わざるを得ないのだ。多額の投げ銭は確かに喜ばしい。逆に言えばママのイラストがそれだけ他の人から高評価されていることになるし。私は人から認められるだけの、行動、努力を行ってきただろうか？　否。頑張って少しでもこの姿に見合うだけの内面を作り出さなくては……まだまだ精進が足りない。

でも……こういう私だから好きと言ってくれる人もいる。そんな言葉にどれだけ救われたか。悪意を向けられるのは慣れっこだが、こういうコメントは本当に刺さる。突き刺さる。恵まれている。後悔だらけの人生ではあるが、この活動に関してだけは始めて後悔なんてしていない。そう思わせてくれた皆に本当に心からの感謝を。とは言っても私に出来ることは配信をするってことくらいなんだけれども。

「ふぅむ……」

掃除が終わった換気扇を元に戻して、手を洗いながら更に考える。頑張るとは言ったものの一体何をどうすれば良いのか正解が見えない。そんなもの分かっていたらとっくにやっている。単純に騒ぎ立てれば良いという訳でもないし、軽妙なトークはそもそもスキルとして難しいものがある。となると、コラボやら何かしらの企画でも立てるのがベターだろうか。

企画、企画かぁ……。

ダラダラと配信するだけなら容易だが、数字を求めるとなるとハードルは途端に上がってしまう。そら簡単に数字が出るなら『底辺ＶＴｕｂｅｒ』なんてものは存在しなくなるわけで。

世の中皆人気YourTuberになってしまう。近年は配信業全般に対して、『楽して稼げる』みたいな意見が散見されるようになってしまったが、実情としては全然そんなことはないのである。やってみれば嫌という程思い知らされると思うが『稼げる人』はほんの一握りで、更にその中で『楽をしている人』なんて存在しないと思う。個人的な見解ではあるが。

「にゃおーん」

思っていたより時間が経ったのか虎太郎が足に頭を擦《こす》り付《つ》けてやたら構ってアピールをしている。母親は相変わらず「お手してくれなかった」と残念そうに零《こぼ》していた。母親のところから逃げてきたのだろうか、どうやら助けて欲しいらしい。こうして甘えておけばなんとかなるとか思ってそう。小さな体躯《たいく》を持ち上げて胸に抱きかかえると、「にゃぁあ」と手をぺろぺろと舐めながら甘えた声で鳴く。

「自分が可愛いことを自覚してやってそうだな、お前」

今日のところは肉球ぷにぷにで許してやろう。虎太郎を構っていると、フラれた母親がやって来てこちらに問いかけてきた。

「あんたって浴衣《ゆかた》の着付け出来たわよね？」

「あー、すっげぇ昔やったことあったような……？　タヱ子さんから教えてもらった記憶がある」

「今夜お友達とお祭り行くからってあの子から連絡来てね、手伝ってあげてくれる？」

「りょーかい」

「浴衣は出しとくから」

「はいよ」

　あの子、というのはマイシスターのことだろう。友達と近所で行われる祭りにお出かけするから、浴衣を用意してくれという旨の連絡が母親のところにあったようだ。着付けを覚えたのは随分昔のことで正直記憶は曖昧だが、まあ何とかなるだろう。着付け動画とか少し探しただけで結構な数がヒットしたし。

　祭り、か。夏や秋に多い印象がある。ネット社会になった今でも若い子は行きたくなるものなんだなぁ……祭り……そうか、祭りか。なるほど。そういう手もあり、か……？

　やはり私にとっての幸運の女神はマイシスターなのかもしれない。帰って来たら誰と行くかだけ確認はしておかねば。男だったら絶対許さん。それなりにこの地区では顔馴染みの人もいるし、困ったことがあったら助けてくれるとは思うが。本当は後をつけて行って見守りたいのだが、お友達とのお出かけに水を刺すのは流石の私も控える。ただし、男友達とかなら絶対ついていく。いや……もしそうであったとしても無理か。生憎《あいにく》この後とある案件配信があるのだ。そっちの準備もしなくちゃいけないし色々と慌ただしい一日になりそうだ。

　だが、そろそろ新人ふたりの方の転生云々《うんぬん》の騒ぎも思ったより長く粘着されているような気がする。本来喜ぶべき事なんだが、最近そういうお祭り騒ぎ出来るような配信や出来事が控え目なのもあり中々落ち着く様子はない。寧《むし》ろまとめブログや動画など別方面への拡散も進んでいる。本人たちも口にしてはいないが、平気なわけはない。柊先輩あたりが何か企画を思案中っぽい動きはしているが、私にも何か彼らにしてあげられることはないだろうか？

「人の心配よりまず自分の心配が先、か……」

449 名無しのライバー ID:m+ATa+iMj
昨日の新衣装配信スパチャ
・ルナちゃん（登録者5.4万）40万
・灯ちゃん　（登録者5万）　50万
・脱サラ　　（登録者1.1万）31万
登録者比で言えば脱サラが強すぎないか？

450 名無しのライバー ID:Fv0lgQGKT
>>449
月太陽コンビはまあ分かる
灯ちゃんのが露出が多いから金額に現れてるのホント分かりやすいなワイら
身内で10万程下駄履いてるとは言え、脱サラは登録者の割に強いな

451 名無しのライバー ID:y0RBxg/vN
>>449
普段からスパチャ枠設けてないってのがデカそうだ

452 名無しのライバー ID:6RmuNGZpl
・酢昆布ネキ
・アレ
・アレ民
・畳（夏嘉ちゃん代理）
上ふたつに関しては上限の5万円まで投げてたしな
身内の金額強いあたり何だか人の良さが滲み出てる

453 名無しのライバー ID:DJY+CxeWW
なお畳本人は夏嘉ちゃんに言われるがまま、代理スパチャとかいう

454 名無しのライバー ID:94k7Ffxa1
畳がダメージ受けてて笑うわ

455 名無しのライバー ID:avnXdYfVh
最愛の妹が同僚（後輩）にガチ恋してたら、まあうん……
しかも脱サラが無駄に良い奴だから変に口も出せないというオマケ付き

456 名無しのライバー ID:UZ9dL9T/3
最初期は許さねぇ！　みたいなノリだったのに
関係性深くなると内面知ってあまり強く言えなくなった兄の図

柊夏嘉@natsuka_hiiragi
新衣装良かった……
かっこいい、すき
兄に頼んでスパチャ代理で投げてもらった
お返しに今度一回お買い物一緒に行ってあげる
（お金はちゃんと普通に返します）

柊冬夜@スイカ大好き@Hiiragi_underlive
俺は喜べばいいのか、悲しめばいいのか……

---

457 名無しのライバー ID:ukhPeu9Za
夏嘉ちゃんクレカないから畳が代理だったのか

458 名無しのライバー ID:GVt4pCF/+
3組とも衣装としては王道だったな

制服、執事服と

459 名無しのライバー ID:rngbOmxIP
男性Vは基本正装1着は持ってる印象ある

460 名無しのライバー ID:dUV6Y5EpQ
使い勝手の良いのにしとくのがベターだしな
制服組もセーターとカーディガン差分で秋冬まで使えなくもないし
執事服は年中いける上に、上着着脱可能だし

461 名無しのライバー ID:WiWELjNzz
1着目から謎の着ぐるみだった人もいるから……

462 名無しのライバー ID:GIPuHcYIW
『あんぐら君』は女帝曰くあんだーらいぶの公式マスコットキャラクターだろ！

463 名無しのライバー ID:MM1Qsb9i0
尚、某創作都市伝説財団の収容物として外人ニキに『あんぐら君』画像を無断使用されていた模様

464 名無しのライバー ID:MEmEJS+ga
Safeクラスのオブジェクトだからセーフ！

465 名無しのライバー ID:rILGfKuy5
Keterにクラスチェンジするんだよなぁ……

466 名無しのライバー ID:4KjqVvWFo
後から執筆者が画像無断使用謝罪に来てたらしいじゃん
なお女帝は許した挙句、高画質の素材データをプレゼントした模様

467 名無しのライバー ID:odqxTs2Gf
面白ければ大体のことを許容する女帝
そういうところ嫌いじゃない
一線は越えない良識もあるし

468 名無しのライバー ID:2JmASEMsF
何だかんだ箱トップだし、そういうところは優秀よ

469 名無しのライバー ID:AfmnQsoGd
今回の新衣装差分多い上に、Live2dも微妙に修正されてるな
前より若干動きが滑らかな気がする

470 名無しのライバー ID:X13loXjQx
大きなアプデなくても細かく修正入れるあたり技術スタッフはぐう有能

471 名無しのライバー ID:yMxSTESrK
ただ差分多いと流石に大変そうやな
今はまだ人数的に少ないから何とかなってそうだが

472 名無しのライバー ID:Tn7YEjaJL
相変わらずスタッフ足りてないんかね
ずっと募集してるけど

473 名無しのライバー ID:yRWNG/3mo

乳揺れとかも前より自然になったし頑張ってもらいたい

474 名無しのライバー ID:SzMXWhZ9X
ルナちゃんのが揺れない不具合があるんですが？？

475 名無しのライバー ID:GV4Qjg/Oo
ない袖は振れないし
ない胸は揺れないんだよなぁ

476 名無しのライバー ID:2BhxhU5bG
他所の箱のVだと新衣装や、ガワのアプデの度に大きくなる子もいるから（震え声

477 名無しのライバー ID:XJodCLdlI
ま、まだまだ成長期だから……

478 名無しのライバー ID:fZQTs/4MN
なお灯ちゃんはワンサイズどことは言わないが大きくなったという報告がありまして

479 名無しのライバー ID:MoBthread
乳は大きくても小さくてもいいんだよ
ただファンアートで無意味に盛ってあるのだけは許せないんだ
それがたとえエッチなイラストであったとしても

480 名無しのライバー ID:srFG5ScWw
それは分からんでもない

481 名無しのライバー ID:WFKmvnLOt
と言いつつも抜刀するんでしょ、駄馬君は

482 名無しのライバー ID:MoBthread
此方も抜かねば……無作法というもの

483 名無しのライバー ID:E+dEPMgYl
執事服は女性ファンにぶっ刺さってるっぽいなぁ
まあワイらがメイド服好きなようにお姉さま方も執事は好きなんやね

484 名無しのライバー ID:LpbLMLVOn
mikuriママの元デザインが有能すぎるのもあるし
差分も多分現状実装中最も多いぞ、あれ

485 名無しのライバー ID:MYkPi95ra

---

mikuri@新刊委託販売中@mikuri_illustrator
あんだーらいぶ、神坂怜君の新衣装を仕立てさせて頂きました
こちらが設定画になります
pic.vitter.com/butler

---

486 名無しのライバー ID:gckineki/
これほんと好き

487 名無しのライバー ID:Agx/G2QCw
ネクタイから、腕時計、モノクルのデザインまで細かすぎるよ……

488 名無しのライバー ID:pV/IJq3uN
そういや新人君も収益化通ったんだっけ

489 名無しのライバー ID:qo5eJziVl
最近本当に収益化まで早いよな
誰かが1.5ヶ月かかってたのが嘘のようだ

490 名無しのライバー ID:kFqBZPv8t
ミカァ！　も、しののんも数字めっさ落ちてきたのが心配

491 名無しのライバー ID:wS4pK2fOA
新人バフが切れたときが勝負どころさんやで

492 名無しのライバー ID:IdOSH1LXu
新人バフなくても懸命に活動してる子だっているんですよ!?

493 名無しのライバー ID:LHHOhgxlW
ぶっちゃけコアな箱推し層がスルーしてるのが結構響いてると思うわ

494 名無しのライバー ID:fndfWvx8U
逆に言えば外部と新規だけで今の数字は強い気がする

495 名無しのライバー ID:XJVLbQMzJ
どうしても前世の話が絡んでくるのはVtuberの宿命やなぁ

496 名無しのライバー ID:p5XS5EH0Z
まあインフレしてるだけで
アベレージで1000出せるなら充分強いんですけど
ただ直近デビューでこの数字だと時間経つとどうなるんだろって感じ

497 名無しのライバー ID:/sYla3MTJ
見る方も目が肥えて来ちゃったし
1万超える同接もたまーに見るようになったから感覚麻痺してきてんだよな

498 名無しのライバー ID:+q5ay52fw
数字云々は荒れそうだから止めとこうよ
思い出したんだけど
駄馬君はさ、いつぞやのケジメ案件で脱サラに赤スパするって言ってたよね？
ちゃんとした？

499 名無しのライバー ID:MoBthread
スパチャはね、あのね
ルナちゃんと灯ちゃんに全力投球しちゃってね……
上限で投げれてないんです本当に申し訳ありません

500 名無しのライバー ID:GArsgC1zL
は？

501 名無しのライバー ID:w+5xFrb1V
はい、低評価

502 名無しのライバー ID:gckineki/
あ゛？

503 名無しのライバー ID:MoBthread
あ……ありのまま昨日起こった事を話すぜ！
ワイは3人皆に赤スパを投げようと思っていたんだ
だが灯ちゃんのお胸が揺れてるのを見たと

思ったらいつのまにかスパチャ上限に達していたんだ
いや、ホントすまんやで

504 名無しのライバー ID:xJGpA8y+H
つまり、月太陽コンビに計5万投げてるユーザー＝駄馬君
特定できそうやな

505 名無しのライバー ID:CvAe3AqMH
アーカイブ見てくるかー

506 名無しのライバー ID:MoBthread
らめぇ！

今日の妹ちゃん

お兄ちゃんって着付けもできるのか。
マジか……面白い配信以外
マジで何でも出来るじゃん

22話 浴衣

【9月×日】

妹が友人とお祭りに行くということで、浴衣《ゆかた》の着付けの手伝いを母より言い付かったわけだが。その事実を知るや否や、マイシスターは心底嫌《いや》そうに『嘘《うそ》でしょ』みたいな表情で後ずさりしていた。お兄ちゃんショック。でも気持ちも分からんでもない。思春期にそういうのを姉とかではなく兄に見てもらう、なんてのは中々耐え難いものがあるのだろう。

「帯の結びだけやって……」

「最初からそのつもりだよ」

母親が箪笥《たんす》の奥から引っ張り出してきたのは青の生地に白い朝顔のコントラストが映える浴衣。元々母のものらしいのだが、モノが良いのか未《いま》だに使える。当人曰《いわ》く若い頃は凄《すご》かったとのこと。まあ妹が可愛《かわい》いのもその血筋によるところが大きいのかもしれない。ちなみに私は滅《め》茶苦茶《ちゃくちゃ》普通である。その辺は多分父親に似たんだと思う。浴衣は最近の流行《はや》りのデザインではないにしろ、昨今ではこういうレトロなものも一周回ってお洒落《しゃれ》になっている時代なので別段古臭いとかそういう風には思われないはず。いや、そもそも浴衣の柄にレトロも糞《くそ》もないのか？　この辺、私にはサッパリなのだが。着る当人はそれなりに気に入っているらしいので別にいいだろう。それにこの子は大体何着ても似合うんだから、心配無用なのだ。

暫《しばら》くひとりで浴衣と格闘する様を扉越しに聞いていると、衣擦《きぬず》れの音が聞こえてきてちょっとお兄ちゃんドキドキしちゃう。だが、決してやましい気持ちはない。あー……父の一眼レフカメラ出しておくんだった。後で「なんで撮らなかった？」と圧を掛けられる未来が見える。だが昨今はスマートフォンのカメラも中々馬鹿にできない。編集や加工が容易な分下手なカメラよりも優秀だとは思う。特に技術のない私みたいな素人《しろうと》からすれば、取り回しの良さとかも評価ポイントだ。

妹から「入っていいよー」と許可が下りたので部屋に入ると、全身鏡の前で首を傾《かし》げている姿が目に入った。

「んー、これでいいのかなぁ」

「腰紐《こしひも》結んだ？」

「うん。そこはちょうちょ結びでいいから簡単だし」

とは言え、不器用なのもあってか少し皺《しわ》が目立つ。帯の前段階も中々に面倒である。腰紐結ぶくらいまでは出来るようだが、『おはしょり』と呼ばれる腰の近くで生地を折り畳んで浴衣の丈を調整する部分を作らなくてはならない。ちなみに現代でもよく使われる『はしょる』というのはここから来ているらしい。ちなみに全部動画サイトで見た知識である。実に便利。スマホで着付けをご丁寧に説明してくれる動画を見ながらそれを真似《まね》て実行して行く。

「背中向いて」

「はーい」

背中に皺が寄っていたので、それを脇と腰の方へと逃がしてなるべく背中が綺麗《きれい》に見えるようにする。ちょっとくらいなら大丈夫、という考えのままで行くと後から響いてくる。人生と一緒だ。丁寧に丁寧に。愛しのマイシスターが世界で一番可愛いのに着付けがイマイチでその魅力が失われるような事はあってはならない。それに若い頃のこういうのって良い思い出になるだろう。友人と浴衣を着てお出かけと私には縁のなかった青春っぽいイベントだ。あの子には全力で楽しんでもらいたいじゃないか。

「よし」

皺《しわ》は綺麗に取れた。うむ、問題なし。良し。昔の現場仕事ではないが無意識に指差し確認をして行く様を妹は少しだけ口元を緩ませているのが鏡越しに見えた。これで髪をアップにしていればうなじも綺麗に見えるだろう。昔と違って最近はほとんど妹の髪をセットすることもなくなったし、そもそも幼い頃と違い今は髪を触らせたりとかもないだろう。髪は女の命という言葉もあるわけだし。手慣《てな》れた本人にやってもらうのが一番だ。

「帯」

「はい、これ」

男性と違い女性の帯は幾つもパターンがあるらしい。スマホを差し出し、妹が「これがいい」と結び方のリクエストを出してきた。『マリーゴールド結び』というもので、小さいリボンがふたつ出来るのが特徴。初めての結び方に少々困惑するものの、昨今は動画や画像で一工程ずつ丁寧に解説してくれるのだから便利な世の中になったものだ。少々苦戦したものの、無事それっぽい形には仕上がった。事前に言っておいてくれれば練習しておいたのに。

「よし——できた」

「おー、すごい。いいかんじ」

「気に入ってくれたのなら良かったよ」

「はい、ちょっと退いて。カメラの画角に入らないでよ、絶対」

「はいはい」

鏡の前でぐるぐる回ってからすかさず自撮り。友人にその写真を送っているらしい。ツーショットとか撮りたいなぁ。いや、それだと私邪魔だな。やっぱり妹ひとりだけで良いや。虎太郎とかと戯《たわむ》れるとかなら全然アリだな。だけどSNSとかで不用意にアップロードとかは止めて欲しいものである。私の世代はそういうの抵抗ある人が多いと思うが、昨今の若者が結構顔写真とか個人が特定できそうな情報をバンバン発信しているのを見ると、世代の違いを感じてしまう。そういう意味ではVTuberってのはプライバシー保護の観点から見ても、中々便利なコンテンツだ。そりゃ新規に始めようって人も増えるさ。

「どう？」

ふふん、と得意げに私の前でくるりと舞ってみせるマイシスター。この世に天使はいるらしい。

「世界一可愛いよ」

「そうでしょ、えへへ」

「うむ」

「そう言いつつスマホで勝手に撮影するの止めてもらっていいかな……？」

「妹の成長を記録するのは兄の務めなんだ。親父《おやじ》にも送っておかないと」

「昔はどうだったか知らないけど、今の一般の家庭はそういうのしないからね」

「余所《よそ》は余所、ウチはウチ」

「何かお母さんみたいなこと言ってるぅ⁉」

便利な言葉である。ひとまず、父にもこの可愛いマイシスターの姿を急ぎ送らねば。メッセージアプリで「めっちゃ可愛くない？」とマイシスターの浴衣姿の写真と共に送ると、既読状態となり「かわいい」と一言だけ感想が返って来た。はえーよ、親父。時間帯的にはそろそろ仕事が終わる頃合だろうか。仕事の疲れもこれで吹き飛ばして欲しいものである。

ただ、心配事があるとすれば変な輩《やから》に声をかけられないか、という点に尽きる。現代日本に舞い降りた天使がどこの馬の骨か知れぬ連中の目に止まってしまっては厄介《やっかい》なことになりかねない。だが、ここで付いて行くなんて言い出したらドン引きされてしまうのは目に見えている。後からこっそり追うか？　など色々悩んだ挙句《あげく》、今回はなるべく笑顔で送り出すことにした。

この後5分に1回チャットアプリで様子を尋ねていたら、滅茶苦茶罵倒された。悲しい。


【9月×日】

数日経《た》った今日、祭りの件をツイートし始める妹。一応特定とかされないようにという気遣いなのだろう。今日はお泊《と》まり会で友人宅に行くらしい。あちらの親御さんが不在とのことだが、菓子折りを持たせておいた。私が『あちらの両親に』と友人のご両親の話題を口にした直後のマイシスターの様子は妙に引っかかる。察するに両親とその友人の間に何かしら問題があるのだろう。まあ余所は余所、ウチはウチ。なのだが……。

「何かあったら言いなよ?」

「うん」

妹の表情が曇る事だけは到底我慢ならないのが兄として生まれた者の性《さが》だろう。まあ、何か大事に巻き込まれたりだとかは流石《さすが》に考えすぎと思いたい。このくらいの歳《とし》の頃に世間一般のご家庭ではよくある、喧嘩《けんか》したとかそんな感じだろう。その友人というのは直接の面識はないがSoliDliveの十六夜《いざよい》真嬢《まこと》。もしかしたらVTuber活動と学業の両立とかで揉《も》めたのかもしれない。寧《むし》ろその線が一番濃厚か。

何にせよ、円満解決を望むばかりである。こうして考えるとあんだーらいぶ《う》《ち》に限らずどこも何かしら問題や悩みを抱えている人はいるものだ。きっと目に見えないだけで、皆同じなんだろう。特に重い悩みとかもなく気楽に活動している私って凄い恵まれているんだと改めて実感する。

556 名無しのライバー ID:MoBthread
MA☆TTE ！
雫ちゃんがコラボするって

十六夜真@makoto_solidlive
雫ちゃんをお祭り帰りにお持ち帰りして
コラボ配信することになりました
浴衣姿すごい可愛かった！

---

557 名無しのライバー ID:Y3G2C+du/
>>556
ソリライスレ行けって言おうと思ったけど
名誉あんだーらいぶメンバーの雫ちゃんだ
からギリセーフ

558 名無しのライバー ID:/yurisuko
>>556
あら＾～

559 名無しのライバー ID:9B2uVOUIG
>>556
浴衣姿の雫ちゃんだと!?
画像とかないっすかねぇ……？

560 名無しのライバー ID:lejFr6llw
>>556
mikuriママ浴衣イラスト描いてくんねぇ
かなぁ

561 名無しのライバー ID:0FilHQccO
真「着付けお兄さんにしてもらったって嬉
しそうに自慢してきた」
雫「帯が可愛く結べてたから自慢しただけ
だし」
例によって大体なんでも出来るな、あいつ

562 名無しのライバー ID:dh0BfjD+S
>>561
バズる以外大体なんでも出来る定期
昨今は動画で解説するのとか多いからな
後は手先が器用そうだし、コツさえ摑めば
ある程度なんでもこなせるんだろう

563 名無しのライバー ID:mjudxaejb
>>561
兄の陰に隠れがちだが、妹サイドも相当な
ブラコンだよなぁ

564 名無しのライバー ID:zlSM3reXr
>>561
雫ちゃんは脱サラに着付けしてもらった
下着姿をばっちり見られているのでは??
何なら裸まで見てそう

565 名無しのライバー ID:YGICGIHVC
>>564
炎上案件じゃねーか！

566 名無しのライバー ID:MoBthread
マジレスすると浴衣とか着物の下って普通
に肌着とか
それ用の薄着あるから童貞君は落ち着けよ

567 名無しのライバー ID:njJkN+6l4
そう思ってそうな筆頭からマジレスされて
驚くわ

商店街の人には愛されているのに
どうしてVTuberファンからは愛されていないんですか……？

576 名無しのライバー ID:1PEOZmW6q
やめてさしあげろ！
あいつにだってファンいるやろ!!

577 名無しのライバー ID:GVf4Y5UzN
真「しつこいのいたけどお姉さんが助けてくれた。凄い姉御肌な人で美人だった」
雫「その人の旦那さんが兄の昔の知り合い。スキンヘッドでめっちゃ見た目怖いけど凄い良い人」
真「友達？」
雫「知人だって言い張ってたけど、その人は兄貴とか兄さんって呼んでる」
真「友達なんじゃ……？　照れ隠しかな？」

578 名無しのライバー ID:HxxXsrf1O
>>577
サンキュー、姉御！
ワイらの妹は救われた

579 名無しのライバー ID:3eVZ0lhyV
>>577
ナンパされるってことはガチで可愛いんじゃん……

580 名無しのライバー ID:u0Dzi8zt8
>>577
脱サラ、お前一体何者だよ……？

568 名無しのライバー ID:kX7VYHDY0
雫ちゃんと真ちゃんイチャイチャしてます
二の腕と腰とかお互いに触りまくってます

569 名無しのライバー ID:aQvMPLRfb
いいぞもっとやれ！

570 名無しのライバー ID:TaP+smD/Y
うおおおお！

571 名無しのライバー ID:aCCDorcHA
いいにおいしそう

572 名無しのライバー ID:A6W0S1prv
間に挟まりてぇ～

573 名無しのライバー ID:6BbEm3XFv
コメント「変なのに絡まれなかった？」
雫「何回か声はかけられたかな？」
真「その度に商店街の人が助けてくれた」
雫「あの人無駄に顔は広いから……」
真「露店の人が『○○ちゃんの妹ちゃん！　これオマケ』ってのを何度か経験した」
雫「あの人無駄に顔だけは広いから」
真「お兄さんいっつもどこかで親切にしてるんだね」

574 名無しのライバー ID:yBYszvr1g
>>573
草
また知らないところで株を上げている男

575 名無しのライバー ID:MF4919IJP
>>573

581 名無しのライバー ID:gckineki/
>>577
謎のスキンヘッドさん（姉御の旦那さん）
いざこざあって貸し作って一方的に慕われ
てるとかそんなとこだろ
容易に想像できちまう

582 名無しのライバー ID:W/PPeKNnY
まあ大体そんなとこだろうな

583 名無しのライバー ID:MoBthread
雫「その人飼ってるハスキー犬が可愛い
の！　抱きついても全然嫌がらなくて」
真「姉御さん散歩させてて撫でさせてもら
った。ちょー可愛かった、お手とかお座り
とか普通に出来てた」
雫「虎太郎くんも懐いてくれたらなぁ～、
兄は懐かれてるのに」
真「包容力不足では？」
雫「胸ちっちゃくないもん！　真ちゃんと
大して変わんないもん！」
真「1サイズわたしの方が大きいんですけ
どね（ドヤァ」
永遠に聞き続けられるな

584 名無しのライバー ID:VgSU1fOFr
普段姉御の旦那さんで
スキンヘッド＋サングラスの強面が商店街
ハスキー犬連れて散歩してるとか
情報だけ聞くと近寄り難い

585 名無しのライバー ID:sDAoGJhgv
ハスキー犬可愛いやん

586名無しのライバー ID:l07NiCm/l
抱きつかれる犬に嫉妬しそうやわ

587 名無しのライバー ID:3qQp/BHFb
速報　畳マイクラフト配信でしののん乱入

588 名無しのライバー ID:l0vthfZUo
>>587
あの娘、マイクラフト配信始める度に映り
込みに来るよな
台風中継に映り込む人かなにかかな？

589 名無しのライバー ID:xbGs76X7M
>>587
女帝、月、太陽に続いてか
片っ端から行くな

590 名無しのライバー ID:3Mp8wV3Bu
>>587
シュバりすぎぃ！
もういちょい自重しろや

591 名無しのライバー ID:Izlk3KRsd
新人が数字獲得するにはこのくらい貪欲じ
ゃないといけないのかもしれん

592 名無しのライバー ID:SRpwhtpat
何か妙にアンチ多いよな、新人ちゃん
箱に馴染もうと頑張ってるって思うといじ
らしくて良いじゃん

593 名無しのライバー ID:mL46cGCiy
まあ前世云々とその頃は異性ともオフで会
いまくってたとか

601 名無しのライバー ID:XiXFRHKB/
畳「折角だし通話繋ぐか。あっちも配信枠取ればいいのにね。後で概要欄に彼女のチャンネルのURL貼っておくんで、よしなに」
畳大人の対応

602 名無しのライバー ID:qKAsnPjVD
箱内では女帝に並ぶか下手すりゃそれ以上に数字持ってるからな
後輩テコ入れもやってくれる
やはり健常なのでは……？

603 名無しのライバー ID:XLvk6lJ0G
普通の人はガチャであんなに金を溶かさないと思うの

604 名無しのライバー ID:LMyc3s80X
健常者は野菜嫌いを魔界のせいにしないと思うの

605 名無しのライバー ID:pvJSxwz8o
まともな人は後輩に食生活を厳しく注意されないと思うの

606 名無しのライバー ID:jTwZD6JEC
男性Vに絡みに行くってそれはそれで別の層から叩かれそう

607 名無しのライバー ID:39y2sL1ix
いきなり上手くいった月太陽コンビが凄すぎたんだ……

色々言われてるからな

594 名無しのライバー ID:oCzqOhvsk
なお全部デマな模様
当時の脱サラほどじゃないがちょいちょい荒れ気味よね

595 名無しのライバー ID:/tAosfUjY
デマなのかよ……
荒れ気味だけど大体が他所からのアンチでしょ？

596 名無しのライバー ID:1RVGs+e1G
配信見てからin
PC前に張り付いて配信状況チェックでもしてないと無理やからな
ワイは評価するで

597 名無しのライバー ID:xwx0A3CQE
全ユーザーが全会一致で認める配信なんてそもそもないからな

598 名無しのライバー ID:dbX/9j71b
再生数やら同接低くてもグッズやらボイス、スパチャが強いVなんてのも普通におるしな

599 名無しのライバー ID:Zm9AVCCJ4
ブランディングをどうするかってのは
本人や事務所の判断なんだけれども

600 名無しのライバー ID:7EWOEV8jV
難しい問題やんなぁ

23話　後輩通話凸

【9月×日】

先日、マイシスターが友人と近所のお祭りに行った際にどうにも変なのに絡まれていたらしい。せめて私には報告くらいはして欲しかったのだが……その事実を知ったのが配信経由という。現代ならでは、と言っていいのか、これ？　一緒にお祭りに行ったのが何を隠そうＳｏｌｉＤｌｉｖｅ所属のＶＴｕｂｅｒ十六夜《いざよい》真《まこと》嬢。昨日彼女の家にお泊《と》まり会へ行き、その模様をお届けしたお泊まり会配信。その中で明かされたのだ。

　まあ、若い女の子だけでああいった場所に行けばそういうお声がかかるのも仕方のないことだとは思うが……こんな田舎《いなか》にもそういう類《たぐ》いの輩《やから》っているんだなぁ。マイシスターは世界一可愛《かわい》いから仕方ないのかもしれないが、お兄ちゃんを頼って欲しかった。それなりにお付き合いのある商店街の人や、町内の人、昔の知人等々色んな人に助けられたらしい。一体何回声掛けられたんだよ……流石《さすが》は大天使マイシスター雫《しずく》ちゃん。元々可愛いけれどもあの日は浴衣《ゆかた》で更に着飾って可愛さマシマシだったのだから、納得出来なくはないが。諸々の関係者には後日菓子折りでも持ってお礼に行った方が良いだろうか。いや、でも約1名——昔の知人は洋菓子店やってるから、そこに菓子折り持っていくのって何気にハードル高くないか？　今では考えられないくらいヤンチャしていた頃の知人なので、顔を合わせ辛《づら》いのが正直なところ……何故《なぜ》かあちらから妙に慕われてしまっているのだけれども。妹絡みとはいえ大分無茶しちゃったもんだからなぁ、とてもじゃないが配信でネタにも出来ないんだが。

閑話休題《かんわきゅうだい》。

さて、本日の本題。肝心の配信の時間だ。

Kanzaka joined the game

「はい。今日はMy Craftをやって行きます」

[ヨシ！　鯖《さば》内誰もいない！　ヨシ！]

[ヨシ！]

[誰もいない、ヨシ！　鯖内誰もいないな]

[こんちゃーっす]

いつぞやの一件から毎回私がこのゲームをプレイするときのお約束となってしまった、謎の指差喚呼《しさかんこ》。これはこれで面白いので好きにやってもらおう。ちなみにファンアートで獅堂《しどう》先輩が生み出した謎のゆるキャラ、あんぐら君がヘルメットを被った姿で『ヨシ！』と指差喚呼している イラストが滅茶苦茶《めちゃくちゃ》送られてくる。もっとも、このキャラクターに指っていう概念はなくて触手なんだけれども。名状しがたいクリーチャーの類いなのだが、あんだーらいぶのファンからは広く愛されている。獅堂先輩がグッズ化を企てているが、社長が全力で阻止しているとか。元々は先輩が新衣装として考案したものであるが、あれを衣装と呼称するにはあまりに外観が異質だ。最初に作ってもらう衣装がそれで良いのか、など突っ込みたくなる要素盛り盛りだ。スタッフにも愛されているらしく、やたらうねうねぬるぬる動く姿で「人間形態より動いてね？」と言われる始末。やはりエンターテイメントとしてはそのくらいはっちゃけないと駄目なのかなぁ。真似《まね》しようと思って出来る事じゃない。

昼間の時間帯という事もあり、あまり裏でも配信やっている人がいないので自然と空き巣状態だったりする。見慣れたいつものユーザーさんたち。毎日わざわざリアルタイムに足を運んで下さっている人たちはアイコンを見ただけで誰だか分かるようになってきた。SNSでどんなことを呟《つぶや》いていたか、とかも常連さんのものくらいなら頭に入っている。時折そういったツイートなどを参考にお話を振ってみたりとかもしてみる。一種の営業トークみたいなものなのだろうか。取引先の企業のホームページとか会社の特徴とか事前に調べたりするじゃない？あれみたいなもんだ。こういうのはアーレンス嬢がやっていた手法で、そちらを参考にさせて頂いている。彼女曰《いわ》く、「逆立ちしたって大手に勝てないんだから、よりコアなファン層を強化した。結果、なんか身内なんだかアンチなんだかよく分からない存在が出来ちゃった」とのこと。アレ民さんの事を指しているのだろう。彼女のファンは兎《と》に角《かく》、よく訓練されている。ファンとのコメントとセットでひとつのコンテンツになっているような節すら感じられるくらいだ。きっと様々な試行錯誤《しこうさくご》を経て今のスタイルになったんだろう。

「誰もいなくて良かった。いや、別に不仲とかそういうのじゃないですよ？」
［草］
［距離取ったら取ったで不仲って言われるの理不尽だよなｗ］
［また燃えるんですか！（ワクワク）］
「なんでワクワクしちゃうんですか。今月こそ平和に過ごしますよ、私は」
［あれ、既に今月……？］
［お前、この前の声劇で微妙に燃えてただろ］
［慣れすぎてて感覚こわれちゃった］
［フラグかな？］
「さて、今日は引き続き整地とレール敷きやっていこうと思います」
［めっちゃ誤魔化《ごまか》したな］
［誤魔化したな、おい］
［スルーしやがったな］

あんまりそういうネタで擦るとそれはそれで苦情来るっていうのは、ここだけのお話。そもそもそういう数字や人気の取り方ってあんまりやりたくはないんだよね。手段を選んでいる場合かって立場であるかもしれないが。
「前やってたところちょっとズレてたので一部修正とかも。CADじゃないけど下書き線みたいなの欲しい」
ゲーム画面内では線路の敷設工事を行っていた。個人的には一直線に無駄なく繋《つな》げたい性質なので、結構設置が進んでから1マスズレてました、なんてこともあり修正することも珍しくはない。実際の工事と違って竣工《しゅんこう》の期間がきっちり定められ遅れは許されない、ということもないので気楽なものであるが。そのせいもあって工事進行自体はかなりゆっくりのペースだ。
[A型もこれにはにっこり]
[A型だっけ?]
[そういえば血液型って公式プロフィールに出てないよな]
「私、AB型ですよ」
[情報助かる]
[解釈一致]
[あー、納得だわ]

［天才肌じゃなくて器用貧乏のほうやな］
［器用貧乏は解釈一致すぎる］

性格と血液型ってぶっちゃけ特に関係ないと思うんだけれどなぁ……どこぞのえらい学者さんがそんな論文を出していたとか、どこかで見た記憶がある。コメントの通りの器用貧乏という自覚はあるので、大きな声で否定出来ないのが悲しいところ。

各メンバーは各所に散り散りになって拠点を建設している。広大なマップのあらゆる場所に繰り出すようになった。そこで問題になって来るのは移動手段。そしてこのゲーム最大の魅力である他メンバーとの交流の機会を増やすためには交通インフラの拡充は必要だ。私は柊《ひいらぎ》先輩、朝比奈《あさひな》先輩といった男性メンバー以外と絡むと荒れるので、どちらかというと他のメンバー向けではあるが。コツコツ箱推しの人に対する「私悪い人じゃないですよ」アピールでもある。あ、実はこいつ良い奴《やつ》じゃん。そんなノリを期待してたりもする。私には建築とかその手のセンスはないのでこういう裏方作業の方が性に合っている。あと思い付くところだと、ゲーム内での食糧等の不足しがちな物資の安定供給が今後の課題だろう。

「血液型の話になったので……最近献血する人も減ってるみたいなんで、皆さんも会場近くに行ったらやりましょうね。献血沢山すると感謝状とか記念品貰《もら》えたりもするんですよ」

［同人誌即売会の献血は毎回やってるわ。アニメポスター貰えるし］
［ポスター目当てにホイホイ血を差し出してる］

「貧血だから献血できねぇンだわ」

「即売会名物だな」

献血するとお菓子貰えたりジュース飲み放題だったりと、中々至れり尽くせりなところも多い。大学生の頃はキャンパス内にも定期的に献血バスやって来ていた。学生には嬉《うれ》しいカップ麺とか配られていた記憶がある。私の型の血液は特に不足しがちという話も聞く。骨髄移植した人にも使ったりするらしいし。何より巡り巡って自分がお世話になるかもしれない。

「以前打ち合せで事務所に行った帰り、都内の献血ルームというところに行ったんですけどね。都会って凄《すご》いカフェみたいにオシャレでビックリした。漫画喫茶みたいに漫画も豊富に取り揃《そろ》えられてるところもあるんですよね」

「はえー」

「献血バスでしか献血したことねーな、そういや」

「探したら都内に結構あるんやな、献血ルーム」

「電子書籍読み放題ってのもあるな」

「即売会とか一回行ってみたいんですよねぇ」

「声良すぎてバレそう」

[声でバレないか？]
[自分の薄い本買う、ハッススタイルを参考にするのか]
「羽澄《はすみ》先輩は委託販売の本を買っておられるらしいので、現地参戦はしてないみたいですよ」
[アレじゃないんだから流石にそんなことはしないよな]
[アレちゃんやってるんか……]
[アレちゃんェ……]
「あの人色々大丈夫なのか心配になりますよね」
[真夏の配信中に暑いから窓開けるって開けたら、選挙活動の演説で住所ほぼ特定された女]
[草]
[ひどすぎるｗｗ]
[アレちゃん大丈夫なのか、それ……？]
いや、それ洒落《しゃれ》にならないやつでは。大丈夫だったんだろうか？　触れると蒸し返すみたいで不味《まず》そうなので追求とかはしないけれども、彼女本当におおよそ思い付く限りのトラブルを経験していそうな勢いだな。

「あ……そう言えば、今回からファンの方から頂いたスキン使ってるんですよ」

［ぐう有能］
［よく出来てる］
［新衣装ｖｅｒも作ったので今度使って下さい！］

「ああ、コメント欄にもいらっしゃった。ありがとうございます。適宜《てきぎ》使い分けていこうと思います。概要欄に詳細ありますので、気になった方は自分で使ったりも出来るみたいです」

ゲーム内で私が操作しているキャラクター。それをデフォルト設定のものからオリジナルの――神坂怜《かんざかれい》の立ち絵に合わせて再現されたスキンデータをファンの方から頂いたので、今回から使ってみたのだ。このゲームは昨今の高画質、リアルさを追及した最新機種用のゲームとは違い、ドットで表現された世界。故にスキンに使えるピクセル数もそれなりに制限があるはずだが、本当によく出来ている。Ｖの立ち絵と並べて見ると、それが私であることは一目瞭然。こういうクリエイターさんには本当に頭が上がらない。

「本当クリエイターさんって凄いよなあ。以前働いてた時は町工場のおじいさんに無理言って色々製作してもらったのを思い出しましたね……まだお元気でやっておられるんだろうか。自分で何か生み出せるって本当に凄いことだ」

［実際町工場が日本支えているまである］

[Vになったら流石にそういうの無縁になっちゃうもんね]
[今度菓子折り持って挨拶にいきゃあええ]
「それもいいかもなぁ。ミクロン単位の精度出せる人がゲームやったら上手《うま》い説ないですか?」
[その精度を生かせるゲームがそもそもないのでは?]
[Vertexのゲーム設定でマウス感度を上げたりとか?]
[感度3000倍だな〈酢昆布《すこんぶ》〉]
[感度3000倍か〈アーレンス〉]
[ステイ!〈mikuri〉]
[みんなよう見とる]
毎回関係者の誰かから見られているとか、授業参観かな? 自分の作業とかお仕事とかあるだろうに……。

Airi joined the game

「わぉ」

［あっ……（察し］
［あっ］
［お前らが露骨にフラグ立てるから……］
［柊パイセンに続いてこっちもか］

今月デビューしたばかり、あんだーらいぶ期待の新人である東雲愛莉《しののめあいり》氏。彼女は同所属ライバーがこのゲームをプレイしていることを確認すると、ゲームにログインして突発的なコラボに持ち込むという一風変わった手法で界隈《かいわい》を賑《にぎ》わわせている。

賑わわせていると表現したが、実際には賛否が分かれている。面白い切り口である、と評価する人。コラボではなく個人の配信を見に来たのに、と否定的な人。場合によってはチャットから直接通話を繋げて本格的なコラボ配信に発展する場合もあって、これまた意見が割れている。直近での転生云々《うんぬん》で批判された流れのままに叩《たた》いているようなユーザーも多いんじゃないだろうか。『シュバり』と称して叩く人も決して少なくはない。だが彼女なりに箱に馴染《なじ》もうと努力しているのだろうし、私自身は思い付かなかったやり方で凄いなぁという感想を抱いていた。きっと彼女も現状を打破するために必死なんだろう。

賛否両論。彼女の同期である御影《みかげ》君の場合は私と似たような点で批判されている節もある。同期の女性Vと幼馴染《おさななじ》み設定というだけで批判されているのは流石にどうかと思うんだけれども。彼女然り、御影君然り、色々と前途多難なようだ。ま、最初から最後まで何の障害もなく、上手く行く人なんていない。そういう意味ではまだまだ私は努力不足ということなのだろう。まだまだ精進せねば。

ただ、諸先輩方と違ってまるで数字を持っていない私にまでこうやって絡みに来ることはないだろうと高を括《くく》って無警戒で配信してしまった。しかし、本当にその選択だいじょうぶ？

正直悪手としか思えないが、来てしまったのなら仕方がない。柊先輩という前例も参考にしつつ、ひとまずは挨拶から始めてみることにしよう。

「挨拶だけはしておこう」

〈Kanzaka〉こんにちは
〈Airi〉こんにちは！
〈Airi〉通話しても平気ですか？

「ｏｈ……」

[／(^o^)＼]
[い　つ　も　の]
[親の小火《ぼや》より見たいつもの小火]
[親の小火もっと見て、どうぞ]
[親の小火ってなんだよ……]

633 名無しのライバー ID:ezBZOE/Nt
脱サラ、マイクラフト

634 名無しのライバー ID:gJ8+ptCq8
インフラ整備係出勤か

635 名無しのライバー ID:Za23D/YLj
鉄道敷いてるけど
ちょいちょい他面子の居住箇所が変わる度に路線変更してるのよね

636 名無しのライバー ID:KYjjJ5k5y
最短距離で直線じゃないと絶対許せない病
松明の設置も一定間隔じゃないと絶対許せない病

637 名無しのライバー ID:agR9PELCy
神経質やな
その割に自分の拠点は酷い有様だが

638 名無しのライバー ID:xLjVxPwhm
未だに地中深くにアイテムボックスとベッド置いてあるだけなんか

639 名無しのライバー ID:XxOT3Rlal
せやで
あんだーらいぶメンバーが鉱石掘り進んでたらたまに掘り当てられてる

640 名無しのライバー ID:sZoeD/le6
BOX BOX
ベッド
BOX BOX
大体こんな感じ
生活感皆無

641 名無しのライバー ID:ddrLlwOYh
リアルの自室も配信機材以外なんもなさそう
私服よりスーツの方が数揃えてそう

642 名無しのライバー ID:gLdatBj3V
まあ衣服は雫ちゃんが選んだりしてるみたいだし
調理器具は直近で圧力鍋買ったりしてるし

643 名無しのライバー ID:xHBr1ENss
雫ちゃんも大概ブラコンだよなぁ
普通兄の服コーディネートとかしないで？

644 名無しのライバー ID:gckineki/
でも現実であのスペックの兄がいたら
そうならない？

645 名無しのライバー ID:4Bkc3VVTu
分からんでもない

646 名無しのライバー ID:xALAW+2RA
基本全裸で配信してるVだっているんですよ!?

647 名無しのライバー ID:K834sU7so
なんでや！　アレは関係ないやろ！

648 名無しのライバー ID:oBO4u7Z2p
お菓子のクズ踏んで足を負傷する模様

649 名無しのライバー ID:utVw+j7mU

献血の重要性をマイクラフトしながら説くVがいるらしいっすよ

658 名無しのライバー ID:MoBthread
こういうトークが虚無とか言われるかもしれんが、今回は素直に評価したいと思ってる
ワイも昔献血で救われたクチだから尚更にな

659 名無しのライバー ID:BlSG5gCnV
Airi joined the game
脱「わぉ」
コメ「あっ…… (察し」
しののん「通話しても平気ですか？」
脱「oh……」
コメ「＼(^o^)／」
今シーズンもみんなの期待に応える男

660 名無しのライバー ID:z0uYQVnWy
>>659
草

661 名無しのライバー ID:8gDc5Q7Rk
>>659
また君か壊れるなぁ

662 名無しのライバー ID:Edz4qRI/y
>>659
数字持ってないのにシュバってくるのは逆に高評価やろ

663 名無しのライバー ID:3impv25Cw
しののん「直接お話しするのは初めてです

ベビース○ーラー○ンを撒菱にする奴なんてあいつくらいやろ……

650 名無しのライバー ID:p2pd9xTLE
脱サラ血液型AB型

651 名無しのライバー ID:hmErf1gKy
天才型というよりモロに器用貧乏の方やな

652 名無しのライバー ID:z4wY98sza
定期的に献血に行く男神坂、再評価

653 名無しのライバー ID:N4xwlLwlQ
脱サラ「最近献血する人も減ってるみたいなんで、皆さんも会場近く行ったらやって下さいね」
ぐう健常

654 名無しのライバー ID:NlQmXWN51
>>653
まあ本当にこれは大事よね

655 名無しのライバー ID:WXtk6h7Ev
>>653
あんだーらいぶ献血ポスターとコラボすれば結構やる人いそうやな

656 名無しのライバー ID:vXXSIlu16
昨今は献血ポスターにケチを付けられるご時世だしなぁ
オタクの血液が世の役に立っているから普通にバンバンやるべきだけど

657 名無しのライバー ID:8Twgox4aQ

672 名無しのライバー ID:U2bz7J3UG
旧知の間柄ってのが逆に……

673 名無しのライバー ID:GreX/rZ7D
悲報　しののん、ミカァ！を前世の名前『イシカワ』呼びしてしまう

674 名無しのライバー ID:MoBthread
脱サラ「石川県っていいですよね。まあ大半が金沢って印象なんですけれど。駅の鼓門が有名ですが、個人的にはそっちより地中に埋まった謎のヤカンのオブジェの方が面白いと思うんですよね。後は兼六園もいいですよねぇ。海の幸も美味しいですし」
まさかの石川県トークで誤魔化す男

675 名無しのライバー ID:4HMLeJ+eQ
やたら詳しいの草

676 名無しのライバー ID:W+yn5Thj7
観　光　地　デ　ッ　キ

677 名無しのライバー ID:iGpQEVBjg
石川県デッキとか意味不だよw

678 名無しのライバー ID:x5Is2Elxi
予想の斜め上のアシストだけど
ほぼノータイムでこんだけ話題出せるの普通にすげぇよ

679 名無しのライバー ID:gzVZcV6zU
寧ろスルーしてやった方が良かったのでは……？

よね」
脱サラ「そうですね」
脱サラコメントで視聴者に助けを乞う
脱サラ「急募：炎上せずに済む方法」
コメ欄1「無理やろ」
コメ欄2「取り敢えず骨は拾ってやるぜ」

664 名無しのライバー ID:At8F+cdzX
おそらく過去の炎上を見て来た視聴者たちだ
面構えが違う

665 名無しのライバー ID:f+RLHnlJ7
本人だけでなくユーザーまで耐火性能増してるのは草
まあスレ民もそうなんだけど

666 名無しのライバー ID:l2Lx7PIoT
!?

667 名無しのライバー ID:SQotmhNEs
あっ……

668 名無しのライバー ID:1XKfqCcQ0
あかん

669 名無しのライバー ID:kX/5Cti2p
アウトー!!

670 名無しのライバー ID:nSmPzvFQh
素で間違えたな

671 名無しのライバー ID:k+vOhJXHc
あー、これはアンチが喜びそうなネタを

680 名無しのライバー ID:lfd9uUneG
配信に乗った以上叩かれるのは目に見えてるわ

681 名無しのライバー ID:DgxXcvlvw
脱サラ「観光地や商店街の皆さん、PRの案件お待ちしております」
しののん「してます！　先輩は海外ならどこ行きたいですか？」
観光地トークから、マイクラフトの鯖内にもそういうの作りたいねっていう方向で話が進む

682 名無しのライバー ID:xwymG7nVP
まあアンスレ君うっきうきやし切り抜きされるんやろうなぁ

683 名無しのライバー ID:gckineki/
さらっと開始時は入れていたDVR機能オフにしてる脱サラ
後で非公開にするか、カットするかどうか話し合う感じかな

684 名無しのライバー ID:BRRw1WWpB
DVRってライブ配信中に巻き戻しできる、あれか
観光地デッキ振り回しつつ、マイクラフト作業もしながら、更に配信設定まで弄ってんのかこいつ

685 名無しのライバー ID:threadXXA
あーあw

今日の妹ちゃん

また変なことになってる……

24話 打開策

【9月×日】

「ふぅむ……」

ディスプレイの前で額に皺《しわ》を寄せコーヒーを口に含みながらどうしたものかと悩んでしまう。

こういう表情見られると母や妹から「皺になるよ」なんて事を言われてしまうだろう。顔は年相応だとは思うが、まあ若く見られるに越したことはない。一応他人から嫌悪感を抱かれない程度には身なりには気を付けているつもりではある。前職は営業で外回りすることもあったし、今は今でオフコラボやら打ち合わせやらで人と顔を合わせる事が多い。特に自分よりもずっと若い子たちばかりだ。それなりに気を配るべきだろう。

「しっかし、どうするかねぇ……なー、虎太郎？」

「ふにゃぁぁ」

私が問いかけると、キーボードの上で我関せずと欠伸《あくび》をする虎太郎。可愛《かわい》い。

何について悩んでいるかというと――つい先程のとある出来事が原因である。ＭｙＣｒａｆｔプレイ中に後輩である東雲愛莉《しののめあいり》氏がゲームにログイン。通話を繋《つな》いで会話する流れとなった。これは彼女なりの企画的なものの一環のようで、配信中の諸先輩に対して突撃して、突発的なコラボに巻き込むというものである。よもや私のような数字を持たない人間もそういったものの対象になるとは思いもしなかったが。

全体のチャンネルで軽く挨拶を交わした程度でほぼほぼ初対面のようなものなので、会話の内容自体は特にこれといって変わったことはない。あまり深入りしすぎないように、いつもの小火《ぼや》にも気を配りつつ会話をしていた。会話中同期とのコラボ予定なんかを聞いたところ、彼女は同期である御影《みかげ》君の名前を前世の活動名である『イシカワ』とうっかり呼んでしまったのである。

御影君と彼女は4~5年ほど前からの知り合いらしく、ニヨニヨ動画でのリアルイベントでの直接面識もある程であるが故だろう。名前が咄嗟《とっさ》に出てしまうのはまあ仕方のない面もあるだろう。そもそもそういう話題を振ってしまった私の方が配慮《はいりよ》が行き届いていなかった。

その後は『イシカワって――』という彼女の言葉に強引に割り入って、石川県ネタで誤魔化《ごまか》そうとしたというのが流れであるが……冷静に考えるとあのままサラっと流しておいた方がよかった気がしてきた。拾って誤魔化そうとして余計に目立ってしまった感が否めない。発言後一応気を遣って、配信の巻き戻し確認機能であるDVRを即座に切っておいたがそれはそれで、『隠している』行動とも取られかねない。あの時私自身結構焦っていたのだ。それが言い訳になるかは置いておくとして。ちなみに昔よく出張で足を運んだから知っていただけである。

今回の件で私の配信アーカイブの低評価数は多いものの、再生数は滅茶苦茶《めちゃくちゃ》回っている。1万人の記念凸待ちや、新衣装お披露目なんかをこの僅《わず》かな期間で追い抜いているというのは少々複雑な心持ちではあるが。炎上やそれに類する騒動が絡まない限り数字が伸びないのは本当に問題だよなぁ……。だが、意図しない動画の再生数増えたりするのはこの業界あるあるではある。私を叩《たた》くコメントは相変わらず一定割合はあるものの、それほど目立って増えたりとかはない。かと言って減ったりとかもないんだが。今回に関しては批判されているのは主に彼女の方である。そこから同期である御影君の方に飛び火している様子であり、『前世持ち』である彼らの批判から始まって過去の配信の一部を切り抜いて問題発言している風に見せるような活動も見られるようになっていた。当事者でないからあまり実感はないのだが、これはこれで結構な騒ぎだ。今までは良くも悪くも私が何らかの形で関わる事が多かったが、今回に関しては延焼するキッカケとなった場に居合わせたに過ぎない。なので、私は自分が炎上しているわけでもないのに後輩の炎上によって数字を稼いだ――みたいな状態になっている。今からでも私にヘイト向いたりしないかなぁ……。

そもそもどういう人たちが、どういう意図を以《もっ》てしてそういったネガティブキャンペーンを行っているのかが分からない。対立を煽《あお》って炎上を狙うような人たちまでいると言うのだから世の中怖いものである。我々は今後こういった存在と向き合っていかなければならない。まあ現状は向き合うというよりは、目を背けているに過ぎないのだが……このまま放置すればいずれより大きな騒動に発展するような、そんな悪い予感もある。あくまで私個人の感想でしかないんだけれどね。

◇◆◇◆◇◆

「ごめんなさい、ごめんなさい」

配信終了後泣きそうな声でひたすらに謝られるのは逆に心が痛んだ。元々最近思ったよりも伸び悩んでいたというのもあってか、心労が溜《た》まっていた上にこれだ。今すぐにでも決壊してもおかしくないような危うさを感じる。前世での活動とは打って変わって、こっちでの活動は常に批判が付き纏《まと》う。特に以前の活動が比較的成功していた彼女にとってはその温度差が辛かったことは容易に想像出来る。私は前職で色々あって慣れているから平気なのであって、この手のお言葉は普通心に刺さるものなのである。もっとも伸び悩んでいるとは言え、私よりは全然伸びているというのは野暮《やぼ》な突っ込みだが。前世での活動から見ればやはりそう思ってしまっても仕方があるまい。

犬飼《いぬかい》さん経由で後で彼女の担当マネージャーさんにも報告しておいた方が良い案件か、これ？　批判する意見も分かるっちゃ分かるが、小学生くらいの頃に先生をお母さんって呼んじゃった人いるじゃん？　結婚後苗字《みようじ》の変わった女性社員さんの名前を間違えた事は私だってある、人間だもの。誰にだって失敗はある。それを繰り返さないようにするのが大事なわけで。やってしまったものは仕方がない。誰がそれを責められるだろうか？　それを良しとしない人も世の中には大勢いる事を私は知っている。思い知らされている。だからこそ私は、私だけでもそういう場面に遭遇した時は失敗した相手を責めないようにと決めていたんだ。本来は『同じ失敗は二度繰り返さない』って言うと恰好《かっこう》が付くのだが、世の中中々どうして上手《うま》くいかないし、得手不得手もあるのでそうもいかないのが現実である。実際に出来るかどうかは別として、繰り返さないという意思は大事だと思う。

「該当部分のみカットとか、あるいは動画アーカイブ自体消すことも可能ですが」

「全部そのままで大丈夫です。毎日の配信も絶対やります。今はそのくらいしかできないから
……あ、でもコメント欄とか荒れてたら先輩の判断で消しちゃってもぜんぜん大丈夫なので」

「……分かりました」

「どの道もうバレちゃってましたし」

実際彼女のVTuberでの活動名である『東雲愛莉』というワードを検索エンジンに入力すると、サジェストには『前世』やニヨニヨでの活動名である『猫ふく。』が出てくるくらいである。

配信終了直後からニヨニヨ動画、SNS等にその旨を切り抜いた動画がアップロードされるなど、本当に仕事が早い。アーカイブを待たず、予《あらかじ》め配信を録画している人もいるのだとか。

公に反応も出来ないので性質が悪い。静観、いつも通りに振る舞うというのが一番荒れ辛い対応ではあると思う。よくも悪くも注目を浴びた今配信をやるのは確かに集客はできそうではある。当然投げ掛けられるであろう批判にさえ耐えられれば、だが。私が異常なだけで一般の感覚的にはやはり辛いものがある。

「あまり無理をしないようにして下さいね」

「この業界多少でも無理しないと。こんくらいでへこたれてたらこの先やっていけませんから
……それに先輩のがもっと大変な目に遭ってるじゃないですか。今回に関しては身から出た錆《さび》ですし、戒めとして叩かれても止《や》む無《な》しです、ハイ……」

――カシュ。

何か今明らかに飲料缶の開封音みたいな音聞こえたけど平気？　絶対あれお酒かなんかで現実逃避して誤魔化そうとしてるんじゃ……？　いや、まあお酒の力を借りたくなるのは分かるけど。程々にしておいてね、ホント。それに私基準にするのは色々誤りだと思う。

「あー、うん頑張ってね」

「がんばりましゅ。痛ったい！　舌噛《か》んじゃったぁあ‼」

本当に大丈夫だろうか？

◇◆◇◆◇◆

「今回は申し訳ありません……」

「いえいえ、大丈夫ですから」

東雲さんとの通話が終わって暫《しばら》く経ってから、今度は相方である御影君も謝罪の連絡をしてきたのである。律儀な人だ。いち早く情報を聞きつけたのか、彼女から話を聞いたのかは分からないが、少し疲れた様子が声からも察せられる。以前メッセージ上でのやり取りはあるものの、こうして直接通話するのは初めてだが、ところどころ言葉に詰まるようなところがあり、あまり人と喋《しやべ》り慣れていないような雰囲気が感じられた。御影和也《かずや》というガワを見ていると明るいキャラクターを想像させるし、実際の配信を見ても同様の印象を持っていたが……直接人と話すことを苦手としているのが端々から感じられる。まあ、ネットでの活動がメインなんだしそういう人も少なくはないだろうが。

「以前活動していた名前って本名からだったりするんですか？」

「母の旧姓ですね」

「あぁ、なるほど」

意図したものではないし、本名とかでないのが不幸中の幸い。まあ私は他の所属Vさんの本名とか知らないのでうっかり漏らすって心配はないんだけれども。妹の名前も出さないように常々気を付けている。が、最近リアルの方でもＶＴｕｂｅｒ活動の方の『雫《しずく》ちゃん』と間違って呼んでしまうことが多々あったりするのはここだけの話。その辺はお互い様で、あの子もたまに私の活動名で呼んだりしているし。そういう意味では、身体と魂が馴染《なじ》んできたのだろうか……？　何か字面だけ見ると身体乗っ取った悪役みたいだな、これ。

「担当マネージャーさんにも一応相談しといた方がいいかな。でも、御影君の方は思ったより大丈夫そうで安心したよ」

「まあ、前世はもう割れちゃってるし。逆に話題になるならラッキーかなぁくらいな心持ちですかね」

「でも無理は良くないよ。思ったより大丈夫なだけで、無理してるのは分かってるから」

「――‼」

彼が言葉に詰まる。声色だけでもそんなことくらいは分かる。

「以前の活動だと上手くいってたんですけど、そんなに甘くはないっすね……」

「あんだーらいぶ《う　ち》はまだ恵まれている方ですけれど、やっぱり専業でやって行くってのはハードル高いですよ。それに万人に好かれる、って人なんて存在しないですから」

誰にでも親切な人に対してだって何か裏があると思ってしまう人もいるし、そういう好かれている姿を毛嫌い、嫉妬《しっと》する人も大勢いる。私は大勢から嫌われているタイプの人間だったので、そうならないように行動する癖《くせ》みたいなものが染み付いてしまった。私に限らず社会人経験のある大多数の人がそうなるだろう。思ってもいないようなお世辞や上司の顔色窺《うかが》い、平気でなくとも平気と答えてしまったりすることも。誰だって人から嫌われたくはない、好かれたいと思う生き物なのだ。

「どうすれば箱のファンの人に認めてもらえるんだろう……」

私の持論ではコツコツと活動を続けていくより他にないと思うが、真剣に悩む後輩君の姿を見ると何とかしてあげたいと思う。何よりこんな私なんかに悩みを打ち明けてくれた事が、なんだか箱の一員としてきちんと認められたみたいに思えて嬉《うれ》しかった。私はこういうのは平気だったが、普通の若者にはこういうのがメンタル的によろしくないことは明白。ならば相談のひとつにも乗ってあげるのが先輩の務めではないだろうか。私自身、柊《ひいらぎ》先輩を筆頭に諸先輩方に色々よくしてもらっているので、こういった形で還元するのが道理というもの。まあ、私が『認めてもらえているか？』と問われると………本当は私だってその答えを知りたいくらいだ。

「何か企画でもやってみてはいかがですか？　企画、準備と色々やることはありますが、気軽に先輩も誘えますし、何より苦労して準備する様を配信で載せておけば公に叩く人ってのは目に見えて減ると思いますよ。特に、日本人ってそういう性分ですからね」

勿論《もちろん》一定数あんだーらいぶという箱そのもの、ひいてはVというジャンルそのものに対して思うところのある人もいるが。元々の箱支持層の信頼を得るにはこれが一番じゃないだろうか。箱全体を巻き込んでしまうのが手っ取り早い。

「成程《なるほど》……頑張ってる人は叩けないですもんね。後は企画の内容次第ですね」

「突拍子もないものだったり、参加する側に準備が必要だったりは避けたほうが良いかもですね。後は企業勢的には数字が取れる企画だとなお良し、ですけれどそれは私が知りたいですね。ハハハ」

こういう企画は『内容』『主催』『参加者』、この辺りがキーになると思う。正直私が企画したところで数字は出ない。親交のある柊先輩あたりに協力を仰げばまだ何とか形にはなる、程度のものだろう。新人である彼らは現在、そういう切り抜きやらで、ある意味『話題の人』。逆に利用すれば注目を浴びることが出来るのではないだろうか。今度は何をやらかすのか、なんて具合に。

「うーん……秋だし、食とか……でもそうなるとオフになるからそれは荒れそうだ。祭り……とか」

「祭り、良いんじゃないかな」

「いや、その、この前先輩が妹さんのお祭りが～ってツイート見たので、何となく口に出しちゃいました。単なる食関係の企画よりハードル高そうっすね、これ」

同じような思考で案を提示した彼を見て思わず頬が緩む。私の感性って別にそう酷《ひど》いものでもないんだなと。そうやって捻《ひね》り出《だ》したアイディアがあるのであれば、助言のひとつやふたつくらいしても許されるんじゃないかな、きっと。

「そうでもないさ。例えば共通のゲーム内でそういう催しをやるのであれば、参加者も参加しやすくはないかな？　どこかに使い勝手の良いクリエイティブなゲームでもあれば、の話だけれども」

「マイクラだったら屋台とかそういうの再現できるし、行けるかも……」

そういうのもありかなって私自身マイシスターのお祭り云々《うんぬん》の際に思い付いたが、案件の準備やらで今月やるのはほぼほぼ無理筋だったので丁度良い。口にすればきっと彼らが遠慮してしまうのは目に見えている。これはただの自己満足。いい恰好したい、先輩面したいだけだ。

「ああ、後——東雲さんは大丈夫だった？」

「酒を排水溝みたいな音出して飲んでたんで多分大丈夫ですよ」

「それ大丈夫じゃないのでは」

「大丈夫ですよ、以前から酒飲んで一晩経ったらメンタルリセットしてますから」

「すっごい不健康なんだけど⁉　そう言えば、ふたりは幼馴染《おさななじ》みなんだっけか」

「設定上は、ですね。まあ現実でもそれなりに付き合いは長いですが、実際に会ったのって中学生くらいの頃なので幼馴染みって言うには微妙な感じですね」

冷静に考えると彼らって中学生の頃から動画投稿とかしていたって思えば、キャリアとしてはかなりのものだよな……私が中学生の頃なんて捻くれて引きこもってただけの黒歴史時代真っ只中《ただなか》。その頃から打ち込める何かがあったのは素直に羨ましく思える。この子たちはこちら側にいつまでもいるなんてあっちゃいけない。そういう役回りは私だけで充分だ。

「他にも困ったことがあったらまた何でも遠慮なく言ってくれると、私としても嬉しいかなって。まあ私なんかは全然頼りないかもしれないけれども」

「いえいえ全然！　そんなことないです。先輩はいるだけでも充分っていうか……すっごいことになってても頑張ってるから、それが励みになってる面あります」

「頑張ってる……？　私が？」

「見習わなくちゃって。そういうの羨ましいなって思っちゃいます」

「見習うべきじゃないよ、私のこれは。こういうのには本来慣れちゃあ駄目だよ。絶対に」

「そういうもんですか？」

「そうだよ。私としては同期がいる君らが羨ましいって思っちゃうのは醜い嫉妬かな」

「同期……あー……」

何かを察したような反応。同期同士で何か悩んでいるっていうのは月と太陽コンビ然り、彼ら然り、割と間近で見て来た。絶賛苦悩中の御影君たちからすれば意味が分からないかもしれないけれど、デビュー直後からひとりなので、そういうのが羨ましく思えてしまう私は性格が悪い。

「俺の事、同期よろしく雑に扱っても全然おっけーっすよ！」

――カランコロン、ガシャン。

明らかに飲料缶が崩れ落ちるような音が聞こえた。何か大変なことになってそう。

「あああ、俺が丹精込めて築き上げたエナドリタワーがぁ!?」

「本当、ある意味息合っていいコンビだよね、君たち」

【9月×日】

「なるほど、そうくるか」

東雲愛莉@airi_underlive
今度の休みに石川県の温泉に行きます
おススメの観光スポットは神坂《かんざか》先輩から聞きましたけど、
他にもあったら教えて
観光関係の案件待ってます

何だかんだ前職での経験ってのは強いんだなって思わずにはいられなかった。

人気コンテンツはある程度こういうのの槍玉に上がるもんや
宿命として受け止めるしかない
ただ推しを誹謗中傷するのは絶許

767 名無しのライバー ID:gckineki/
ごちゃごちゃうっせえ奴には
石川県デッキぶんまわすぞ、オラァッ！

768 名無しのライバー ID:4D5USkTqo
あっちの地元の人が困惑してて草だったゾ

769 名無しのライバー ID:vK/gRxYD1
関係あるけど関係ない

770 名無しのライバー ID:8z95Gq3wU
見えるけど見えないものみたいな言い回しすな

771 名無しのライバー ID:jHRLbo2Kx
誤魔化そうとしたつもりが思いの外デッキぶん回って
逆に話題になってるのホント本末転倒で笑う

772 名無しのライバー ID:sHzfSEFN3
ネタデッキのはずが何故かガンガンに回ったりすることあるじゃん……？

773 名無しのライバー ID:9r31c7Su0
最早脱サラが叩かれる事に関しては問題なさそうだが、
新人ちゃんの方は精神面が心配

759 名無しのライバー ID:eXb+JspoO
ブログにまとめられてて草ァ!!
hhttps://subculture_matome-blog.vcom
【悲報】VTuberさん、配信中にうっかり前世の名前で呼んでしまう放送事故ｗｗ【絵畜生】

760 名無しのライバー ID:7Je6q+VDM
そうアフィね

761 名無しのライバー ID:7ZXOlrpzb
黙ってNG

762 名無しのライバー ID:sxGzhnixf
スレまとめて叩かれるケース多いのよね
IDなしスレとかだと、自演し放題だろって思うけど

763 名無しのライバー ID:plz6wRFmY
去年くらいまではそこまで風当たりは強くなかった気がするけど、
今年度に入ってから結構酷いな
特に夏以降

764 名無しのライバー ID:oF1u33dWj
怖いもの見たさにそっちから入ったワイみたいなのもおるからな
今ではすっかりあん民よ

765 名無しのライバー ID:lY9WzAn0T
ある意味炎上商法なのかね、これって

766 名無しのライバー ID:TP4Bl4GhS

了直前に宿題やるイメージでしょ。どちらかと言えば」
屋台作りのために必要な素材をしののんがリストアップ化
ミカァが採取、しののんが建築担当

781 名無しのライバー ID:YenSxkmgQ
ｇｄｇｄしていないところは高評価

782 名無しのライバー ID:LSA+dUHKU
まあ雑談しながらやる分にはいいけれど、今回に関しては目標が今月末とあんま時間もないですし

783 名無しのライバー ID:MoBthread
ミカ「わー、なぁにこれ……」
しののん「わー、すごーい（棒読み）」
女帝製作のあんぐら君オブジェを見てドン引きする新人ふたりの図

784 名無しのライバー ID:07g7n+JVG
>>783
ミカ「これは……猫だな」
しののん「違うよ、兎だよ！」

785 名無しのライバー ID:rvqjezEb4
>>783
土、石、砂と、素材に統一感が一切ないあたり何かこう……
性格が出てるよな

786 名無しのライバー ID:Jp8BVnT2K
数字的には2000ちょっとか
結構なバフじゃん

774 名無しのライバー ID:tHvOeduvv
>>773
>最早脱サラが叩かれる事に関しては問題なさそう
それはそれでどうなんだ……
てか今回に関しては脱サラ全然燃えてないけど

775 名無しのライバー ID:z/3esSKE5
なお渦中の新人ふたり今月末に企画をする模様

776 名無しのライバー ID:IrUHOCKPn
渦中とはいうが、ぶっちゃけミカァ！　は巻き込まれただけ感

777 名無しのライバー ID:f1NRnXOfv
みかしのコンビは目下、元ファン大多数の閉じコン解消が課題な気がする
そういう意味では企画物をやるのはある意味正道

778 名無しのライバー ID:lpaiz99hG
マイクラフトで秋祭りだってさ
今その準備をする配信を開始したところ

779 名無しのライバー ID:d+G3Ex1VV
バフゲー擦りつつ、箱内の他面子も誘いやすいしええな

780 名無しのライバー ID:cunHq8reO
ミカ「時間ないのでブラック企業も真っ青な感じで頑張ります」
しののん「いや、計画性がなくて夏休み終

796 名無しのライバー ID:7aEYFZHB8
速報　ニート参戦！
勿論自枠なし、SNSによる告知等も一切なし！

797 名無しのライバー ID:a4J4iJLHo
ニート「お肉ちょうだい！」
↓
しののん「腐った肉でいっか」
ニート「もっとちょうだい！」
ミカ「じゃあどうぞ」腐った肉を贈呈
↓
ニート「わーい、わーい」
回線落ちで消える

798 名無しのライバー ID:mJWvmTh4n
マジッ〇ポットか、己はww

799 名無しのライバー ID:RnWTWzW7Z
なお経験値は貰えない模様

800 名無しのライバー ID:8jGw+5dkq
はぐれ〇タルなら経験値よこせよ、オラァ！

801 名無しのライバー ID:hk9MafFAN
同接という名の数字は残していったから

802 名無しのライバー ID:8XuP+/3HF
実際ニートが絡むと必ず切り抜きもあがるからな

803 名無しのライバー ID:cNjA6bGOg
相変わらず回線雑魚で草生える

787 名無しのライバー ID:A01tGzOGe
最近3桁になること多かったところ見るとかなりのバフやな
単純に畳とかが配信開始のツイートをリツイートして拡散してるのも大きいけど

788 名無しのライバー ID:SKocCWNFR
速報　畳、マイクラフトにin
腐った肉を後輩ふたりに投げ付ける

789 名無しのライバー ID:MHsDq/kTE
なんでそんな腐った肉ストックしてんだ、こいつ

790 名無しのライバー ID:s18U8Zgip
何してんねんw

791 名無しのライバー ID:CxReuvf5h
なおその後颯爽と現れたあさちゃんが弓でヘッショして去って行った模様

792 名無しのライバー ID:vsq60ilx5
先輩が先輩を殺害する様を眼前で見せられる後輩ふたりの図

793 名無しのライバー ID:cdFDcp1xJ
草

794 名無しのライバー ID:n/Ez8fdAE
ミカ→何やってんだって表情
しののん→めっちゃ笑ってる

795 名無しのライバー ID:vqIYYVJ3B
何しに来たんだ、こいつらw

804 名無しのライバー ID:PkoUmQbKg
マッ〇でやってんだろ（適当

805 名無しのライバー ID:5bHK/6MlE
マジでありそうだから笑えない

806 名無しのライバー ID:W40bkwhWq
未だに4：3のディスプレイ使ってるニート舐めんなよ？

807 名無しのライバー ID:QEbSnV28S
去年まではブラウン管だったんだぞ！

808 名無しのライバー ID:RC/RPt7kG
ブラウン管は草

809 名無しのライバー ID:cseCcyltu
しののん

東雲愛莉@airi_underlive
今度の休みに石川県の温泉に行きます
おススメの観光スポットは神坂先輩から聞きましたけど、
他にもあったら教えて
観光関係の案件待ってます

---

810 名無しのライバー ID:jA6jrp6ba
>>809
最早開き直ってるやんけぇｗ

811 名無しのライバー ID:03jWa8Gl0
>>809
アンチ君顔真っ赤にしちゃうじゃん！

812 名無しのライバー ID:Q754A5dk0
>>809
温泉街確かにあるもんなぁ

813 名無しのライバー ID:MoBthread
しののんの温泉旅行……ゴクリ
絶対薄い本のネタにされるやつじゃん！

814 名無しのライバー ID:/yurisuko
女性V同士で温泉旅行に行くの期待してます
ぜったいそれがいい

815 名無しのライバー ID:zL0PQlW35
なんかこう炎上系をネタ方向に持ってくのはいつぞやの
畳の野菜嫌いツイと同じ系譜を感じるな

816 名無しのライバー ID:LQB1QLjmM
脱サラムーブが参考にされてそうで草

817 名無しのライバー ID:dydhbE2iw
なお当人はここ最近案件の準備で忙しい模様

今日の妹ちゃん

石川県はあんころ餅美味しいよね。
あ、なんか食べたくなってきた。
お兄ちゃーん！

閑話　胸中

「はぁー……」

　パソコンのディスプレイの光だけが照らすアパートの一室でわざわざ溜息《ためいき》を吐《つ》く。誰かが近くにいれば「どうしたの？」と心配してくれたりもするのかもしれないけど、ひとり暮らしの俺には無縁の話だ。気落ちしている今の状態から逃避したくて、部屋の灯《あか》りを点けると今度は酷《ひど》い有様の部屋の状態が目に入る。これに関しては俺の怠《なま》け癖《くせ》が原因なんだが。

「ま、前者に関してもこっちの落ち度なんよなぁ」

　思ったように上手《うま》くはいかないらしい。でも、だからこそ人生ってのは面白いって思う人もいるんだろう。あんだーらいぶ所属の御影和也《みかげかずや》として活動をはじめてからしばらく経《た》ったんだけど、まあ、失敗だとかなんだとか色々好き放題に言われている。俺たちの一個前にデビューした高校生ちゃんたちの勢いが滅茶苦茶凄《めちゃくちゃすご》くて、そこと比較されるとどうしても見劣りしてしまうって話らしい。あとは単純に俺が男性だからっていう理由で嫌われていたりもするみたいだ。

　ＶＴｕｂｅｒという文化自体が中の人は圧倒的に女性が多くて、ファンは男性が多い。なので求められているのは可愛《かわい》い女の子っていう話。かと言って女だから上手く行くってわけでもない。俺の同期、相方としてデビューした東雲愛莉《しののめあいり》は女性Vではあるが、こちらも先述した後輩ちゃんたちと比較して失敗扱いされているのが現実。デビュー時の設定としてアイツとの『幼馴染み設定《おさななじみせってい》』というのがどうにも受け入れられていないんだとか。男女での関係性とかそういうのもあまりお気に召さない傾向にあるっぽいのか？　あとは単純に俺たちの前世がニヨニヨ動画での配信者だったという点も賛否が分かれるところ。確かに鞍替《くらが》えっていうか、こっちで言うところの『転生』の匂わせはしたのかもしれないが、「活動回数が減る」という風な事を言っただけなんだ……過去の前例というか、最近の傾向としてそういう言葉を残して活動休止した面々が各有名企業などからＶＴｕｂｅｒとしてデビューしたという前例もあり、過去の俺――『イシカワ』と今の俺『御影和也』を結び付けるまでは本当に早かった。

翌週？　翌日？　いやいや、人の耳ってのはよく出来てんだなぁ。初配信の開始僅《わず》か数分で特定されていたからビックリだよな。それだけ注目されているってんだから、喜んでおくべきなのかね。そういう前世の持ち込み、中の人ネタを持ち出すのは嫌われるっていうのは仕方がないし俺たちも悪かった面なんだが本当に想定外だったんだよ。言い訳でしかないけどな。そういう前世云々《うんぬん》を結果として匂わせたという事を快く思わない人もいて、炎上という程ではないかもしれないが荒れている。それだけなら良いが、そこに加えて以前の活動の頃から熱心なアンチ活動をしている数名のユーザーがこの件を煽《あお》り立《た》てて延焼させているような動きも確認できた。Ｖになった理由のひとつにお前らの存在があったのに、姿や名前を変えても粘着してくるなんてな。元々ファンも多いがその分アンチも多い箱に、アンチ抱えた俺が移籍したという悪い条件が重なってしまった。デビュー時点でこれって、ここに迷惑かけすぎだろ、俺。

事務所側からしても想定外だったらしい。年下先輩ちゃん——月と太陽コンビって呼ばれてるあの子たちは親友同士での仲良しな雰囲気や関係性がウケた。その結果を加味して関係性推し、というやつなんだろうか。そういう方針で行くつもりで幼馴染み設定にしたつもりが裏目ったっぽい。実際アイツとは結構昔からの馴染みだし、下手に関係性隠して赤の他人ですってやったらやったでボロが出て叩《たた》かれてたのも簡単に想像できてしまう。

「あー、いけね。エナドリ切らしてるわ……」

動力源がない。これは不味《まず》い。あとで飯の買い出しとかのついでに買ってくるかぁ。普通の飲料に比べて割高だけど仕方がない。あれを燃料に動いてるところあるし、俺って。こんなんばっか飲んでるから体調崩しやすいんだろうけど、酒がろくに飲めない俺にとってはこれが頑張るためのドーピングアイテムなんだ。実は初恋の人に勧められて飲んで以来、ずっと同じメーカーで同じフレーバーのものばっかり飲んでいるとか女々しい理由があるけど、そんなん恥ずかしくて人前で言えたもんじゃない。

昔はそれこそ保健室登校ばっかやってたりするし、人前に出るとすぐ頭やお腹《なか》が痛くなっちゃう困ったちゃんで、不登校寸前というかほぼ半身浸《つ》かってた様な奴なんだよね、俺ってさ。今でもリアルで初対面の人と話すのがマジで無理なんよな。当然そんな中では友達もいなかったし、打ち込めるものなんてそれこそゲームくらいのもの。そして当時、携帯ゲーム機にインターネット閲覧できる機能があって、そこで初めてニヨニヨ動画というものを知り、ゲーム実況というコンテンツに触れた。周囲の人間たちはゲームばかりしているといけない、ゲームは悪であると皆が口を揃《そろ》えて言う。だが、あの世界では違った。自分と同じような人が世の中には沢山いるってことを知った。

自宅で誰も使っていないＨＤＤレコーダーが運よくアナログ信号取り込めるタイプだったので、テレビゲームのプレイをはじめて録画した。録画した後に自分の声を入れてみようと思って、お小遣い片手に家電量販店に自転車で走ってマイクを買ってみたが、このマイクは糞《くそ》みたいなやつでノイズだらけで人生で初めて撮った実況動画っていうのは本当に酷い有様だった。でも当時の自分にとっては、誰の力も借りずに作った成果物だった。

そして次に目標にしたのはニヨニヨ動画へのアップロード。だがハードルとなるのは端末の部分だった。パソコンとかキャプチャボードとか中坊のガキには余りにも高すぎるハードル。でも若い頃の行動力ってのは本当に凄い。今考えるととんでもない事やってた。お年玉全部でも足りない分は、祖父母、親戚のお姉さんに頭を下げ資金を調達してパソコンを買った。特に親戚のお姉さんにはどのパソコンが良いとかそういうのも全部選んでもらったし、本体だけでディスプレイやマウスなど周辺機器の事を考慮していたなかった俺に一式プレゼントまでしてくれた。今思えばあの人がいなければ今の自分はいないだろう。さっき一瞬話した初恋の人っていうのがこの人。

「やあ少年」

「…………」

「困ったなぁ。ワタシは子守りなんてできないぞ。ジュース飲む？　いや、これはアカンな。大人になってからだな。こいつぁ、大人の味ってやつなんよ。えーっとなんかお菓子とかあったかなぁ」

「………」

「お、ゲームかー」

親から子守りを頼まれたのか、親戚のお姉さんが困った困ったと言いながらズカズカと部屋に入り込んで来る。リビングの親戚の集まりが苦手らしく、それを避けるための理由付けとして俺の子守りを選んだってことみたいだった。勝手にゲームに参加してくる。普通大人っていうのはゲームとかそういうのには注意する事はあっても、こうして一緒にプレイしようって反応されたことがなかったのでちょっと驚いた。

俺が子供なのもあってか、胸元とかゆるゆるで無防備で子供には結構刺激が強かったのをハッキリ覚えている。俺からすれば憧れのお姉さん、みたいな感じだった。もっとも彼女が言うよりも前、大人になる前にそのジュース——エナドリを嗜むようになったけど、当時のそんなやり取りを思い出す。

「お姉さんも昔はゲーセンでバチバチにやり込んでたんだぜぃ？」

「よくゲームすると馬鹿になるって怒られる」

「それはどこのご家庭でもあるあるだわね。あはは」

それなりにやり込んでいたその格闘ゲームで一切のダメージを与えることなく、HPゲージ全てが削りきられてしまう。コンボの繋《つな》ぎが常人のそれとは別次元だった。『やり込んだ』と言うだけはある腕前だった。

「あ……」

「いえーい、10割コンボ！」

「もう1回」

「いいよ、何回でも受けて立つ」

この後結局一度も勝てぬまま。それから長期休暇の度に彼女とゲームをするのがお約束になった。プレイするタイトルは毎回異なるし、時には協力プレイする狩りゲーをやったりもした。捕まえたモンスター同士を戦わせるゲームで対決もしたし、それが当時の一番の楽しみになっていたかもしれない。友達とゲームをするっていうことも出来なかった俺にとって、趣味の合う唯一の友達でもあった。まあ、だから好きになったんだと思うけど。だけどそれも永遠には続かなかった。彼女の仕事の都合で会う機会が1年に3～4回から2回、1回と減っていく。その頃くらいには俺はニヨニヨ動画でちょっと有名になり、少しだけ自分に自信が持てるようになり、明確に彼女に対して抱いている感情が何かを自覚した。それでも遅かった。やがて丸一年以上会う機会もなくなり彼女は過労でぶっ倒れて病院へ運ばれて……そこで出会った看護師の男性とゴールインしていた。喜ぶべきか悲しむべきか。ともあれ俺の初恋はそんな形で終わった。今では年に1回くらいは話すことくらいはするが、昔みたいにゲームをしたりとかはなくなってしまった。

結局あの人には恩を返せぬままになっているが、少なくとも活動を続けることが恩返しに繋がると思って頑張るよ。ほんの少しでも自分を変えられた。今の自分があるのはきっと彼女との出会いがあったからだろう。

「ほんと振り返ると胃が痛くなるわ」

よくよく考えなくても凄い迷惑なガキだよな。お祖母《ばあ》ちゃんにも配信機材関係工面するのにお金借りてたし。勿論《もちろん》後にバイトして全部返したけど、その分も含めて翌年のお年玉で返って来てお祖父《じい》ちゃんとお祖母ちゃん大好きになった。今でも必ず年末年始とか連休の休みには挨拶に行くようにしてる。俺がこういう活動していることも知っているし、実際に見てくれたりとかは流石《さすが》にしてないけど応援もしてくれている。俺のファン第1号だと勝手に思ってる。両親の方からは相変わらず、とっとと定職に着けとか言われ続けてるけど……ぐうの音も出ない。

そこからネットの力を借りて試行錯誤《しこうさくご》を繰り返し自分以外再生していないような時代も経て、がむしゃらに活動を続けていたらいつの間にかそこそこニヨニヨ動画では有名人になっていた。初めて身内以外の誰かに認められた気がして嬉《うれ》しかった。現実の世界では冴《さ》えない自分ではあったが、それが原動力だった。だがそれらはあくまで『ニヨニヨ動画』に限っての話だ。一定の人気ではあるものの、井《い》の中《なか》の蛙《かわず》ってやつ。ニヨ動自体、最盛期を過ぎ有料会員数が減少している事もあり、徐々にＹｏｕｒＴｕｂｅに軸足を移す同業者やそっちとニヨ動との2ライン制でやってる同業者がここ最近で本当に増えた。そんなこんなで危機感を覚えて、より長くこの活動を続けて行く選択肢として俺はＶＴｕｂｅｒを選んだ。先述したみたいに活動を続ける内にアンチが増えてきた事も理由のひとつではあるけど。

何より魅力的だったのは一切顔出しが必要ないって点。寧《むし》ろ顔出しがＮＧとされている世界。俺にとっては利点でしかなかった。アトピー性皮膚炎の影響もあって、小学校の頃とか容姿とか肌の事でイジメられるって程ではないのかもしれないが、相当イジられた。それがトラウマになっている事もあり、尚更《なおさら》人前に立つってのは避けたかった。ニヨニヨ動画でのイベントに顔を出すことはあったが。マスクで顔を隠したり、ファンの人に書いてもらったオリジナルアイコンで誤魔化《ごまか》したりしていた。今思うとそういうアイコン使って活動しているのってVTuberの走りみたいなものだったりしないか?

さっきVTuberを選んだなんて言ったけど、正確には今の事務所からスカウトされて快諾したっていうだけだ。同期がアイツだって知ったのも結構最近になってからだ。結構古くからの知り合い。ニヨニヨ動画時代は『猫ふく。』という活動名で俺と同じようにゲーム実況とかやっていた。ニヨ動のイベントとか他の同業者との企画などで時折絡むことはあったし、意見交換と言うほどでもないが、どうしたら視聴者数が伸びるかーとか裏で話し合いした事もあったなぁ。何分、歳も住んでるところも近かったし、結構気が合った。直接会ったのは2回くらいだったか? それでも実況者特有のマスク装着しての状態だけれども。DMやチャットアプリでのやり取りは滅茶苦茶してたけど、面と向かって話す機会なんてほぼほぼなかったしなぁ。話は合うし、ゲームの趣味もまあ悪くはない。アイツの勧めてくる漫画とかも女性向けだったけど中々面白かった。あっちもこちらが勧めたコンテンツのウケは悪くはなかった印象。趣味が合うってこった。そういう奴が同業者、同僚になるなんてのは想像していなかった。昨今は普通にゲーム配信者も事務所所属している時代だが、まさか同じところに転生だなんてな。多分あっちもこっちと一緒でスカウトされたクチだろう。

そんな前世での絡みがあるのを知った上で、ここの運営さんは『幼馴染み』設定にしたんだろう。まー、実際そうだったら楽しかったろうな。いや、初めてコンタクト取った年齢的にはそれに近しい間柄ではあるんだよな。現実に、身近にアイツがいたらもうちっとはマシな学校生活を過ごせていた気もする。本人には絶対言わねーけど。

「アイツめっちゃやらかしてるじゃん……」

結構燃えていた。相方が配信で俺の前世の名前を出してしまったらしい。ぶっちゃけ俺も何度かアイツの昔の名前言いそうになっていたから、気持ちは分かる。めっちゃ分かるけど。それをよもや先輩への凸中にやらかすなんて結構イカレてる。

「なんで石川県ネタで盛り上がってるんだよ。めっちゃ面白いじゃん」

『イシカワ』という名前の由来はお世話になった親戚のお姉さんの名前だったわけだが、その単語から即座に石川県を繋げて延々と観光スポットとか語り始めるのは普通に面白かった。当人がくっそ真面目《まじめ》に語っているのが余計に。

神坂怜《かんざかれい》――2個前にデビューした先輩。数少ない男性V。サジェストに『炎上』の単語が躍る、アンチ界隈《かいわい》では超有名人、らしい。一般のファンの人からすると「そんな人いたっけ？」と言ったような、そんな滅茶苦茶苦労している人だ。ある意味あの人がいるから俺たちの世代ってまだ批判とかが緩和されている感じがする。俺の同期もやらかしたし、デビュー前の匂わせ的な言動に関しては俺自身もやらかしていたという事になるんだけど。あの人の場合は次元が違う。初手にクビだもんね、すっげぇよ。その事件はあんだーらいぶからお声がけしてもらった時にエゴサして知った。最初はそんな事件やその後の反応などをまとめた動画やブログ記事に行きついて断ろうかとも考えた。

そんなときにふとルナちゃんの凸待ち配信を見ていたら、泣きながら感謝の言葉を口にする姿があった。何があったか、どんな背景があったかなんてことは俺には全然分からない。それでも、あんな風に気持ちを真っ直ぐに伝える年下の子の姿に心を打たれた。それから男性の先輩たちとのコラボ配信を見たりするようになった。俺の今までの活動はほぼひとり。だからあんな風に本当の友達同士みたいに心を許し合っている様は羨ましくも思えた。なにせ小、中、高とほぼほぼ特定の仲の良い友人なんていなかったから。深い仲になれば、サブカルチャー好きであったりニヨ動で実況動画をアップしていたことがバレてしまうんじゃないか？　そんな恐怖感にも似た感情が心のどこかにあったからだ。俺は自分の大好きなものであっても、人前で声を大にして言えない臆病者でクソ野郎だ。小学生の頃に読んでいたライトノベルにちょっと肌面積の多いキャラクター挿し絵があった事を理由に、クラスのガキ大将みたいなのから滅茶苦茶からかわれたのがその原因であることは確かではあったが、今までの人生において本当に自分の心の全てを曝《さら》け出《だ》して付き合えた人間は殆《ほとん》どいない。前世でイベントやコラボする事はあっても所詮はその場限りであって深い付き合いとかは殆どない。

同期としてデビューしてるアイツが例外中の例外みたいなもんだが……でもまあ、アイツがいる事でどこか心に緩みというか安心してた面は確かにある。それはあっちも同じだろ。前世の名前配信に乗っけるとかいうやらかしやってるし、絶対そうだろ？

まー、そんな輪の中に入る事に一種の憧れがあったし、皆良い人そうだというのもありお誘いを受ける運びとなった。入って思うのはこのあんだーらいぶって場所はめっちゃ居心地《いごこち》が良いということだ。演者間で使用されているディスコには、所属メンバー全員が思い思いの本業に関係のある話題から全く関係のない雑談まで書き込んでいて、それは本当に多岐に渡る。特に男子組専用に立てられたチャンネルはカオスだった。ボイスの提出期限だけを書き込んだり、ゴミ捨ての日とかスーパーのポイントカードの倍率がアップする日とか、配信スケジュール等々日記帳か何かかとも思うが、忘れた頃に何かエモいやり取りしてる。そんなやり取りを眺めてひとりでニヤニヤしているけど、これじゃあただのファンじゃねぇかよ！

「でも凄いよなぁ」

先輩たちはみんな凄い。ぶっちゃけ、俺や愛莉の方は経験があるとは言ってもあっちではあくまでも『動画』が主体だったんだよな。ＶＴｕｂｅｒというコンテンツにおいて今一番熱いのは『生配信』なんだ。本当のＶが出始めた頃は動画勢もいたみたいなんだが、柊《ひいらぎ》先輩とか生配信主体の人が人気を獲得し始めたことで徐々に『生配信』を中心に据えて活動する人が増え、圧倒するようになった。動画では面白く見えるように編集やカットを多用していただけに、生配信でいつどこで切り取っても見て楽しんでもらえるようなクオリティを目指すのってホント難しいんだよ。

ともあれ、今は迷惑をかけちゃった先輩に謝罪の連絡を入れなくては、と思ったけど、同期からの通話がかかってきたので先にそっちの対応をしておく。

「ごめん」

「まず鼻水なんとかしろ」

「ずびぃー」

「汚い汚い。ミュートにしろ」

「だってぇ」

愛莉は酒飲むと泣き上戸になる。やれ彼氏にフラれただの、再生数が伸びないだの。昔は泣かずに暗いテンションで相談されたものだが、酒の力借りて泣いてスッキリできる分、まだマシなんだろか？　Vになってからは登録者数増えない、同接増えないって滅茶苦茶凹《へこ》んでは酒飲んで俺にダル絡みして来る。でも翌日には元気に配信してるので単なるストレス発散だと思うけど。


「さっき謝ってきた」

「ごめんなさいできる子だったか」

「アンタ酷くない？　こう見えて成人してますからね」

「1個下の男に泣きついてくるやつがなんか言ってる」

「う……せ、設定上は同い年じゃん‼」

「ハイハイ、幼馴染み幼馴染み」

「くっ……生意気な。中学生の時はもっと可愛かったのに」

「そう言うお前は中学生の頃の方がもっと落ち着いてしっかりしてたぞ」

「レディーに失礼なこと言うわね。でも……ホントごめん」

「いいよ、別に。お互い様だろ。昔から」

「うん……」


何だかんだ同期が昔馴染《むかしなじ》みで救われているところはあるので、お互いに何とかやっていけている面はある。それもあって同期もおらずひとりきりの先輩は本当に苦労しているんだろう。逆にどうして平気そうにしているのか聞きたいくらいだ。あのくらい俺も強くなれたらって思わずにはいられない。尻拭い――じゃなかった、フォローくらいはしとくか。

「今回は申し訳ありません……」

「いえいえ、大丈夫ですから」

先輩からの簡潔な返答に気の利いたコメントが出来るわけでもなく、この後何て言おうなんて普段使わない頭をフル回転させる。一向に言葉が出てこない。さっきまではこういう風に言おうってシミュレーションもしてきたはずだけど、言葉に詰まる。人付き合いは苦手だ。陽キャに見えるように取り繕っているが根っこの部分は陰キャのままだ。保健室登校してた頃と変わりゃしない。人付き合いを避けて自由に使える時間の殆どをずっとゲームや配信業に費やしてきた弊害だ。配信とかSNS上では平気でやり取りできるんだけど、こういうのだけは本当に苦手だ。深刻なコミュ力不足ってやつだな。

先輩は滅茶苦茶丁寧に相談に乗ってくれる。ぶっちゃけるとこの箱の中で一番心を許しているのはこの人かもしれない。最初怜先輩の事を知った時は、社畜を設定だと思っていた。俺として彼女がぶっ倒れた事を思い出して生半可なキャラ付け程度の認識でお気軽に使っているのは正直あまり好きじゃない。この人に限ってはガチもんだった。なんか先輩なのに心配になるけど、結局こっちが心配されて色々世話を焼かれてしまう。今回もだ。働きすぎるところとか、やたらエナドリを控えるように言ったりするところとか含めて、どことなく彼女に似ている気がしてしまう。

「でも無理は良くないよ。思ったより大丈夫なだけで、無理してるのは分かってるから」

先輩にそんな事を言われて思わず言葉に詰まった。全てを見透かされているような気さえした。この人も自分と似たところがあるんじゃないか、なんて失礼なことを思ってしまった。活動上での今の俺の立ち位置も含めて似ているところが多い気がして……だからつい抱えている悩みを打ち明けてしまった。どうしてこんな人がいつも燃えているのか本当に訳が分からない。いや……こういう良い人だからこそ、こぞって叩いたりしたくなる人がいるのかもしれん。

「見習うべきじゃないよ、私のこれは。こういうのには本来慣れちゃあ駄目だよ、絶対に」

自覚はあるんだ、と口に出しそうになったのをぐっと堪《こら》えた。自分で分かっていながらもこの人は自身の在り方を続けるつもりなんだろう。何でも器用に出来るように見えてその辺りは不器用な人だと思った。凄い歪《いびつ》な在り方かもしれないが、でも俺には真っ直ぐ芯の通ったカッコいい人に見えた。人一倍傷付いたから、人に優しく出来る。そういう人なんだろう。

同日夕方に柊先輩と朝比奈《あさひな》先輩から心配する個人メッセージがそれぞれ送られてきた。全体チャット欄でも先輩たちがみんな気遣ってくれて、それに救われた気がした。単なる気遣いだとしても、これが何だかあんだーらいぶの一員として認められたみたいな気がして嬉しかった。

永遠ってのはきっとない。ずっとずっとこの活動を続けるのは現実的ではないのかもしれない。批判されるのも辛い。でも今のこの活動は楽しい。気に掛けてくれる先輩たちがいる。ひとりきりじゃない。だから目一杯頑張ろう、目一杯楽しもう。後悔のないように。

25話 ソシャゲ案件

【9月×日】

「よっこいせ」

「じじくさい、やめてよね」

「ごめん……」

買い物の荷物を持ち上げる私にそんな風に毒づくマイシスター。お兄ちゃんもそんなに若くはないんだよ……食生活やら運動はそれなりにしてはいるものの、やはり若いころに比べて無理が利かなくなってきてはいる。親から「いつ孫の顔が見られるのやら」と言われる度に精神に大ダメージを受ける男、それが私である。ぶっちゃけＶＴｕｂｅｒやってて批判コメントやら多少の小火《ぼや》やらその辺よりよっぽど応える。その術はオレに効く、ってやつである。

とは言え、愛《いと》しの妹と仲良くお買い物デートできて嬉《うれ》しいので疲れとかは一切感じない。寧《むし》ろ大好きなマイシスターとの楽しいひと時を満喫できて逆に元気百倍である。この気持ちの高まりを後でＳＮＳで発信しなくては。皆に自慢してやろう。ふははは、どうだ羨ましかろう。

「今日のおやつは何？　何？」

目を輝かせながら問われる。尻尾《しっぽ》が付いていたら目一杯ふりふりしている様が容易に想像出来る。お昼もまだだと言うのに。色気より食い気という言葉はあるものの、お洒落《しゃれ》に関しても私の普段着についても随分《ずいぶん》口酸っぱく言われるし、当人もファッション誌のチェックもしている。お小遣いをやりくりして、服やアクセサリー類を買っているのも知っている。それでもやはりお金と言うのは何かと必要になる。夏休み中もアルバイトをしていた。甘やかしてお小遣いでもあげたいところだが、それは本人のためにもならないだろう。ぐっと堪えて見守っていた。アルバイトだろうと社会経験ってのは将来の、未来の己の糧になる。ただ、それが上手《うま》く活かせる人は決して多くはないのだが。

「今日はクレープかなぁ。モチモチ生地にたっぷりの生クリームを乗せてだな――」

「おぉおおお！　お兄ちゃん大好きぃ！」

途中でクレープの販売カーを横目でチラチラ眺めていたのはしっかり見ていたので、チョイスは間違ってはいなかったようだ。妹が何を求めているかを的確に把握しておくのもお兄ちゃんの大事なお仕事のひとつ。しかし……お兄ちゃん大好きか。大好き……今の録音しておけば良かった……失敗した。失敗した。失敗した。だが、我が愛しの妹がお兄ちゃん大好きと言った事実は変えようのない事実。この件も帰ったらファン《みんな》に自慢しなくちゃ。

「何か、今凄《すご》い変なこと考えてない……？」

「クレープの中バナナにしようか、チョコにしようかって考えてた」

「両方！」

「ちょろかわ」

「え？　何か言った？」

「なーんにも」

ふへへへ。でも、こういうところを私以外の変な男に付け入れられたりしないかお兄ちゃんとっても心配です。マジで。

「あ、そう言えば――」

くいくい、と私の袖《そで》を掴《つか》んできた妹の方に視線を向ける。小さなお手手で手招き。ナチュラルカラーの薄いピンク色のネイルが微《かす》かに見えた。あーちゃんと女の子してるんだなぁ、とちょっと感慨深い気持ちになる。

面《つら》を貸せ、という事みたいなので少し屈《かが》んでみると周囲に聞こえないよう私の耳元で囁《ささや》くマイシスター。ぞわぞわ――と背中に妙《みょう》な感覚が走る。成程《なるほど》、これが界隈《かいわい》で流行《はや》りのＡＳＭＲの魅力なのか。こりゃあ、流行るわけだ。

「今日夜って案件配信だったよね？」

「うん、そうだよ」

「気持ち悪い、耳元で囁かないでよね」

あ、あれぇ……？　お返しに囁き返したらお気持ち表明された。だが、わざわざこの街中であえてこんな風に聞いてくる必要はあったのだろうか。やはり、お兄ちゃんのことが大好きという言葉に誤りはなかったのでは……？

「ゲーム借りようと思って。友達と対戦して遊ぶから。プロコン？　とか言うのってどれ買ったらいいの？　ついでに買おうと思って」

「あー、うん。そうなのね」

外出ついでにゲーム用のコントローラーを所望か。と言うか私も一応持っているんだが、それは嫌なのだろうか？　その点を問いかけると「色が可愛くない」との事。そういうの気になっちゃうのか。私なんかは手にフィットして動けば良いみたいな考えだった。

一応ゲーム機本体で使用ユーザーを分けて利用できるので、配信などでゲーム画面などを載せないのであれば協力プレイ相手に本機の他ユーザー名等はバレることはない。そこからあんだーらいぶの神坂怜《かんざかれい》を特定することは不可能なはず。

「ところで、その相手って女の子だよね？　ね？」

「えー、男女それぞれ？」

「お、男ォ……!?」

「己は界隈《かいわい》にいるユニコーンか。冗談よ。お兄ちゃんの同業者のお友達と遊ぶだけ」

「あー、うん。そっか」

ホッと胸を撫《な》で下《お》ろす。よかった。冗談じゃなかったら案件に集中できないところだった。

普段私を叩《たた》く人たちの気持ちがよく分かった。うん、仕方ない。妹に近寄る不埒者《ふらちもの》がいるのならば同じような感情を抱くだろう。まあ彼らの行動すべてを擁護するつもりはないが、そういう人がいるのも仕方がない。

「身バレとかに繫《つな》がるような事はしないって。心配性だなあ」

「心配だったのはどちらと言うと男友達とかそっち方面なんだけれど」

「そんなノリで案件とかしないでよね、ホントに」

「お仕事なら私はきちんとするから大丈夫だよ。準備万端。全ての資料もチェックしてあるし。

先方にも承認貰《もら》ってるから」

「案件で資料作成とか承認ってなんかおかしくない？」

「え？」

「お客さんがそれでいいってんならいいんだけど」

「うん……？」

ちなみに夜にある案件の方は、ソーシャルゲーム――所謂《いわゆる》『ソシャゲ』案件である。この手の案件はＶＴｕｂｅｒではそんなに珍しいものではない。スマートフォンやタブレット端末でプレイ出来たり、場合によってはＰＣでも同じデータを共有してプレイ出来る取っ付き易さが売りである。特別なゲーム用端末を必要としない。普段連絡ツールとして使うスマホをゲーム機に見立てて使う。敷居が低い上に、この手のゲームは基本プレイ無料という仕様が更に魅力に拍車をかける。

とは言え、『ガチャ』という独特の文化を生み出したのもこのコンテンツ。基本プレイはタダだが、ゲームを優位、或《ある》いは簡単に攻略するためにゲーム内アイテムを使ってガチャを回す。コインを入れてハンドルをぐるっと回すガチャガチャを想像してもらえば分かりやすいだろうか。いや、今だと逆にそっちを見たことない人がいるのでは？

その辺りの『ガチャ』に関しては賛否あり、中には表記の排出確率と実際の確率が異なるといった大事件もかつてあったとかなかったとか。人様のお金の使い道に関してとやかく言うつもりはないが、お金は大事に使って欲しいものである。『投げ銭』という文化がある我々Ｖの者がとやかく言うのは『おまいう』――『おまえが言うな』って状態なんだけれども。

ともあれ、この『ガチャ』というのはVTuberの配信のネタとしてよく取り扱われる。デビューして間もない5月頃に、柊《ひいらぎ》先輩のガチャ配信に呼ばれたのは最早《もはや》懐かしい話だ。人の不幸はなんとやら、人がじゃぶじゃぶ金を溶かす姿というのは一定数の需要があるらしく、同接も普段より高めに推移する傾向にあるようだ。ガチャの結果に一喜一憂する配信者のリアクションを楽しむものらしく、人の不幸は蜜の味という言葉もあるように、お目当てのキャラクターを引けない所謂《いわゆる》『爆死』と呼ばれる状態であればあるほど再生数や高評価が増える傾向にある。一方で大当たりを沢山引くと逆に低評価が増えるんだとか。柊先輩の配信での傾向では、だが。

脱線してしまったが、先日サービス開始されたばかりのソシャゲ案件が今夜ある。βテスターによって抽選で選ばれたプレイヤーは先行プレイしているものの、それも決して多くはない。テスト時代とはキャラクターの性能や仕様が異なる事もあり様々な情報が出揃《でそろ》っておらず、どのキャラクターが強い、弱いなどネット上では議論が頻繁に交わされている。更には先々のキャラ性能などがリーク情報としてネット上に出回る始末。サービス開始直後のこの検証作業がある意味一番楽しい時間と思う人も少なくはないんじゃないだろうか。

製作会社さんが用意してくれた専用のアカウントを頂いたので事前に予習というか、今夜の配信に向けて一応前もって操作やゲームの仕様を自分なりに確認して、それなりの準備はしておいたつもりだが……果たして第三者がその様を見てプレイしたいと思うのだろうか？　もっとも柊先輩が一緒なので妙な安心感があるのはここだけの話である。準備を疎《おろそ》かにするつもりはないが、あの人がいるなら大体配信として一定以上の面白さは保証されている――そんな安心感があり、無意識下で頼ってしまっている。情けない話だ。

だが冷静に考えると私が器用されるという事は、メーカーさんあるいは事務所サイドの意図を汲《く》み取《と》ると……面白さとかそういうものはまず期待されていないと思って良いだろう。同時に抜擢《ばってき》されている柊先輩の役どころがそれにあたる。つまり私に与えられた役割は時間通りに進行し、必要な情報のみを視聴者さんにお届けすることだ。そういうのは得意分野とまでは行かないが、それなりに経験があるので何とか先輩の足を引っ張らないように頑張ってみようと思う。最後にもう一度自作の計算機の動作確認をしておこう。

「ん……?」

ディスコの方で御影君と東雲《しののめ》さんが全員に向けて企画の説明と参加を呼び掛けるメッセージを発信していた。昨日の今日でよくやるなぁ。これだけ真剣に、真っ直ぐ向き合う彼らが評価されないなんて事はない。そう信じるばかりだ。

920 名無しのライバー ID:K4RxQEz65
ソシャゲ案件

921 名無しのライバー ID:62SYckM1D
お馴染みのソシャゲ案件ライバー畳

922 名無しのライバー ID:2MomJI+l1
まあ伊達にああいう類いのゲームやり込んでない
後、単純に数字的にも

923 名無しのライバー ID:gJc3l8NBy
まあいつものポチポチゲーだな
特に特筆すべき点はない
でも絵とボイスは結構好きや

924 名無しのライバー ID:zVQi7eHha
キャラデザとボイスが良ければ大体なんとかなるんだよ
ゲーム性あればそれに越したことはないが
配布が豪華だったり、無料ガチャ引けたりとかそういうのがある奴は長続きする

925 名無しのライバー ID:YBCgO6cPc
畳「ガチャ回そう、ガチャ」
脱サラ「ステイステイ。概要から説明って打ち合わせしましたよね」
畳「うん……(´・ω・`)」
保護者同伴なので安心して見ていられるな

926 名無しのライバー ID:P0esXBQDJ
タイムテーブルまで用意してそう

927 名無しのライバー ID:DGc9JalWe
なし崩し的にガチャだけ回す案件ではないのな

928 名無しのライバー ID:kuBjbxeCk
脱サラ心なしかいつもよりテンション高め

929 名無しのライバー ID:MoBthread

神坂怜@妹だいすき@kanzaka_underlive
今日は妹とデートしてきた
おやつにクレープ作ってあげたらお兄ちゃん大好きって言われた
やはり妹……!!　妹は全てを解決する……!!

神坂雫@kanzaka_shizuku
そういうところはマジで嫌い

神坂怜@妹だいすき@kanzaka_underlive
明日の朝食は久しぶりに
はちみつたっぷりのフレンチトーストにしようと思ってたんだけどなぁ……

神坂雫@kanzaka_shizuku
お兄ちゃん大好き

神坂怜@妹だいすき@kanzaka_underlive
皆さん、見ましたか？
やっぱりこうなんです
いやぁ、雫ちゃんのファンには申し訳ないなぁ～

---

930 名無しのライバー ID:OC1Jgyiaj

>>929
そういうところやぞ、お前！
そういうところが小火に繋がるんやぞ！

931 名無しのライバー ID:AGF03118Z
>>929
相変わらずいちゃいちゃ兄妹である

932 名無しのライバー ID:ihRkkRiR/
>>929
妹ちゃんに対してだけは攻めた発言をするシスコンの鑑

933 名無しのライバー ID:XnylF3PtR
『大好き』を否定しているだけで
『デート』は認めてるんだよなぁ

934 名無しのライバー ID:9oVVltycM
雫ちゃんは雫ちゃんでブラコン全然隠せてないよな
兄妹で雑談するだけの配信が一番望まれているまである

935 名無しのライバー ID:BG596eLME
スライドキタ━━━(ﾟ∀ﾟ)━━━━!!

936 名無しのライバー ID:Tr/YeXJGe
脱サラ伝家の宝刀
案　件　用　ス　ラ　イ　ド

937 名無しのライバー ID:8DMXJ1Zlk
こいつ案件の時パワポ作らないといけない病気かなにかなの？

938 名無しのライバー ID:hFPrhR6XU
あの……社内ミーティングとかじゃあないんですけれど

939 名無しのライバー ID:Xb6Kmr+Fq
い　つ　も　の
まあ前やってたエロゲ案件では使ってないから……

940 名無しのライバー ID:tS3LXeRiq
親のスライドより見た案件用スライド

941 名無しのライバー ID:bDaKxtU7W
もっと親のスライド見て

942 名無しのライバー ID:dpslEVp0w
親のスライドってなんだよ……

943 名無しのライバー ID:34ZMwxl8f
スライド内容
・簡単なストーリー紹介
・大まかなゲームシステムの紹介
・ガチャ仕様の紹介
・序盤おすすめキャラ紹介
・計算シートによるダメージ計算機
・編成、装備の共有用

944 名無しのライバー ID:29T7uvFnU
攻略wikiかな？

945 名無しのライバー ID:wvbq4a5nU
ダメ計算表まで作ってて草
お前この後攻略サイト運営でもするつもりか??

121 名無しのプレイヤー
ID:XNYd0iDkP
攻略サイト（）が10点満点中6点評価のキャラを
超オススメってしてるあたりしっかりプレイしてるの分かるな

122 名無しのプレイヤー
ID:QvRvC5+yP
あれは攻撃キャラに見せかけたサポート特化にしたら化けるキャラだしな
小さく書いてあるオススメ武器も理に適ってる

123 名無しのプレイヤー
ID:SUB+TSfl9
ちゃんと無課金、微課金向けの最高レア以外のオススメ入れてるのも評価

124 名無しのプレイヤー
ID:5wLEFfZXb
ちょ、待って
ダメ計算表とかくっそ欲しいんだけど!!

125 名無しのプレイヤー
ID:qbKX5TVJ2
マジかよ
スレ有志が作った奴はあったけどバフや凸数考慮されてなかったぞ

126 名無しのプレイヤー
ID:cr1zb/4Fo
計算表配布はよしろ

946 名無しのライバー ID:KZTftirjM
しかもこの計算機
デバフ、バフの有無、キャラの凸数まで選択して計算できるじゃねぇかよ……
しかも昨今のSNS攻略情報供給まで見据え、パーティー編成、装備晒し用のシートまで用意してあって細かい

947 名無しのライバー ID:Ry4jF+iLC
パワーポ○ント、エク○ル
君、営業の人じゃないよね……？

948 名無しのライバー ID:iH6AQ/OdC
ちゃんと端の行にキャラの担当声優さんとイラストレーターさんの項目まであって細かいの笑う

949 名無しのライバー ID:OZnODhEJw
今あるなんちゃって攻略サイトより情報量多いの草ァ！

950 名無しのライバー ID:qYWU171/f
サービス開始直後とは言え、企業系攻略サイトより充実してるのは笑う

951 名無しのライバー ID:MoBthread
ゲームスレ草

---

120 名無しのプレイヤー
ID:u8XIV3Q8X
エアプサイトより詳しいの草
後、もう片方の人が有名な人らしいからリツイートキャンペーンのノルマは楽々達成できるな

脱サラ「どうやってって、全員育成してですよ。案件用アカウントなのでアイテムには困らなかったです」
畳「毎日配信してるのにどうしてそんな時間ががが」
脱サラ「えっ、1日って24時間あるんですよ？」
畳「ウン、ソウダネ……」

957 名無しのライバー ID:mVW2QukBl
闇を見せるなw

958 名無しのライバー ID:b694jR8w3
これ絶対寝る間も惜しんで準備してたんやろうなぁ……

959 名無しのライバー ID:ZbvaF1b/S
その手の情報は公式から貰えよ……

960 名無しのライバー ID:HVqrvylzA
悲報　畳ガチャ引く素振りくらいしか準備してなかったので気まずい

961 名無しのライバー ID:GPSHU13Yk
畳、先輩なのにw

962 名無しのライバー ID:kYR4y/XK/
畳「ガチャの時間だー!!」
脱サラ「あ、後はお任せします」

963 名無しのライバー ID:Q3guVBt9g
ぶっちゃけライト層からしたら急にゲームのキャラ性能について語られてもねって感じだしな

127 名無しのプレイヤー
ID:NZoKSZom2
絵畜生と思ったけど、やるやんけ

128 名無しのプレイヤー
ID:4R2QaLt4E
vの者「後でドロップケースで配布しますね」

129 名無しのプレイヤー ID:O3/FxWka5
ぐう有能

---

952 名無しのライバー ID:gckineki/
>>951
うちの子はどうして箱ファンより
案件先ユーザーからのが好感度高いのだろうか

953 名無しのライバー ID:VwhO2f58j
>>951
相変わらずで草

954 名無しのライバー ID:nUztsLDpz
>>951
うーん、この社畜

955 名無しのライバー ID:CpF/2gCeR
>>951
こんなん笑うわw

956 名無しのライバー ID:GlVkvskKY
畳「これどうやって調べたの？」

その客層的には畳のガチャ引いて騒ぎ立てるくらいが丁度良いんだが

964 名無しのライバー ID:khDGxyyCC
脱サラ：既存のゲームファン、コア層向け
畳：箱推しファン、ライト層向け
ある意味棲み分け出来てるから良いコンビだと思う
単純に畳に集客力があるし

965 名無しのライバー ID:9OkitoNx9
畳が10連引くたびに
脱サラ「現在の貨幣価値にして〇〇円分である」（イケボ）
畳「オイ、現実に引き戻すんじゃねぇよ？！」

966 名無しのライバー ID:sbGwxxiwc
相変わらず仲良しである

967 名無しのライバー ID:Z0nspPszP
ほんといいコンビだよな、こいつらw

今日の妹ちゃん

なんだかんだお兄ちゃんも
結構ラギ君に心許してる感あるよね。
良い事だ、うんうん

26話 準備する後輩

【9月×日】

案件を終え、エゴサしてみても軒並《のきな》み好評だったのを知ってひと安心。先輩がいたから成り立っていた節が多分にあるのだが。思いの外配布した各種資料に対するお褒めの言葉が多くてビックリした。過去には企画のプレゼン資料とか商品紹介パンフとか作っていたこともあるが、「凄《すご》い」「ありがとうございます」といったコメントを頂戴することはなかっただけに少し気恥ずかしい。その甲斐《かい》もあってかSNSのフォロワーさんは200人ほど増えている。有り難い話だ。まあ資料の右下に私のSNSのID書いてたからっていうのが大きいのだろう。ちなみにこれは先輩から本番前に賜《たまわ》ったアドバイスによるものである。彼や公式のIDも併記しようと思ったのだけれども、普通に断られてしまった。

「SNSのID乗っけとけばいいじゃん」

「わざわざ要りますかねぇ」

「無断使用とか転用とかされるかもだが、こういう細かいアピール大事大事。ほら、あれだ。営業活動で名刺渡したり、社用車に会社名書いてあったりするだろ?」

「ああ、成程《なるほど》。先輩のIDも載せときますね」

「いや、要らないから！　作ってもない俺のＩＤまで記載してどーすんだよぉ？　後輩の手柄奪ったみたいになって俺のファンに叩《たた》かれるじゃん‼」

「どうして自分のファンに叩かれるんですか……それに書類作ってないのに上司の判子とか平気で押してあったり、別人が作った事になってる書類ってありません？」

「それ怖くない？　普通にダメなタイプのやつだと思うんだが。社会の闇、ダメゼッタイ。あー、今度オフコラボやるじゃん。その打ち合わせ後にやろうぜ」

今週は柊《ひいらぎ》先輩と朝比奈《あさひな》先輩とオフで会うことになっている。最近は少しずつ他のライバーさんと表立って絡む機会も増えて来た。少なくとも同性であれば以前ほど非難されることも少なくなってきたと思う。だがそれでもゼロってわけじゃあない。見る人が見れば数字目当てに寄生する虫みたいなものらしい。今でも時折そういったお言葉を頂戴することがある。そう言われないような配信者を目指したい。

だが、デビュー当時や６月にあった先輩の３Ｄオフイベント時のあれを経験していると最近は自分でも驚くほど平和な日々が続いている。少しは認めてもらえたのだろうか？　そうであれば嬉《うれ》しい。ただ叩くことにすら飽きられているだけって事なのかもしれないが……いずれ誰からも見向きもされなくなる事も充分に考えられるわけで。現実の社会でもそうなのだが、そこじゃないと製造できないとか品質が保証されているとか、そういう強みがないとやって行くのも大変なのだ。私ってそういう『強み』みたいなものがとにかく少ない。私自身が面白味のある人間じゃないから仕方のないことではあるが、せめて炎上とかマイナス面以外でも目立っていきたいところではある……。

◇◆◇◆◇◆

ふとYourTubeを開いて現在配信中のメンバーを確認する。御影和也《みかげかずや》君と東雲愛莉《しののめあいり》嬢の配信。『10時間35分前に配信開始』という表示を見て思わず「おぉ……」と声を上げてしまう。長時間配信する面子は主に私か柊先輩くらいなもので、中々に珍しい光景である。健康面とか諸々を鑑《かんが》みると余り推奨は出来ないのだが、界隈《かいわい》でそれなりに話題にはなるので旨味《うまみ》がないわけではない。身体を壊しては元も子もないが、下手に水を刺すのも……といった状態であり、精々マネージャーさんの方にこっそりと体調に気を配ってもらえるように伝えておく程度しかできないけれど。

そんな彼らのやっているのはMy Craft。今月末に企画している『秋祭りin あんだーらいぶサーバー』。読んで字の如《ごと》く、ゲーム内でのお祭り行事である。ゲーム内の建築要素を用いて神社の境内や、屋台群を再現する予定らしい。また本来敵を攻撃するためにある武器——弓矢を使った射的場なんかも作っているようだ。

来月に入ってからでも良いかとも思ったのだが、本人たちの希望でどうしても今月中にやっておきたいとのこと。デビューした月に、心配事を片付けておきたいという気持ちもあるのだろう。それに御披露目《おひろめ》を終えた当月中であれば一部界隈《かいわい》で『新人バフ』なんて言われている期間であり、注目度は比較的高い。それに加えて先日のプチ炎上と言えば良いのか、以前の活動名をうっかりと口に出してしまった一件もあり、良くも悪くも注目されているので企画をやるなら効果的ではある。もっともそこから転じて、「炎上商法」だとか「火消し行為」といった批判の声もあるのが懸念事項ではある。

　来月には諸先輩方の事情もあったりするので、ほぼフルメンバーが参加できると今月末にどうしても開催したかったというのも大きいだろう。私は元から用事とか特にないけれども、先輩たちも色々日程調整とか裏でなるべく多く参加出来る様に動いていたようだ。こういうのが表のファンの人たちに伝わらないのは少し残念な気もするが。言わぬが花というやつだ。

　あんだーらいぶという箱全体を使った企画なら参加者は多ければ多いほど効果的なのは、全員が承知するところであるが故だ。特定の誰かのファン経由で新規ユーザー獲得のチャンスを得られるという利益が参加者サイドにもあるのでｗｉｎ－ｗｉｎの関係ってやつだ。ちなみに私のファン数はお察しなので、私が一方的に得をしているというのは言うまでもないが。そういうの抜きに単純に皆が基本的にお人好《ひとよ》しというのもあるけれど。

　本来長時間配信は先述した通り推奨されるべきでもないのだが、良い方向に流れが変わっていくことを願う。箱の一員としてこうやって努力している姿を見せ付けられては、叩き辛いだろうし。努力する人というのを貶《けな》す人はそうそういないものなのである。もっともそうそういないだけで、全く存在しないわけではない。特にインターネットでは実名や顔が見えないので、必ず一定数はそういう人いるよね。

　彼らの配信をちらりと覗《のぞ》いてみると流石《さすが》に声からかなり疲れが見受けられる。それでも無言になることなく、会話を続ける辺りは流石のプロ根性。あまり頭が回っていないようで、脳死トークのそれではあるものの、視聴者数は２０００人超えのかなりの数字。以前相談受けていた際は3桁《けた》からギリギリ4桁に乗る数字だったと言うから、既にかなりの結果を出していることになる。というか、箱内での株を上げる前から私より数字出しているんだよなぁ……。

サラっと結果を出してしまうあたり流石と言うべきか。企画発表の時点である意味目的を達成している感はある。これで大多数の箱推しユーザーの支持を得られれば、批判の声も相対的に小さくなるだろう。ここで注意しなくてはならないのが、決してなくなるわけではないという点。だけど後輩が結果を出している以上、私も何かしら結果を残さないと……いよいよ事務所での居場所がなくなってしまう。営業成績の悪い社員の如く、冷遇されても文句は言えない。それこそ首を切られても。

ひとまず何かしらの企画を考えて実行するにしても、この後輩ふたりのこれが終わってからだろうな。お手伝いでもしてあげたいところだが、こういうのにあまり手を出しすぎるとそれに対して文句を付ける人も当然出てくるわけで。手柄を横取りする、みたいな状態になりそうだし気は進まない。この辺は難しい問題だとは思う。どっちに転ぶにしても批判する人はいるだろうが。それでも――陰ながら応援したり、支えたりしてあげたいと思うのが人情というものであろう。大事な後輩なのだから。花を添えるくらいは許してくれるだろう。

「しかし、気付かれずに準備するのは骨が折れそうだな」

短納期は短納期でも過去の仕事よりはもっとずっと楽しい。幼少の頃イタズラしていた時ってこんな気分だったろうか？　今はもう覚えてはいないが、演者も見てくれる視聴者の皆さんも楽しめるものにできたらいいな。

【9月×日】

「ふゎ……っていかんいかん。こんな時間から寝るのは不味《まず》い」

濃い目のコーヒーをぐいっとあおりながら、欠伸《あくび》を噛《か》み殺《ころ》す。世間的にも休日の朝。ゆっくりする人も多いだろう。とは言え、流石に今の時間から二度寝は少し気が引ける。朝食を済ませ、掃除を終えて一息《ひといき》吐《つ》いたところ。マイシスターは休日という事もあってか、未《いま》だ夢の中である。午前10時頃には起こしてあげないと……蜂蜜たっぷりのフレンチトーストを作ってあげるという約束もあるし。だが、少しくらいは様子を見に行った方が……いやいや、そんな不用意なことをしては後から絶対嫌われる。

寝顔を見に行きたい衝動を抑える。もう少ししても起きてこなかったら起こしに行く。そういう建前なら怒られないだろう、うむ。我ながら完璧な作戦である（ドヤァ

少し時間が出来てしまった。直近配信予定のサムネイルは製作済みだし。今から配信しようにも午前中には買い物にいかないといけないし、空き時間が微妙なところ。羽澄《はすみ》先輩なんかは短時間の雑談や外出時の空き時間などにツイートキャストという配信サービスを利用していることがある。画質などは他の配信サイトよりも劣るものの、手軽に配信できるという点が一番の魅力らしい。事務所からは別段そういった別サイトでの配信に関して特に口煩《くちうるさ》くは言われてはいない。他動画サイトは数々あれど、集客力や収益関係で見たとき今のメインで使っているＹｏｕｒＴｕｂｅが一番使い勝手が良かったりするのだ。

折角だし今生配信しているＶＴｕｂｅｒの動画でも見てみよう、と思い立つ。絶賛ライブ配信中の知人の名前を見付けた。霧咲《きりさき》季凜《きりん》――元後輩である。数分程前に配信スタートしている。

昼夜逆転した後一周して、今の時間になっていそうだとか適当な予想をしてしまう。

「折角早起きしたから、ちょっとやりたいことあってっスね」


「なに？」

「めっさ早くて笑う」

「休日だしみんな寝てそう」


「朝酒。ほい、取り出したるはこちらのウイスキー（ドン！」


「おいやめろ」

「だれかー、大人の人呼んできてー！」

「あっ（察し」


「買い物行ったらやたらと安かったんスよね、これ。プライベートブランドって言うんですか？　トップでバリューなやつ」


「世界一不味いと噂《うわさ》のやつやんけぇ！」

「安かろう悪かろうの精神」

「肝臓くん「許　し　て」」

朝から酒飲むとか凄いな、こいつ。昔こんなに酒飲みでもなかった気がするのだが。寧《むし》ろ弱くて同棲《どうせい》してたときなんか1杯そこそこで酔っ払って寝てたのをベッドまで運んでやった記憶があるくらいだぞ。辛いことがあったら溜《た》め込《こ》まずにストレス発散するといいと紹介したが、まさかこんなことになるなんて。ちょっと罪悪感。許して、ソリライファンの皆さん。アルコール中毒とかそういうのには気を付けてくれよ、本当に。

「うっわ、なにこれ。ウイスキーじゃないっスよ。ただの色が似たアルコールじゃないっスか、うっわ……ぐびぐび。まあ呑《の》めなくもないっスね。寧ろコスパ的にはありな気がしてきた」

[うっそだろぉ、おめぇ……]
[おい誰か、こいつ止めろ]
[マネージャーさん!?　早く来てぇ!]
[アルコールならなんでもよくなってない?]

「あ、ガスコンロでスルメちょっと焙《あぶ》ってくるね。ふーんふーん♪」

[ただのオッサンやんけぇ]
[休日のおじさん]
[これまーたマネージャーさん案件っすねぇ……]

［声は可愛《かわい》いんだよなぁ］
［ガワと声以外がちょっと……］
「でも皆謎にオッサン趣味勧めてくるよね。麻雀《マージャン》とか釣りとか。皆色に染められちゃうぅ」
［おっさんの趣味を女の子にやらせるのは流行《はや》り故］
［そういうところが好きだぞ］
［そんなんだから他メンバーから距離置かれるんだぞ］
「避けられてねぇよ!?　仲良しなんだが!?」
1杯目で酔い潰れる綺麗《きれい》だったあの頃に戻って欲しい。原因の一端が私にあるとかそう言われるとぐうの音も出ないのだけれども。そう言えば、あんだーらいぶ《ち》の新人《う》ちゃんである東雲さんもお酒が大好きな人種だったので、案外話が合うかもしれない。昨今の若者のストレス発散とかってこうなの……？　お兄さん、ちょっと怖いです。溜め込むよりはずっと良いけど。
「はて……誰だろう……？」
配信を視聴していたところ、誰かから連絡があったことを告げる通知。面倒事ではなければ良いのだが……。

105 名無しのライバー ID:ILfaw/J7V
凄いなまだやってんのか、みかしのコンビ

106 名無しのライバー ID:/lPS5UyJn
配信時間10時間越えとは凄いやる気だな

107 名無しのライバー ID:tsSAfZPWv
もっと前から準備すればよかっただけでは
……？

108 名無しのライバー ID:9dFFdXZxR
長期間ダラダラやるより、短時間集中でやった方が数字は取れるやろ
多分意図はしてなかったろうけど

109 名無しのライバー ID:h6ML8abWJ
まあ既存のあんだーらいぶファンからはちょっと敬遠されてるからな

110 名無しのライバー ID:glcMZyjT4
そのための急造策ではあるんだろう
新人バフがある今のうちにって感じだ

111 名無しのライバー ID:x3OEy5sBT
危機感持って早急に手を打つスタイルは嫌いじゃない

112 名無しのライバー ID:hn/cAI8Xt
まあ長く活動続けてればどんな奴でも一定数固定ファンは付くよ
ソースは脱サラ

113 名無しのライバー ID:wncoSPKzM
その間アンチの批判に耐えられるならの話だろ、それ？

114 名無しのライバー ID:J99TQmdBQ
流石に鋼のメンタルじゃないとむ～り～

115 名無しのライバー ID:Cw8tDlo1k
短期間でもその手の攻撃、もとい口撃くらうと結構メンタルに効くもんよなぁ

116 名無しのライバー ID:L81l4lfpJ
前世でゲーム実況なりやってりゃ、それなりにアンチ抱えてそうな気もするけどな
それだけこの界隈がやべぇってことか

117 名無しのライバー ID:1qKL8Rb06
そういう連中が新規層入るの躊躇する原因になってるとか自覚があるのか、ないのか

118 名無しのライバー ID:chISL5ong
所詮絵畜生やで
この前案件やってたソシャゲも絶賛大爆死やww
【悲報】VTuberさんが大々的に宣伝したソシャゲ、大爆死してしまうww
https://animegametoka-blog.vcom

119 名無しのライバー ID:g3G+osHEb
>>118
そうアフィね

120 名無しのライバー ID:chISL5ong
>>118
もうオワコンやね……

121 名無しのライバー ID:6mrfAXYdW
>>118
セルラン云々は余所でやって、どうぞ

122 名無しのライバー ID:VxkLQWv/k
Vもソシャゲも視聴者数とセールスランキングみたいな物差しでバトルされがち

123 名無しのライバー ID:Ih8UVyFpH
それがインターネットってもんだよ

124 名無しのライバー ID:UJHvbtHQE
古の時代から続く悪い流れだよなぁ

125 名無しのライバー ID:MoBthread
人間って愚かだねぇ

126 名無しのライバー ID:WI+L7uyLI
駄馬に言われたくない

127 名無しのライバー ID:b3Si32tsK
ゲームハードとかアニメのDVD、Blu-rayの売上とか基本数字で競うの好きよね

128 名無しのライバー ID:rMPKy1d7r
そういうのでマウント取って来る人いるけど、大半が制作に携わってるわけでもない赤の他人だよね……？

129 名無しのライバー ID:uErHJfjtP
なんならファンですらない連中も多いぞ
ようはファン同士を対立させる目的でやってるとか

130 名無しのライバー ID:f2G+50Bqo
単純に愉快犯だったりもあるが
所謂『対立厨』ってやつやな

131 名無しのライバー ID:43HzY8mIH
V界隈も例に漏れずそういうの多そう

132 名無しのライバー ID:QK4Rv4MaB
ソシャゲで思い出したけど
攻略サイトに脱サラのスライド資料が無断転載されてててワロタ

133 名無しのライバー ID:o1lfau7r8
草

134 名無しのライバー ID:bEfHm+NEA
ダメージ計算機が有能すぎて海外プレイヤーも愛好してるぞ

135 名無しのライバー ID:DLUay4mFI
やり込み勢御用達のダメ計算機

136 名無しのライバー ID:olYtWNKry
ソシャゲスレのテンプレにも入ってる模様

137 名無しのライバー ID:gckineki/
ちゃっかり資料右下に小さくSNSのID書いてあるから
微妙にフォロワーは増えた

138 名無しのライバー ID:DCZVxoWGi
で、登録者は増えましたか……？

139 名無しのライバー ID:gckineki/

登録者は……まあ、うん、いつものです
うるせー、そんなことより秋祭りの話だァ！

140 名無しのライバー ID:eLDU2YcRW
屋台群は結構出来てきたな
鳥居とか神社っぽいものを作ってる最中だ

141 名無しのライバー ID:pqG8BtPfy
ふたりが不在の間に他メンバーがボックスに差し入れ置いてくいつもの

142 名無しのライバー ID:87jnvhRS/
畳は逆にその量の腐った肉を一体どうやって調達しているのか

143 名無しのライバー ID:HFxc9RD4i
女帝は謎の自作ポエムを届けている模様

144 名無しのライバー ID:AEqvxY1rs
後輩で遊ぶのやめたげてよぉ！

145 名無しのライバー ID:MoBthread
・謎ポエム、女帝
・腐った肉、畳
・武器ばかり贈る死の商人、あさちゃん
・村人から巻き上げたアイテムを献上する、月太陽
・何故か必要になるアイテムばかりをピンポイントに大量納品する、脱サラ

146 名無しのライバー ID:mtsbc6L2r
>>145
中々個性出てて面白いな、これ

147 名無しのライバー ID:S6ySO8KyA
>>145
あったけぇな
ポエムはいらんけど

148 名無しのライバー ID:9ANPz1Q2+
>>145
腐った肉は空腹度を誤魔化せるし
武器は湧いてきた敵の掃討
村人からエンチャントされたツルハシとかシャベルは建造に有用
脱サラは完全に業者だな

149 名無しのライバー ID:wwtDwKpOb
ポエムは同接増えるから
配信者的には一番美味しい

150 名無しのライバー ID:N5te8bHDj
それはそう

151 名無しのライバー ID:Rco1nPVKw
最近ポエムから異世界転生物の小説になった謎展開

152 名無しのライバー ID:b+KbW7891
女帝「ネタがねぇんだよ！」

153 名無しのライバー ID:1Cqu2oXRi
悲報女帝　コミックアプリで悪役令嬢物を読み漁っていることが露呈してしまう

154 名無しのライバー ID:2D7aonh6l
別にええやん……ワンパターンだけど嫌いじゃないで

あれだけアピールしていたのにハブられる女帝〜

162 名無しのライバー ID:LJUKSJ6qF
実際に勝ち取ったのはあの面子ですし

163 名無しのライバー ID:U2IbG6tSf
女性V呼ぶと荒れそうだしな、しゃーないわ

164 名無しのライバー ID:SQg2vWcpk
女帝は荒れてる

獅堂エリカ@自分の金で焼肉する@erika_underlive
いいもん、いいもん
こっちは女の子同士で行くもんねー
皆の者、着いて来るが良い！

羽澄咲@9月マンスリーボイス発売中@hasusaku_underlive
うおおおおお！
いくいくいっくぅうううううう！

ルナ・ブラン@9/X 歌ってみた投稿@luna_underlive
せんぱいすき！

日野灯@akari_underlive
さすがエリカ先輩。一生着いて行きます

なお

獅堂エリカ@自分の金で焼肉する@erika_

155 名無しのライバー ID:MoBthread
うおおおおおお！

柊冬夜@やっぱ野菜より肉@Hiiragi_underlive
Vertex大会で貰った肉を食らう
事務所でやりたかったけどマネさんから
「マジで止めて下さい」
って言われたので俺の家でやります
メンバーは大会出場メンバーのみ、残念だったな！

---

156 名無しのライバー ID:olosJQPvA
>>155
松阪牛どりゃあああ

157 名無しのライバー ID:8Zw8QbgHx
>>155
ステーキにはしないんだろうか

158 名無しのライバー ID:y5QCJXK/N
>>155
ちゃんと料理出来るメンバーがいてよかったな

159 名無しのライバー ID:/yurisuko
男同士、密室、オフコラボ。何も起きないはずがなく……

160 名無しのライバー ID:0EqRkqcJE
これにはお姉さま方もにっこり

161 名無しのライバー ID:ldi9iC+qL

underlive
おい、ニートお前何DMでこっそり参加表明してんだよ!?
配信するなら連れて行ってやる

---

165 名無しのライバー ID:38jKEeQew
相変わらずブレないな、ニート

166 名無しのライバー ID:vUYB0nDYA
表立ってだとなんか言われそうだからDMか
姑息な真似をしやがるw

167 名無しのライバー ID:Al0yqAQMk
こいつら仲いいなぁ

今日の妹ちゃん

お肉いいなぁ……

27話 焼肉オフコラボ1

【9月×日】

「うわぁ……」

人様の家に入ってひと言目に言うセリフではないと思うのだが、思わずそういう言葉が出てくるくらいの惨状であった。事前に「酷《ひど》い有様」と伺ってはいたのだが……流石《さすが》にここまでのものとは想定していなかった。こういうの見るとちょっと身体がムズムズしちゃうんだよね。早く換気して掃除したいという衝動に駆られる。

「いや、うん……ごめん。片付け間に合わなかった」

ゴミ袋やら掃除機が出ている辺り直前まで片付けていたことが窺《うかが》える。以前もお邪魔した事がある高層マンション（エントランス＋コンシェルジュ付き）は、通信販売の段ボールやら、ゴミ袋やらで溢《あふ》れ返《かえ》っていた。今日はオフで先輩の家で先月Ｖｅｒｔｅｘ大会の商品として頂いた高級なお肉の引換券を利用した、焼肉オフコラボ開催となった。ちなみに朝比奈《あさひな》先輩は午前中事務所で打ち合わせと収録があるとかで、夕方からの合流予定だ。

私は元々暇だったのもあって早めにこちらに合流して食材の買い足しなどを柊《ひいらぎ》先輩と一緒に回る予定だったが、昨日先輩から「片付け手伝って」というＳＯＳ信号を受け取った。そりゃあもういつもお世話になっている身としては馳《は》せ参《さん》じるのは至極当然。それに場所を提供してもらうのだから、このくらいの仕事はしても罰が当たらないというもの。逆にこの有様だと片付け甲斐《がい》があるというものだ。幸い時間にはまだ余裕があるし。

「そう言えば、先輩いつもは夏嘉《なつか》ちゃんが通い妻しているんじゃなかったでしたっけ？」

「夏休み終盤から課題やらテストやらで忙しかったみたいでなぁ……いや、マジで情けねぇ……」

妹の夏嘉ちゃんが定期的に掃除やら料理やらをしていると以前聞いたが、この現状を見るに最近は来ていないようだ。『通い妻』という表現に関して一切否定しない辺り流石はシスコン。同じ妹を持つ身として気持ちはよく分かる。先輩の場合、配信時間が長いので家事に手が回らないのも致し方ないのかもしれない。ほぼ休みなしに毎日長時間配信行っているのだから、一般の会社員なんて目じゃないくらいに拘束時間も長いし年中無休で土日祝日もない。皆が思う程楽して業界の頂点にいるってわけでもないのが実情なのだ。その点含めて私は心の底から尊敬している。そういう努力とかを他人に自慢するでもなく、自然とまるで生活の一部みたいにしているところ含めて。

「学生さんも休み明けは大変ですからねぇ。あ、これは捨てていいやつですか？」

「あ、うん。いらないやつ」

空になったジャムの瓶を指して問うと不要という返答があったので、ビン類をまとめた袋へ。口の広いタイプで何かに使えそうだったので一応確認してみた。我が家だったら自家製のジャムとか梅干しとか入れてると思う。口の広い大きな瓶って結構使い勝手が良いのだ。お高いお菓子の空き箱とかも結構丈夫だから小物入れに使ってたりする。

通販大手サイトや「無煙グリル」の文字がプリントされた段ボールをバラしてビニール紐《ひも》で纏《まと》めておく。事前に聞いた話では『偶然持っていた』との事だったが、明らかに未使用の真新しい無煙グリルに加えてこれは……わざわざこのために購入したとしか思えない。わざわざそれについて言及するのも無粋というものだろう。ここは見ないフリしてその箱が見えないように他の段ボールの間に挟《はさ》み込《こ》む形で隠しておくくらいの気遣いでお返しするのが道理というものであろう。

さて次は水回りというかキッチン周りだな。幸い定期的に夏嘉ちゃんが通っているだけあって、洗剤やら掃除道具は買い置きがあったりと中々に充実している。しかも私が普段使わない様なメーカーの物で、その洗浄力や効果にワクワクが止まらない。うわー、どんなのなんだろう！　楽しみだなぁ。

「完全に主夫だなぁ……うーん、俺が女だったら告白してるわ」

「なんですか、それ。あとこれ、お貸しいただいてよかったんですか？」

「妹から貰《もら》ったやつだし、普段全然使ってないからなぁ……後、流石に服汚すと困るだろうし」

「ほぼ全身をユ〇クロとワー〇マンでコーデしてるのでそんなに困らないんですけどね。焼肉食べる気で元々匂い移ること前提の服装みたいなところはありますし」

家事等あまりしない先輩がエプロンを持っていることが少々意外と失礼なことを思ったが、どうやら夏嘉ちゃんからの贈り物らしい。表立っては色々兄に対する不満を呟《つぶや》きながらも、こういうところを見ると何だかんだお兄ちゃん大好きっ娘なんだなぁーと思ってしまう。一時アニメで流行《はや》っていた『ツンデレ』というやつか。我が家のマイシスターも似たところがあるし、思春期の子だとどこも同じなのかもしれない。やっぱり可愛《かわい》いよね、妹って。

◇◆◇◆◇◆

「ちょっとお兄ィ！　まだ片付け終わってないってどういう事⁉　今日、夜にお客さん来るんでしょうが！」

ロックの外れる音がして、勢いよく開け放たれる扉。ここはオートロックで、暗証番号か指紋認証による解錠が必要になる。つまり今入ってきた人物は関係者、それも先輩のことを『お兄ィ』と呼ぶ人物。つまりは……この娘が夏嘉ちゃん、か？　確かに以前配信で聞いた声もこんな感じだった気がする。

「来るなら来るって言えよ。今お客さん来てんだからさぁ」

「あー、どうもお邪魔しています」

「……うぇ？　お、客さん…………？　えっ、あっ、その声……って。あっ、あっ……」

こちらをじっと見つめて固まってしまう彼女。肩を外気に晒《さら》すアウターに、ホットパンツという目のやり場に少し困る程度には露出が多い。ある意味彼女のガワと通ずるものがある。目は少し吊《つ》り目気味で口調も合わせると気の強い女の子なのだろうか、とかどうでも良い事を考えていた。目元はお兄さんとそっくりだ。思わず先輩の顔を交互に見比べて「おー」と声を上げてしまう。兄妹だ。すごい似てる！　ウチはあんまり似ているとか言われないからなぁ。先輩が猫可愛《ねこかわい》がりする理由も分かるくらいにはとっても可愛らしい子だった。まあ、ウチの妹が世界一なんだけれども。

「えーっと、どうも初めまして？」

「ぁぅあぅ……ちょっと洗面所借りるからー‼」

洗面所とシャワールームがある脱衣所へと慌ただしく駆け込んでいく彼女の背中を見守る。背中もパックリとえらいことになっていたが、本当に大丈夫なのだろうか。ちょっと露出多すぎない？　人様の家の事とは言え流石に心配になってしまう。妹がそんな恰好《かっこう》していたらお兄ちゃんお気持ち表明しちゃうと思うの。

「なんかこう……凄《すご》いですね」

「いつもあんな感じだぞ。兄としてはもう少しお淑《しと》やかになって欲しいとも思うが、そのままのああいうのもお兄ちゃん的には嫌いじゃないいんだが」

「同じ兄としてはその辺の感情は分かります」

同年代年頃の妹を心配に思うシスコンの気持ちは痛いほど分かる。

「何だか悪い事をしてしまいました」

「ん……？」

「だってほら、私ってリアルがこんなじゃないですか」

私の容姿はお世辞にも整っている、世間一般で言うイケメンなどという言葉には縁のない顔。ｍｉｋｕｒｉママの描くバーチャルの私——神坂怜《かんざかれい》とは比ぶべくもない。これといって特徴があるわけでもない、どこにでもいるようなただの一般人だという自覚はある。少なくとも嫌悪感を抱かれない様に清潔感には気を配っている……つもりだ。だが、今時の若い子から見るとどう思われるんだろうか。少なくともVとしてのガワよりは格段に見劣りする事だけは自信を持って言える。

「毎月ボイス買って感想までくれてるのに、何だかがっかりさせちゃったりしてないかと思うと申し訳なくて……」

「てぇい！」

中指で額を軽く弾く――デコピンというやつだ。これっぽちも痛くない。そして、彼は続けて言った。

「あいつはそういうので人を判断しねぇよ。まあ、多少はガワの好みもあるんだろうけれども。外面《そとづら》だけの奴《やつ》をあいつは、あそこまで気に入ったりはしないっての」

「お前、ほんとそう言うところだぞ」と言いながら少し気恥ずかしくなったのか、視線を逸《そ》らしてから片付け作業へと戻って行った。『そういう所、先輩そっくりですよ』なんて言いそうになってしまった。あの娘もきっと兄に似てお人好《ひとよ》しなのだろう。そう思うと何だか微笑《ほほえ》ましく思えてしまう。彼女の事、勝手に決めつけてしまうなんて大変失礼な話だ。猛省、猛省。

「さ、さっきは失礼しました」

脱衣所から出てきた彼女。どうやらお化粧を整えていたらしい。そりゃあ年頃の女の子が家族以外の人と対面するのだから、その辺り気になってしまうのは仕方のないことだろう。服の露出が多いのが恥ずかしいのか、或《あ》いは兄以外の他人に対して人見知り気味なのか分からないが、もじもじとアウターの裾を伸ばして太腿の露出を隠すような素振りをしていた。そういうの逆効果だと思うんだけれども。まあ他に人がいないから、良いのかな？　後々絶対兄である先輩から指導ポイントが入ることだろうし。

——ああいう服、うちの妹が着ても似合いそうだなぁ……だとか、至極関係のないことを胸中で考えていた。

「あの、その、ずっと応援してて、あのえっと……しゅきです！」

何度かそういう類《たぐ》いの言葉を投げかけられたことはあったが、こういう心の籠《こ》もった言葉というのは初めてだ。なんだか、妙にくすぐったい。それも面と向かって言われる事なんて。

「神坂ァ‼　ＳＮＳに書いてやるぅ！　妹がああああ、うちの妹がああああ！」

マイシスターが同様の行動を取ったら多分私も似たような反応しちゃうので、あまり茶化したりもできない。あ、何か想像しただけで胃が痛くなってきた。

216 名無しのライバー ID:/6VGrCYu0
昨日堂々と宣言しておいてこの有様である

柊冬夜@やっぱ野菜より肉@Hiiragi_underlive
やばい部屋の片付け終わんない
°(°´Д｀°)°

---

217 名無しのライバー ID:Z+sg4/k4T
>>216
夜に「片付け終わんないよぉ」と弱音を吐きながら
部屋を片付ける配信をしていた模様

218 名無しのライバー ID:8LnNz8Isl
>>216
夏嘉ちゃんの通い妻で部屋は維持されているのではないのか？

219 名無しのライバー ID:Vm17cfzOO
>>216
あれ？　夏嘉ちゃんが家事をしに定期的に通ってるんじゃ……？

220 名無しのライバー ID:kWh4lbUFl
まあ学生やし休み後半から休み明けはテストとか課題やらで忙しいんだろ
SNSでもテストがんばるとかツイートしてたし

221 名無しのライバー ID:88ilK7NA+
特に画像もないただの部屋掃除配信で3000人集める男

222 名無しのライバー ID:6H4IrbfRC
ゲリラ配信＋深夜から明朝というデバフ要素盛り盛りでこの数字は流石としか言えんわ

223 名無しのライバー ID:5R9x9Vcw/
果たして午後までに間に合うのか
朝になって配信一旦切って、それ以降なんの音沙汰もないが

224 名無しのライバー ID:2TcsEagUc
寝落ちしてそう

225 名無しのライバー ID:3H2bFYLn0
なんならチームメンバーで掃除するところから始めそう

226 名無しのライバー ID:MoBthread
んなあああああああ!?

柊冬夜@やっぱ野菜より肉@Hiiragi_underlive
午前中暇ということで手伝いに来てくれた神坂ァ！君と世話焼きマイシスターまさかの邂逅
初対面で「しゅき」とかお兄ちゃん許しません

---

227 名無しのライバー ID:ZsL/4dDzl
>>226
ファーww

228 名無しのライバー ID:2yiO+L7+r

>>226
あかん、これじゃあ脱サラがまた燃えるぅうう！

229 名無しのライバー ID:PKr7qfajM
>>226
い　つ　も　の

230 名無しのライバー ID:Lfq0hKDNf
最近なかったし逆にちょっと安心感すらあるよな

231 名無しのライバー ID:YPCYlRc+0
それな

232 名無しのライバー ID:DhYdDnXi/
しかも身内が嬉々として燃やしに行ってるのは笑う

233 名無しのライバー ID:v3tR+YmvS
下手に隠して後から発覚するよりは、
ネタとして消化する方が結果的には丸く収まりそうではある

234 名無しのライバー ID:/yjcJmu06
初対面で「しゅき」とか実質告白なんですが、それは

235 名無しのライバー ID:OV2QXtlk4
夏嘉ちゃんが脱サラガチ恋勢なのは前からだろ

236 名無しのライバー ID:XehwmKg0t
ガワなしのリアルでその言葉が出るってまさか、お前イケメンなのか……？

237 名無しのライバー ID:V7vVS/8K3
言動はモテそうだが、雫ちゃん曰く滅茶苦茶『普通』らしいから……

238 名無しのライバー ID:GqrfoCQto
ええー？　ほんとにござるかぁ？

239 名無しのライバー ID:gckineki/
ぶっちゃけ中の人スペックが高いからなぁ
・料理◎
・声◎
・性格◎
好きになるのも頷ける
このスペックで見た目普通って現実として見れば良物件すぎるし
わざわざ早めに来て朝から片付け手伝うくらいだし
ハッスがイベで会った時感想が『良い人すぎる』だし、それが逆にネックになってそう

240 名無しのライバー ID:RFrL91Tt+
典型的な良い人止まりな人だー
でも漫画ならメインより人気が出るキャラ

241 名無しのライバー ID:zamQZEKqu
彼は人気ですか……？

242 名無しのライバー ID:l8/lyjt9Y
人気は……ナオキです

243 名無しのライバー ID:zKSQV0TMn

ぶっちゃけ小火だろうが名前が売れるならお得だからなぁ
炎上すらしなくなったらマジで空気だぞ、あいつ

244 名無しのライバー ID:YR93PRqNn
食材調達のためにお買い物へ行く一行

245 名無しのライバー ID:MoBthread

神坂怜@妹大好き@kanzaka_underlive
なんだかんだ言いつつ、車道側は必ずキープする先輩
文句を言いつつずっと会話続けている夏嘉ちゃん
うーん、これ私いらなくない？

---

246 名無しのライバー ID:wjX96xQw0
>>245
この兄妹も大概よな

247 名無しのライバー ID:uVowdTDen
>>245
脱サラ実はブラコンの隠れ蓑にされている説

248 名無しのライバー ID:L8VcDv0lp
>>245
うーん、このシスコン&ブラコン

249 名無しのライバー ID:4C3IRotzX
ツンデレ妹キャラとか古の属性やな
嫌いじゃない

250 名無しのライバー ID:MoBthread

柊夏嘉@natsuka_hiiragi
馬鹿兄「やだ、野菜嫌だぁ！」
怜くん「ダメです、お肉だけじゃバランス悪いでしょ」
馬鹿兄「ぐぬぬ……」
怜くん「デザートも入れるから、お野菜は食べましょうね」
馬鹿兄「わーい」
なんだ、この糞ガキ
どっちが先輩なんだ、これ
ママみを感じる

---

251 名無しのライバー ID:oZcQtqzNW
>>250
ただのオカンやんけぇ！

252 名無しのライバー ID:06nUrghnN
>>250
ママやん

253 名無しのライバー ID:XX/qXrzxE
>>250
レイちゃん（脱サラバ美肉のすがた）に新たな属性が追加されてしまった

254 名無しのライバー ID:2TbHBgth3
これにはお姉さま方もニッコリ

255 名無しのライバー ID:K13m7xrYd

柊冬夜@やっぱ野菜より肉@Hiiragi_

underlive
会計時に流れるようにどこからともなくマイバッグ取り出すのすこ
後会計金額全部計算してるのすげー
けど電子マネー決済初めてらしくて手間取るのかわいい

---

256 名無しのライバー ID:AdBpS+CKa
>>255
草

257 名無しのライバー ID:vH8ZEczsR
>>255
中身ただの中年主夫やん……

258 名無しのライバー ID:lfw/P5EKZ
>>255
電子マネーで手間取るとかおじいちゃんかよ！

259 名無しのライバー ID:rJseXDfJQ
現金派はまあいるからな……

260 名無しのライバー ID:BzpqkzyED
女子力というよりオカン力が高いだけなのでは……？

261 名無しのライバー ID:MoBthread

---

mikuri@C9X新刊委託販売中@mikuri_illustrator
ラフ画だけど電子マネー決済に苦戦する神坂怜君を描きました
pic.vitter.com/rakugaki

---

262 名無しのライバー ID:o65zjXJsx
仕事早すぎて笑う

263 名無しのライバー ID:RP2sqCEp+
楽しそう

264 名無しのライバー ID:J72/KYFxR
マジで仲良いな、このふたり

265 名無しのライバー ID:W96ttowqE
実は箱内でナンバーワンカップリングはこのふたり説

266 名無しのライバー ID:gckineki/
あ゛!?
最高かよ

今日の妹ちゃん

夏嘉ちゃんから滅茶苦茶長文の
怪文書が送られてきた件。
あんな馬鹿兄のどこがそんなに
良いんだか……ふつうでしょ、ふつう

ごめんね。わざとじゃないの……

？？　なにかあったの……？？

いや、今日お兄ィの家に掃除しに行ったらお兄さんと鉢合わせしちゃって……でもね、あのね、馬鹿兄期の片付いてないってツイート見て急いで行っただけで、決して出会い目的とかそういうのじゃないからね!?

あ、あ、でもあたし凄いラフな格好してたから……

へ、変な格好だとかお兄さん何か言ってたりした？

普段はね、もうちょっと落ち着いた服装なんだよ？　お片付けとかあるから動きやすさ重視してたからであって

いや、別に気にしてないと思うよ、あの人ファッションとか疎いから

でもお兄さん本当にいつもあんな感じなんだね。お話するときすっごい目を真っ直ぐ見てこられちゃったからすごいドキドキしちゃった。お料理の手際も滅茶苦茶良くって、あたしがやるって言っても絶対に水仕事だけは譲らなかったし。他の人がよく料理できる男性が素敵みたいなよくある話あるじゃん？　あれ今回でめっちゃ理解しちゃったよ。あとちょっぴり味見させてもらったけど手料理もすっごい美味しかったから毎日食べてりる雫ちゃんが羨ましい。帰り際にはわざわざお菓子持たせてくれたりとか本当に解釈一致すぎてもっと好きになった。隣でお皿の用意とかしていたけど、普段配信とかボイスで聞いてる声がすぐ隣から聞こえるんだよ？　これって凄いことだよね。実質ASMRみたいなものだよね。耳が幸せだった。あ、普段お兄さんに服のセンスないとか言ってたけど、今日

【9月×日】

「オリーブオイルってどこかな？」

「はっ、はい！　ちょっと待って下さいね。あ、あ、あと他に必要な物ありますか？」

「塩と胡椒《こしょう》、後はサラダボウルみたいな器があれば」

「秒で持ってきます」

　必要なものを告げると夏嘉《なつか》ちゃんがテキパキと準備してくれる。なんだかお兄さんの家だというのに明らかに落ち着きのない様子。人見知りだったりするのかな？　目の前に初対面の異性がいるのだし当然と言えば当然か。ちなみに背後からは刺すような視線を感じる。柊《ひいらぎ》先輩が壁から顔だけを出してジーッとこちらを観察している。家政婦が見ていたスタイル。傍《はた》から見ると変な絵面《えづら》だと思う。

　レタスを何枚か程よい大きさに千切って、軽く水洗い。芯の方は取り除いておくが、全部は捨てない。勿体無《もったいな》いからね。付け合わせに作るスープでトロトロになるまで煮込めば野菜が苦手な先輩でも食べられるだろう。きっと。

　先程柊先輩、夏嘉ちゃん、私の３人で食材を調達をしてきた。流石《さすが》に肉だけだとバランスが悪い。後はその流れで深夜までゲームか雑談配信をしようという話になったので、お酒とおつまみや菓子類を購入。あの人値札もろくに見ずに棚の一番手前からノータイムで取っていくのが、個人的にかなり衝撃的だったのはここだけの話。流石都会のスーパーというか、こっちが普段通っている安売りのそれと比べるとかなりのギャップを感じてしまった。見切り品コーナーを物色する私の姿を見て「おー」と謎の反応された。いや、買う買わないにかかわらずああいうコーナー見るの私凄《すご》い楽しみなんだけれども……。

レジも自動精算機だったし、初めて見るので操作に手間取ってふたりにちょっとからかわれてしまった。恥ずかしい。田舎《いなか》だとああいう設備が実装されている店舗はまだあまりないんだよ……いつも持ち歩いているエコバックだけでは足りないので、結果的に何枚かレジ袋を購入する羽目になったし。流石に買いすぎな気もするが、余った分はそのまま後日先輩の食卓に並ぶらしい。払ってもらったのだから、せめてその調理くらいは担当しようという魂胆である。電子決済って後から個人間でもやり取り出来るんだね。ああいうの割り勘とか便利そう。接待費とかも電子決済でやってるところ多いんだろうか。データとして残るから後々からまとめたりするの便利そうだし。

今度別の機会があれば、その時は私が支払う事にしよう。こういうのは気にしない人は気にしないのかもしれないが、私自身がそういうのを許せないのだ。

キッチンに立つ私の後ろでパタパタとルームシューズが忙しく動き回る音が聞こえる。サイズや可愛《かわい》いクマさんのデザインから察するに夏嘉ちゃん専用のシューズなのだろう。マジで通い慣れてるんだなぁとか、ほのぼのとした気持ちになる。私や妹に対して仲が良すぎるとか、ファンの人からよく言われるのだが……やはり世間一般の兄妹も似たようなものではないか。寧《むし》ろもっと仲良くしても良いのでは？

ちなみにサラダは千切ったレタスにオリーブオイル（なんかすごい高そうなやつ）と塩（なんかすごい高そうな岩塩）とコショウ（なんかすごい以下略）と白ワインビネガー（以下略）適量をぶっかけて、後はトマトときゅうりを添えてハイ終わり。これが案外サッパリと美味《おい》しいのだ。特に今回みたいな味の濃いお肉の付け合わせとしては中々良いチョイスなのでは？野菜嫌いさんは嫌がるとは思うが。

焼肉も甘辛の出来合いのタレだけでは面白みがないので、大根おろしの和風でサッパリ頂くもの、塩コショウで食べるもの、といった具合だ。大根もえらい立派なので、余った分は冷蔵庫に戻しておくとして……葉っぱの部分もそのまま捨てるには勿体無《もったいな》い。

葉を洗って、適当に切ってごま油を入れたフライパンに投入し醬油《しょうゆ》で味付け。そこにかつお節を振りかけ水分が飛ぶまで炒める。これだけで白飯によく合う簡単ふりかけの完成だ。これが中々どうして美味い。実は最初に先輩宅でオフコラボした時も作ってたりする。好き嫌いがハッキリしていて、こういうのとか煮物の大根とかは食べられるみたいなんだよなぁ、先輩って。どこからがセーフかはよく分からん。芋類も平気。ウリ科がちょっと苦手な傾向にあるみたいだが、スイカや味付けを濃い目にしたものであればある程度は食べられるみたい。

調理担当の特権、味見をしてみるが物が良いせいか、いつもよりワンランク上の仕上がりに感じる。なんかこれはこれで何か思ってたのと違う。これがファンの人が言うところの『解釈不一致』というやつか。私の味見のシーンを目撃していた夏嘉ちゃんと目が合ってしまったので、スプーンを手に取り少し大根の葉っぱのふりかけをすくって彼女にずいっと差し出す。勿《もち》論《ろん》未使用のスプーンである事は言うまでもない。

「シーッ」

秘密ね。と人差し指を口元に当てて小さく呟《つぶや》くと、彼女は少しだけ頬《ほお》を赤らめてから「あーん」と小さい口にスプーンを迎え入れる。「おいひいです」と笑顔の姿を見ると、妹を思い出す。作ったものを喜んで食べてくれる人がいるというのは喜ばしいものだ。VTuberクビになったら定食屋でも始めようかなぁ。

「普段雫《しずく》ちゃんにもそんな感じなんです?」

「え? うん、そうだけど……?」

「あー……ナルホド、ハイ。そりゃー、ああなるわけだ」

「……?」

「羨ましいなぁ……」

「ジーッ」

「「あ」」

◇◆◇◆◇◆

そんな大したものでもないので、1時間程度。早々にひと通りの準備が終わる。なんとか後は朝《あさ》比《ひ》奈《な》先輩を待つだけとなった。

「じゃあ、お兄。あたし帰るから」

「おー」

夏嘉ちゃんが自分の荷物をいそいそとまとめている。なんだか手伝いにだけに呼んだみたいで、少々心苦しい。せめて駅くらいまで送ってあげた方が良いような気がするが。田舎と違って人通りは多いから心配はないのかもしれないけれど。

そのまま帰すのは私の良心が許せない。先輩用に持ってきた菓子折りの箱の中から幾つか個包装された焼き菓子を取り出して、スーパーで何枚か貰《もら》って来たロールのポリ袋にそれを入れて夏嘉ちゃんに差し出す。

「ごめんね、こんなものしかないけど。家で食べてね」

「あ、ありがとうございます……！　こ、これが大人よ、馬鹿兄。見習って」

「ごめんにゃさい……あっ、そうだ。あさちゃん来るまで雑談配信しよーよ」

「いいですよー」

というわけで、ふたりして夏嘉ちゃんを駅まで送り届けてから雑談配信をすることにしたのである。

「あー、コーヒーで良かったですか？」

「一応買い置きのエナジードリンクあるよ」

「あれ、身体に良くないからあんまり飲むの良くないですよ。というかそもそもバランスの良い食事をですね」

〔急にはじまって草〕
〔立ち絵すら出てない件〕
〔放送事故？〕
〔仲良しじゃん、てぇてぇか〕
「あー、そう言えば……最近後輩君たち準備頑張ってるじゃん」
「ですね。お手伝いしてあげたいのはやまやまなんですけどね……それはそれでファンの人に手柄横取りって思われても嫌ですし、そもそも私が絡むとそれなりに荒れちゃいそうですから」
〔ん？〕
〔お？〕
〔配信開始気付いてない系では？〕
〔#畳《たたみ》気付け〕
「あれ、神坂《かんざか》君にアドバイスしてもらったって御影《みかげ》君から聞いたよ」
「ちょっと相談受けたから当たり障りのない回答しただけですよ。頑張ってるのはあのふたりですから。そもそも先輩みたいに自分から気にかけて声かけるような気概は私にはないです」
「それに最近なんだか随分《ずいぶん》面白そうな事やってるみたいじゃあないか」

「なんのことですかねぇ。あ、もしかして最近ラテアート練習している事を……!?」

「違うけど。それはそれで面白そうだな、オイ。まあ、いいや今度交ぜろよ。例の準備の方はさ」

「そこは要相談ということで」

「ま、本来は先輩の俺とかがそういうのもっと早くコラボとかに誘ってあげるべきだったんかもなぁ」

「その辺本当に難しいですよね」

新人さんふたりの企画の陰に隠れてやっている事がどうやらバレているらしい。配信でやってもいないのにどうやって把握したのだろうか。更に後から知ったが、この模様配信に載せられていたらしい。先輩、絶対わざとでしょ……その辺のヘイトコントロールというか、気遣いなのだろう。それにきっと今回後輩くんが計画進行中のあれがなかったとしても、柊先輩が何とかしていただろう。相変わらず、この人には敵《かな》わない。しかも何かあった時のことを考慮しての3分間の遅延ディレイ配信設定までされていた。リアルタイムでの3分後に現在の模様がお届けされる設定になっていた。

肉は滅茶苦茶《めちゃくちゃ》美味だった。


【9月×日】

明日はお祭りだ。

349 名無しのライバー ID:Zh1pRYDkS
畳配信急に始まったと思ったらなんだこれ
背景なしで畳どころか無なんじゃが？

350 名無しのライバー ID:f6uqUEB/l
遂に虚無まで習得してしまったのか……
何かこう書くと強キャラ感あるな

351 名無しのライバー ID:SuOMV37X7
音声だけは乗ってるっぽいから放送事故？

352 名無しのライバー ID:8ZIC9ykwZ
お姉さまリスナーさんがアップをはじめました

353 名無しのライバー ID:MoBthread
脱サラ「コーヒー淹れましょうか？」
畳「エナドリあるよ」
脱サラ「身体に悪いのでやめよう」
コーヒーもカフェイン飲料だけどな

354 名無しのライバー ID:k1hqsJHnh
何で人の家なのにコーヒー淹れてんだ、こいつ

355 名無しのライバー ID:0KBeNlqtV
朝からずっと片付けしてっからな
もう勝手知ったるってやつやろ

356 名無しのライバー ID:elnIFPCxx
夏嘉ちゃんはいないのか……
残念

357 名無しのライバー ID:kOIS1mku2
流石に野郎3人のコラボに女性ひとり交じるのはな

358 名無しのライバー ID:KRSnDArf/
なお夏嘉ちゃんファンに絶賛ぶっ叩かれている脱サラ君

359 名無しのライバー ID:zkls4/2iW
騒いでるのは、アンチとコーン定期
まあ叩ける機会を窺ってただけに水を得た魚状態だが

360 名無しのライバー ID:hPKdAXUyE
畳から炎上ネタって珍しい
あいつってそういうの避けそうなもんだが

361 名無しのライバー ID:3K5Zgp9oG
脱サラに関しちゃもうネタにして割り切ったほうが伸びるって判断じゃろ
なんだかんだ面倒見いいからな

362 名無しのライバー ID:Q65P9UxpV
表のファンもネタとして昇華できる人もいるけど
出来ない人もいるから過剰にやるのは推奨せんわ
特にボイスとか目的にしてるような女性ファンの中にはお気持ちしてる人もおるからね

363 名無しのライバー ID:Rsf8S5v0P
マイオナ性能は高いから隠れファンは多いんじゃね
グッズ即完売だし、スパチャも結構健闘し

てた

364 名無しのライバー ID:MoBthread
畳「後輩君たち準備頑張ってるよね」
脱サラ「手伝いたいが、手柄横取りするみたいで気が引ける。そもそも私が絡むと荒れるので」
畳「その辺の線引き難しいよなぁ。でも、ふたりにアドバイスしたって聞いた」
脱サラ「当たり障りのない回答しただけ。頑張ってるのはあのふたりですから。先輩みたいに気にかけて声かけるような気概は私にはないです」

365 名無しのライバー ID:NttHKaJMy
>>364
まーた裏でなんかやってる
お前ほんと、そういうところやぞ

366 名無しのライバー ID:uyBpr3uB8
>>364
お前はそういうのもっとオープンでやれ

367 名無しのライバー ID:TNGZ0lwVh
>>364
裏で株を上げ続ける男ふたり

368 名無しのライバー ID:ew1RQOcTX
後輩からの相談に親身になって聞く奴
と何も言わなくても声かけしてる奴
妹が絡まない限り健常すぎる件

369 名無しのライバー ID:KTL8dEVIZ
畳、これ絶対わざとだろ
放送事故装って後輩3人の株上げるつもりやんけ……

370 名無しのライバー ID:LC33J320V
畳のやり口がちょっと悪い意味で脱サラに影響されてそうなのが危うい
下手すりゃ叩かれる奴やん
って、遅延3分入ってるから放送事故ケアはしてんのな流石や

371 名無しのライバー ID:YgNDd2odq
あさちゃん「ねー、配信付いてるのわざとらしいから、止めたらー」（ドン！
脱サラ「ふぁ!?」
畳「ジコダヨー」
あさちゃん「嘘だ！」
　あさちゃん、合流ひと言目がこれである

372 名無しのライバー ID:+/4rPdwYg
サラッと合流するあさちゃん
初手で辛辣ぅ

373 名無しのライバー ID:VOvngAHjz
スープとかサラダどころか、デザートまで準備するとか……
レイちゃん未実装なのに嫁力が増していく

374 名無しのライバー ID:ltu+8DYj9

朝比奈あさひ@にくきゅうぷにぷに週間@asahina_underlive
れーくん一家にひとりほしい
ママァ……！
pic.vitter.com/oryouri

---

375 名無しのライバー ID:pJ2O47v7x
>>374
飯テロやめろぉ！

376 名無しのライバー ID:8p4v18CUA
>>374
うまそう
レタスの芯スープに入れたり、大根の葉ふりかけにしたり
完全に主婦

377 名無しのライバー ID:8y8mtcGX4
>>374
いつの間にかれーくん呼びになってるのてえてえくない？

378 名無しのライバー ID:mkr8s2d+9
あ、遅延配信枠切ったんか
枠変わってビビった

379 名無しのライバー ID:9Dusi9xTr
雫ちゃんはこれに籠絡されたんだよなぁ

380 名無しのライバー ID:gNcl4w4RT
前職飲食関係だっけ？

381 名無しのライバー ID:GPbseQyH1
生産管理とか言ってたし製造業やろ
工数とか納期滅茶苦茶気にしてるし

382 名無しのライバー ID:Am7J7JXKz
焼肉ASMRするのやめーやw

383 名無しのライバー ID:3nwqSXUw6
焼肉ＡＳＭＲ

384 名無しのライバー ID:4JDiSpOLq
めっちゃ良い音するの草

385 名無しのライバー ID:mJMM7bd6g
飯　テ　ロ　や　め　ろ

386 名無しのライバー ID:W23C8OUFy
畳「うっめ」
朝「おいひい」
脱「もぐもぐ」
以下無言
米欄「喋れ」
米欄「黙るな」
米欄「さっきより、こっちのが配信事故じゃねぇかよ！」

387 名無しのライバー ID:mfC4FqlMi
米欄草

388 名無しのライバー ID:VzhpNw3m8
旨いもんは無言で食べちゃうのは分かる

389 名無しのライバー ID:twS5B+rOL
Vで食レポなんて経験ないからな

390 名無しのライバー ID:Cbr3WwxnA
肉の焼ける音と時折聞こえる咀嚼音
ある意味質ではあるが

391 名無しのライバー ID:PlSvxlO9p
畳「あっ、配信してたの忘れてたわ」

392 名無しのライバー ID:MGFykQecs
忘れんなw

393 名無しのライバー ID:/PWjNY+k9
デザートがプリンか
さり気なく生クリーム乗っかってるやん

394 名無しのライバー ID:aDo7elRw3

アレイナ・アーレンス@清楚系VTuber@seiso_vtuber_Alaina
ぐぬぬぬ
本来私があの場にいるはずだった世界線もあるはずだ……！
男性Vとオフパコできる日もきっと近いはず

酢昆布@新刊委託販売中@sukonbu_umaiyone
ないよ、そんなもん
てか、この前食事行った時ナンパ断ってたやん、キミィ

アレイナ・アーレンス@清楚系VTuber@seiso_vtuber_Alaina
ちゃうねん
あれはちゃうやん……

---

395 名無しのライバー ID:MclyN8/ya
普段オフパコ、オフパコ言う割には男なら誰でもコラボするってわけでもないからな

396 名無しのライバー ID:N7rccMgNZ
あれだよ経験豊富ぶってるギャルだよ

397 名無しのライバー ID:CqmyIzucA
やめろよ！
アレがちょっと可愛くみえてきちゃうだろ！

398 名無しのライバー ID:D6ckBWOzq
マジレスすると可愛いからナンパされてるんだろうけど

399 名無しのライバー ID:6stDfhN9f
それ以前に親娘仲良くお出かけしてる件については
誰もツッコミを入れないのである

400 名無しのライバー ID:gckineki/
これ、自分も部屋で焼肉すれば
一緒に食べている感を味わえるんだよ

401 名無しのライバー ID:uQBtwELed
女の子の配信なら嬉々として真似てたんだろうなぁ、ワイ

402 名無しのライバー ID:kDkW8IusY
悲報　畳　お肉を落として服にシミを付けてしまう

403 名無しのライバー ID:x+KO5QOBp
畳さぁ……

404 名無しのライバー ID:N7/om6XBg
畳低評価

405 名無しのライバー ID:6D64uDBpe
草

406 名無しのライバー ID:XWLgXFspX
速報　脱サラ染み抜き開始

407 名無しのライバー ID:lUt6f6U7H
いや、お前ら配信で何をしとんねんw

408 名無しのライバー ID:Owx22LKTg
あさちゃん「配ww信ww中wwにww染wwみww抜wwきww」

409 名無しのライバー ID:a58P7nmaN
ツボに入っちゃった

410 名無しのライバー ID:RZGseikDh
あさちゃんげらげら笑ってるけど可愛い

411 名無しのライバー ID:4BzZoAqRT
推しが楽しそうならオッケーですｂ

今日の妹ちゃん

配信中に染み抜きは流石に草

29話 秋祭り

【9月×日】

いよいよ9月も終わりを迎えるわけだが、今日はちょっとしたイベントが予定されている。御影《みかげ》くんと東雲《しののめ》さん主催のＭｙ Ｃｒａｆｔ内でお祭りを模したイベントだ。全体通知で来て欲しいという旨を綴《つづ》った連絡があったというのもあり、新戸《あらと》先輩以外は皆参加しているようだ。あの人はまあ、うん……新戸先輩だし。

かく言う私も皆が用意された屋台を各々楽しんでいる様子を遠くからそっと見守る事に徹《てっ》していた。絵面《えづら》だけ見るとストーカーか、某巨大な星の野球漫画に出てくる主人公の姉だ。流石《さすが》の私もクリスマス回くらいしか見たことがないけれど。何故《なぜ》かクリスマス時期になるとＷｅｂ配信されたりするよね。もっとも、私も家族以外とクリスマス過ごしたことほぼ皆無なんだが。仕事でビルの警備員さんと一緒に過ごしたりとかはあったけれども。

参加しないわけにもいかないし、参加したらしたで何かしら理由を付けて叩《たた》かれることは容易に想像出来る。通話を繋《つな》がずに、配信枠も取らないというスタイル。いるけど、いないようなものだ。とは言え、何もしないのも申し訳がないので周囲に敵キャラとなるガイコツや、一定期間ベッドで就寝していないプレイヤーがいる場合にリポップする特殊な敵、ナイトメアという敵も適宜《てきぎ》狩って行く。通常夜間にしか出現しない敵だが、今回は運営の方が気を利かせて雰囲気を出すために、時間帯を夜に固定にしているらしい。そういう設定あるんだなぁ。便利便利。敵意のあるＮＰＣ発生もオフに出来なかったのだろうか、と言うのは野暮《やぼ》か。手持ち無沙汰になるし、このくらいの仕事があった方が働いた気になれるから良い。

ましてや建造物に被害でも出ようものなら目も当てられない。一定以上の光源――松明《たいまつ》やランタンを設置してあればある程度スポーンする敵ＮＰＣキャラも減るらしく、思ったほどの邪魔は入らないらしい。問題は空を飛び回っているナイトメア君。大きな翼を広げて割と直線的な動きで空を舞う。弓を当ててヘイトをこちらに向けて、なんとか参加者への被害はないように鋭意健闘中。貰《もら》い物とは言え、持ってて良かったな弓。朝比奈《あさひな》先輩からの贈り物で知らない間に私の拠点のアイテムボックスに収納されていた代物である。弓矢は１本でも持っていれば矢数を気にせず撃てる、実にファンタジーなエンチャント付きである。通常使えば使うほどアイテムの耐久度が減るところを、キャラクターの経験値を使いそれを回復できる便利なものまで付いている。どうしてこんなものを、と思ったがどうやら自分の弓を新調したのでそのお下がりということらしい。これを上回る代物って一体何なんだ……

ちなみに私の拠点は最下層の地下深く。誰にも見付からないようにという魂胆があるのだが、困ったことにそれもあまり意味をなしていないのが現状である。時折アイテムボックスに見知らぬ物品が紛れ込んでいたり、何故か猫まみれになってたりする。いまも拠点はほぼ猫で埋め尽くされているが。

有志のファンによって新戸先輩以外の全ての演者の拠点は座標が判明している。何その特定力。怖い。一応ゲームの仕様上、ファンクションキーの3番だったかを押すと今いる座標が分かるはずだが……私開いたりしたかなぁ……？
あの画面だと座標だとか使っているパソコンなどのスペックも表示されるため、有志によって誰がどの程度のスペックのパソコンを使っているかなど詳細にまとめられたページがあるほどである。その情報本当に必要なんだろうか？

〈Hiiragi〉は〈Asahina〉に射抜かれた
〈Hiiragi〉おぃいいいいいい!?
〈Asahina〉つい手が滑ってしまった
〈saku〉射抜く（意味深）
〈Airi〉ふたりの薄い本2冊くらい持ってます
〈Akari〉？
〈Luna〉あーちゃんは知らなくていい世界。きれいなままでいて……
〈Hiiragi〉や、ちょっと待てよ！　何で俺の死をスルーしてんの!?
〈shinobu〉リスナーは畳虐たすかるって言ってるよ？

丁度先述したその弓で同僚を抹殺する図。一瞬、上空のナイトメアに照準が向いていたようにも見えた。が、その獲物を私が横取りしてしまったため、手持ち無沙汰になったのかスッと流れるように真横にいた柊《ひいらぎ》先輩のどたまを射抜いた。中々シュールな光景だった。ほぼ接射《せっしゃ》だった。手が滑ったのならば仕方がないな、うん。

〈Erika〉けっ、しけたもんしか持ってねぇじゃねぇか！
〈Mikage〉装備は結構良さそうでは？
〈Erika〉ずっと着てた装備とか絶対くっせぇ。くっせぇですわ
〈saku〉4年後くらいに流行《はや》りそうな取って付けたお嬢様口調はキャラに合ってないので止めた方が良いと思います
〈Erika〉いや、ガチのお嬢様キャラなんだが？　公式ページにも記載あるんですが……？
それにこの左右の黄金のドリルが見えんのか、己には
〈shinobu〉取《と》り敢《あ》えず水に付けとこうか、匂い抜けるかもしれないし
〈Luna〉金魚すくいの金魚がかわいそう
〈Akari〉その一言がある意味一番かわいそう
〈Airi〉ＪＫにいじめられる転生魔王の図です
〈Asahina〉キルレ上がったかな
〈Hiiragi〉Ｖｅｒｔｅｘじゃねぇから、そんなカウントはねぇよ⁉

金魚はすくえるけど、先輩は救えてない件。ぶくぶくと水槽内に沈められる柊先輩の装備品類。ちなみに、朝比奈先輩は絶対畳《たたみ》殺すマンとかＳＮＳで言われていた。キルレというのはキルレートの略。自分が1回死ぬまでに相手をどれだけキルできたか、みたいな感じの指標。

この値が大きいとFPSゲームではすっげぇーって言われる、多分。

わー、楽しそう。このまま盛り上がっていれば私の存在忘れていてもらえるとっても動き易くて助かる。一応、隠し玉もあるのでね。

〈Hiiragi〉神坂《かんざか》ァ！　どこにいるんだろ。inはしてるっぽいんだけど
〈Asahina〉うーん、配信枠取ってないから作業中に寝落ちとかしてそう
〈Luna〉通話かけたら出るかな？
〈Akari〉実はさっきかけたけど出なかった

わー、なにこれこわい。

「わざわざ私の名前なんか出さなくてもいいのに」

影に徹してとある作業をすることは主催ふたり以外は承知しているだろうに。ちなみに日野嬢から通話は届いてはいない。事前に主催ふたり以外は、今からやろうとしていることは全て承知済み。彼らに対するサプライズだ。準備全てひとりでやりたかったのだが、普通にバレて結果として全員で完成に漕《こ》ぎ着けたのだった。新人ふたりには勘付かれているような様子はないのが不幸中の幸いか。彼らにバレてしまうのが嫌だったので作業は全て配信外。裏での活動だったが、その点誰も不満を漏らすことなく『もっとこうした方が良い』だとか『分かりやすい作り方動画見つけた』だとかいうような参考になる意見も多く、正直滅茶苦茶《めちゃくちゃ》助かった。これが俗に言う『あったけぇ』や『てえてえ』というやつだろうか。

言い出しっぺは私だし、立ち位置的にもこの場にいなくても一番違和感はない。皆がわいわい楽しそうにしているのを見るだけでも、私は充分だ。輪の中に入ると快く思わない人もいる、というのもあるが……。

〈Luna〉あ、間違って人を射《う》っちゃった
〈Akari〉誰かに当たったらどうするのよ
〈Kanzaka〉は〈Luna〉に射抜かれた
〈Mikage〉神坂先輩が死んだ!?
〈Hiiragi〉この人でなし！
〈Luna〉えっ？
〈Erika〉つまり、ルナちゃんが神坂さんを射止めた、と
〈saku〉や め た げ て
〈Luna〉やったぁ♪
〈Akari〉次あたしも射るもん！

あっれぇ……？

◇◆◇◆◇◆

「さて……祭りの締めといえばやっぱりこれがないとな」

宴《えん》もたけなわ。いよいよ終わりに差し掛かるこのタイミング。隠し玉を出すなら今このタイミングをおいて他にはないだろう。

後輩の企画に文字通り花を添える。このくらいはやっても許してもくれるだろう。会場の傍《そば》、高台になっている個所。一見するとただの畑。そういう風に見えるようにあえて作ったのだから、当然と言えば当然なのだが。その畑を掘り返すと、ディスペンサーと言われる普通のブロックに穴が開いたような見た目の発射装置が並ぶ装置が姿を現す。

発射装置はその名の通り、中に入った特定のアイテムを打ち出すもの。そのためにはこれまた特殊な回路が必要になる。世の中便利なもので、動画で懇切丁寧に作り方なんてものをアップロードしてくれている人も数多くいるので、初心者の私でもそれを真似《まね》するだけで必要素材さえ集めれば比較的容易に再現が可能。事前に誰もログインしていない早朝に裏で動作確認は終えている。動作確認大事、ゼッタイ。いざ納品時に不具合があると始末書とか不具合報告書案件なのだ。この辺りのチェックは大事。

さて、この発射装置から何を打ち出すのか。察しの良い人ならば既にお気付きだと思う。やはり、祭りといえばこいつがなくちゃあ、締まりが悪い。当初主催のふたりも用意するつもりでいたが、如何《いかん》せん準備に割く時間が足りなかった。それを知って準備を始めたという経緯が

氷

ある。結局他のメンバーと配信外で順番に少しずつ製作を続けていたのがこいつだ。作業行程表がよもやゲーム内で役立つ日が来る事になろうとは。良いところを全部持っていくみたいで少々悪い気もするが、黙っていればまあバレへん、バレへん。視聴者サイドには少なくともバレていないはず。

「たーまやー！」

御影君と東雲さん、お疲れ様。そして、ようこそ。あんだーらいぶへ。願わくば彼らの歩む先に幸多からんことを。

ドットの世界の花火も綺麗《きれい》だった。

神坂怜《れい》　チャンネル登録者数１２０００人（＋５００）

462 名無しのライバー ID:01XBNgLQp
祭りの時間だあああああああ！

463 名無しのライバー ID:VT70Z8oYB
ミカァ！「夜じゃないと雰囲気でないなぁ」
しののん「マネに相談してみよう」
運営くん「夜時間固定にしました」
運営が有能、だと……？

464 名無しのライバー ID:mLvluEz/1
>>463
運営が珍しく仕事をしている、だと……？

465 名無しのライバー ID:sWVjwLFuX
>>463
そういう設定できるのか、はえー

466 名無しのライバー ID:1WdzlBX9s
>>463
なんでや!?　前から営業、技術スタッフは優秀やろ！

467 名無しのライバー ID:k/ITap34a
そこまですんなら敵湧く設定も切っておけばいいのでは……？

468 名無しのライバー ID:827W+lwgH
寝てないプレイヤーいるからか、ナイトメアリポップしとるがな

469 名無しのライバー ID:jdn1ri1MJ
誰か知らんけどめっちゃ撃ち落としてる

470 名無しのライバー ID:Re7Y0x3pB
あさちゃん？

471 名無しのライバー ID:ZDlxD9W4Q
あさちゃん視点だと気付いて撃ち落とそうと構えたところで
別方向から矢飛んできてたから多分別

472 名無しのライバー ID:8l80VaGk4
あの子以外でそんな器用な真似できるやつおるか？

473 名無しのライバー ID:gckineki/
ニート以外全員インしてて
唯一配信枠取ってないのが脱サラ
何で枠取ってないの？　ねえ、なんで??
誰とも通話もしてないし、なんでなんね、マジで

474 名無しのライバー ID:szEf/0DWx
悲報、畳死亡

475 名無しのライバー ID:fLKX+nW0B
草

476 名無しのライバー ID:c3aXNwYMl
ナイトメアに矢射かけようとして手持ち無沙汰になって
その流れで真横に立ってた畳の頭に照準向けんのは草

477 名無しのライバー ID:HCoFDgtoT
流れるような所作で殺すのは笑う

478 名無しのライバー ID:DCf4+APQB

女性向けの薄い本需要ってあるんやなぁ

486 名無しのライバー ID:dJRsC2Z1f
まあ女性ファンはいるからな

487 名無しのライバー ID:aGBz3mWmU
畳で2割くらいだっけ女性登録者率

488 名無しのライバー ID:v2MCYPYGP
10万越えの登録者の内2割だから結構な数やろ

489 名無しのライバー ID:Qq8zkXzL/
薄い本なら原作知らなくても買うこともあるあるでは？

490 名無しのライバー ID:/OzyER9fd
それはそう
ソシャゲの薄い本とか買うことあるな
後は配信見ないけど叡智絵だけ見るVもおるし

491 名無しのライバー ID:UOELalul+
エロコンテンツは設定が雑でもエロければ許せる説はある

492 名無しのライバー ID:MoBthread
イベントざっくり
射的
あさちゃん上手かった
何故か全員に弓を向けられる畳
外した流れ矢で遠くから見守っていた脱サラが死んだ
ミカ「神坂先輩が死んだ!?」
あさ「つい手が滑ってしまった」
ハッス「射抜く（意味深）」
しののん「ふたりの薄い本2冊くらい持ってます」
太陽「？」
月「あーちゃんは知らなくていい世界。きれいなままでいて……」
畳「いや、ちょっと待てよ！　何で俺の死をスルーしてんの!?」

479 名無しのライバー ID:DLRH6eT55
>>478
悲報　ルナちゃんBL好き疑惑

480 名無しのライバー ID:YIG0kAs8F
>>478
何も分かってない灯ちゃんかわよ

481 名無しのライバー ID:G8EOXax4y
>>478
薄い本あるのか……

482 名無しのライバー ID:/yurisuko
そらもう男性陣はどのカップリングも、何なら3人セットもある

483 名無しのライバー ID:QtQB9ABe0
マ？

484 名無しのライバー ID:55E9ZWDRf
てか酢昆布ネキがたまに出してるからな
元々はBL同人書いてた人ですし

485 名無しのライバー ID:yXR+ocKF0

494 名無しのライバー ID:kxMhofHN0
>>492
ドッ○ンテーブルはやめろォ！

495 名無しのライバー ID:Qr0Mz2EiQ
>>492
キルログで盛り上がるのは笑う

496 名無しのライバー ID:bg2Njj1mu
流れ弾で死んでからの
ミカ「神坂先輩が死んだ!?」
畳「この人でなし！」
このスピード感流れ狂おしいほどすこ

497 名無しのライバー ID:F+cp/qhvM
>女帝「ルナちゃんが神坂さんを射止めた」
>ハッス「やめたげてよ！」
射止めたってのはまあまあ間違ってはないのでは??
どっちの意味合いでも

498 名無しのライバー ID:hC7oad30P
懐き度は高い
お兄ちゃんみたいなもんやろ

499 名無しのライバー ID:AJ36jnhFR
ルナちゃんが射止めた後、
灯ちゃんも弓構えて捜してた件は触れないようにしてあげようね、ね
ユニコーンには刺激がつよい

500 名無しのライバー ID:MoBthread
>>499
畳「この人でなし！」
女帝「ルナちゃんが神坂さんを射止めた」
ハッス「やめたげてよ！」
くじ引き（ガチャ）
畳「このクジ全部下さい。当たり入ってますよねぇ!?」
↓
10連するも全部ハズレ枠（腐った肉）
↓
直後に女帝がエンチャ武器を一発ツモ
実は裏でガチャに細工していたしののん
しののん「仕様です。そういうテーブルなんです」
そしてひっそりとナイトメアに殺害される脱サラ
金魚すくい
畳が足を滑らせて落ちて水槽に落下（実はルナちゃんが叩いて落とした）
無言で這い上がれないようにブロックを積むハッス
畳「この水槽、深いッ！　ボボボボボボ！！　ボハァッ！！」
ハッス「苦しむボイス割とありなのでは？」
太陽「いや、今あんたが落としたんじゃ……？」
月「つい手が滑ってって言えば良いってみんな言ってる」
何故か裏で落下死している脱サラ

493 名無しのライバー ID:P2kMNm7ne
>>492
草

あ゛あ゛あ゛あ゛あ゛あ゛

501 名無しのライバー ID:KoiQpqMxm
いい加減脱サラは責任取って灯ちゃんとコラボして、どうぞ

502 名無しのライバー ID:W0W8vR8i5
裏でせっせと湧き潰ししてるのが発覚したわけですが……

503 名無しのライバー ID:VkH4zLQL3
自枠とりゃええのに
こういうのはアピってけば株も上がるというのに

504 名無しのライバー ID:Xia4KrNM3
まあそういうのやるとアンチが叩きに来るからなぁ
後輩だしに株を上げてるとか、そんな感じで

505 名無しのライバー ID:+o83Nu4Pv
こういうわちゃわちゃが面白いのは箱の強いところよな

506 名無しのライバー ID:lt9aRqhfN
それな

507 名無しのライバー ID:LOwqHA75F
もう終わりかー、楽しかったな
ミカァ！、しののん、乙やで

508 名無しのライバー ID:xwyjs47T6
ふたりとも登録者現時点で1000人以上増えているっぽいし
数字もまずまず
これは大成功やな

509 名無しのライバー ID:tEEe3ngK8
毎年やれ

510 名無しのライバー ID:I3aBGAGH5
おー、花火か

511 名無しのライバー ID:PzTjdD7V3
祭りの〆は花火か
風情だな

512 名無しのライバー ID:9f9JEjDTT
何故か驚く主催の新人ふたり
特に驚く様子も見せない他面子

513 名無しのライバー ID:xq4P7lIAR
あー、これミカしのに内緒のサプライズ的なやつか

514 名無しのライバー ID:sLm84qjBR
脱サラが終始姿見せていない理由がこれか
納得

515 名無しのライバー ID:0Z90RS46y
悲報　脱サラ花火事故で死亡

516 名無しのライバー ID:Crt9C55Lw
最後の最後で放送事故じゃねぇーかよ！

517 名無しのライバー ID:CXseW5W7f
現場猫案件で草

518 名無しのライバー ID:oogEYvMzo
労災案件とか始末書物ですよ、これは

519 名無しのライバー ID:gckineki/
ほんと、そういうとこ……

520 名無しのライバー ID:SisterChan
らしいと言えばらしいよね

521 名無しのライバー ID:69g3CnXyg
しんみりした雰囲気出た途端に全員笑って
終了ってのは
それはそれでこの箱っぽくてエモやん

522 名無しのライバー ID:erA6djq/H
こういうの定期的にやってくれ

523 名無しのライバー ID:UJZdhn2+R
もう10月か

閑話

とあるリスナーの話

【×月×日】

「あー肩凝《こ》るぅううう」

ほぼ丸一日椅子に座っているようなものだし、当たり前か。胸が大きいからとかいう言い訳も通じるといえば通じるだろうか。

ふにふに。

全然興奮しない件。おかしい、同じ乳でもアニメやゲームのキャラクターなら全然心がトキメクのに。VTuberの立ち絵で胸揺れしたときとか大はしゃぎでスパチャとか投げるのに。

一般的に想像されるオタクさんの部屋は暗い部屋で物が散乱したイメージを持たれがちだが、私の場合は違う。移動の障害にならないようになるべく物は置かないようにしているし、ハウスキーパーさんに定期的に通ってもらっているのでそれなりの清潔さを保っている。そうしている、と言うよりはそうせざるを得ないと言うのが正しい。何せ、私の足は本来のそれと違って、そこまで器用には出来ちゃあいない。段差がとっても苦手な子。

元々積極的に外出するような性格でもなかったが、今のような状態になってからは特に引《ひ》き籠《こ》もりがちになった。毎日を惰性で生きているような、そんな生活だ。将来の事を考えると億《おっ》劫《くう》になって現実逃避するように配信やゲームに逃げる。ただの現実逃避でしかない。明日の事すら考えたくない。寝て起きても思い通りにならないこの身体があると思うと、何のために生きているのかも分からなくなってくる。

「前髪伸びてきたな……ま、面倒だしいっか」

以前までならばこのくらい伸びてきた頃には美容院に予約を入れていたところだが、どうにも気分が乗らない。元からああいう場は苦手な上に、今ではこの有様だ。それに奇異の目、と言うのは少々大袈裟《おおげさ》かもしれないけれど、他人の視線を遮る防壁としては視界を遮るこの前髪は有用だ。人の顔色なんて見たくない。いかにも気を遣っています、こういう人相手にどうしよう、そんな他人の表情は直視したくはない。それに家にいるときは前髪あげてればいいだけだし。

「んほぉ〜、ルナちゃん可愛《かわい》いぺろぺろ」

癒《い》やしを求めて動画サイトを立ち上げていた。こんな妹が欲しかっただけの人生だった。VTuberってのはいい。可愛いし、推しが伸びると何だか親目線で嬉《うれ》しくなる。最近デビューしたばかりの娘。ガワも声もストライクゾーン。あれよ、一目惚《ひとめぼ》れってやつよ。勿論《もちろん》同期の灯《あかり》ちゃんもぐうかわだけどね、お胸おっきいし。ぐへへ。

同ジャンルのファンが集う掲示板、ファンスレッドでたまに毎回実況したり、感想を言い合ったりしているこの瞬間が一番楽しい。現実だとこの身体のこともあるし、こういった趣味を持っていることを他人には言《い》い辛《づら》いものがある。と言うか、現実だと趣味とかそういう話以前に、別の目的があって近づく輩《やから》のなんと多い事か。もっとも、今はこんな状態だし外出する気もまったくないのだけれども。

外に出ても自分じゃ何も出来ないという現実ばかりが、否応《いやおう》なく私を襲う。それがどうしようもなく億劫になってしまう。だからこそ私はネットという世界に逃げた。今まで友人だと思っていたのに、殊更面倒くさそうな顔をしたり、次第に連絡が減っていきフェードアウトしたり。同情的に接する人もいるが、あれは違う。あんなのはただ同情してあげている、優しい自分に酔っているだけの人だ。所詮は赤の他人。親友と呼ばれるような関係を築けなかっただけ、ただそれだけ。

——私はただ……ただ普通に接して欲しかった。それだけなんだ。

他人にそこまで求めるのも酷な話だろう。これはただの我儘《わがまま》だ。面倒から逃げた私の自業自得だ。そうして過去の関係、しがらみをを自ら断って、殻に閉じこもった。それが今の私だ。それでひとりで何でもやっていければ良いのだが、弱い私はそういうわけにもいかなかった。自らひとりでいる事を選んだ筈《はず》なのに、孤独が辛いって言う馬鹿者はこちらです。というわけで、存在するけど仮想の存在みたいな私にとって非常に都合の良いＶＴｕｂｅｒっていうジャンルにどっぷりハマってしまったというわけである。え？　理由になってない？　こまけぇこたぁいいんだよ。こう見るとメンヘラ臭《しゅう》すっげぇな、私。こわいなーとづまりすとこ。


【×月×日】

「あ⁉」

どうにも最近同じ事務所の男性Ｖとやたら親しげに、というよりはルナちゃんの方から一方的にも見えるが構ってアピールされている様子が散見される。拙者、そういうの苦手侍。本当に気に入らない。

「ホントなんや、こいつぅ……」

検索かけるとサジェストに『炎上』やら『淫行』といったマイナス方面のワードが出てくる男性ＶＴｕｂｅｒと推しが親しげに仲良くするのは余り気分が良いものではない。一応当人が、というよりは同期の相方がやらかした一件が原因らしいので気の毒な話である。相当数のアンチを抱えている割には、毎日配信しているのは確認できる。ＹｏｕｒＴｕｂｅでＶＴｕｂｅｒ、ライブ配信中、で絞って検索すると結構な頻度で見かける。この人一体１日何時間配信しているのだろうか。１日２回から３回くらい平気で配信やってそう。

ファンスレでは好意的というかネタキャラみたいな扱いになっている一方で、アンチスレではボロカスに叩《たた》かれているようだ。なんとも両極端。脱サラしてＶＴｕｂｅｒ始めるとか中々なことしやがるな、此奴《こやつ》。絶賛休職中の私が言えた立場ではないが。随分《ずいぶん》と思い切った事をする。

「真昼間《まっぴるま》からやってるんだ、この人」

平日の午前中という時間帯に配信するＶは少ない。その日の私は気まぐれで彼の配信を開いた。特に他意はない。単なる暇つぶしのつもりだった。特別視聴したいとかなく、気まぐれで動画見ちゃうときってあるじゃない？　今回のはそれだ。

「――今日のご飯ですか？　肉じゃがですよ。肉買い忘れたから肉ないですけど。肉がないから『じゃが』じゃんって？　いや、そうなるのか……？」

めっーちゃどうでもいい雑談していた。サブモニタの方で見ていたファンスレの方では『速報　脱サラの晩御飯肉じゃが』という謎の速報が流れていた。お前らなんだかんだこいつのこと好きだな……。

声とガワを見ての第一印象は、やたら顔と声が良い。私には縁遠いし苦手なタイプだ。ただこういう人特有のチャラいというか、軽薄な印象はなかった。何だか幼い頃一緒に遊んでもらった親戚のお兄さんのそれに近いものを感じた。思えば親族でまともなのは彼くらいだったんじゃないだろうか？　縁を切って家を出た気持ちはなんとなく理解できてしまう。

「ぐ……ま、まあ声は良いと褒めて進ぜよう」

だ、だが声がいいからって同じ事務所の女の子とイチャコラするために活動とかしてるなら許さんからな、ワレェ！

【×月×日】

どうにも粗探し、ではないけれどあの人の配信をちょくちょく見るようになってしまった。あまり他のＶと配信が被らないような時間帯に配信しているのが悪い。特に私みたいな一日中自宅に引き籠もってる身からすると、平日の真昼間に配信しているＶＴｕｂｅｒとなると選択肢が限られてくる。そう、仕方がなく、仕方がなく視聴しているだけなのだ。それを狙ってやっているのだとしたら見事にこやつの術中に嵌《は》まっていることになる。おのれ。

と言うか、この人ＳＮＳやらアンチスレッドやらでボロカスに言われまくっているにもかかわらず一切そういった気配を漂わせたりしない。ノーダメージなのか、この人？　こう言ってはなんだが、どういう神経しているんだろうか。配信中もちょいちょいアンチがエグイコメント投げまくってる最中でも、表情ひとつ、声色ひとつ変わらない。それにＶＴｕｂｅｒのくせに余り笑わない。それもう止め絵でよくないってレベルで無表情のことが多い。なんだ、こいつ。モデリングやモーションキャプチャといった技術的な問題ではないはず。何せ同僚が表情豊かに配信しているのだから。同じ機材使ってこれなのだから、単純に中の人が無表情で淡々と配信しているという事になる。

　コメントはよく拾うタイプの配信者なので、アンチコメントに気付いていないはずはない。時折見ている側ですら眉を顰《ひそ》めたくなるようなコメント群にも一切反応しない。スレでも触れられていたやたら重い過去――イジメが原因での不登校や、手酷《てひど》く彼女にフラれた話。ブラック企業務めの設定に準ずるのだとすれば……まあ設定に忠実といえば忠実。だがもしこれが、設定ではなく本当にあった出来事だとすれば……。

　今の惨状も『自分がそうされて当然』みたいな諦めなのか悟りに近い感情なのか……あるいはそういった感情すらなく無心でやっているのか。どちらにしろ、これはこれで明らかに異常、異質と言っても良いだろう。現実《リアル》の親族間における肩身の狭い自分の立ち位置もあり、無意識に重ね合わせる自分がいた。ある意味似た者同士なんじゃないかっていう。自分だけではない、という捻《ねじ》くれた感情が安心感を与えてくれた。

「今日妹が私の料理褒めてくれたんですよー」

　その割に妹の話題になった途端に声が生き生き弾むし、立ち絵の表情も溢《あふ》れんばかりの笑顔になる。なんだ、きちんと笑えるんじゃないか。何故《なぜ》かホッとしてしまう。推しでもなんでもないのに。妹＝彼女と捉《とら》える人もいるが、それにしてはそういう間柄特有の話題は一切ない。晩御飯がどうとか、おやつがどうとか、最近構ってくれないだとか、何だか色気の欠片《かけら》もない話題ばかり。寧《むし》ろ食べ物系が多すぎて食い気マシマシだ。

少し調べたところによると、やたら後輩の新人ふたりに好かれているのは裏で色々サポートというか手助けしてあげていたからとかなんとか。ソースがまったく信頼できない掲示板なんだけれども。当人の配信を聞く限りは、若い子をかどわかすような人でもなさそうだし。と言うか、この人多分妹ちゃん以外に興味ないんじゃないだろうか。だがまだ安心はできない。今後も活動をしっかり見張っておくとしよう……経過観察ってやつ。うん。

【×月×日】

気の迷いだった。つい気の迷いで初めて彼の配信にコメントしてしまった。内容自体はありふれた『初見です』というもの。ぶっちゃけ初見じゃない、ただの嘘《うそ》。本当にありふれた、取るに足らないメッセージ。こんなのあっちだって見慣れたものだろう。どういう反応するんだろう、みたいな興味本位。別にコメントを読んで欲しいとかそういう欲が湧いたわけではない。断じて。

「□□□さん、ありがとうございます」

「…………」

危ない。危うくグラスを落としそうになってしまった。元々そういうコメントを拾う人だったか。今使っているユーザー名は本名をアレンジしただけの簡素なものであったから、異性に名前を呼ばれたみたいに感じて動揺してしまった。イケボに名前を呼ばれた程度でホイホイ惹《ひ》かれるほど、私はそんなにチョロくはない。残念だったな、私はガードの固い女なのだ。理想は滅茶苦茶《めちゃくちゃ》高く、何でも出来て困ったときにはすぐ駆け付けて助けてくれる王子様がタイプなのだ。

「こいつはそういうタイプじゃないもんね」

そう――こいつはただのシスコンで虚無配信してるだけの奴なのだから。きっと今後はそれほど関わる事はない。私の好みとはまた別路線だし。

【×月×日】

「む……」

ＳＮＳを覗《のぞ》いていると彼のツイートが目に入る。勿論、他ＶＴｕｂｅｒも企業、個人問わず有名どころは片っ端からフォローしているので特別扱いしているとかではない、断じて。何故フォローしているか？　私は箱推しだからだ。他意はない。そこの辺り、勘違いしないでいただきたいね。

「まーた、やたら美味《おい》しそうな料理画像上げよってからに」

ひじきのサラダ、大根の味噌汁《みそしる》、鶏の唐揚げ。この人Ｖのくせにツイートがほぼ家事関係とかいう、謎に所帯染みている。そんなんだから謎に主婦のフォロワーが多いんだ。ちなみに彼女たちは視聴者になるわけでもなく、一品レシピや毎日のおかず、おやつ関連のＳＮＳ投稿が評価されているだけという状態である。お前はＶＴｕｂｅｒだろ、どういう層を取り込もうとしているんだ……いや、取り込めてないから配信の視聴者数や再生数が伸びないってことなの……？

「こいつＶＴｕｂｅｒじゃなく顔出しの配信者なら人気者だったのでは……？」

スレでもたまに言われているけど、ここまでＶＴｕｂｅｒに向いてない奴もそうそういないだろ。だが、料理の腕前は相当なものであることはその画像からも伝わってくる。悔しいが滅茶苦茶美味そう。現在の私は独り身に加えて、今の身体だと料理もせず出前に頼りがち。一応リハビリで身体を動かしたり、ちょっとしたストレッチも普段やるようには心がけている。今みたいな状態であったとしても、やはりぽっこりお腹が出たりするのは大変気になる。皆そういう生き物。人生悲観していても別段早死にしたいわけじゃあないし。

そんな生活をしていると、こういう食事が逆に恋しくなってしまう。こんがりきつね色の唐揚げを見て喉がごくりと鳴る。今日の夕食は出前で唐揚げ、インスタント味噌汁にでもしようか。唐揚げってどの店のが良いんだろ？　と考えながら配達サービスのアプリを起動しようとするが、改めて画面を見て少し思い止まる。最近の自分自身の生活を振り返ると配達サービスに頼り切っている。流石《さすが》に不味《まず》い、か。

神坂怜《かんざかれい》@kanzaka_underlive

今日の晩御飯

唐揚げは塩麹《しおこうじ》入れるのが個人的にオススメです

塩麹チューブパックタイプがあって便利
ついつい使いすぎてしまう
美容効果も期待できるのでマイシスターも大喜びで嬉しいな
pic.vitter.com/gohan

「料理、か……材料なにいるんだろ」

気の迷い。随分久しぶりに買い物に出かけて自炊しようなんて、きっと気の迷いだ。この人の配信を見るようになってからはこんなことばかりである。外出時にいつも感じるような憂鬱な気分には不思議とならなかった。

指を切ってしまったものの、なんとかそれなりの出来にはなった。ネットで調べるとレシピは載っているし、彼の言うような麴を使ったものも容易に見つけられた。普段料理していないだけで、実は私この手の才能があるのでは？　ふふん。私も捨てたものではないな。

「『あまりにも美味そうだったので同じメニューを作ってしまった。ちょっと揚げ過ぎちゃったけど美味しかった。塩麴はいいかんじでした。』っと。どやぁ」

どうせ見ないだろうと思い、彼に同じものを作ったという呟《つぶや》きを送ってしまう。これもきっと気の迷い。ただの自己満足。きっと今しがた飲んだお酒が悪いのだ。私一体何やってるんだろうか……と酔いが冷めた頃に後悔するものの、ろくにフォロワーもいないそんなアカウントには無縁のはずの通知マーク。

「ふえ……？」

フォロワーがふたり増えていた。そして『いいね』と『リツイート』が5件。どうやら彼のファンがさっきの私の呟きを見ての反応がこれらしい。フォロワーとか初めて増えた。普段はROM専――見る専用に使っているが、これはこれで案外嬉しいものね。

「お、おおフォロワーってやつだ。すごいすごい。あ、また通知だ……あ!?」

そこには『神坂怜さんと他5人があなたのツイートをいいねしました。』との通知文があり、一瞬目を疑った。

「ほ、本人じゃん」

確かに本人にリプしたけれど、まさか当人から返信はないにしても『いいね』と『リツイート』してくるなんて……めーっちゃビックリした。心臓に悪い。むむむ。ま、まあ……このくらいはする人はいるし……するから…………と、とりあえずスクショだけ撮っとこ……。


【×月×日】

今日は何か知らんけどいつもより配信が荒れていた。ファンスレ見たら、社内情報をリークしたとか『いや、ねーだろ』みたいな大した証拠もない理由で燃えていた。ゴシップ系のVが火種らしい。あの人嫌いだから私ブロックしてたわ、そう言えば。

正直見ているこっちが気分が悪い。何も言い返さないから余計に図に乗っているのだろう。言及したらしたで大騒ぎになるのは目に見えているが。これじゃあまるでサンドバッグ。自分の事じゃないのに不快感を抱いてしまう。

「ふぅん……だけど」

どうして貴方《あなた》は平気なの？　そう問いたくなってしまった。その強さを少し分けて欲しい、弱い私に。


【×月×日】


「……」

らぎくん——柊《ひいらぎ》冬夜《とうや》くんの3Dイベントにネット視聴参戦した。何かネットだとやたら畳《たたみ》畳連呼されているので、ついついそう呼びそうになってしまうなぁ……彼も事故に遭ったらしいが、幸《さいわ》い骨折で済んだらしい。私みたいなのにならなくて本当に良かった。

「エモじゃん。Tシャツ買っちゃおっかな、通販あるし」

あまり部屋が取っ散らかるのはイマイチ気が乗らないが、今回くらいはいいか。いいよね。うん。部屋着《へやぎ》買うだけだもん。


【×月×日】


つらい。つらい。くそ。くそ。何なんだよ、本当に。どうして世の中は思い通りにいかない事ばかりなのだろう。

「——吐きそ……」

胃の辺りがモヤモヤと熱い。朝から水分以外入れていないはずだが、吐き気のようなものを感じる。玄関の扉を叩きつけるように閉めて、残った理性でなんとか鍵とチェーンロックをする。小物入れのバッグをベッドに叩き付ける。

防音設備のしっかりしたこの部屋に帰ってくると静かなひとりだけの空間になる。一刻も早くあの人たちのもとを離れたいと感じて急ぎ帰宅したのだが、本来私に安心を与えてくれる筈の静寂の部屋。だが、家族《あの人たち》の声が脳裏に蘇《よみがえ》る。

『そのザマのせいで台無しだ』

『使えなくなった』

『先方にどれだけ頭を下げたと思っている』

「――――ッ……‼」

視界が歪《ゆが》む。涙が溢れる。悔しい、悔しい。辛い、つらい……畜生、ちくしょう、ちくしょう。私だって、わたしだって、好きでこんな風になったわけじゃないッ……！

それでも人よりもずっと裕福な暮らしを出来ているのは、あの人たちのおかげ。それが余計に、尚更《なおさら》悔しい。ただ泣いて何も言い返せなかった。黙って言葉を聞いていた。そんな自分が情けなくて、情けなくて。尚更泣けてくる。

ぐるぐると頭の中ではずっとその言葉が繰り返し鳴り響く。心の中で「やめて！」「だまって！」と叫ぼうとその言葉はまるでリピート再生されたオーディオみたいに、ずっとずっと繰り返し再現される。

「うぇ……ごっほごっほ」

吐き気を抑えきれなくなり、覚束《おぼつか》ない足取りでトイレに向かい便器へ吐き出す。ほぼ水だけのような嘔吐物《おうとぶつ》。どうして私だけがこんな目に、と条件反射的に悲劇のヒロインぶろうとする自分も嫌いだ。自分の顔が水面に映る。クマだらけに加えて吐瀉物《としゃぶつ》で口元が汚れていた。酷い有様――。

『酷い有様だ……』

『醜い』

『よくここに顔を出せたな』

「うぇっ……はぁ……はぁ……やめてよ……ねぇ……やめて。お願いだから」

吐いてスッキリするわけでもない。再びあの人たちの言葉が再演される。やめて、お願いだから。まるで許しを乞う幼子のように。この声をなんとかしなくちゃ。だめだ。

私はスリープ状態だったパソコンを文字通り叩き起こして、ヘッドホンを付ける。延々とループされるこの声を打ち消す誰かの声が聞きたかった。誰でもいい。誰でもいい。

――助けて。

こんな昼過ぎには誰も配信なんてやっているわけもないか、と。ＹｏｕｒＴｕｂｅのマイページを開くと『ライブ配信中』の文字が目に入る。もうこの際誰でも良いから――。

「ぁ……」

いつも通り。あいも変わらず落ち着いた口調。逆にそれが妙《みょう》な安心感を与えてくれた。配信内容は視聴者からのマシマロを読むというごくありふれた内容。とりたてて面白い事を言うわけでもない――いつも通り、何も変わらない。それに救われた気がした。多くの人はつまらないだとか、虚無配信だとか言うけれども確かに私はそれに救われたのだ。

気が付けば『嫌なことがあったけれど、いつも通りの配信で救われた』要約するとこんな感じの訳の分からない長文マロを送りつけていた。こんなん相手からしたら意味不明だし、ただのメンヘラじゃん……構ってちゃんとか変なのに目を付けられちゃったね、貴方も………。

「いまマロくれた人――」

ドキリとした。送って僅《わず》か数十秒。あの長文晒《さら》されると『面倒なまんさん』みたいな風にまとめサイトとかに取り上げられたりするのかな。それで知名度が上がるのならば、慰謝料代わりには丁度良いだろう。

「少しプライベートな内容なので皆さんにお見せ出来ないのですけれど……辛い事があって、それで私の配信が心の支えになっているって言ってくれるのなら――こんなに嬉しい事はないです」

本当に優しい口調。あの人たちとはまるで違う。思わず動画サイトの音量を上げる。

「あなたが『救い』と言ってくれているように、その言葉が、あなたが、いえ……視聴者の皆さんが私にとっての『救い』なんですよ」

本当に嬉しそうに語る。妹や同じ所属Vの話題以外でこんな声色は聞いた覚えがない。

「無理に変わる必要なんてないですけど、新しく何かを始めると――意外と意識も変わってくるものですよ。私はVTuber始めてからは毎日が凄《すご》く楽しいですし。こうして皆さんとやり取り出来てるのが本当に嬉しいです」

臭い台詞《せりふ》を堂々と本当に心からそう思っているだろうな、と思わせるくらいにまっすぐに正面きって叩き付けてくる。精々『頑張って下さい』程度の簡単な言葉だけでも充分だったはずなのに。それなのに――。

「無責任に頑張れ、なんて言葉、私には言えないです。無理に頑張らなくても良いと思いますよ。きっと貴女は充分に頑張ってきたんですから。そのくらいはこの文面から分かります」

何故か知らないけれど、吐き気が消え失《う》せた代わりに動悸《どうき》がする。その上身体が熱い。私の事を何も知りもしない赤の他人の、配信以外繋《つな》がりらしいものもない、そんな人の言葉がどうしてこうも心に突き刺さるのだろうか。

「以前から言ってますけれど、辛いことがあったら逃げ出して良いんです。目を背けたって良いんです。無理したって碌《ろく》な事にはならないもんですよ。こんな私みたいなのが支えになれるのなら何度だって相談に乗ります。また前に進めたら、そのときは教えて下さい。リスナーと皆でお祝いだー」

これはきっと、この感情はきっと……気の迷いだ――。

【×月×日】

休職していた前職に在宅ワークという形で復職することになった。人間関係が苦手な私にとっては好都合だった。ＶＴｕｂｅｒの配信を見る時間自体は減ってしまったが、それでも一日は前より充実していると思う。こっそりラジオ感覚で彼の聞き流す程度に配信眺めたりはするのだけれども、それは内緒。更に合間にファンスレッドをチェックする。

あ⁉　ガチ恋？　んなわけないだろ。気の迷いだよ……。

【×月×日】

ボイス、というものに手を出してしまった。初めて買った。買ってしまった。気の迷い。酔った勢いもあったし。以前変なマシマロを送ってしまったという罪悪感もあってか、そのお返しというか迷惑料みたいなものと取ってもらえると助かる。いや、私は誰に言い訳しているんだ……？

あの人スーパーチャットとか基本オフだし、メンバーシップ会員システムも利用していないし……そういう立ち回りはめちゃんこ下手糞《へたくそ》すぎる。おばかさん。ま、そういうところが良い

――って違う違う。今のはなしで。

「…………ま、まあ買ってしまったからには聞かないと……勿体無《もったいな》い……よね。うん……」

ワイヤレスイヤホンを装着。小型オーディオ機器の再生ボタンを押すところで躊躇《ちゅうちょ》してしまう。なんだか急に恥ずかしくなって来た。ベッドに入って布団を頭から被って目を閉じて再生ボタンをタップする。これは不可抗力だ。仕方がなく聞いてやるだけなんだ。どうせ季節のお料理レシピ紹介するくっそ面白みもないボイスなんだろ、私は知ってるぞ。

◇◆◇◆◇◆

なんだこれ、なんだこれ。お前誰やねん。そういうキャラじゃないだろ、絶対！　は？　もう、なんなのお前！　私の感情ぐちゃぐちゃにするんじゃねぇよォ‼

「…………」

女性向けコンテンツのドラマCDみたいだった。監修に妹ちゃんやハッスの名が上がってい

るのは承知していたが、こんなのは流石に想定外である。友達以上恋人未満的な距離感のそれ。明らかにお前、私に気があるじゃん。身体がやたら熱いのはきっと布団を被っているからだ。それ以外に理由などあるわけがない。

普段絶対に言わないような気障な台詞をごく当たり前みたいに言うもんだから、頭が混乱する。ギャップ萌《も》えとかそういうのじゃない、これは明らかに私みたいなのをからかっているに違いない。なんてやつだ。実は裏ではこんな感じだったりするんじゃないか、おのれ。何という男だ。恐ろしい奴め。

「先月の奴もう販売期間終わってんじゃん……再販も未定……？　あ？　なにそれ」

バックナンバーを購入出来ないシステムはどうなんですかね、あんだーらいぶさん。そこんとこ早急に対応するか、再販をですね……仕方がない、来月のを買って検証してやろう。これは検証のためだ。

その後3回リピートしていた。他意はない。不具合がないかのチェックだ。これは買い替えたばかりのワイヤレスイヤホンの性能チェックなの、絶対に。そうでもなければ気の迷いだ、きっと。

【×月×日】

ボイスの感想をツイートしてみた。他意はない。或《あ》いは気の迷いだ。

5分で本人から『いいね』された。早い早い。さ、流石は普段主夫状態なだけはある。平日昼間にこのレスポンス……恐るべし。まあどうせ内容もまともに見ずに、この感想タグ付けてる人全員に『いいね』しているんでしょうけれど。

【×月×日】

彼の配信にコメントをしてみる。特に目立ったものではない。他の視聴者の人もしているようなごくありふれたものだ。

「あ、□□□さん、先日はボイス購入ありがとうございます」

「――ッ⁉」

た、確かにアイコンやユーザー名はSNS上のそれと同じだ。ただそれほど多くはないとは言え、コメントが流れる中で認識されているという事実がどうにも気恥ずかしかった。慌ててディスプレイから視線を外すと、眼前には置き鏡。その中には顔が真っ赤になっている自分の姿。気の迷いよ、これは。絶対そう……。

こいつ、まさかSNSで関連ツイートしている人のユーザー名全員覚えているの……？　ま、まっさかぁ……いや、こいつならやりかねんマジで。思い返してみれば確かにユーザー名を挙げてツイート内容絡めた挨拶みたいなものをよくやっているような気がする。この人、こっちよりホストとかが天職だったりしない？　あとイケボ系のキャス主とか。生まれる世界を間違えた感が否めない。

他配信者がやっているようなファンに対してより自分のことを深く好きになってもらう――所謂《いわゆる》『ガチ恋営業』的な活動方針でやれば数は多くなくともかなりの人気を獲得できるのでは……？　今評価されている男性Ｖの特徴としては……らぎくんを代表する面白枠。女性Ｖに多くいるようなガチ恋やアイドル売りに特化した男性Vというものはそれほどいないような気がする。でもそういうのに走るのは解釈違いなんだよなあ。いや、まあそういう姿を見たいと思わなくもないが。それを押し付けるのは視聴者のあるべき姿ではないので、妄想の中に留めておく。

【×月×日】

最近SNS上でやり取りする知人が出来た。以前料理ツイートの時にフォローしてくれたひとり。ネイルの画像とかあげてるし同性っぽいのだが、普段の呟きを見るにただのキモオタにしか見えない。まあ私も大差ないのだけれども。

【×月×日】

彼は妹ちゃん――雫《しずく》ちゃんとコラボしていた。可愛いな。私も妹が欲しかった。性格の悪い兄は本当にいらない。こういう人が兄だったら私の人生どうなっていたんだろう。学校にテロリストやって来たみたいにあり得ない妄想。現実の兄は今の私を欠陥品と言う。

「羨ましいな……でもちょっと距離感バグってね？　カップルチャンネルか何かか、これは」

明らかに普通の兄妹の距離感ではない。雫ちゃんの方は否定しているが、これ完全にブラコンじゃん。シスコンとブラコンだ。そりゃあ、まあ、気が利いて、料理が出来て、声まで良くて、自分をべったべたに甘やかしてくれるお兄ちゃんがいるんだ。そりゃそうなる。多分私だってなる。うらやま……しくはない。別に。羨ましくはない。

【×月×日】

彼が猫を飼い始めたらしい。猫の名前を決めるだけの配信とかなんやねん。配信業舐《な》めとんのか、ワレェ……と思いながら配信を開く。

「んー、どうしたー？　にゃー。ははは、くすぐったい。良い子、良い子」

シチュエーションボイスみたいな事をリアルでやってた。なんだこれ。

「………………お、おぅ。へ、ヘッドホンじゃなくてイヤホンの方に差し替えよっか……うん」

ま、まあ今回は許してやろう。背中がぞわぞわした。き、気持ち悪いなぁ。本当に。猫にデレデレになりやがって……巻き戻し機能がきちんと働くか試そう。他意はない。本当だよ？

「ほんと気持ち悪いなぁ〜」

グラスに反射していた自分の顔がニヤついててめっちゃ気持ち悪かった。


【×月×日】

「バズってる……だと……？」

『バズる以外大体何でも出来る』とかファンスレでもネタにされていたはずなのに、一体どういうことだってばよ。隠れた自分やごく一部の客しか知らないような名店が、テレビに紹介されてしまったようなものだろうか。嬉しい反面少し寂しい気もする。きっと人気になって視聴者数も増えれば今よりコメントを拾ってもらえなくなるかもしれないし、視聴者との距離感が今よりもっと離れたものになってしまうのは想像に難くない。それがきっとＶＴｕｂｅｒである彼にとっての幸せなのだ。私は変わらず応援——じゃなかった、視聴するだけだ。ボイスもたまに買ってあげてもよくってよ。

【×月×日】

バズったと思ったらすぐに冷めてて草。当人には申し訳ないけどちょっと笑っちゃった。こういうところ含めて実に彼らしいなって思う。昨日の私の決意返して。

「仕方がないなぁ」

仕方がないのでコメントしてあげよう。彼がそのコメントについて簡単に触れたのを確認して、ほくそ笑む。ふふん。もっと感謝なさい。

【×月×日】

「むむぅ……」

どういう訳か周囲に女性が集まる。mikuriママは分かるとして、そのお友達の酢昆布《すこんぶ》ネキや彼女がイラストを担当したアレことアレイナ・アーレンスという個人勢女性VTuber、果てはらぎくんの実妹である夏嘉《なつか》ちゃんまで……露骨に好き好きアピールをしている。夏嘉ちゃんは毎月ボイスの感想を投稿していて、それを私もチェックしているが。彼女は分かっている。うん、私と感性が似ているのだろう。私のボイス感想ツイートにも彼女の方から『いいね』されている。ある意味同志ってやつ。夏嘉ちゃんは高校生という事だが、その年代からこういうのに引っ掛けられてて将来がちょっと心配になる。色々歪みそう。

ママはママだから幾らでも仲良くしても問題はないと古事記にも記されているはずなので良し。酢昆布ネキは彼のファンアートを大量に生成している神絵師。控え目に言って滅茶苦茶助かってる。文句など言えるわけもない。問題があるとすれば——残りひとりの方。

「アレ、ステイ。ステイ」

特にお前。他ふたりはまあ良いとして。アレ、ステイな、ステイ。特に深い理由はない。なんとなくコメントを書き込む。彼女のファンも同じようなメッセージ送っているし大丈夫だろう。配信後SNSでは何故か彼女ではなくファンがお詫《わ》び行脚《あんぎや》していた。『うちのが迷惑かけて申し訳ございません』ってファンが完全に保護者状態である。いや、この人毎回ファンに尻拭いさせてるの……？　まあ、面白かったのでフォローはしておきます。フォローだけは。


【×月×日】


グッズを購入。即日完売していたのは想定外だったものの、販売開始直後にPCとスマホを駆使して鯖《さば》落ちする前にギリギリ購入することが出来たのである。ふふっ、在宅勤務の強みを見るがいい。ふはは——あー、今日中に上げないといけない書類ががが……。

ちなみにSNSで交流している知人の方も無事にゲットしたらしい。今度の同人誌即売会一緒に行かないかと誘われてしまった。この足で……私が行って大丈夫だろうか？　迷惑になるだけではないだろうか。

「……」

昔の私なら断っていたかもしれない。気の迷いで私はその提案にホイホイ乗ってしまった。

彼女がかつて友人だと思っていた彼らと同じようになってしまうのではないか――そんな不安感もある。でも、私は一歩前へ踏み出したかった。変わりたかったのかもしれない。

【×月×日】

車椅子である事を告げた時の彼女の第一声が『ファイナル〇ァイトのラスボスのコスプレ?』だった。いや、そのネタ普通の人には伝わらないと思うの。らぎくんが結構前に配信していたから伝わると踏んだのだろうか。

【×月×日】

同人誌即売会当日。とんでもない美人がいた。白を基調としたワンピースに麦藁帽子《むぎわらぼうし》、やたらめったらキューティクルでつやつやの髪の毛。まるで清楚系《せいそけい》アイドルみたいな、そんな感じだ。このむさ苦しい会場にもかかわらず、汗ひとつ見せず涼しい顔をしている。しかも右に執事服の老紳士、左に男装の綺麗《きれい》な執事さんを伴っての登場である。本人は「コスプレイヤー仲間。ロールプレイ」と言い張っているけれど、明らかに所作がガチモンのそれじゃん……。

朝から晩までSNSに張り付いてて何やってる人だろうと思っていたら、ガチのお嬢様だった件。ウチもまあ他所よりはそれなりに裕福な家庭だが、彼女の様子から察するに名家の令嬢みたいな雰囲気がする。そのナリで中身があれって、実はこの人某ネット小説投稿サイトで流《は》行《や》ってるやつみたいにTSとかしてない?

移動時には男装の麗人さんが押してくれた。いいにおいする。何この人。ドキドキしちゃう。

老紳士さんの方は基本姿を消しているのだが、彼女が指パッチンするとどこからともなく現れる。貴女たちだけ世界観違くない？　出てくる作品間違えてないですか？

後、外で「ワイ」とか「草」とか「処女厨《ちゆう》」とか掲示板でしか見ないような単語を口にしないで欲しい。特にそのナリでやられると脳が混乱する。オタク特有の好きなもの話すとき早口詠唱するのはまあまだ目を瞑《つむ》るとして。ちなみに彼女の方は私の方を見て最初の一言が「メカクレ病弱キャラとかええよね」だった。無駄にサムズアップして良い笑顔だった。

今回の目的はあの人のガワ担当――ｍｉｋｕｒｉママのブースへ行くことにある。それが今回の一番の目的だった。後日同人誌は委託販売されるのだが、ママがブースにいると聞いては行かなくてはなるまい。

◇◆◇◆◇◆

ｍｉｋｕｒｉママも酢昆布ネキもふたりとも普通に可愛いし、綺麗だった。顔面偏差値どうなってんだ。私だけ明らかに浮いている。彼女に彼の事を好きだと伝えると、まるで自分のことみたいに嬉しそうに笑う姿を見て何となく彼と似ているなー、なんて思ってしまった。血の繋がりはない親子だけれどよく似ている。そういうのが羨ましく思えてしまうのは、きっと私の性格が悪いからだ。

――ちょっと前好きって言ったのはあくまでVとしてであって、他意はない、絶対に。

女性客が何人かいるのを見るに、私と同じように引っかかる子がいるらしい。こんなちょっと顔と声が良くて、性格もそこそこ良くて、家事が出来て、面倒見が良いだけの男に。ホイホイ釣られすぎだ。人のことは全く言えないのだけれども。み～んな気の迷いだと思うとちょっぴり親近感。

酢昆布ネキはシースルーのところが汗で完全に透けてててヤバかった。本人は気付いていないのだろう。隣でｍｉｋｕｒｉママが必死に羽織るものを差し出していた。ちなみに、その後顔を真っ赤にしてバタバタ暴れまわっていたが、その時はこれ関連かな～って思ったけど後にこのようなツイートを見付けて合点がいった。

酢昆布@新刊委託予定@sukonbu_umaiyone
今回のコスプレは雫ちゃんだよ
恐らく業界初だな、うん
レース部分の再現が死ぬほど大変だった模様
vuploader.vom.jpg

神坂怜@親戚の集まりで肩身が狭い系V
綺麗ですね
とても似合っていると思います
ですが本物も負けず劣らず可愛いのです

ｍｉｋｕｒｉ＠Ｃ９Ｘ　２日目 東ス20β
めっちゃ顔真っ赤にして照れてて草

お前さぁ……本当、そう言うところやぞ。

ちなみにこの後それなりに叩かれていた。まあ、アンチにはいい餌《えさ》だったろうし。なんか少しくらい叩かれても良い気がしてきた。いや、流石にアンチの肩を持つわけではないけれども。何となく気に入らないのである。もっとも、彼からしたら文字通り最愛の妹ちゃんのコスプレをしていたという点が何より大きいのだろう。今度私もコスプレして写真送ってやろうか？　同じように褒めてくれるんか、ワレェ……。

今日は久しぶりに喋《しゃべ》り疲れるくらいに会話を続けた気がする。楽しかった。一緒に回った謎のお嬢様と冬も一緒に行こうって約束してしまった。その頃には奇跡的に回復して杖《つえ》で歩けるくらいにはなったりしないだろうか。少しだけ前向きになれた気がする。

「めっちゃガチ恋じゃん」

「あ!?　んなわけないじゃん」

「はい。問１．配信は毎回チェックしていますか？」

「してる」

「問２．ボイスは毎月購入していますか？」

「買ってる」

「問3．グッズは購入しましたか？」

「買った」

「問4．薄い本買ってますか？」

「今一緒に買って回ってたじゃん」

「いや、疑いようもない。一切曇りなく、純度100パーのガチ恋ネキやんけ」

「ちーがーいまーすー」

「ファンも本人も拗《こじ》らせてんのばっかで草だよねぇー」

帰り際こんなやり取りがあった。確かにあの人のファン変な人多いよね。人生相談会とか相談者さんには悪いけどちょっと笑った。あと雑談でも毎回謎の人生相談コーナーとかになるし。

ちなみに、私はガチ恋ネキとかではないです。好きか嫌いかで言えば前者である可能性の方が高いかもだけど。


【×月×日】

Vertexとかいうゲームをしてみる。最近流行りだからだ、他意はない。なんだこれ難しい。え？　そもそもトラックボールマウスでFPSって駄目なの？

「え？　使ってるマウスですか？　えーとGの50なんとかって奴だったと思います」

ほぅ、そうかそうか。密林で同じ型式のものをポチってみる。気の迷いでもなんでもない。

100時間以上使っている配信者が使いやすいとコメントしている商品を買うだけだ。お揃《そろ》いとかそんな事微塵《みじん》も考えてなどいない。彼がそのゲームの枠を取った後、自分もサブモニターにゲーム起動しておいて意味もなく待機していたりする。本当に意味はないのだ。

偶然にも彼がマッチングボタンを押したと同時にゲームをやりたくなるかもしれないというだけの話である。もっとも偶然にマッチングする確率なんてのはかなりの低確率であることは言うまでもないが、同じサーバーなんだから万にひとつくらいはあるかもしれない。

このゲームの訓練場に10時間ぶっ通しとかやっぱあたおか。20分くらいでもうお腹一杯なんだけれど……？　私ですらあの枠仕事しながらBGM代わりに聞き流していた程度。内容もほぼ雑談である。コメントを適宜《てきぎ》拾ってくれるから先日みたいに使っているマウス――機材などの質問も答えてくれた。ああいった長時間配信を時折やっているのだが、体調とか大丈夫なのだろうか？

毎回待機してる方の身にもなれ。わざわざ同じサーバーになるように調べたのに……こやつ、永遠にぼっちで訓練してるんだよ。最早《もはや》苦行だろうに。FPSゲームに詳しい人も教えれば教えるだけそれを吸収していこうとする彼の姿に気を良くしたのか、そこそこ新しい人が増えた気もする。ふふん。そうだろうそうだろう。一途に加減を知らんくらいに一生懸命に、ひたむきに頑張る姿は悪くないだろう？

「いやいや、なんだそれ」

ぶんぶんと首を振ってから、頬を軽く叩く。きっも。きもい。何だ今の顔。うっわぁ……何後方彼女面みたいなことしてんだ。気の迷い。気の迷いだから！

【×月×日】

ルナちゃんの凸待ち配信。勘違いしている人が多いかもしれないが、ルナちゃん推しなんだ。私は可愛い女の子大好きなのよ。膝の上に乗っけて撫《な》で撫《な》でしたい。5万人記念枠ということで、スパチャを投げる準備も出来ている。安心しろ。今月は自炊してるからクレカ残高には余裕があるのだ。ふはは。え？　なんで自炊が増えたかって？　いや、まあそれは……き、気の迷いで。決してどこぞの人の影響とかではない。VTuberのくせに簡単レシピツイートとかで料理初心者ホイホイしてた奴の影響とかではない。

開始5分経っても誰も来ないものだから、肝を冷やした。ひとりめとしてやって来たのはあい、の人だった。

——ああ、そうか……きっと………きっとルナちゃんも、彼女も彼に救われたのだろう。何となくそう言う考えに至ってしまった。

「本当にお人好《ひとよ》し……ふふっ、ばーか」

卓上に飾ってあった彼のSDキャラの描かれた缶バッジを爪で軽く弾く。割と痛かった。結果としては良かったんじゃないのかな、うん。推しが幸せなら全然オッケー。

【×月×日】

伸びていた前髪を切った。久しぶりに外の景色を前髪越しではない状態で直視した。眩《まぶ》しかった。下を向いていた私にとっては尚更。でも、少しだけ——こうなる前より、少しだけ世界が広く見えた。思えば昔から歩くときは下向いていたなって今更気付かされた。今度からはもう少しだけ前を見て進んでいきたい。特に他意はないがマシマロで「どんな髪型の女性が好きですか？」と問いかけたら「似合っていればなんでも良い」なんてぬかしやがった。いや、まあ貴方ならそう言うのは分かってたけど。分かってたけどさぁ……。

【×月×日】

あの人、今度はｍｉｋｕｒｉママを泣かせる。字面だけ見ると酷いが、彼の誕生日プレゼントに心を打たれたらしい。涼しい顔で人の心の深いところにズケズケ入ってくるよね、あの人。ネットじゃ「短期間に女性ふたりを泣かせた」として、変に話題になっていた。ちなみに私も泣かされている。本当に……ほんとうに酷い人。責任取れ、ばか。

「おっ、ボイス再販すんの!?　あんだーらいぶ、一生ついていくわ」

定期購買するようになるよりも前の月のマンスリーボイス再販のお知らせにテンションが上がる。もう泣かされたとか割とどうでもいいや。ちなみにイヤホンの性能チェックのためである。他意はない。偶然にもとある男性ＶＴｕｂｅｒのボイスを買っているだけであって、決してそんなのじゃない。

いゃ、いゃ、

「気の迷い、なんだから――」

◇◆◇◆◇◆

【×月×日】

「あ⁉ えっ？ 大丈夫なの⁉」

風邪《かぜ》にもかかわらず平気な顔して配信していたらしい。止めた雫ちゃん、ナイス。普段視聴者には「抱え込まずに何でも相談して下さい」とか「無理しないで下さいね」とか言ってるくせに、自分が一番何でもひとりで抱え込んで、無理して……そんなところだけは嫌い。大嫌い。ただの視聴者である自分に何か出来るわけでもなく、ただ彼が元気になって帰って来るのを待つくらいしか出来ないのが歯痒《はがゆ》い。あの人が炎上してたりするときもそうだ。極力触れずにいるか、いっそネタにしてしまうか。直接なにかしてあげられることはない。非力とかそういう次元の問題じゃない。それがVとそのファンの距離感なんだ。だからわたしたち《ファン》がしてあげられる事なんてたかが知れている。だから推しへの愛を叫ぶくらいしかわたしたちに出来ることはない――いや、グッズ買ったりとかスパチャ投げたりとかコメントしたりとか結構出来るか。ただし、当人はスパチャとかに関しては消極的なのだ。普段投げ銭できるように設定すらしていない。

あ……べ、別に愛してるとかそういうことではない。愛を叫ぶとかは言葉の綾《あや》だから。あるいは気の迷いなんだから。


【×月×日】


「は？ 新衣装⁇」

まあ、大して興味はないよ……？ 寧ろ同時実装の月と太陽コンビとかどんな可愛い衣装なんだろうなぁ。リレー形式でのお披露目配信するみたいだし、ついでに見てやらんでもない。

ついで。あくまでついでだ。今日のわたしは機嫌が良いのだ。ふふ。

【×月×日】

「あ……!?」

執事服。執事服……カッコいい。えっ、差分滅茶苦茶多い！　凄い！　流石mikurimマ分かってる。しかもモノクルの差分ですって……!?　あ、あ、あ……いかんいかん、手が滑ってスパチャ投げてしまった。困った困った。しかも一番上の赤いスパチャ投げちゃった。いやぁ、怖いなぁ。でも手が滑ってしまったんだから仕方がないでしょ。

何もかんもあんなガワ見せてくる、あの人が悪い。確かに何でも出来ちゃうから、ああ言う執事服はめーっちゃ似合うのは分かる。分かりみが深い。ちょっと髪型も普段より整えてて、差分でネクタイ外したら鎖骨見えてるのがポイント高い。あそこに水溜《た》めてみたい。月と太陽コンビがお揃いの制服でお嬢様学校っぽさがちょっとあるからそれにお仕えする超有能執事、みたいな妄想が捗《はかど》りそう。と言うかなんなら既に酢昆布先生がもう描いてた。彼女、即売会の原稿締め切りがいつもギリギリ滑り込みなのに、こういうのだけは仕事が早い。だが、アレ。お前はダメだ。嫌に目に付くメスを出しまくっているアレは本当にミュートしてやろうかとも思ったが、我慢した。私偉い。たまーにあの人から質の高いボイスを引き出したりする点は素直に評価している。今回は勘弁してやろうではないか。

しかも来月のボイスが執事をイメージしたボイスだと……？　おいおい、雫ちゃんそれはヤバイでしょ。ぐぬぬ……来月までまだ半月以上あるの辛い。でも、楽しみだな。本当に自分の兄の強みを理解しているな、流石雫ちゃん。あの子が普段の配信から色々口出ししていけば配信内容もウケの良いものになるのかもしれない。想像でしかないけれど、きっと彼女はあえてその辺を自重しているんだと思う。大好きなお兄ちゃんが素のままでも皆に認められる、そうでもしないとあの人自分に自信つけたりとかすること絶対なさそうだもんね。そこそこ配信を見ている視聴者には嫌でも伝わるが、あの人の在り様は酷く歪だ。ネジは馬鹿になっているし歯車は所々欠けているような状態。そんなどう考えても大丈夫じゃない状態なのに、「自分は平気です」って平然と言うタイプ。一番救われるべきなのに、いっつもいっつも他人ばかりに気を遣って、自分の事は後回し。ほんと、そう言うところやぞ……。

【×月×日】

最近毎日が楽しい。そう思わせてくれた誰かさんにもわたしと同じように思って、心の底から笑えるような日々が来ることを願う。これは気の迷いでもなんでもなく、心からの願いだ。ただの一ファンのどうしようもなく一方的で、お節介で、身勝手な想いだ。それでも――願わずにはいられない。どうかあの人が幸せになれますように。

設定資料集

Around
30 years old
became VTuber.

3

Character Reference

御影　和也

Mikage Kazuya

Profile

あだ名：ミカ

身長：172cm

体重：前にヒョロガリって言われたのでノーコメント

好きなもの：エナドリ、ゲーム

苦手なもの：人混み、初対面の人

質問

Question corner

Q1. 同期の第一印象は?

その服どうなってんの？てか服なの？

Q2. 部屋が汚れているらしいですね

ちょーっと散らかってるだけだから！それにほら、自慢のエナドリタワーは綺麗に陳列してるし。

Q3. あんだーらいぶの印象は？

お人好しの集まり。そういうとこ全部含めて入って良かったって思ってる。

東雲　愛梨

Shinonome Airi

Profile

あだ名：しののん

身長：163cm

体重：前から思ってたけど
プロフィールのこの項目
消した方が良いんじゃない？

好きなもの：運動

苦手なもの：整理整頓されてない場所。
綺麗じゃないところ、汚い場所

質問

Question corner

Q1.
同期の第一印象は？

チャラい。あとこの時期その服暑そう。

Q2.
部屋に机が無いって本当ですか？

あるよ？ 段ボールで作ったやつ。

Q3.
あんだーらいぶの印象は？

自由人の集まり。あとみんな良い人！ 早くみんなに認めてもらえるように頑張ります。

アレイナ・アーレンス

Alaina Ahrens

Profile

あだ名：アレ

身長：ひ♡み♡つ（やっぺぇ設定忘れた）

体重：ひ♡み♡つ（おっぺぇはでっけぇんだよ）

好きなもの：イケメン、イケボ
（例：神坂怜さん。またの名を未来の旦那様）

苦手なもの：男の人かなぁ

質問

Question corner

Q1. ファンについて
どう思っていますか？

金ヅル。

Q2. 男の人が苦手なんですか？

は？ 疑ってんの？ こんな儚げな美少女だったら男なんて狼で怖いって相場が決まって……えっ、あっ、これ広報向け？ ゔえ゛え゛ぇ゛お゛ぉ゛ごぼっ゛……**男の人の前だと緊張しちゃってぇー♥**

スタッフ その咳払いどうにかならんのか

Q3. 神坂さんについて――――

将来の旦那様。まず声が最高だよなぁ。それであの面よ。嫌いになれって方が無理でしょ。あと性格も最高だよね。一緒に住みたい。結婚したい。幸せな家庭を築きたい。もうおはようからおやすみまでずっと

スタッフ この後も長かったのでカットしました

葵 日葵

Aoi Himari

Profile

あだ名：ひまりん

身長：165cm

体重：ゲームのキャラよりは
全然重いですよ

好きなもの：演技、アニメ

苦手なもの：男の人

質 問

Question corner

Q1. 声優になったキッカケは？

女児向けの変身少女アニメシリーズに憧れて。

Q2. 男の人が苦手なんですか？

ちょっと距離が近かったり二人きりだったりするのが少し苦手なくらいです。世間話するくらいは大丈夫です。

Q3. ファンのみんなに一言！

私にそもそもファンっていないような……だって知名度皆無の声優だし……えーっとまあ、でも頑張っています。これで良いです、か……？ あ、はい。大丈夫です。

あとがき

皆様平素より大変お世話になっております。著者のとくめいです。

本作「アラサーがVTuber《ブイチューバー》になった話《はなし》。」3巻を手に取っていただきありがとうございます。あっという間に3巻目です。未だに慣れないところが多いですが、なんとか発売に漕《こ》ぎ着《つ》ける事が出来ました。前巻のあとがきでも触れていましたが、以前「次にくるライトノベル大賞2022」において単行本部門第2位をいただきました。そちらから本作を知っていただいた読者さんもいらっしゃるみたいで嬉しい限りです。

また2巻発売から3巻発売の間にも色々ございまして……ラジオ沖縄さんの番組で拙作を取り上げていただいたり、有名ストリーマーさんのリスナーさんオススメの品を紹介する配信で本作が紹介されたりとビックリな出来事もありました。


ちなみに前巻のあとがきに書いていたページの都合上入らなかったエピソードというのが、今回のFPS大会と最後のリスナー視点の閑話《かんわ》になります。ガチ恋ネキことあのリスナーは実は第1巻からずっと掲示板のシーンで出演しておりまして、IDも色を付けた『ID固定組』の一人です。正確に言えばさらにもう一人『ID固定組』がチラっと出演していますが……一体誰なんだろうなぁ（棒読み）。今一度読み返して彼女のコメントの遍歴《へんれき》を辿ってみるとまた一段と楽しんでいただけるかな、と思います。色々詰め込みに詰め込んだ結果、ページ数がまたえらいことになっていまして各所に色々ご迷惑をおかけしました。誠に申し訳ございません。重くて腕が痛くなったとかご意見を頂いたのにも関わらずこの有様です。ごめんなさい。有事の際には本作をお腹に忍ばせたりなどして有効活用していただければと思います。

最後に、本作の出版に携わっていただいた出版社の皆様、毎回素敵なイラストでキャラクターに命を吹き込んでくださっているカラスＢＴＫ《ビーティーケー》先生。また今更ではありますが、２巻のオーディオドラマにてボイスを担当して下さった、小林親弘《こばやしちかひろ》さん、鈴代紗弓《すずしろさゆみ》さん。そして手に取って下さった読者――脱サラリスナーの皆様に改めて感謝を。

４巻でまたお会いできる事を願っております。

とくめい

アラサーがVTuber《ブイチューバー》になった話《はなし》。3

2023年7月28日　初版発行

著　　者　とくめい
イラスト　カラスBTK
発 行 者　山下直久
発　　行　株式会社KADOKAWA
〒102-8177 東京都千代田区富士見2-13-3
電話 0570-002-301（ナビダイヤル）

編集企画　ファミ通文庫編集部
デ ザ イ ン　横山券露央（ビーワークス）
写植・製版　株式会社オノ・エーワン
印　　刷　凸版印刷株式会社
製　　本　凸版印刷株式会社

●お問い合わせ
https://www.kadokawa.co.jp/（「お問い合わせ」へお進みください）
※内容によっては、お答えできない場合があります。
※サポートは日本国内のみとさせていただきます。
※Japanese text only

 ISBN978-4-04-737577-2 C0093　定価はカバーに表示してあります。

ファンタジーの世界でも
戦争は泥臭く
醜いものでした

STORY

トウリ・ノエル二等衛生兵。
彼女は回復魔法への適性を見出され、
生まれ育った孤児院への
資金援助のため軍に志願した。
しかし魔法の訓練も受けないまま、
トウリは最も過酷な戦闘が繰り広げられている
「西部戦線」の突撃部隊へと配属されてしまう。
彼女に与えられた任務は
戦線のエースであるガーバックの
専属衛生兵となり、
絶対に彼を死なせないようにすること。
けれど最強の兵士と名高いガーバックは
部下を見殺しにしてでも戦果を上げる
最低の指揮官でもあった!
理不尽な命令と暴力の前にトウリは日々疲弊していく。
それでも彼女はただ生き残るために
奮闘するのだが――。

B6判単行本
KADOKAWA/エンターブレイン 刊

TS衛生兵さんの
戦場日記
［TS衛生兵さんの戦場日記］
まさきたま
［Illustrator］クレタ

朝起きたら
いかぽん
[Illustrator] tef
探索者《シーカー》に
なっていたので
ダンジョンに
潜ってみる
ジョン用武具店

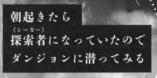

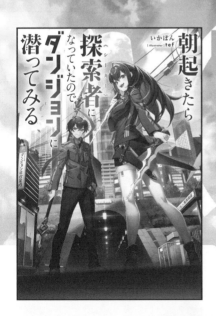

ソードマン
[バスタード・ソードマン]